로마의 일인자
2

로마의 일인자

The First Man in Rome

COLLEEN
McCULLOUGH

2

콜린
매컬로
지음

강선재 · 신봉아
이은주 · 홍정인
옮김

교유서가

넷째 해

(기원전 107년)

루키우스 카시우스 롱기누스와
가이우스 마리우스(I)의
집정기

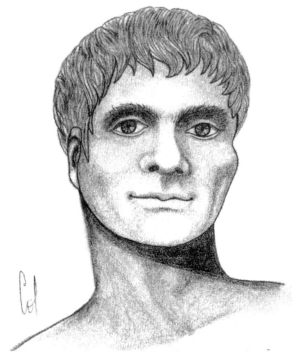

퀸투스 세르토리우스

가이우스 마리우스의 첫 집정관 직만큼 당사자에게 중요한 집정관 직은 일찍이 없었을 것이다. 새해 첫날 그는 편안한 마음으로 취임식에 참석했다. 밤새 지켜본 징조는 나무랄 데 없이 좋았고 제물로 바칠 흰 소는 약을 친 꼴을 게걸스럽게 먹었기 때문이다. 근엄하고 초연한 마리우스는 어느 모로 보나 집정관다운 모습으로 서 있었다. 키가 훤칠한 그는 그날 새벽의 상쾌하고 맑은 공기 속에서 주변의 어떤 사람보다도 눈에 띄었다. 수석 집정관 롱기누스는 키가 작고 땅딸막해서 토가를 입은 모습이 인상적이지 못했고 차석 집정관에 비해 매우 볼품없었다.

그리고 마침내 술라는 원로원 의원으로서 걷고 있었다. 튜닉의 오른쪽 어깨에 폭이 넓은 자주색 띠가 달린 술라는 재무관으로서 상관인 마리우스를 수행했다.

마리우스는 1월에 파스케스를 지니지 못했다. 진홍색 띠로 묶은 그 잔가지 묶음은 2월 칼렌다이까지 수석 집정관의 소유였다. 하지만 마리우스는 다음날 원로원 회의를 소집했다.

원로원 의원들은 마리우스를 불신했기에 거의 전원 출석했다. 그들

앞에서 마리우스는 이렇게 말했다. "로마는 현재 히스파니아 외에도 최소 세 곳의 전선에서 전쟁을 해야 합니다. 우리는 유구르타 왕과 마케도니아의 스코르디스키족, 갈리아의 게르만족과 싸울 군대가 필요합니다. 그러나 가이우스 그라쿠스가 죽은 뒤 15년 동안 우리는 다양한 전장에서 병사들 6만 명을 잃었습니다. 수천 명 이상은 더이상 군 복무를 할 수 없는 상태가 되었고요. 의원 여러분, 다시 한번 말씀드립니다. 15년입니다. 반 세대도 되지 않는 기간이지요."

원로원에 침묵이 흘렀다. 청중 중에는 마리우스가 말한 총 전사자 수의 3분의 1 이상을 2년도 안 되는 사이에 잃고 아직까지 반역 혐의를 벗기 위해 애쓰고 있는 마리우스 유니우스 실라누스도 있었다. 지금까지 감히 누구도 원로원에서 그 끔찍한 총 전사자 수를 말하지 못했었다. 하지만 마리우스의 수치는 최소한으로 낮게 잡은 것임을 모두가 잘 알고 있었다. 원로원 의원들은 마리우스가 내륙지방 라틴어 억양으로 말하는 그 숫자를 멍하니 듣고 있었다.

"우리는 소집인원을 채울 수가 없습니다." 마리우스가 말을 이었다. "한 가지 명확한 이유 때문입니다. 지금 우리에겐 남자들이 부족합니다. 로마 시민과 라티움 시민권자도 매우 부족하지만, 이탈리아 남자들은 더더욱 부족합니다. 아르누스 강 이남의 모든 지역에서 징집한다고 해도 올해 편성해야 하는 군대를 구성할 가망이 없습니다. 제 추측으로, 훈련받고 군장을 갖춘 강력한 6개 군단들로 구성된 아프리카 주둔군은 퀸투스 카이킬리우스 메텔루스와 함께 이탈리아로 돌아올 것입니다. 그리고 존경하는 동료 루키우스 카시우스의 지휘 아래 톨로사테스족의 먼 갈리아에서 복무할 것입니다. 마케도니아 주둔군 역시 군장을 제대로 갖춘 노련한 군대이며, 저는 그들이 마르쿠스 미누키우스와 그의 아우 휘하에서 계속 잘해나갈 것이라고 확신합니다."

마리우스는 말을 멈추고 숨을 골랐다. 의원들은 잠자코 듣고 있었다. "하지만 문제는 아프리카에 새로 배치할 군대입니다. 퀸투스 카이킬리우스 메텔루스에게는 그의 자유재량인 완전편성 6개 군단이 있습니다. 저는 불가피하다면 4개 군단만으로도 임무를 수행할 수 있다고 봅니다. 그러나 로마에는 4개 군단도 준비되어 있지 않습니다! 아니, 사실단 하나의 군단도 준비되지 않았습니다! 여러분의 기억을 되살리기 위해, 4개 군단에 필요한 인원수를 정확하게 말씀드리겠습니다."

마리우스는 적어온 것을 살펴볼 필요가 없었다. 그저 자신의 상아 대좌 앞 집정관 연단에 서서 머릿속에서 끄집어낸 숫자들을 열거했다. "완전편성시에 1개 군단은 보병 5천120명과 자유인 비전투원 1천280명, 추가로 노예 비전투원 1천 명으로 구성됩니다. 거기에 기병대도 있습니다. 기마병 2천 명, 말들을 관리하는 자유인 비전투원과 노예들 2천 명으로 구성되지요. 즉 저는 보병 2만 480명과 자유인 비전투원 5천120명, 노예 비전투원 4천 명, 기마병 2천 명, 기병대 보조 비전투원 2천 명을 모집해야 하는 상황에 처해 있습니다."

마리우스의 눈이 원로원을 둘러보았다. "비전투원은 모집하기가 어려웠던 적이 없습니다. 앞으로도 마찬가지일 것이라 보고요. 재산 요건이 없어 소작농처럼 가난한 사람도 가능하기 때문입니다. 기병대 역시 모집하기 어렵지 않을 것입니다. 수 세대째 로마나 이탈리아 출신의 기마부대를 편성해왔기 때문입니다. 늘 그랬듯이 마케도니아와 트라키아, 리구리아, 알프스 너머 갈리아 같은 지역에서 우리가 원하는 남자들을 찾을 수 있을 것이고, 그들은 말과 함께 비전투원들까지 대동하고 올 것입니다."

마리우스는 특정 인사들을 발견하고 좀더 오래 말을 멈췄다. 스카우루스와 낙선한 집정관 후보 카툴루스 카이사르, 최고신관 메텔루스 달마티쿠스, 가이우스 멤미우스, 루키우스 칼푸르니우스 피소 카이소니누스, 스키피오 나시카, 나이우스 도미티우스 아헤노바르부스였다.

"의원 여러분, 로마는 검소한 국가입니다. 우리는 왕들을 내치면서 국가가 대부분의 비용을 대는 군대 편성 체제를 폐기했습니다. 따라서 무기와 갑옷 등 군장을 마련할 재산이 있는 사람들에게만 군역을 부과했고, 이 요건은 로마인·라티움인·이탈리아인 모두에게 차별 없이 적용되었습니다. 재산이 있는 남자는 재산을 지켜야 합니다. 그에게는 국가와 자기 재산의 존속이 중요합니다. 그는 열의를 갖고 기꺼이 전투에 임합니다. 이런 연유로 우리는 해외의 영토를 떠맡기를 망설이며, 속주를 소유하지 않기 위해 누누이 애쓰고 있습니다.

하지만 우리는 페르세우스 왕을 무찌른 뒤 마케도니아에 자치정부를 도입하려는 칭찬할 만한 시도를 했으나 실패했습니다. 마케도니아인들이 독재가 아닌 어떠한 체제도 이해하지 못했기 때문입니다. 그래서 우리는 마케도니아를 속주로 삼을 수밖에 없었습니다. 야만족들이 이탈리아 동해안과 매우 가까운 마케도니아 서해안을 침략하게 내버려둘 수 없었기 때문입니다. 카르타고에 승리하면서 우리는 히스파니아의 카르타고 제국을 통치하든가, 아니면 다른 나라가 그 제국을 차지하는 위험을 감수할 수밖에 없게 되었습니다. 우리는 아프리카의 카르타고 대부분을 누미디아 왕에게 주었고 카르타고 주변의 작은 속주만 로마 이름으로 보유했습니다. 카르타고의 부활을 방지하기 위해서였지요. 하지만 누미디아 왕에게 그렇게 많이 내준 결과 무슨 일이 벌어졌는지 보십시오! 이제 우리는 그 작은 속주를 보호하고 단 한 사람, 즉 유구르타의 명백히 팽창주의적인 정책들을 분쇄하기 위해 아프리카를 점령해야만 합니다. 의원 여러분, 그러기 위해 필요한 건 단 한 명인데 우리는 그조차 잡지 못하고 있습니다. 아탈로스 왕은 죽으면서 로마에 아시아를 유증했는데, 우리는 그곳을 속주로 다스리는 책임 역시 피하려 애를 쓰고 있습니다! 나이우스 도미티우스 아헤노바르부스가 리구리아와 가까운 히스파니아를 잇는 갈리아 해안 전역을 개척한 덕분에, 우리는 군대가 이탈리아와 히스파니아를 오갈 수 있는 안전한 도로를 갖게 되었습니다. 하지만 그 과정에서 또하나의 속주를 만들어야 했습니다."

마리우스는 목청을 가다듬었다. 장내는 쥐죽은듯이 조용했다. "현재 우리 병사들은 이탈리아 밖에서 전쟁을 하고 있습니다. 그들이 오랫동안 고국을 떠나 있는 탓에 농장과 집은 방치되고 아내들은 부정을 저지르고 자식도 낳지 못하고 있습니다. 그 결과 지원병은 날이 갈수록 줄어들어, 우리는 남자들을 강제 징집할 수밖에 없게 되었습니다. 땅을 경작하거나 사업을 하는 남자들 중에 5년, 6년, 심지어 7년간 고국을 떠나고 싶어하는 사람은 아무도 없습니다! 더군다나 그들은 제대를 하더라도 지원병이 부족하면 언제든 다시 소집되어야 하는 처지입니다."

마리우스의 묵직한 목소리가 점점 더 낮아졌다. "하지만 가장 큰 문제는, 지난 15년 동안 지나치게 많은 남자들이 목숨을 잃었다는 사실입니다! 이제는 그들의 자리를 메울 사람이 없습니다. 전통적인 방식으로 로마 군대에 들어올 만한 재산 요건을 갖춘 남자들이 이탈리아 전역에 심각하게 부족한 실정입니다."

다시금 높아진 그의 목소리는 툴루스 호스틸리우스 왕 시대에 지어진 오래된 건물의 노출된 서까래 주위로 쩌렁쩌렁 울려퍼졌다. "카르타고와의 두번째 전쟁 이후 징병관들은 재산 요건을 무시해야만 했습니다. 6년 전 젊은 카르보의 패배 이후 우리는 군장은커녕 갑옷조차 살 여력이 없는 남자들까지 받아들이고 있습니다. 하지만 이것은 은밀히 행해지는 불법행위이며, 어디까지나 최후의 수단입니다.

의원 여러분, 이제 그런 시절은 끝났습니다. 로마 원로원과 인민의 집정관인 저, 가이우스 마리우스는 의원 여러분께 병사들을 징집이 아니라 모집할 것임을 알리는 바입니다. 저는 고향에 있고 싶어하는 남자들이 아니라 자발적으로 지원한 병사들을 원합니다! 어디서 지원병 2만여 명을 찾을 것이냐고 물으시겠지요? 답은 간단합니다! 저는 너무나 가난해서 다섯 경제계급에 끼지 못하는 최하층민 중에서 지원병을 모집할 것입니다. 돈도 재산도 없으며 대부분 안정적인 직업도 없는 사람들 중에서 말입니다. 지금까지 고국을 위해, 로마를 위해 싸울 기회가 단한번도 없었던 그들 중에서 지원병들을 모집할 것입니다!"

웅성대는 소리가 점점 커졌다. 커지고 또 커져서 종국에는 원로원 전체가 굉음으로 울렸다. "안 돼! 안 돼! 안 돼!"

마리우스는 화난 기미 없이 참을성 있게 기다렸다. 사방에서 사람들이 주먹을 흔들며 얼굴이 벌게져 분노를 터뜨리고 있었다. 벌떡 일어난 남자들의 토가자락이 획획 소리를 내며 접의자들을 오래된 돌바닥에 밀어댔다. 200개가 넘는 접의자들이 삐걱거렸고, 그 소리조차 수백 개의 발들이 구르는 소리에 묻혔다.

소음은 결국 가라앉았다. 사람들은 분노해 있었지만 아직 이야기를 끝까지 듣지 못한 것이다. 호기심은 분노 속에서조차 강력했다.

"여러분은 식초가 포도주로 변할 때까지 고함치고, 소리치고, 울부짖어도 좋습니다!" 마리우스는 자신의 목소리가 들릴 수 있게 되자 외쳤다.

"하지만 여기서 여러분들에게 알리는 바입니다. 저는 그렇게 할 것입니다! 그렇게 하는 데 여러분의 허락이 필요한 것도 아닙니다! 제가 그럴 수 없다고 서판에 적힌 법은 없습니다. 하지만 수일 내에, 제가 그럴 수 있다고 서판에 적힌 법은 생길 것입니다! 합법적으로 선출된 고위 정무관이 군대가 필요할 경우 최하층민 중에서 모병을 할 수 있다고 적힌 법 말입니다! 의원 여러분, 저는 이 안건을 평민회에 회부할 것입니다!"

"절대 안 돼!" 달마티쿠스가 외쳤다.

"내 눈에 흙이 들어가기 전까진 안 돼!" 스키피오 나시카가 외쳤다.

"안 돼! 안 돼! 안 돼!" 원로원 전체에 굉음이 울려퍼졌다.

"잠깐만!" 단 한 사람, 스카우루스가 외쳤다. "잠깐, 잠깐만! 내가 반론을 제기하겠소!"

하지만 듣는 사람은 아무도 없었다. 공화정 설립 이래 원로원의 본거지였던 의사당은 분노한 의원들의 아우성으로 토대까지 흔들리고 있었다.

"가세!" 마리우스는 말하고 미끄러지듯 원로원을 빠져나갔다. 재무관 술라와 호민관 티투스 만리우스 망키누스가 뒤를 따랐다.

이 소동에 대한 소문을 듣자마자 포룸 로마눔에 군중이 모여들었다. 민회장은 이미 마리우스의 지지자들로 가득차 발 디딜 틈이 없었다. 마리우스와 망키누스는 원로원 계단을 내려가 민회장 뒤쪽에 있는 로스트라 연단으로 당당하게 걸어갔다. 파트리키인 술라는 원로원 계단에 남았다.

"알립니다, 알립니다!" 망키누스가 고함쳤다. "평민회 회의를 소집합니다! 예비 토론회인 집회를 선언합니다!"

마리우스는 로스트라 앞의 단상으로 걸어가 민회장과 포룸의 낮은 구역 공터를 모두 볼 수 있도록 몸을 약간 틀었다. 원로원 계단에 있는 사람들 대부분에겐 마리우스의 등밖에 보이지 않았다. 몇몇 파트리키들을 제외하고 모든 원로원 의원들이 민회장 계단을 내려갔다. 민회장 바닥에서 마리우스를 정면으로 쳐다보며 방해하기 위해서였다. 발 빠르게 소환되어 있던 마리우스의 피호민과 지지자 무리가 갑자기 그들을 막아섰다. 서로 간에 멱살잡이와 주먹질이 오가고 이를 드러내며 으르렁댔지만, 마리우스 지지자들은 버텨냈다. 망키누스를 제외한 호민관 아홉 명만이 로스트라 연단 쪽으로 가도록 허락되었다. 그들은 연단 뒤쪽에 늘어서서, 거부권을 행사하고도 살아남을 수 있을지 굳은 얼굴로 조용히 논의했다.

"로마 인민 여러분, 저들은 제가 로마의 생존을 보장하려면 해야만 하는 일을 해서는 안 된다고 합니다!" 마리우스가 외쳤다. "로마에는 병사들이 필요합니다. 병사들이 절실하게 필요합니다! 사방에 적들이 둘러싸고 있는데도, 고귀하신 원로원 의원들께서는 로마의 생존보다 물려받은 지배권을 지키는 데 더 관심이 많습니다! 그들은 전통적으로 병사들을 배출하는 계급의 남자들을 무심하게 착취하여 로마인과 라티움인과 이탈리아인의 피를 다 빨아먹었습니다! 그 결과 이제는 남은 남자들이 없습니다! 남자들은 어느 집정관 사령관의 탐욕과 오만함과 어리석음 때문에 이름 없이 전장에서 죽거나, 불구가 되어 더이상 군인으로 활약할 수 없거나, 지금 군단에서 복무하고 있는 실정입니다!

하지만 대안적인 병사 후보들이, 병사로서 로마에 봉사하고자 할 준비되고 열성적인 후보들이 있습니다! 바로 최하층민 남자들입니다! 너무나 가난해서 백인조회에서 투표도 할 수 없고 군장도 살 수 없는 로마와 이탈리아 남자들입니다. 하지만 이제는 이 수천수만 명의 남자들에게 싼 곡물이 제공될 때마다 줄을 서거나, 휴일에 사람들을 밀치며 경기장으로 들어가거나, 스스로 먹여 살릴 수도 없는 아들딸을 낳는 것 이상을 로마를 위해서 요청할 때입니다! 재산이 없다고 해서 그들을 쓸모없는 존재로 만들어서는 안 됩니다! 또한 저는 그들이 그 어떤 재력가 못지않게 로마를 사랑한다고 믿습니다! 사실 로마에 대한 그들의 사랑은 저 고매하신 원로원 의원들 대다수가 보여준 사랑보다 훨씬 더 순수하다고 믿습니다!"

마리우스는 부풀어오르는 분노로 몸을 꼿꼿이 세웠다. 그리고 로마 전체를 끌어안으려는 듯 두 팔을 넓게 벌렸다. "지금 저는 제 뒤의 호민관단과 함께, 원로원이 제게 주지 않는 권한을 인민 여러분에게서 받고자 합니다! 제게 최하층민 병사들의 잠재력을 활용할 권리를 주십시오! 저는 그들을 쓸모없고 하찮은 사람에서 로마 군단의 병사로 바꿔놓고 싶습니다! 그들에게 돈을 벌 수 있는 고용 기회를, 단순 노동이 아닌 전문 직업을, 자신과 가족을 위한 명예와 명망과 발전 기회가 있는 미래를 주고 싶습니다! 존엄과 가치에 관한 정신을, 강대한 로마의 앞날에 크게 기여할 기회를 주고 싶습니다!"

마리우스는 말을 멈췄다. 민회장의 모든 청중은 깊은 침묵 속에 그를 올려다보고 있었다. 모든 눈은 그의 사나운 얼굴에, 이글거리는 두 눈에, 당당하게 내민 턱과 가슴에 고정되어 있었다. "원로원 의원들은 이 수천수만 명의 남자들에게 기회를 주지 않으려고 합니다! 제가 그들에게서 활약을, 충성을, 로마에 대한 사랑을 이끌어낼 기회를 주지 않으려고 합니다! 왜 그럴까요? 의원들이 저보다 로마를 더 사랑해서일까요? 아닙니다! 그들은 로마나 그 무엇보다도 자신과 자신의 신분을 더 사랑하기 때문입니다! 그래서 저는 여러분께 왔습니다. 제게, 그리고 로마에게 원로원이 주지 않는 것을 달라고 부탁하러 왔습니다!
최하층민을 제게 주십시오! 가장 하찮고 미천한 그들을 제게 주십시
오! 그들을 로마가 자랑할 수 있는 시민 집단으로, 로마가 감내하는 것
이 아니라 활용할 수 있는 시민 집단으로, 군장을 갖추고 훈련받고 국
가의 녹을 받으며 군인의 몸과 마음으로 국가를 섬기는 시민 집단으로
변모시킬 기회를 주십시오! 저의 부탁을 들어주시겠습니까? 로마에 필
요한 것을 로마에 주시겠습니까?"

함성이 터져나왔다. 환호가, 발 구르는 소리가, 천 년의 오랜 전통이
깨지는 소리가 터져나왔다. 호민관 아홉 명은 서로를 곁눈질한 다음,
거부권을 행사하지 않기로 침묵 속에 동의했다. 그들 중 죽고 싶은 사
람은 아무도 없었기 때문이다.

현직 집정관에게 최하층민 지원병을 모집할 권한을 주는 만리우스
법이 통과되자 스카우루스는 원로원에서 말했다. "가이우스 마리우스
는 군침을 흘리며 먹이를 찾아 미친듯이 날뛰는 늑대입니다! 원로원의
악성 궤양 같은 존재입니다! 의원 여러분, 그는 왜 우리가 똘똘 뭉쳐 신
진 세력에 대항해야 하는지, 이 유서 깊은 건물의 맨 뒷자리조차 결코
허용해서는 안 되는지 명명백백하게 보여줍니다! 여러분께 묻겠습니
다. 그 같은 자가 로마의 본질에 대해, 전통적인 로마 정부의 불멸하는
이상에 대해 무엇을 알겠습니까?

저는 원로원의 최고참 의원, 프린켑스 세나투스입니다. 로마 정신 그
자체의 현현인 원로원에서, 제가 사랑하는 이곳에서 몸담은 긴 세월 동
안 가이우스 마리우스보다 교활하고 위험한 해적은 본 적이 없습니다!
그는 지난 석 달 동안 두 번이나 원로원의 신성한 특권을 평민회의 상

스러운 제단 위로 가져가 으깨버렸습니다! 처음에는 퀸투스 카이킬리우스 메텔루스의 아프리카 통치권을 연장하는 원로원 결의를 무효로 만들더니, 이제는 자신의 야망을 충족하기 위해 인민들의 무지를 이용하여 부자연스럽고 부도덕하며 비합리적인, 용납할 수 없는 모병 권한을 차지했습니다!"

이번 회의에는 수많은 원로원 의원들이 참석했다. 의원 300명 중 280명 이상이었다. 스카우루스를 위시한 지도층 의원들은 집은 물론 병상에서까지 동료들을 끌고 나왔다. 그들은 둥지로 돌아와 횃대에 앉은 새하얀 암탉떼처럼 의사당 양쪽의 계단식 단 세 개에 작은 접의자들을 놓고 앉아 있었다. 고위 정무관을 지냈던 사람들이 입은 자주색 단을 댄 토가만이 그 눈부시고 그늘 없는 흰색 덩어리의 단조로움을 덜어주었다. 호민관 열 명은 원로원 바닥의 긴 나무 벤치에 앉아 있었다. 그들 한쪽 옆에는 고등 조영관 두 명, 법무관 여섯 명, 집정관 두 명이 의사당 맨 끝 상단에 놓인 아름답게 조각된 상아 대좌에 앉아 있었다. 대다수 사람들과 격리되어 돋보이는 특혜를 누리는 고위 정무관들이었다. 맞은편에는 중앙홀로 연결되는 한 쌍의 거대한 청동 문이 있었다.

마리우스는 수석 집정관 롱기누스 옆으로 약간 뒤쪽에 앉아 있었다. 고립된 상황에서도 전혀 개의치 않는 태도였다. 마리우스는 차분하고 만족스러우며 거의 교활해 보이기까지 했고 당황하거나 화내는 기색 없이 스카우루스의 말을 듣고 있었다. 이미 일은 끝났다. 원하는 권한을 얻어낸 그는 아량을 베풀 여유가 있었다.

"원로원은 가이우스 마리우스가 최하층민에 부여한 힘을 억제하기 위해 할 수 있는 모든 일을 해야 합니다. 늘 그래왔듯, 최하층민은 더 많은 특권을 지닌 우리가 돌보고 먹이고 감내하는 대신에 그 대가로 아무것도 요구하지 않는 쓸모없고 배고픈 입들로 머물러야 하기 때문입니다. 우리를 위해 아무런 일도 하지 않고 쓸모가 없는 한 그들은 그저 피부양자이며, 힘들게 일하지 않는 대신 아무런 힘도 목소리도 없는 로마의 여인네들과 같기 때문입니다. 그들은 하는 일이 없기 때문에, 우리가 줄 생각이 없는 어떤 것도 요구할 수 없습니다. 그들은 그저 존재할 뿐입니다.

하지만 이제 우리는 가이우스 마리우스 덕분에, 저로서는 직업군인 부대라고 부를 수밖에 없는 것이 낳을 온갖 문제와 기괴한 일들에 직면하게 되었습니다. 그들은 군대 외에 다른 소득원이나 생계수단이 없는 남자들입니다. 계속 군대에 머물면서 이 전쟁터에서 저 전쟁터로 옮겨다니기를 바라고, 국가로 하여금 엄청난 돈을 쓰게 할 남자들입니다. 의원 여러분, 그들은 이제 자신이 로마에 보탬이 되고 로마를 위해 일했다는 이유로 로마의 운영에 발언권이 있다고 주장할 것입니다. 인민들의 말을 들으셨지요? 국고를 관리하고 로마의 공적 자금을 분배하는 우리 원로원은 로마의 재원을 파헤쳐서 가이우스 마리우스의 군대에 무기와 갑옷과 기타 모든 군장을 제공해야 합니다. 또한 인민은, 전리품으로 경비 부담을 덜 수 있던 우리에게 전쟁이 끝난 후가 아니라 정기적으로 병사들의 급료를 지불하라고 명령했습니다. 빈털터리들로 군대를 편성하느라 로마 재정은 파탄이 날 것입니다."

"말도 안 됩니다, 마르쿠스 아이밀리우스!" 마리우스가 끼어들었다. "로마의 국고에는 어떻게 처리해야 할지 모를 정도로 많은 돈이 있습니다. 의원 여러분께서 국고의 돈을 한푼도 쓰려 하지 않기 때문입니다! 그저 돈을 쌓아두려고만 하지요."

웅성거림이 일었다. 사람들의 얼굴이 붉으락푸르락해지기 시작했다. 하지만 스카우루스는 오른팔을 들어 정숙을 요구했고, 사람들은 그에 따랐다. "그렇습니다, 로마의 국고는 가득차 있지요." 스카우루스가 말했다. "국고는 그래야 하는 겁니다! 제가 감찰관으로 있으면서 여러 공공사업에 돈을 쓸 때조차 국고는 가득차 있었습니다. 하지만 과거에 로마의 국고는 말 그대로 텅텅 비었던 적이 여러 번 있습니다. 카르타고와의 전쟁 세 번으로 우리는 재정 파탄 직전까지 갔었습니다. 그런 일이 다시는 일어나지 않도록 하자는데 뭐가 잘못되었습니까? 국고가 가득차 있는 한 로마는 번영합니다."

"최하층민 남자들이 쓸 돈을 갖게 되면 로마는 더욱 번영할 것입니다."

"그렇지 않소, 가이우스 마리우스!" 스카우루스가 소리쳤다. "최하층민 남자들은 돈을 헛되이 낭비할 거요. 그들의 돈은 유통중에 사라져서 결코 불어나지 않을 것이오."

계단식 좌석 앞줄의 자기 의자 앞에 서 있던 스카우루스는 커다란 청동 문 쪽으로 걸어갔다. 의사당의 모든 곳에서 보고 들을 수 있는 위치였다.

"원로원 의원 여러분, 우리는 앞으로 집정관이 만리우스법을 이용해 최하층민을 모병할 때마다 전력을 다해 저항해야 합니다. 인민은 가이우스 마리우스의 군대에 드는 비용을 우리가 부담하라고 명확하게 지시했지만, 그 이후의 빈민 군대에도 군장 비용을 부담하라고 강제하는 법은 어디에도 새겨진 바가 없습니다! 바로 이것을 우리의 전술로 이용해야 합니다. 미래의 집정관이 자신의 군단을 채울 빈민들을 마음껏 모집하도록 내버려둡시다. 하지만 그가 로마 재정을 관리하는 우리에게 병사들의 급료나 군장을 마련할 자금을 요청한다면, 우리는 거절해야 합니다.

간단한 얘기입니다. 로마는 빈민 군대를 편성할 여유가 없습니다. 최하층민은 무기력하고 무책임하며, 재산이나 군장을 소중히 여기지 않습니다. 국가로부터 쇠사슬 갑옷을 공짜로 받은 사람이 그것을 잘 관리하겠습니까? 아닙니다! 그럴 리 없죠! 그는 바닷바람이나 폭우 속에 갑옷을 방치하여 녹슬게 할 것입니다. 진지의 말뚝을 뽑다가 갑옷을 챙기는 것을 잊고 이동할 것입니다. 외국인 창녀의 침대 밑에 갑옷을 내팽개칠 것입니다. 그러고는 나중에야 어째서 그녀가 밤중에 갑옷을 훔쳐 스코르디스키족 애인에게 입혔는지 어리둥절하겠지요. 게다가 그들이 더이상 군단에서 복무할 정도로 건강하지 않게 되면 어쩌겠습니까? 로마의 전통적인 병사들은 돌아갈 집과 투자할 돈이, 적지만 견실한 재산이 있습니다! 하지만 빈민 퇴역병들은 골칫거리가 될 것입니다. 그들 중에 국가가 지급한 돈을 조금이라도 저축할 사람이 몇이나 되겠습니까? 분배받은 전리품을 은행에 맡길 사람이 몇이나 되겠습니까? 아니오, 그들은 직업군인 생활이 끝나면 돌아갈 집도, 생계 수단도 없는 상태로 나타날 것입니다. 아, 여러분은 이렇게 생각하겠죠. 그들에게는 익숙한 상황이 아니냐고요. 하지만 원로원 의원 여러분, 빈민 병사들은 국가가 그들을 먹이고 입히고 거처를 제공하는 데 갈수록 익숙해질 것입니다. 그런데 제대하여 모든 것이 일순간에 사라지면 그들은 불평을 터뜨릴 것입니다. 버르장머리 없는 아내가 돈이 떨어지면 불평을 터뜨리는 것과 마찬가지입니다. 그럼 우리는 빈민 퇴역병들을 위해 연금을 달라는 요청을 받아들여야 할까요?

그런 일은 결코 있어서는 안 됩니다! 다시 말하지만 의원 여러분, 앞으로 우리의 전술은 최하층민에서 모병을 할 만큼 비양심적인 자들의 군대에 단 한 푼도 주지 않음으로써 그들의 이빨을 뽑는 것이어야만 합니다!"

마리우스가 일어나서 반박했다. "파르티아 태수의 하렘에서도 이보다 근시안적이고 터무니없는 태도는 찾아보기 힘들 것입니다, 마르쿠스 아이밀리우스! 어째서 이해하지 못하는 겁니까? 로마가 로마로, 심지어 현재의 로마 그대로라도 남으려면 모든 인민에게 투자해야만 합니다. 백인조회 투표권이 없는 사람들도 포함해서 말입니다! 우리는 농부와 영세사업자를 전쟁터로 보내 낭비해버렸습니다. 특히 카르보와 실라누스 같은 어리석은 무능력자들의 수하에 보냈을 때 그랬지요. 아, 거기 계셨습니까, 마르쿠스 유니우스 실라누스? 죄송하게 됐군요!

지금까지 황소의 젖통만큼이나 로마에 도움이 안 되던 거대한 사회 집단을 적절하게 활용하는 것이 뭐가 문제입니까? 썩어가는 국고의 내용물에 손을 대야만 한다는 것이 유일한 반대 이유인가요? 그건 근시안적이고 어리석은 짓입니다! 마르쿠스 아이밀리우스, 당신은 최하층민 군대가 엉터리일 거라고 확신하고 있습니다. 하지만 저는 그들이 훌륭한 병사가 될 거라고 생각합니다! 그들에게 급료를 지불하는 데 계속 불평을 해야겠습니까? 그들이 복무를 끝냈을 때 은퇴 선물도 주지 않을 작정입니까? 그게 당신이 원하는 것입니까, 마르쿠스 아이밀리우스?

저는 국가가 공유지 일부를 내주어 최하층민 퇴역병이 경작하거나 팔 수 있는 작은 땅을 받을 수 있기를 바랍니다. 일종의 연금이지요. 이렇게 되면 격감된 소규모 자작농 계층에 꼭 필요한 새로운 피가 주입되는 것입니다. 이것이 로마에 좋은 일이 아니고 무엇이겠습니까? 의원 여러분, 로마는 자신의 부를 고래들만이 아니라 청어들과도 기꺼이 나누어야만 더 부유해질 수 있음을 어째서 모르십니까?"

하지만 원로원 의원들이 벌떡 일어나면서 소란이 일자, 수석 집정관 롱기누스는 신중함을 그날의 의사일정으로 택했다. 그는 폐회를 선언하고 의원들을 해산시켰다.

마리우스와 술라는 보병 2만 480명, 자유인 비전투원 5천120명과 노예 비전투원 4천 명, 기병 2천 명과 기병 보조 비전투원 2천 명을 찾는 일에 착수했다.

"내가 로마를 맡을 테니 자네는 라티움 지역을 맡게." 마리우스가 유쾌하게 말했다. "자네나 나나 멀리 이탈리아 지역까지 갈 일은 없을 걸세. 이제 시작이네, 루키우스 코르넬리우스! 저들의 온갖 짓거리에도 불구하고 시작된 거야. 장인어른께 무기와 갑옷 제조소와 도급업체 쪽을 맡아달라고 부탁했고, 처남들을 데려오도록 아프리카에 사람을 보냈다네. 도움이 될 걸세. 내가 보기에 섹스투스나 가이우스 2세 모두 진정한 지도자감은 아니지만 훌륭한 부하는 될 수 있어. 근면하고 똑똑하고 충성스럽거든."

마리우스는 술라를 서재로 데려갔다. 두 남자가 기다리고 있었다. 한 사람은 술라가 어렴풋하게 얼굴을 기억하는 삼십대 중반의 원로원 의원이었고, 한 사람은 열여덟 살 정도로 보이는 청년이었다.

마리우스는 자신의 재무관에게 두 사람을 소개했다.

"루키우스 코르넬리우스, 이쪽은 아울루스 만리우스네. 선임 보좌관 중 한 명이 되어달라고 부탁했다네." 마리우스는 원로원 의원을 가리켰다. 파트리키인 만리우스 집안사람이군, 하고 술라는 생각했다. 마리우스는 정말이지 온갖 계층에 친구와 피호민이 있어.

"이 젊은이는 퀸투스 세르토리우스네. 리아라고 불리는 내 친척, 네르사이의 마리아의 아들일세. 내 개인 참모로 삼을 생각이야." 사비니족이군, 하고 술라는 생각했다. 그들은 군대에서 무척 요긴하다고 들은 적이 있었다. 다소 비정통적이지만 매우 용감하며, 불굴의 정신을 갖고 있다고 했다.

"좋아, 이제 일을 시작하지." 활동가 마리우스는 말했다. 그는 로마 군대가 어때야 하는지에 관한 자신의 생각을 실행하기 위해 20년 넘게 기다려온 남자였다.

"우리는 일을 나눠서 할 걸세. 아울루스 만리우스, 노새와 짐마차, 군장, 비전투원, 식료품부터 포까지 모든 주요 물품 공급을 담당하게. 나의 두 처남이 곧 도착해서 도울 걸세. 자네가 3월 말까지는 아프리카로 출항할 준비를 마쳤으면 하네. 자네에게 필요하다면 어떤 도움이라도 받을 수 있네만, 우선 비전투원들을 찾는 것부터 시작하라고 제안하겠네. 그중 제일 괜찮은 자들을 골라서 조수로 쓰게나. 그렇게 하면 돈도 절약하면서 그들을 훈련할 수 있을 걸세."

세르토리우스는 그야말로 매혹된 표정으로 마리우스를 지켜보고 있었다. 술라에게는 이제 익숙해진 마리우스보다 세르토리우스가 더 매혹적으로 보였다. 성적으로 매력적이라는 뜻은 아니었다. 그러나 이 청년에게는 그토록 젊은 사람치고는 이상할 정도의 힘이 있었다. 그는 훗날 신체적으로 매우 강해질 것이 분명했다. 아마 그 점이 술라가 느낀 매력에 기여했을 것이다. 청년은 키가 컸지만 이미 근육이 발달할 대로 발달하여 오히려 작아 보였기 때문이다. 각진 얼굴과 굵은 목에, 움푹 들어간 연갈색 눈은 위압적이고 범상치 않아 보였다.

"나는 4월 말까지 첫번째 병사들과 함께 출항할 생각이네." 마리우스는 술라를 쳐다보며 말을 이었다. "루키우스 코르넬리우스, 나머지 군단들을 조직하고 유능한 기병대를 모집하는 일은 자네에게 맡기겠네. 7월까지 모든 일을 끝내고 출항하기를 바라네." 마리우스는 고개를 돌려 젊은 세르토리우스를 보고 웃음을 지었다. "퀸투스 세르토리우스, 너도 계속 바쁘게 해줄 테니 걱정 말거라! 하는 일도 없는 친척을 옆에 둔다는 말을 들어서는 안 되니까."

청년은 천천히 그리고 사려 깊게 웃음을 지었다. "저도 바쁘게 지내고 싶습니다, 가이우스 마리우스."

최하층민들은 떼지어 몰려와서 입대했다. 로마는 일찍이 이런 일을 목도한 적이 없었다. 또한 원로원의 그 누구도 그들이 이러한 반응을 보일 것이라고 예상하지 못했다. 그들에게 최하층민은 성가신 폭동을 막기 위해 값싼 곡물을 공급해야 할 곡물 부족 시기 외에는 굳이 생각조차 해본 적 없는 사회집단이었다.

며칠도 지나지 않아, 완전한 로마 시민권을 지닌 신규 지원병이 2만 480명을 넘었다. 그러나 마리우스는 모병을 멈추지 않았다.

"지원하는 사람은 모두 받아줄 걸세." 마리우스가 술라에게 말했다. "메텔루스에게 6개 군단이 있는데 나라고 6개 군단을 갖지 말라는 법이 있나. 더군다나 국가가 비용을 대는데 말이지! 스카우루스의 말대로 된다면 이런 일은 다시 일어나지 않을 것이고, 그렇다면 로마에는 2개 군단이 더 필요할 수 있어. 내 본능이 그렇게 말한다네. 어쨌거나 올해는 본격적인 전쟁을 할 수 없을 테니 훈련과 군장 마련에 집중하는 게 나을 거야. 좋은 소식은 6개 군단이 모두 이탈리아 보조군이 아

니라 로마 시민군이 되리라는 거야. 즉 우리에게는 아직도 로마 최하층
민들이 많이 남았을 뿐 아니라, 앞으로도 활용할 수 있을 이탈리아 무
산자들도 있다는 뜻이지."

모든 것은 계획대로 진행되었다. 술라가 보기에, 마리우스가 사령부
에 있는 한 그것은 놀라운 일이 아니었다. 3월 말이 되자 아울루스는
수송선들에 노새와 투석기, 투사기, 무기와 마구는 물론 군대에 힘을
실어줄 온갖 물품을 싣고 네아폴리스에서 우티카로 출발했다. 아울루
스가 우티카에 내리자마자 수송선들은 네아폴리스로 돌아가 마리우스
를 태웠다. 그는 6개 군단 중 2개만 이끌고 출항했다. 술라는 이탈리아
에 남아 나머지 4개 군단을 무장시키고 정비했으며 기병대를 모았다.
마지막으로 그는 파두스 강을 건너 북쪽으로 멀리 이탈리아 갈리아까
지 가서 갈리아인과 켈트족 출신의 훌륭한 기병들을 모집했다.

마리우스의 군대에는 최하층민으로 구성된다는 것 외에도 여러 변
화가 있었다. 군대 경험이 전무한 병사들은 군 복무에 부수하는 일들에
대해 완전히 무지했다. 따라서 변화에 저항하거나 반대할 입장이 아니
었다. 기존의 전술 단위인 보병중대는 로마군이 종종 상대해야 했던 훈
련받지 않은 대규모 군대와 싸우기에 너무 작다는 사실이 오래전에 입
증되었다. 따라서 실전에서는 점차 중대의 세 배 규모인 대대가 활용되
고 있었다. 그러나 아무도 군단을 중대가 아닌 대대로 공식 재편성하거
나, 중대가 아닌 대대에 맞추어 백인대장 위계를 개혁하지 않았다. 그
런데 마리우스는 집정관이 된 첫해의 봄과 여름 내내 이를 실행에 옮
겼다. 이제 중대는 작고 보기 좋은 행진 단위로만 존재했다. 대대가 최
우선이었다.

그러나 무산자들로 군대를 편성하는 데는 예기치 못한 단점들이 있

었다. 전통적인 자산가 병사들은 대부분 읽기와 쓰기, 셈을 할 줄 알아서 깃발과 숫자, 문자와 상징을 어렵지 않게 이해했다. 하지만 마리우스의 병사들은 대부분 문맹인데다 셈을 할 줄 아는 사람도 드물었다. 술라는 같은 막사에서 동고동락하는 여덟 병사를 한 조로 삼고, 읽고 쓸 줄 아는 사람을 그중에 적어도 한 명 이상 배치하여 고참 자격을 주는 대신 동료들에게 숫자와 문자, 상징과 표준을 가르치도록 하고 가능할 경우 읽고 쓰는 법도 가르치게 했다. 그러나 진전은 느렸다. 전투를 할 수 없을 아프리카의 겨울 장마철쯤에나 모두가 완벽하게 읽고 쓸 수 있을 듯했다.

한편 마리우스는 자신의 병사들을 위해 단순하면서 감정에 크게 호소하는 단결 목표를 고안했다. 그리고 모든 병사들에게 새로운 목표에 대한 미신적인 경외감과 존경심을 확실하게 주입시켰다. 그는 은을 입힌 긴 막대기 위에 멋지게 날개를 펼친 은 독수리를 달아 군단마다 나눠주었다. 이 은 독수리기는 각 군단에서 가장 뛰어나다고 여겨지는 자가 들고 다닐 것이다. 이 은 독수리 기수는 유일하게 은 갑옷과 사자가죽 옷을 입었다. 마리우스는 그 독수리가 로마를 위한 군단의 상징이라고 말했고, 모든 병사들로 하여금 자기 군단의 독수리가 적의 수중에 떨어지는 것을 보느니 죽음을 택하겠다는 무시무시한 맹세를 하게 했다.

물론 마리우스는 자신이 하는 일을 정확하게 파악하고 있었다. 반평생 군인으로 살아왔고 지금도 군인인 그는 확고한 생각을 갖게 되었고, 실제 사병들에 대해 어느 지체 높은 귀족보다도 많은 것을 알고 있었다. 그는 그동안 열등한 태생 탓에 관찰하기 완벽한 위치에 있었다. 한편으로, 우월한 지성을 통해 관찰한 것을 근거로 추론하기 완벽한 위치이기도 했다. 그의 개인적인 공적들은 과소평가되었으며, 그의 부인할 수 없는 재능은 대부분 상관들의 진급에 이용되었다. 마리우스는 첫 집정관 직에 오르기까지 엄청나게 오랜 세월을 기다리면서 생각하고, 생각하고, 또 생각해왔던 것이다.

마리우스가 로마에서 촉발시킨 대격변에 대한 퀸투스 카이킬리우스 메텔루스의 반응은 그의 아들조차 놀라게 했다. 그는 언제나 이성적이고 자제력 있는 인물로 여겨졌지만, 자신의 아프리카 지휘권이 마리우스에게 넘어갔다는 소식을 듣자 곧바로 정신이 나가버렸다. 그는 눈물을 터뜨리고 울부짖으며 머리카락과 가슴을 쥐어뜯었다. 그것도 자기 집무실에서 혼자 그런 것이 아니라 우티카의 시장에서 그러는 바람에, 카르타고 사람들의 구경거리가 되었다. 슬픔과 최초의 충격이 지나가고 관저로 돌아와서도 그는 누가 마리우스의 이름만 말하면 또다시 대성통곡했다. 그러면서 누만티아, 삼총사, 돼지 어쩌고 하며 알 수 없는 말을 지껄여댔다.

그러나 그는 수석 집정관 롱기누스에게서 온 편지를 읽고 상당히 기운을 차리고 며칠 동안 자기 휘하 6개 군단의 동원 해제 업무를 처리했다. 그는 병사들에게 이탈리아에 도착하는 즉시 재입대하여 롱기누스 휘하에서 복무한다는 동의를 얻어냈다. 롱기누스가 편지에 썼듯, 자기 군대도 없을 벼락출세자 마리우스가 아프리카에서 할 수 있는 것보다 롱기누스가 알프스 너머 갈리아에서 게르만족과 볼카이 텍토사게스족 동맹을 상대로 올릴 성과가 훨씬 나을 것이기 때문이었다.

메텔루스는 마리우스가 군대 문제를 어떻게 해결했는지 몰랐다(로마로 돌아오고 나서야 알게 될 터였다). 그는 3월 말에 6개 군단을 모두 데리고 우티카를 떠났다. 동남쪽으로 약 160킬로미터 떨어진 하드루메툼 항구로 가서 마리우스가 지휘권을 인수하러 속주에 도착했다는 소식을 부루퉁하게 기다리고 있었다. 우티카에는 마리우스를 기다릴 사람으로 푸블리우스 루틸리우스 루푸스를 남겨두었다.

따라서 마리우스가 입항했을 때 부두에 마중나온 사람은 루푸스였다. 그는 마리우스에게 정식으로 속주를 인계했다.

"똥돼지는 어디 갔나?" 마리우스는 루푸스와 함께 총독 관저로 걸어가면서 물었다.

"자기 군대를 몽땅 데리고 저멀리 하드루멘툼까지 가서 장엄한 분노에 탐닉하고 있지." 루푸스가 한숨을 쉬었다. "그는 유피테르 스타토르 신에게 다시는 자네와 만나지도 얘기하지도 않겠다고 맹세했다네."

"멍청한 자식." 마리우스가 웃으며 말했다. "최하층민과 신규 군대에 대해 쓴 내 편지들을 받아보았나?"

"물론. 그뿐 아니라 아울루스 만리우스가 여기 도착한 뒤 어찌나 자네를 찬양해대는지 귀가 따가울 지경이라네. 기발한 계획이야, 마리우스." 하지만 마리우스를 바라보는 루푸스는 웃고 있지 않았다. "그들은 자네가 무모함에 대한 대가를 치르게 만들 것이네. 반드시 그럴 거야!"

"그러지 못하리란 걸 알잖나. 나는 그들을 제대로 휘어잡았어. 모든 신들에 맹세컨대, 내가 죽는 날까지 그럴 걸세! 난 원로원을 갈아서 먼지로 만들어버릴 거네, 푸블리우스."

"자넨 성공하지 못할 거야. 결국은 원로원이 자네를 갈아서 먼지로 만들 걸."

"말도 안 돼!"

그 문제에 대해 루푸스는 마리우스의 생각을 조금도 바꿀 수 없었다.

우티카는 무척 근사한 도시였다. 회반죽을 바른 건물들은 겨울 장마 후 모두 새로 흰 칠이 되어 있었다. 적당히 높은 건물들, 꽃을 피운 나무들, 나른한 온기, 알록달록한 옷을 입은 사람들로 이루어진 환하고 청결한 도시였다. 작은 광장과 시장은 노점과 찻집으로 가득했다. 광장 가운데에는 정자나무들이 자랐다. 자갈과 포석은 씻은 듯 깨끗했다. 로마와 그리스 이오니아 지역, 카르타고의 도시들 대부분처럼 우티카에도 훌륭한 배수 및 하수 설비가 있었다. 공중목욕탕도 있었고, 저멀리 푸르스름하고 아름답게 솟아오른 산들로부터 수도교를 통해 끌어오는 훌륭한 상수도가 있었다.

"푸블리우스 루틸리우스, 앞으로 어떻게 할 건가?" 두 사람이 총독의 서재에 도착해 자리에 앉자마자 마리우스가 물었다. 그들은 메텔루스의 예전 하인들이 한 발을 뒤로 빼면서 마리우스에게 절하는 것을 보고 즐거워했다. "내 보좌관으로 계속 여기 있고 싶은가? 제일 높은 자리는 아울루스 만리우스에게 넘기지 않았다네."

루푸스는 단호하게 고개를 저었다. "아닐세, 가이우스 마리우스, 귀국할 거네. 똥돼지가 떠났으니 내 임기도 끝났어. 게다가 아프리카라면 지긋지긋하네. 솔직히 난 불쌍한 유구르타가 쇠사슬에 묶인 모습을 보고 싶지 않아. 자네가 총사령관이 되었으니 그는 결국 그렇게 되겠지. 나에게 필요한 건 로마와 약간의 여유, 글을 쓰고 친구들과 우정을 쌓을 기회라네."

"내가 조만간 자네에게 함께 집정관 선거에 출마하자고 부탁한다면 어떻게 하겠나?"

루푸스는 당혹스러워하면서도 무척 날카로운 눈으로 마리우스를 바라보았다. "또 무슨 일을 꾸미는 건가?"

"내가 자그마치 일곱 번이나 로마의 집정관이 된다는 예언을 들었다네."

다른 사람이었다면 웃거나 비웃거나 믿을 수 없었을 것이다. 하지만 루푸스는 그러지 않았다. 그는 친구 마리우스를 잘 알고 있었다. "대단한 운명이군. 그렇다면 자네는 동료들보다 더 높이 올라가게 될 텐데, 그것에 찬성하기엔 난 이미 뼛속까지 로마인이라네. 하지만 자네의 운명이 그렇다면 자네도 나도 어쩔 수 없겠지. 내가 집정관이 되고 싶으냐고? 그럼, 물론이지! 나는 우리 집안의 위상을 높이는 것을 내 의무로 여기니까. 자네한테 내가 필요한 때가 온다면 딱 일 년만 함께하겠네, 가이우스."

"꼭 그런 때가 올 것이네." 마리우스가 만족스럽게 말했다.

마리우스가 총사령관이 되었다는 소문이 두 아프리카 왕들의 귀에 들어갔다. 보쿠스 왕은 겁을 먹고 곧바로 마우레타니아로 도망쳐버렸다. 유구르타 혼자 마리우스와 싸우게 된 것이다. 하지만 도망친 장인도, 마리우스의 새로운 직위도 유구르타를 겁먹게 하지는 못했다. 그는 가이툴리족 병사를 모집하고 때를 기다렸다. 마리우스가 먼저 움직이도록 만들 생각이었다.

6월 말에는 4개 군단이 아프리카 속주에 도착했다. 병사들의 발전에 크게 만족한 마리우스는 그들을 이끌고 누미디아로 들어갔다. 마을을 약탈하고 농장을 강탈하며 작은 전투에서 싸우는 데 집중하면서, 마리우스는 비천한 신병들이 실전 경험을 쌓도록 하고 그들을 작지만 위협적인 군대로 변모시켰다. 하지만 로마군이 규모도 작은데다 최하층민으로 구성되었다는 사실을 알게 된 유구르타는 전투를 하는 위험을 감수하고라도 키르타를 탈환하기로 결정했다.

그러나 키르타가 함락되기 전에 마리우스가 도착하는 바람에 유구르타는 전투를 벌일 수밖에 없게 되었다. 최하층민 병사들은 마침내 로마의 비판자들을 당황케 할 기회를 얻었다. 그리고 나중에 마리우스는 매우 기뻐하면서 원로원에 편지를 쓸 수 있었다. 그의 빈민 군대가 대단히 훌륭하게 처신했으며, 로마에 가진 재산이 없다고 해서 덜 용감하거나 덜 열성적인 모습을 보이지 않았다고. 사실 마리우스의 최하층민 군대는 유구르타를 참패시켰고, 유구르타는 잡히지 않으려고 방패와 창까지 버리고 도망쳐야 했다.

소식을 듣자마자 보쿠스 왕은 마리우스에게 사절을 보냈다. 그는 자신을 다시 로마의 피호민으로 받아달라고 간청했다. 마리우스가 대답하지 않자 왕은 더 많은 사절을 보냈다. 사절단은 간신히 마리우스를 접견할 수 있었지만, 곧바로 본국으로 돌아가 보쿠스 왕에게 마리우스는 어떠한 거래도 원하지 않는다고 전했다. 보쿠스는 생살이 드러나도록 손톱을 물어뜯으며, 유구르타의 감언에 넘어갔던 것을 후회했다.

마리우스는 유구르타가 확보한 누미디아의 영토를 모두 빼앗는 데 전념했다. 유구르타가 영토 내의 비옥한 강 유역과 해안에서 병사와 물품을 구하거나 부수입을 얻지 못하게 하기 위해서였다. 이제 유구르타가 피난처와 병사들을 확보하고 로마군으로부터 무기와 보물을 지킬 수 있는 곳은, 내륙의 베르베르인 가이툴리족과 가라만테스족의 영역밖에 없었다.

율릴라는 6월에 병약한 칠삭둥이 딸을 낳았다. 7월 말에는 율리아가 열 달을 다 채워 크고 건강한 아들을 낳았다. 어린 마리우스의 동생이었다. 그러나 8월의 악취나는 여름 안개가 사악한 독기로 로마의 언덕들을 휘감아 장티푸스가 돌았을 때, 살아남은 것은 율리아의 건강한 아들이 아니라 율릴라의 허약한 딸이었다.

"딸도 나쁘지 않소." 술라는 아내에게 말했다. "하지만 내가 아프리카로 떠나기 전에 당신은 다시 임신을 할 거고, 이번에는 아들을 낳을 거요."

율릴라는 빽빽 울고 토해대는 딸아이를 술라에게 낳아준 것이 불만스러웠다. 그래서 대단히 열성적으로 아들 만들기에 돌입했다. 참으로 이상하게도, 마른데다 건강하지도 않고 늘 짜증을 내는 율릴라가 첫 임신과 출산을 율리아보다 훨씬 수월하게 치렀다. 율리아는 체격도 더 좋고 결혼과 모성이라는 폭풍에 대한 감정적인 대비도 잘되어 있었지만, 두번째 임신 동안 매우 고생을 했다.

"그래도 딸은 나중에 우리한테 필요한 누군가에게 시집보낼 수 있을 거야." 율릴라는 율리아에게 말했다. 율리아의 둘째 아들이 죽은 후인 가을이었다. 이즈음 율릴라는 자신이 또 아이를 가졌다는 사실을 알게 되었다. "이번에는 아들이었으면 좋겠어." 율릴라가 콧물을 흘렸다. 그녀는 코를 훌쩍거리며 아마포 손수건을 찾았다.

여전히 아기의 죽음을 슬퍼하고 있던 율리아는 여동생에 대한 자신의 인내와 연민이 예전보다 줄어들었음을 깨달았다. 어머니가 율릴라에게는 영구적인 결점이 생겼다고 잔인하게 말한 이유도 이해할 수 있었다.

어린 시절을 함께한 사람에게 무슨 일이 일어나고 있는지 결코 제대로 이해할 수 없다니 희한한 일이라고 율리아는 생각했다. 율릴라는 전속력으로 늙어가고 있었다. 신체적인 노화도, 심지어 정신적인 노화도 아니었다. 극도로 자기 파괴적인 영혼의 노화였다. 단식은 어떤 의미에서 율릴라를 훼손시켜 행복한 삶을 살 수 없게 만들었다. 아니, 어쩌면 율릴라는 깔깔대는 웃음과 농담, 가족들을 그토록 매료시킨 소녀의 장난들 뒤에서 본래 항상 그런 상태였는지도 모른다.

다들 율릴라가 병 때문에 이렇게 변했다고 믿고 싶어한다고 율리아는 슬프게 생각했다. 다들 바깥에서 원인을 찾고 싶어 했다. 그러지 않으면 율릴라의 약점이 늘 그애에게 내재되어 있었다고 인정해야만 하니까.

아름다움이 사라진 율릴라는 율릴라가 아니었다. 마력적인 벌꿀색과 호박색, 우아한 움직임, 흠잡을 데 없는 이목구비. 하지만 최근 들어 그녀의 커다란 눈 밑에 그늘이 생겼고, 양볼과 코 사이에는 이미 두 줄기 주름이 패었으며, 움푹 들어간 입가는 아래로 처져 있었다. 그렇다. 그녀는 지치고 불만스럽고 불안해 보였다. 말투에도 희미하게 불만기가 있었고, 종종 땅이 꺼져라 한숨을 내쉬었다. 무의식적이겠지만 아주 짜증나는 습관이었다. 코를 훌쩍거리는 습관도 마찬가지였다.

"혹시 포도주 있어?" 율릴라가 갑자기 물었다.

율리아는 눈을 깜빡거렸다. 자신이 조금 분개했음을 깨닫고, 그처럼 깐깐하게 반응하는 스스로에게 화가 났다. 어쨌거나 요즘은 여자들도 포도주를 마시지 않는가! 이제 사람들은 포도주를 마신다고 도덕적으로 문란하게 여기지도 않았다. 율리아에게조차 가증스럽도록 편협하고 위선적으로 보이는 일부 패거리만 빼놓고. 하지만 카이사르의 집에서 자랐고 스무 살밖에 안 된 여동생이 아침부터 식탁도 아니고 남자들도 없는 자리에서 포도주를 달라고 하다니. 충격이었다!

"물론 있지."

"한잔 마시고 싶어." 율릴라는 포도주를 달라고 하기까지 속으로 무척 갈등했다. 율리아는 분명 한마디할 것이며, 연상에 강인하고 성공적인 삶을 사는 자매에게 비난받는 것은 불쾌한 일이기 때문이다. 하지만 부탁하지 않을 수가 없었다. 언니와의 대화는 힘들었다. 너무 오랜만에 만난 터라 더욱 그러했다.

이즈음 율릴라는 가족들을 더이상 견딜 수 없다는 걸 깨달았다. 그녀는 가족들에게 흥미를 잃었다. 그들이 지겨웠다. 율리아는 특히 더 지겨웠다. 순식간에 로마에서 가장 존경받는 젊은 부인들 중 하나가 된 집정관의 아내, 절대로 실수를 하지 않는 사람. 그것이 율리아였다. 자기 운명에 만족하고 그 무시무시한 마리우스를 사랑하는 모범적인 아내이자 어머니. 정말이지 따분했다.

"평소에도 아침에 술을 마시니?" 율리아가 최대한 아무렇지 않은 척하며 물었다.

으쓱하는 어깨, 파닥거리는 두 손, 허를 찔렸다는 기색이 역력하지만 진지하게 받아들이지 않으려는 듯 살짝 상기된 얼굴. "아, 술라가 그래. 그런데 그이는 혼자 마시는 걸 싫어하거든."

"술라? 넌 그를 코그노멘으로 부르니?"

율릴라가 웃었다. "아, 율리아, 언닌 구식이야! 당연하지, 우리가 무슨 원로원 의사당에서 사는 것도 아니고! 내 친구들은 요즘 다들 코그노멘으로 불러. 멋지잖아. 거기다 술라도 내가 그렇게 부르는 걸 좋아해. 루키우스 코르넬리우스라고 부르면 천 살은 먹은 느낌이 든대."

"그렇다면 아마 나는 구식인가보지." 율리아가 아무렇지 않은 척하려고 애쓰며 말했다. 갑자기 그녀의 얼굴이 미소로 환해졌다. 아마도 빛 때문이었겠지만, 그 순간 그녀는 동생보다 더 젊고 아름다워 보였다. "하지만 나한텐 핑계가 있어. 가이우스 마리우스는 코그노멘이 없잖아."

포도주가 나왔다. 율릴라는 유리잔에 포도주를 따랐지만, 목이 길쭉한 설화석고 물병은 거들떠보지 않았다. "나도 그 점이 궁금했어." 그녀는 포도주를 죽 들이켰다. "형부는 유구르타를 무찌른 후에 분명 아주 인상적인 코그노멘을 쓰게 될 거야. 그 거만한 울보 메텔루스가 개선식을 하고 누미디쿠스라는 코그노멘을 차지하다니, 원로원을 꼬드긴 게 분명해! 누미디쿠스는 형부에게 남겨졌어야 하는데!"

율리아는 여러 사실을 꼼꼼하게 고려하여 말했다. "메텔루스 누미디쿠스는 개선식을 할 자격이 있었어, 율릴라. 그는 누미디아인을 충분히 죽였고 전리품도 충분히 가져왔어. 그가 누미디쿠스로 불리고 싶어했고 원로원이 허락했다면 얘기는 끝난 것 아니니? 게다가 가이우스 마리우스는 늘 자기 아버지의 단순한 라틴어 이름만으로도 충분하다고 말해왔어. 카이킬리우스 메텔루스는 열 명도 넘지만, 가이우스 마리우스는 단 한 사람뿐이야. 두고 보렴, 내 남편은 코그노멘처럼 인위적인 장치로 자신을 돋보이게 할 필요가 없을 거야. 그는 로마의 일인자가 될 거니까. 오로지 뛰어난 능력으로 말이야."

율릴라는 언니가 마리우스 같은 사람을 칭송하는 것을 보자 속이 메슥거렸다. 형부에 대한 그녀의 감정은 그의 관대함에 대한 자연스러운 감사와, 새로운 친구들에게서 영향을 받은 경멸이 뒤섞인 것이었다. 그녀의 친구들은 모두 마리우스를 벼락출세자라며 멸시했고, 당연히 그의 아내도 멸시했다. 그래서 율릴라는 술잔을 다시 채우고 화제를 바꾸었다.

"포도주가 괜찮네, 언니. 형부는 실컷 즐길 만큼 돈이 많은 것 같아." 율릴라는 포도주를 마셨지만 첫 잔보다는 조금씩 마셨다. "언니는 형부를 사랑해?" 율릴라는 물었다. 갑자기 그 점이 정말로 궁금해진 것이다.

율리아는 얼굴을 확 붉혔다. 본심을 드러낸 것이 민망해서 그녀는 방어조로 대답했다. "물론 사랑하지! 사실 지금도 그가 너무나 그리워. 그게 잘못된 건 아니잖니, 심지어 네 친구들 사이에서도 말이야. 넌 루키우스 코르넬리우스를 사랑하지 않니?"

"사랑해!" 이제는 자신이 방어할 차례임을 깨닫고 율릴라가 말했다. "하지만 그가 그립지는 않아, 정말이야! 그가 2, 3년 멀리 떠나 있으면 이번 아이가 태어나자마자 또 임신하지 않아도 될 테니까." 그녀는 코를 훌쩍거렸다. "원하는 몸무게보다 1탈렌툼이나 더 나가는 몸으로 뒤뚱뒤뚱 걸어다니는 건 내게 행복이 아니야. 난 깃털처럼 떠다니고 싶어, 무거운 느낌은 질색이라고! 난 결혼한 뒤로 쭉 임신해 있거나 출산에서 회복하고 있거나 둘 중 하나였어. 웩!"

율리아는 노여움을 억누르고 차갑게 말했다. "임신하는 것이 너의 일이야."

"어째서 여자들은 절대로 자기가 할 일을 직접 선택할 수 없는 거야?" 율릴라가 눈물이 날 것 같은 기분으로 물었다.

"말도 안 되는 소리 좀 그만하렴!" 율리아가 쏘아붙였다.

"어쨌건 끔찍한 인생이란 건 확실해." 율릴라가 마침내 술기운을 느끼며 반항적으로 말했다. 그러자 기분이 나아졌다. 그녀는 의식적으로 힘을 쥐어짜서 웃음을 지었다. "싸우지 말자, 언니! 엄마가 나한테 상냥하지 않으신 것만으로도 충분히 슬프니까."

그것은 사실이라고 율리아도 인정했다. 마르키아는 율릴라가 술라 때문에 한 행동을 절대로 용서하지 않았다. 하지만 그 이유는 여전히 수수께끼였다. 아버지는 겨우 며칠 동안만 차가운 태도를 보였고, 율릴라의 몸이 회복되자 예전처럼 따뜻하고 유쾌하게 대해주었다. 그럼에도 어머니의 냉담한 태도는 계속되었다. 불쌍한 율릴라! 술라는 정말로 아침마다 율릴라에게 같이 술을 마시자고 했을까? 아니면 그냥 율릴라의 변명일까? 그리고 '술라'라니! 존경심이 결여된 호칭이다.

9월의 첫 주말에 술라는 아프리카에 도착했다. 나머지 두 군단과 갈리아 지방에서 데려온 훌륭한 켈트족 기병 2천 명과 함께였다. 누미디아 원정 개시를 위해 고민 중이던 마리우스는 술라를 반갑게 맞이한 다음 곧바로 일에 투입했다.

"유구르타를 도망치게 만들었다네." 마리우스가 의기양양하게 말했다. "내 군대를 총동원하지도 않고서 말이야. 이제 자네가 왔으니 본격적으로 전투를 하게 되겠군, 루키우스 코르넬리우스."

술라는 율리아와 카이사르의 편지를 건넸다. 그러고는 용기를 내어, 마리우스가 얼굴도 보지 못한 그의 차남의 죽음에 조의를 표했다.

"진심으로 애도를 표합니다." 술라는 자신의 약해빠진 딸 코르넬리아는 끈질기게 목숨을 부지했다는 사실을 어색하게 의식하며 말했다.

마리우스의 얼굴에 그늘이 한번 스치더니 이내 결연한 표정이 되었다. "고맙네, 루키우스 코르넬리우스. 자식은 앞으로 또 낳으면 될 것이고, 내게는 어린 마리우스가 있잖나. 내 아내와 어린 마리우스는 잘 있는가?"

"아주 잘 지냅니다. 율리우스 카이사르 집안사람들도 잘 지내고요."

"잘됐군!" 사적인 이야기는 일단 그것으로 끝났다. 마리우스는 편지를 옆 탁자에 올려둔 다음, 특수 처리된 송아지 양피지에 그린 커다란 지도가 펼쳐져 있는 자신의 책상으로 갔다. "마침 누미디아를 직접 시험할 수 있는 때에 왔네. 우린 여드레 후에 캅사로 떠날 걸세." 마리우스의 예리한 갈색 눈은 껍질이 벗겨지고 얼룩덜룩한 술라의 얼굴을 훑었다. "루키우스 코르넬리우스, 우티카의 시장을 뒤져서 제일 큰 챙이 달린 튼튼한 모자를 하나 사는 게 어떻겠나. 보아하니 여름 내내 이탈리아의 야외를 돌아다녔나보군. 누미디아의 태양은 이탈리아의 태양보다 훨씬 더 뜨겁고 혹독하다네. 자네 피부는 여기서 불쏘시개처럼 타버릴 걸세."

사실이었다. 술라의 티 없이 하얀 피부는 과거엔 대부분 실내에서 보낸 덕으로 보호받았지만, 여러 달 이탈리아 전역을 돌아다니며 병사들을 교련하고 최대한 비밀스럽게 자신을 단련하는 과정에서 손상을 입었다. 술라의 자존심은 남들이 용감히 태양과 맞서는 동안 그늘에 숨어 있는 것을 허락하지 않았다. 그는 신분에 맞지만 피부를 보호하는 데는 전혀 도움이 되지 않는 아티케식 투구를 고집했다. 최악의 일광화상은 이제 회복된 상태였다. 색소가 거의 없는 술라의 피부는 그을지 않았고, 회복되거나 회복중인 부위들은 예전처럼 흰색이었다. 햇볕에 오랫동안 노출된 후에도 팔다리는 그럭저럭 견뎌냈다. 하지만 얼굴은 전혀 그렇지 못했다.

모자를 쓰라는 제안에 대한 술라의 반응을 보고, 마리우스는 그의 속내를 어느 정도 눈치챘다. 마리우스는 자리에 앉아 포도주가 놓인 쟁반을 가리켰다. "루키우스 코르넬리우스, 나는 열일곱 살에 입대한 이래 이런저런 이유로 비웃음을 당했네. 처음에는 너무 깡마르고 왜소하다고, 나중에는 너무 크고 볼품없다고 말이지. 게다가 난 그리스어를 할 줄 몰랐네. 로마인이 아닌 이탈리아인이었고. 그래서 자네가 부드럽고 하얀 피부 때문에 느끼는 수치심을 이해하네. 하지만 지휘관인 나로서는, 자네가 건강과 신체적인 평안을 유지하는 것이 중요하다네. 자네가 동료들에게 보여줘야 한다고 생각하는 적당한 인상보다 더. 챙 넓은 모자를 쓰게! 그리고 여성용 두건이든 리본이든, 금색과 자주색이 섞인 끈이든 간에 찾아서 모자가 벗겨지지 않도록 고정시키게. 비웃는 사람은 똑같이 비웃어주게. 그러면 곧 아무도 자네 모자에 신경쓰지 않을걸세. 햇볕 흡수를 줄여주는 진한 연고나 크림도 구해서 바르게. 자네가 뛰어난 군인이라면, 향수 냄새가 나더라도 뭐가 문제겠는가?"

술라는 웃으며 고개를 끄덕였다. "옳으신 말씀이고 훌륭한 충고입니다. 그렇게 하겠습니다, 가이우스 마리우스."

"좋아."

침묵이 내려앉았다. 마리우스는 초조하고 불안해 보였다. 하지만 술라가 보기에 그것은 자신과는 아무 상관 없는 이유 때문이었다. 순간적으로 술라는 그 이유가 무엇인지 깨달았다. 그 역시 같은 이유로 괴로워하고 있지 않은가? 전 로마가 괴로워하고 있지 않은가?

"게르만족." 술라가 말했다.

"게르만족." 마리우스가 말한 뒤 물을 섞은 포도주가 담긴 잔으로 손을 뻗었다. "루키우스 코르넬리우스, 그들은 어디서 왔고 어디로 향하는 중인가?"

술라는 가볍게 몸을 떨었다. "그들은 로마로 오고 있습니다. 우리 모두가 직감하고 있는 사실이지요. 그들이 어디서 왔는지는 모릅니다. 네메시스(그리스 신화에서 인과응보·복수의 여신—옮긴이)의 현현인지도 모르지요. 우리가 아는 것은 그들에게 고향이 없다는 것뿐입니다. 우리가 두려워하는 것은, 그들이 우리의 고향을 자기네 고향으로 삼으려고 할까봐서고요."

"그러지 않는다면 바보지." 마리우스가 침울하게 말했다. "최근 그들의 갈리아 급습은 일시적인 거라네, 루키우스 코르넬리우스. 사기를 진작시키며 때를 기다리고 있는 거야. 그들은 야만인일지 모르지만 가장 형편없는 야만인이라도 지중해 근처에 정착하려면 먼저 로마를 처리해야 한다는 건 알지. 그들은 쳐들어올 거야."

"저도 같은 생각입니다. 하지만 우리만 그리 생각하는 건 아닙니다. 온 로마가 그 생각에 빠져 있지요. 무시무시한 근심, 피할 수 없는 것들에 대한 더 심각한 공포. 거기다 로마의 연이은 패전이 상황을 악화시키고 있습니다." 술라가 말했다. "모든 것이 게르만족에게 유리하게 돌아갑니다. 심지어 원로원에서도 파멸에 대해, 그것이 이미 일어난 일인 것처럼 말하며 돌아다니는 자들이 있을 정도입니다. 게르만족이 신의 심판이라고 말하는 자들까지 있습니다."

마리우스는 한숨을 쉬었다. "심판이 아니야. 시험이지." 그는 술잔을 내려놓고 손깍지를 꼈다. "루키우스 카시우스에 대해 아는 대로 얘기해주게나. 긴급 공문들은 현실과 너무 동떨어져서 생각할 거리를 전혀 주지 않더군."

술라가 얼굴을 찡그렸다. "그는 메텔루스가…… 참, '누미디쿠스'라는 그 코그노멘은 어떻게 생각하십니까? 하여튼, 메텔루스가 아프리카에서 데려온 6개 군단을 인수해서 도미티우스 가도를 따라 나르보까지 행군시켰습니다. 길 위에서 여덟 주를 보내고 7월 초쯤 나르보에 도착한 것 같습니다. 그들은 유능한 병사들이었고 더 빨리 움직일 수 있을 것 같았지만, 병사들을 편하게 해주었다고 카시우스를 비난하는 사람은 아무도 없었습니다. 힘든 전쟁이 될 것이 뻔했으니까요. 아프리카에 병사를 단 한 명도 남겨두지 않기로 한 메텔루스의 결정 덕에 루키우스 카시우스의 군단은 2개 대대가 더 많은 규모였고, 이는 그의 보병이 4만 명에 육박했다는 뜻이지요. 거기다 행군하면서 친화적인 갈리아인들 중에서 모집한 기병대 3천여 명까지 있었습니다. 대군이었죠."

마리우스가 투덜거렸다. "그들은 유능한 병사들이었어."

"저도 압니다. 사실 저는 그들을 직접 보았습니다. 그들이 파두스 강 계곡을 통과하여 몬스 게나바 고개로 행군할 때였지요. 저는 기병대를 모집하고 있었습니다. 믿기 힘드시겠지만, 가이우스 마리우스, 저는 그때까지 행군중인 로마 군대를 본 적이 한 번도 없었습니다. 끝없는 횡렬이 줄줄이 이어졌는데, 모두 정식으로 무장하고 장비를 갖춘데다 제대로 된 물자 수송대까지 있었지요. 전 그 광경을 결코 잊지 못할 겁니다!" 술라는 한숨을 쉬었다. "어쨌거나…… 게르만족은 자기네 동족이라고 주장하는 볼카이 텍토사게스족과 합의를 본 것 같았습니다. 그들은 게르만족에게 톨로사 북동쪽 땅을 내어준 상황이었습니다."

"그 갈리아인들이 게르만족만큼이나 불가사의하다는 건 나도 인정한다네." 마리우스가 몸을 앞으로 숙이며 말했다. "하지만 여러 보고서에 따르면 갈리아인과 게르만족은 동족이 아니야. 어떻게 그들이 게르만족을 동족이라고 여기는 거지? 그들은 심지어 '장발의 갈리아인'도 아니고, 우리가 히스파니아를 차지하기 전부터 톨로사 근처에서 살아왔어. 그리스어를 알고 우리와 교역을 해. 그런데 어째서?"

"저도 모르겠습니다. 아무도 모르는 것 같더군요."

"방해해서 미안하네, 루키우스 코르넬리우스. 계속해보게나."

"나르보 해안에 이르자 루키우스 카시우스는 나이우스 도미티우스가 만든 우리의 훌륭한 도로를 따라 행군했죠. 그리고 톨로사로부터 멀지 않은 적절한 곳에서 군대가 최종 전투태세를 갖추게 했습니다. 볼카이 텍토사게스족이 게르만족과 뭉치는 바람에 로마군은 강력한 적을 상대하게 되었지요. 하지만 카시우스는 적절한 곳에서 적들을 전투에 끌어들여 완승을 거뒀습니다. 전형적인 야만인인 그들은 일단 패배하자 근처에서 꾸물거리지 않았습니다. 게르만족, 갈리아인 할 것 없이 목숨을 부지하기 위해 톨로사에서, 그리고 로마군으로부터 멀리 달아나버렸지요."

술라는 잠시 말을 멈추고 얼굴을 찡그리며 포도주를 더 마신 다음 술잔을 내려놓았다. "사실 저는 이 이야기를 포필리우스 라이나스에게서 직접 들었습니다. 그들은 제가 배를 타기 직전에 나르보에서 라이나스를 배에 태워 바다 건너편으로 데리고 갔거든요."

"불쌍한 사람, 그는 원로원의 희생양이 될 거야."

"물론입니다." 술라가 옅은 적갈색 눈썹을 치켜올리며 말했다.

"긴급 공문에 따르면 카시우스가 달아나는 야만인들을 따라갔다고 하던데." 마리우스가 재촉했다.

술라는 고개를 끄덕였다. "네, 그렇습니다. 야만인들은 가룸나 강의 양안을 따라 바다를 향해 달아났습니다. 카시우스가 톨로사를 떠나는 그들을 보았을 때는 예상한 대로 완전히 무질서한 상태였죠. 제 생각에 그는 그들을 그저 우둔한 야만인이라고 무시했던 것 같습니다. 적군을 추격할 때 우리 군대를 적당한 대형으로 배치하지도 않았거든요."

"그가 군대를 방어 행진 대형으로 만들지도 않았다는 말인가?"

마리우스가 믿을 수 없다는 듯이 물었다.

"네. 통상적인 도보 행군 때처럼 추격했답니다. 게르만족이 짐마차들을 버리고 달아날 때 주운 약탈품은 물론 짐도 전부 가져갔고요. 아시다시피 우리가 만든 도로는 톨로사에서 끝납니다. 그 때문에 가룸나 강을 따라 이국 영토로 들어가는 길에서 속도가 느려졌습니다. 그 와중에 카시우스가 가장 신경쓴 것은 물자 수송대를 잘 지키는 일이었고요."

"어째서 톨로사에 짐을 두고 가지 않은 거지?"

술라는 어깨를 으쓱했다. "그는 톨로사에 남은 볼카이 텍토사게스족을 믿지 못한 것 같습니다. 어쨌든 그가 가룸나 강을 따라가 멀리 부르디갈라까지 당도했을 때, 게르만족과 갈리아인은 완패 이후 최소 보름간은 회복을 취한 상황이었습니다. 그들은 부르디갈라 안쪽 내륙으로 이동했는데, 일반적인 갈리아식 요새보다 훨씬 크고 삼엄하게 요새화된 곳 같습니다. 무장이 잘된 건 말할 것도 없고요. 로마군이 자기네 땅에 들어오지 않기를 바랐던 그곳 원주민들은 군사 제공부터 부르디갈라를 내주는 것까지 가능한 모든 방식으로 게르만족과 갈리아인들에게 협조했습니다. 그래서 그들은 곧 빈틈없이 매복하며 카시우스를 기다렸지요."

"멍청한 자식!"

"우리 군대는 부르디갈라 동쪽 부근에서 야영을 했습니다. 그 요새로 진격하기로 결정했을 때, 카시우스는 물자 수송대를 진지에 남겨두고 반 개 군단이 보초를 서게 했습니다…… 죄송합니다, 그러니까 5개 대대입니다. 조만간 용어를 제대로 쓸 수 있도록 하겠습니다!"

마리우스가 웃음을 지었다. "그렇게 될 걸세, 루키우스 코르넬리우스, 내가 보증하지. 계속 얘기하게나."

"그는 조직화된 저항은 없을 거라고 확신했던 것 같습니다. 그래서 병사들에게 주의를 주거나 방형 배치를 시키지도 않은 채 부르디갈라로 행군했습니다. 전체 아군이 완벽한 덫에 걸려들었지요. 게르만족과 갈리아인은 로마군을 말 그대로 괴멸시켰습니다. 카시우스는 물론 그의 선임 보좌관도 전사했습니다. 포필리우스 라이나스는 로마군 총 3만 5천 명이 부르디갈라에서 전사했다고 추정합니다."

"포필리우스 라이나스는 물자 수송대와 진지를 관리하기 위해 남아 있었나보군, 맞나?"

"그렇습니다. 그는 물론 전장의 소리를 들었습니다. 그 소리는 바람을 타고 수 킬로미터를 떠내려왔고 그는 바람이 부는 방향에 있었지요. 하지만 그가 재앙에 대해 처음 안 것은 한줌밖에 안 되는 병사들이 목숨을 부지하러 진지로 도망쳐왔을 때였습니다. 그는 기다리고 또 기다렸지만 더이상 아군은 오지 않았습니다. 아군이 아니라 게르만족과 갈리아인이 들이닥쳤죠. 그의 말에 따르면, 적군 수천수만 명이 탈곡장의 쥐떼들처럼 진지 주변을 뒤덮어 어슬렁거렸답니다. 야만인떼는 승리의 광란에 빠져 창에 꽂은 로마인의 머리를 휘두르며 큰 소리로 승전가를 불렀습니다. 모두 몸집이 거대하고 노란 머리카락은 진흙을 발라 뻣뻣하게 세우거나 굵게 땋아 어깨에 늘어뜨리고 있었답니다. 무시무시한 광경이었다고 그는 말했습니다."

"우리가 앞으로 훨씬 더 자주 보게 될 광경이기도 하네, 루키우스 코르넬리우스." 마리우스가 침울하게 말했다. "계속해보게."

"라이나스가 그들에게 저항할 수도 있었다는 것은 사실입니다. 하지만 도대체 무엇을 위해서요? 그는 가능한 한 앞날을 도모하기 위해 가련한 생존 병사들을 구하는 편이 낫다고 생각했습니다. 그는 백기를 내걸고, 창을 거꾸로 들고 빈 칼집을 차고 걸어나가 적군 족장들을 만났습니다. 그들은 라이나스와 살아남은 우리 병사들을 모두 살려주었습니다. 또한 자기들이 우리처럼 탐욕스럽지 않다는 걸 보여주려고 우리 물자 수송대에도 손대지 않았습니다. 카시우스가 약탈해갔던 자기네

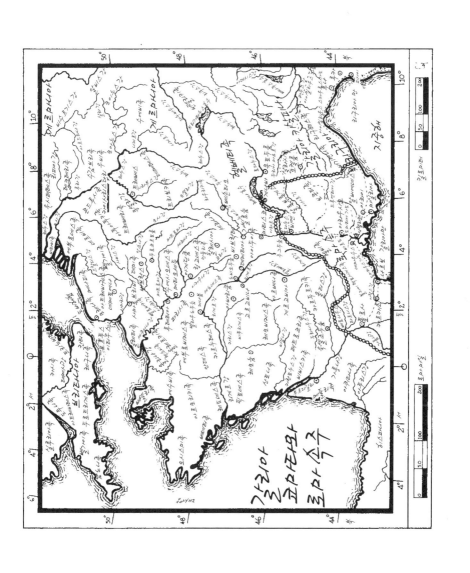

보물만 가지고 갔습니다." 술라는 숨을 들이쉬었다. "하지만 적들은 라이나스와 살아남은 병사들이 멍에 밑을 지나가게 만들었습니다. 그런 다음 로마군이 나르보에 도착할 수 있도록 톨로사까지 안전하게 데려다주었습니다."

"최근 몇 년간 로마군은 너무 자주 멍에 밑을 지나고 있어." 마리우스가 두 주먹을 불끈 쥐며 말했다.

"분명 그게 로마인들 대부분이 라이나스에게 분노하는 가장 큰 이유입니다. 그는 반역 혐의를 받겠지만, 그가 내게 한 말로 볼 때 아마 재판을 받을 때까지 로마에 머물지 않을 겁니다. 가져갈 수 있는 귀중품들을 싸들고 당장 망명할 계획인 것 같습니다."

"현명한 행보군. 적어도 그렇게 하면 완전히 파멸하지는 않을 테니까. 재판을 받으면 로마는 그의 전 재산을 몰수할 거네." 마리우스는 지도를 탁 쳤다. "하지만 우리는 카시우스처럼 되지 않을 거네, 루키우스 코르넬리우스! 무슨 수를 써서든 유구르타의 얼굴을 진흙탕에 처박을 거니까. 그러고는 고국으로 돌아가 인민들한테서 게르만족과 싸울 권한을 얻어낼 걸세!"

"그렇다면 그날을 위해 건배해야겠군요!" 술라는 술잔을 높이 들었다.

캅사 원정은 모두의 예상을 뛰어넘은 성공을 거두었다. 다들 인정했듯이, 오직 마리우스의 뛰어난 전쟁 수행능력 덕분이었다. 보좌관 아울루스 만리우스는 자신의 기병대를 속여 마리우스가 약탈 원정을 계획하고 있다고 여기도록 만들었다. 마리우스는 아울루스의 기병대를 전적으로 신뢰하지는 않았던 것이다. 스스로 로마와 가우다 편이라고 주장하는 누미디아인들이 섞여 있었기 때문이다. 따라서 유구르타가 전해 들은 소식은 완전히 잘못된 것이었다.

그리하여 마리우스가 군대를 이끌고 캅사 코앞까지 당도했을 때도 유구르타는 그가 150킬로미터 넘게 떨어져 있다고 생각했다. 로마군이 바그라다스 강과 캅사 사이의 황무지를 통과하기 위해 물과 곡식을 비축했다고 아무도 유구르타에게 보고하지 못했기 때문이다. 난공불락 같던 요새 밑에 로마식 투구의 바다가 펼쳐지자 주민들은 싸워보지도 않고 요새를 포기했다. 하지만 유구르타는 이번에도 탈출에 성공했다.

마리우스는 누미디아인들, 특히 가이툴리족에게 교훈을 줄 때가 되었다고 판단했다. 캅사가 저항 없이 항복했음에도 불구하고 그는 병사들에게 요새를 약탈하고 강탈하고 불태워도 좋다고 했다. 남녀를 막론하고 모든 성인은 칼로 베어 죽였다. 요새의 보물들과 유구르타의 막대한 돈은 전차에 실렸다. 마리우스는 안전하게 군대를 이끌고 누미디아를 빠져나와 우티카 근처의 동계 진지로 갔다. 겨울 장마가 시작되기 한참 전이었다.

마리우스는 최하층민 병사들에게 휴가를 주었다. 그리고 지극한 기쁨을 느끼며 자기 군대의 정신력과 용기, 사기를 찬양하는 (카이사르가 낭독하게 될) 편지를 써서 원로원으로 보냈다. 그는 이렇게 덧붙이지 않을 수 없었다. 동료인 수석 집정관 롱기누스가 지독히 무능력했던 탓에 앞으로 로마에는 최하층민 군대가 더 필요하게 될 것이라고.

연말 즈음 루푸스는 마리우스에게 다음과 같은 편지를 보냈다.

시뻘게진 얼굴들을 그렇게 많이 본 건 처음이었네! 자네의 장인은 우렁찬 목소리로 편지를 읽었지. 목소리가 어찌나 우렁찬지, 두 귀를 막은 사람들조차 편지 내용을 들을 수밖에 없었다네. 요새는 메텔루스 누미티쿠스라고도 불린다는 똥돼지 메텔루스는 살인이라도 할 것 같은 표정을 짓고 있었어. 그럴 만도 하지. 그의 노련한 군대는 가룸나 강변에서 몰살당했는데 자네의 오합지졸 군대는 살아남아 영웅이 되었으니. "정의는 없어!" 나중에 그가 이렇게 말하기에, 나는 뒤돌아보고 아주 상냥하게 말해주었네. "그렇소, 퀸투스 카이킬리우스. 만일 정의라는 게 있다면 당신이 스스로 누미디쿠스라고 칭하는 일은 없었을 테니 말이오!" 물론 그는 즐거워하지 않았지만 스카우루스는 포복절도하더군. 이러니저러니 해도 스카우루스는 내가 아는 누구보다도 엉뚱한 건 말할 것도 없고, 날카로운 유머감각도 갖고 있다네. 그런 특징은 그들 패거리 중 누구에게도 없지. 그래서 나는 가끔 스카우루스가 아무하고나 어울리는 건 남몰래 그들의 가식을 비웃으려고 하는 게 아닐까 생각한다네.

가이우스 마리우스, 자네 행운의 힘은 나를 놀라게 하는구먼. 자네가 걱정하지 않았다는 건 알고 있네. 하지만 지금이니까 하는 말인데 난 자네가 아프리카 통치권을 내년까지 연장받지 못할 거라고 생각했네. 그런데 이게 무슨 일인가? 루키우스 카시우스가 로마의 가장 크고 노련한 군대와 함께 저세상으로 가버리면서 원로원의 지배적 파벌은 자네를 반대할 힘을 잃었어. 자네의 호민관 망키누스는 자네의 아프리카 속주 총독 임기를 연장하는 평민회 결의를 아무 문제 없이 얻어냈지. 원로원은 아무 말도 못했어. 앞으로 자네가 필요하리라는 사실은 그들에게조차 명백했던 게지. 요즘 로마는 매우 불안한 상황에 처했으니 말이네. 게르만족의 위협은 파멸의 장막처럼 드리워져 있어. 대부분의 사람들은 그 파멸을 피하게 해줄 자가 나타나지 않을 거라고 말한다네. 그들은 묻고 있어. 스키피오 아프리카누스, 아이밀리우스 파울루스, 스키피오 아이밀리아누스와 같은 자들은 어디에 있는가? 하지만 자네에게는 충직하고 헌신적인 추종자들이 있네. 카시우스가 죽은 후 자네의 추종자들은 게르만족의 파도를 막아낼 사람은 자네밖에 없다고 나날이 목소리를 높이고 있네. 그중에는 부르디갈라에서 돌아와 피소된 보좌관 가이우스 포필리우스 라이나스도 있다네.

자네는 시대에 뒤떨어지는, 그리스어도 모르는 이탈리아 촌놈이니 내 자네에게 이야기를 하나 해주겠네.

옛날에 안티오코스라는 아주 고약한 시리아 왕이 있었네. 안티오코스라는 이름을 가진 최초의 왕도 아니었고 가장 위대한 왕도 아니었기에 그의 이름 뒤에는 숫자가 붙었지(그의 아버지는 스스로 안티오코스 대왕이라고 불러서 차별화를 꾀했네). 그는 안티오코스 4세, 시리아의 네번째 안티오코스 왕이었어. 시리아는 부유한 왕국이었지만 그는 이웃 이집트 왕국이 몹시 탐났다네. 이집트 왕국은 그와 사촌지간인 프톨레마이오스 필로메토르, 배불뚝이 프톨레마이오스 에우에르게테스, 클레오파트라가 함께 다스리고 있었지(두번째 클레오파트라인 그녀 역시 이름 뒤에 숫자가 붙었고, 클레오파트라 2세로 알려져 있네). 그들이 화목하게 나라를 다스렸다고 말할 수 있다면 좋겠네만 그렇지가 않았지. 형제자매이자 부부인 그들이(그렇다네, 동방 왕국들은 근친상간에 꽤 너그럽지) 오랫동안 서로 싸우는 통에, 위대한 닐루스 강의 아름다운 옥토는 거의 못 쓸 지경이 되었다네. 안티오코스 4세는 이집트를 정복하기로 결심했을 때 별다른 곤란을 겪지 않을 거라고 생각했어. 그의 사촌들, 두 프톨레마이오스와 클레오파트라 2세는 다투느라 정신이 없었으니까.

하지만 그가 시리아를 등지는 순간 선동적이고 불쾌한 사태 몇 건이 발생하는 바람에, 그는 고국으로 돌아가 머리들을 자르고 몸통들을 토막내고 이빨들을 뽑아야만 했어. 아마 누군가의 자궁도 뜯어냈겠지. 머리와 팔다리, 이빨과 자궁을 충분히 뜯어내기까지 4년이 걸렸네. 그후에야 안티오코스 4세는 다시 이집트 정복길에 오를 수 있었지. 이번에는 그가 없어도 시리아가 아주 조용하고 고분고분했어. 안티오코스 4세는 이집트를 침략하고, 펠루시움을 점령하고, 삼각주 지역을 행군하여 멤피스를 점령한 다음, 삼각주의 다른 길을 따라 알렉산드리아로 행군했다네.

나라와 군대를 말아먹은 프톨레마이오스 형제와, 그 누이이자 아내인 클레오파트라 2세는 안티오코스 4세에 대항하기 위해 로마에 도움을 청할 수밖에 없었네. 로마는 세상에서 가장 훌륭하고 위대한 모두의 영웅이었으니까. 로마 원로원과 인민은(당시에는 둘 사이가 현재 우리의 생각보다 좋았다네, 적어도 이야기책들엔 좋았다고 나와) 이집트를 구하기 위해 고귀하고 용감한 전직 집정관 가이우스 포필리우스 라이나스를 보냈네. 다른 나라였다면 영웅에게 완전한 군대를 내주었겠지만, 원로원과 인민이 그에게 준 것은 릭토르 열두 명과 서기 두 명뿐이었어. 하지만 타국에서의 임무였기에 릭토르들은 붉은 튜닉을 입고 파스케스에 도끼를 매달 수 있었지. 그러니 그가 호위를 받지 못한 것은 아니었다네. 그들이 작은 배로 출항하여 알렉산드리아에 도착했을 때, 안티오코스 4세는 이집트인들이 움츠리고 있는 위대한 도시를 향해 닐루스 강의 카노푸스 하구를 따라 행군하고 있었지.

자주색 단을 댄 토가를 입은 가이우스 포필리우스는, 진홍색 옷을 입고 도끼를 단 파스케스를 든 릭토르 열두 명을 앞세우고 태양문을 통과하며 알렉산드리아를 빠져나와 동쪽으로 갔네. 그는 젊지 않았으므로 기다란 지팡이를 짚고 걸었지. 그의 걸음걸이는 얼굴만큼 차분했네. 그는 곧 짙은 먼지를 뒤집어쓰며 걸어야 했어. 제대로 된 길을 내는 건 용감하고 영웅적이고 고상한 로마인들뿐이었으니까. 하지만 그것이 그에게 장애물이 되었을까? 천만에! 그는 계속 걸었고 알렉산드리아 사람들이 즐기던 거대한 경마장 근처에서 시리아 군대와 마주치고 나서야 멈추었네.

안티오코스 4세는 앞으로 나와서 가이우스 포필리우스 라이나스와 마주섰네.

"로마는 이집트에 볼일이 없소!" 왕은 음험하고 무서운 표정으로 얼굴을 찡그리며 말했네.

"시리아도 이집트에 볼일이 없소." 가이우스 포필리우스 라이나스는 상냥하고 평온하게 웃으며 말했네.

"로마로 돌아가시오."

"시리아로 돌아가시오."

하지만 두 사람 다 그 자리에서 꼼짝도 하지 않았네.

"당신은 지금 로마 원로원과 인민의 뜻을 거역하고 있소." 가이우스 포필리우스는 분노로 일그러진 왕의 얼굴을 잠시 응시한 후 말했네. "나는 당신을 시리아로 돌려보내라는 명령을 받고 왔다오."

왕은 웃고, 웃고, 또 웃었네. "그런데 당신은 무슨 수로 나를 시리아로 돌려보낼 작정이오? 당신 군대는 어디에 있소?"

"왕이여, 나는 군대가 필요 없소." 가이우스 포필리우스는 대답했네. "로마의 과거와 현재와 미래, 모든 것이 지금 여기 당신 앞에 서 있소. 나는 로마이자 로마 최고의 대군이오. 로마의 이름으로 다시 한번 말하겠소. 당신 나라로 돌아가시오!"

"싫소." 왕이 말했네.

그러자 가이우스 포필리우스는 침착하게 앞으로 걸어나왔네. 그는 지팡이 끝으로 안티오코스 4세 주위 땅바닥에 원을 그리고 말했네.

"왕이여, 나는 당신에게 원 밖으로 나오기 전에 다시 한번 생각해보라고 충고하겠소. 원 밖으로 나오는 즉시 동쪽을 향하여 시리아로 돌아가는 게 좋을 거요."

왕은 말없이 서 있었네. 가이우스 포필리우스도 말없이 서 있었네. 로마인인 그는 자기 얼굴을 숨길 필요가 없었네. 그의 상냥하고 평온한 표정은 완전히 드러나 있었지. 반면 안티오코스 4세는 곱슬거리는 가짜 수염으로 얼굴을 가리고 있었음에도 격노를 감출 수 없었네. 시간은 계속 흘러갔네. 그러다가 어느 순간, 시리아의 막강한 왕은 원 안에서 동쪽으로 돌아서더니 원 밖으로 걸어나왔네. 그는 그 길로 군대와 함께 시리아로 돌아갔네.

그런데 안티오코스 4세는 이집트로 오던 중에 키프로스 섬을 침략하고 정복했었네. 이집트는 키프로스가 필요했어. 배와 건물에 쓰일 목재는 물론 곡물과 구리 공급지였으니까. 그래서 가이우스 포필리우스는 알렉산드리아의 환호하는 이집트인들을 뒤로하고, 배를 타고 키프로스로 가서 시리아 점령군을 찾아냈네.

"너희 나라로 돌아가라." 그는 점령군에게 말했네.

점령군은 그들 나라로 돌아갔다네.

가이우스 포필리우스도 자신의 나라 로마로 돌아갔네. 로마에서 그는 아주 상냥하고 평온하고 명료하게, 안티오코스 4세를 시리아로 돌려보내고 이집트와 키프로스를 잔인한 운명에서 구했다고 말했다네. 프톨레마이오스 형제와 누이 클레오파트라 2세는 영원히 행복하게 통치하며 살았다고 이야기를 마무리할 수 있다면 좋겠네만, 그렇지 못했네. 그들은 계속 서로 싸우고 친족들을 살해하며 자기네 나라를 망가뜨렸네.

자네가 묻는 소리가 들리는구먼. 대관절 왜 이 동화를 들려주는 거냐고? 간단하네, 친애하는 가이우스. 자네는 몇 번이나 어머니 무릎에 앉아서 가이우스 포필리우스와 그가 시리아 왕의 발치에 그린 동그라미 이야기를 들었는가? 아르피눔의 어머니들은 이 이야기를 하지 않았을지도 모르겠군. 하지만 로마에서 이 이야기를 모르는 사람은 없다네. 신분 고하를 막론하고 모든 어린이들은 가이우스 포필리우스와 시리아 왕 이야기를 들으면서 자란다네.

이제는 내가 묻겠네. 그러니 어떻게 그 알렉산드리아 영웅의 증손자가 자신의 전부를 걸어보지도 않고 재판 전에 망명할 수 있었겠는가? 망명한다는 건 유죄를 인정하는 셈이니 말이네. 나는 우리의 동료 가이우스 포필리우스 라이나스가 부르디갈라에서 분별 있게 행동했다고 생각하네. 결론을 말하면, 그는 로마에 남아 재판을 받았네.

호민관 가이우스 코일리우스 칼두스는 라이나스에게 사형이 내려지는 것을 보겠다고 장담했다네. 그는 이름을 밝힐 순 없지만 자네도 추측할 수 있을 원로원의 한 도당을 대신하여, 부르디갈라 사태에 대한 비난을 당연히도 루키우스 카시우스가 아닌 다른 사람이 받게 하려고 애쓰던 자라네. 그러나 우리의 하나뿐인 특별반역법정은 유구르타와 관련된 자들을 처리하고 있었기에 라이나스의 재판은 백인조회에서 열리게 되었네. 반역 재판은 완전히 공개적인 과정으로, 각 백인조의 대변인은 그들의 판결을 온 세상에 들리도록 "콘뎀노(유죄)!" 또는 "압솔보(무죄)!"라고 외쳐야 하지. 헌데 가이우스 포필리우스 라이나스와 시리아 왕 이야기를 듣고 자란 사람들 중 누가 감히 "콘뎀노!"라고 외칠 수가 있겠나?

그래서 칼두스가 포기했냐고? 절대로 그렇지 않았네. 그는 비밀 투표를 반역 재판에도 활용하도록 하는 법안을 평민회에 제출했네. 그러면 각 백인조가 판결을 공개하지 않아도 되니까 말이네. 법안은 통과되었지. 모든 일이 칼두스의 뜻대로 풀려가는 듯했네.

12월에 가이우스 포필리우스 라이나스는 백인조회에서 반역 혐의로 재판을 받았네. 칼두스가 원했던 대로 투표는 무기명으로 진행되었어. 나를 포함한 몇 명은 대규모 배심원단 사이로 슬쩍 들어가서 이렇게 속삭였을 뿐이야. "옛날에 가이우스 포필리우스 라이나스라는 고귀하고 용감한 전직 집정관이 있었네……." 그리고 그것이 모든 것을 끝냈지.

개표가 끝났고, 판결은 만장일치였다네. "압솔보."

그러니 이렇게 말할 수 있지 않겠나. 정의가 실현되었다면 그것은 전적으로 어머니들이 들려준 이야기 덕분이라고.

다섯째 해 THE FIFTH YEAR
106 B.C.

(기원전 106년)

**퀸투스 세르빌리우스 카이피오와
가이우스 아틸리우스 세라누스의
집정기**

푸블리우스 루틸리우스 루푸스

갈리아의 볼카이 텍토사게스족과 게르만족에게로 진격할 권한은 퀸투스 세르빌리우스 카이피오에게 주어졌다(그 불청객들은 톨로사 부근에서 만족해하며 재정착하고 있었다). 새해 첫 날 취임식이 끝나고 유피테르 옵티무스 막시무스 신전에서 열린 원로원 회의중 일어난 일이었다. 카이피오는 이미 그 권한을 얻게 될 거라 확신하고 있었다. 회의장을 가득 메운 청중에게 수석 집정관으로서 첫 연설을 하며, 카이피오는 새로운 로마 군대를 활용하지 않겠다고 선언했다.

"저는 로마의 전통적인 군대를 활용할 것입니다. 빈민들로 구성한 군대가 아닙니다." 그는 환호와 요란한 박수갈채를 받으며 말했다.

물론 환호하지 않은 의원들도 있었다. 마리우스가 철저하게 적대적인 의원들에 둘러싸인 외톨이는 아니었다. 뒷자리의 평의원 상당수는 관습적 편견에 대한 마리우스의 반대와 그 근거를 이해할 만큼 현명했다. 심지어 명문가 출신 중에서도 독자적으로 생각하는 사람들이 여럿 있었다. 그러나 원로원의 정책을 쥐락펴락하는 것은 앞줄에서 최고참 의원 스카우루스 주변에 앉은 보수주의 일파였다. 그들이 환호하면 다른 의원들도 환호했고, 그들이 한쪽에 표를 던지면 다른 의원들도 그쪽으로 표를 던졌다.

카이피오 역시 이 일파에 속해 있었다. 그들은 적극적인 로비 활동을 펼치며 의원들의 옆구리를 찔렀다. 그 결과 카이피오는 8개 군단이라는 대군을 동원할 권한을 얻었다. 게르만족에게는 그들이 지중해 세계에서 환영받지 못한다는 걸, 톨로사의 볼카이 텍토사게스족에게는 게르만족을 환대하면 좋을 게 없다는 걸 알려주기 위해.

살아서 돌아온 롱기누스의 병사들 중 4천여 명은 재복무할 수 있는 상태였다. 하지만 일부 비전투원들을 제외하고는 대부분 전사한데다, 기병들은 자기 말들과 비전투원들을 데리고 각자 고향으로 돌아가버렸다. 그리하여 카이피오는 보병 4만 1천 명에 자유인 비전투원 1만 2천 명, 노예 비전투원 8천 명, 기병 5천 명과 기병 지원 비전투원 5천 명을 모아야만 했다. 더군다나 재산 요건에 부합하는 남자들이 바닥난 이탈리아에서 로마인이나 라티움족, 이탈리아인 병사들을 찾아내야 했다.

카이피오는 지독한 방식으로 징병을 했다. 그는 징병 과정에 직접 참여하지 않았다. 징병 방식을 군이 알려고 하지도 않았다. 그는 돈으로 일꾼을 여럿 사고 자기 재무관을 책임자로 삼았으며, 그 자신은 집정관에게 더 중요한 다른 일들에 착수했다. 징집은 무자비하게 강행되었다. 남자들은 강제 징발되는 것은 물론 납치당하기도 했고, 퇴역병사들도 집에서 닥치는 대로 끌려나왔다. 징발된 영세 자작농의 성숙해 보이는 열네 살 아들은 물론, 젊어 보이는 예순 살 아비까지 끌려나왔다. 징발당한 남자들이 갑옷과 무기 값을 내지 못하면 현장에서 군장 비용을 기재하여 그 집안의 경작지를 빼앗았다. 그 결과 카이피오와 그의 지지자들은 방대한 토지를 손에 넣었다. 이렇게까지 했는데도 로마나 라티움 시민으로는 필요한 병사들을 확보할 수 없자 징병인들은 이탈리아 동맹시 주민까지 무자비하게 추적했다.

결국 카이피오는 보병 4만 1천 명과 자유인 비전투원 1만 2천 명으로 구성된 전통적인 군대를 동원하는 데 성공했다. 따라서 국가는 그들의 무기와 갑옷 등 군장 비용을 댈 필요가 없었다. 또한 이탈리아인 보조군의 수가 더 많아서, 유지비로 인한 재정 부담은 로마가 아닌 이탈리아 동맹시들에 돌아가게 되었다. 원로원은 카이피오에게 감사의 뜻을 표하고 기쁜 마음으로 국고를 활짝 열어 트라키아와 두 갈리아에서 기병대를 사주었다. 카이피오는 평소보다 훨씬 더 오만한 모습으로 돌아다녔고, 로마의 보수 분자들은 들어줄 사람이 있을 때마다 그를 찬양했다.

카이피오의 징발 폭력단이 이탈리아 반도를 종횡무진하는 동안, 카이피오 본인은 한결같이 원로원의 권한을 되찾아주는 일에 집중했다. 원로원은 약 30년 전 티베리우스 그라쿠스 시대부터 다양한 방식으로 고난을 겪어왔다. 처음에는 티베리우스가, 다음엔 풀비우스 플라쿠스가, 그다음엔 가이우스 그라쿠스가, 그다음에는 신진 세력과 개혁 귀족들이 주요 법정들과 입법에 대한 원로원의 영향력을 조금씩, 꾸준히 없애고 있었다.

최근에 마리우스가 원로원의 특권에 공격을 감행하지 않았다면, 상황을 바로잡겠다는 카이피오의 열의도 그리 단호하진 않았을 것이다. 하지만 마리우스는 원로원이라는 벌집을 건드렸던 것이다. 따라서 카이피오가 집정관이 된 직후의 2주는 평민들과, 평민들을 지배하는 기사들에게 실망스러운 역행의 시기였다.

트리부스회에서는 파트리키인 카이피오도 발언권이 있었다. 그는 트리부스회를 소집하여 가이우스 그라쿠스가 기사계급에 주었던 직무상 부당취득죄 재판권을 박탈하는 법안을 통과시켰다. 부당취득죄 법정 배심원단이 다시 원로원 의원들로 채워지면 원로원은 제 식구 감싸기에 급급할 것이 분명했다. 트리부스회에서 격렬한 접전이 벌어졌다. 잘생긴 가이우스 멤미우스가 유력 원로원 의원들을 이끌며 카이피오의 법안에 반대했지만, 승자는 카이피오였다.

승리한 수석 집정관은 3월 말에 8개 군단과 대규모 기병대를 이끌고 톨로사로 떠났다. 그의 마음은 영광보다도 개인적인 자기만족의 꿈으로 가득차 있었다. 퀸투스 세르빌리우스 카이피오는 그 집안의 전형적인 사람이었다. 즉 그에겐 총독 임기 동안의 군사적인 성공보다도 재산을 증식시킬 기회 쪽이 훨씬 솔깃했다. 그는 과거 먼 히스파니아에서 법무관 자격으로 총독을 지냈다. 스키피오 나시카가 자기 자신을 믿을 수 없다며 총독을 맡길 거절한 바로 그 자리였다. 거기서 카이피오는 큰 부자가 되었다. 이제 집정관 자격으로 총독이 된 그는 더 큰 부자가 될 거라는 기대에 부풀었다.

이탈리아에서 군대를 배에 태워 히스파니아로 보내기는 거의 불가능했다. 그렇지 않았다면 나이우스 도미티우스 아헤노바르부스는 알프스 너머 갈리아 해안을 따라 도로를 만들 필요가 없었을 것이다. 우세풍과 해류 때문에 해상 수송은 지나치게 위험했다. 따라서 카이피오의 군대는 지난해의 롱기누스 군대처럼 캄파니아에서 나르보까지 1천 600킬로미터 넘게 걸어야 했다. 로마 병사들은 걷는 것을 싫어하지 않았다. 그들은 모두 바다를 무서워했으며, 160킬로미터를 항해한다고 생각하면 몸서리를 쳤다. 1천600킬로미터를 걷는 편이 훨씬 나았다.

그들의 근육은 신속하고 끝없이 걸을 수 있도록 어릴 때부터 단련되었다. 따라서 걷기는 그들에게 가장 편한 이동 방식이었다.

카이피오의 군대는 캄파니아에서 출발하여 약 70일 후 나르보에 도착했다. 하루에 약 24킬로미터씩 걸었다는 뜻이었다. 대규모 물자 수송대 때문이기도 했지만, 전통적인 자작농 로마 병사가 자신의 편의를 위해 데려갈 수 있었던 동물과 탈것과 노예 때문에 이동 속도가 느려졌다.

나르보에서 그들은 행군으로 지친 몸을 회복하면서도 체력이 떨어지지는 않을 만큼의 휴식을 취했다. 그곳은 아헤노바르부스가 로마의 필요에 의해 재건한 작은 항구였다. 초여름의 나르보는 즐거운 곳이었다. 맑은 바다는 새우와 작은 바닷가재, 큰 게와 온갖 물고기들로 활기에 넘쳤다. 아탁스 강과 루스키노 강어귀의 해수 웅덩이 진흙바닥에는 굴은 물론 땅꾼 숭어도 있었다. 로마군이 세계 곳곳에서 기록한 물고기들 중에 땅꾼 숭어는 가장 맛있는 생선으로 알려졌다. 몸통은 둥그스름하고 납작하며 두 눈은 얄팍한 대가리 한쪽으로 몰린 물고기였다. 이 숭어는 진흙 밑에 숨어 있어서 잡으려면 땅바닥을 파헤친 다음 작살로 찔러야 했다. 그러면 숭어들은 몸부림을 치면서 다시 진흙탕 속으로 들어가려고 허둥거렸다.

카이피오의 병사들은 걷는 것에 이골이 나서 발이 아프지 않았다. 그들의 샌들은 밑창이 두껍고 발목을 받쳐주었으며 징까지 박혀 있었다. 따라서 발과 땅 사이의 공간을 넓혀주었고, 충격도 얼마간 흡수했으며, 자갈이 신발에 들어오지 않게 했다. 그런데도 나르보의 바다에서 헤엄치며 뭉친 근육을 푸는 일은 아주 즐거웠다. 그때까지 용케 빠져나갔던 소수의 병사들도 마침내 발각되어 수영을 배우게 되었다. 나르보의 아가씨들은 다른 모든 곳의 아가씨들과 마찬가지로 군복 입은 남자들에게 열광했다. 그리하여 이 도시는 열엿새 동안 격분한 아버지들과 복수심에 불타는 오빠들, 킥킥대는 아가씨들과 음탕한 병사들, 선술집의 소동으로 시끌시끌했다. 헌병대장들은 늘 분주했고, 참모군관들은 늘 심기가 불편했다.

그후 카이피오는 역시 아헤노바르부스가 건설한, 나르보 해안과 톨로사 시를 잇는 훌륭한 도로로 병사들을 행군시켰다. 피레네 산맥에서 내려와 남쪽으로 흘러가는 아탁스 강이 직각으로 구부러지는 지점에 카르카소 요새가 으스스하고 근엄하게 내려다보고 있었다. 이곳에서 카이피오의 군대는 지중해로 흐르는 짧은 개천들과 거대한 가룸나 강의 상류를 갈라놓는 고원으로 올라갔다가 마침내 톨로사의 비옥한 충적평야로 내려왔다.

언제나처럼 카이피오는 놀랄 만큼 운이 좋았다. 게르만족은 그들을 손님으로 대접하던 이 땅의 주인 볼카이 텍토사게스족과 크게 다투었던 것이다. 톨로사의 코필루스 왕은 게르만족에게 그곳을 떠나라고 명령했다. 그리하여 카이피오는 자신의 8개 군단이 처리할 상대가 불운한 볼카이 텍토사게스족뿐임을 알게 되었다. 무쇠 갑옷을 입은 병사들이 매미떼처럼 끝도 없이 언덕 위로 올라오는 것을 보자마자, 볼카이 텍토사게스족은 삼십육계 줄행랑이 최고의 방책이라고 판단했다. 코필루스 왕과 그의 전사들은 가룸나 강어귀로 가서 그곳의 부족들에게 위험을 알렸다. 그런 다음 카이피오가 지난해의 롱기누스만큼 어리석은지 지켜보면서 기다렸다. 노인들만 남은 톨로사는 즉시 항복했다. 카이피오는 만족스러워 그르릉거렸다.

그는 왜 그르릉거렸는가? '톨로사의 황금'에 대해 알고 있었기 때문이다. 게다가 이제 그는 전투 한번 하지 않고 그것을 차지할 판이었다.

운 좋은 퀸투스 세르빌리우스 카이피오!

170년 전, 볼카이 텍토사게스족은 켈트족의 두 브렌누스 왕 중 두번째 왕이 이끄는 갈리아인 이주단에 합류했다. 이 브렌누스 왕은 마케도니아를 침략한 후 그리스의 테살리아로 갔다. 그는 테르모필라이 고개에서 방어군을 격퇴하고 그리스의 중심부와 에페이로스로 쳐들어갔다. 그리고 세상에서 가장 부유한 신전 세 곳인 에페이로스의 도도나 신전, 올림피아의 제우스 신전, 델포이에 있는 아폴로와 무녀들의 위대한 성소를 마구 약탈했다.

그리스인들이 반격에 나서자 갈리아인들은 약탈품을 가지고 북쪽으로 후퇴했다. 브렌누스 왕은 부상으로 목숨을 잃었고, 왕의 원대한 계획은 무산되었다. 우두머리를 잃은 왕의 부족들은 마케도니아에서 헬레스폰트 해협을 건너 소아시아로 가기로 결정했다. 그들은 소아시아에 갈라티아라는 식민지 국가를 세웠다. 하지만 부족의 절반가량은 헬레스폰트 해협을 건너지 않고 고향인 톨로사로 돌아가고 싶어했던 모양이었다. 모든 부족들은 총회를 열어 향수병에 걸린 사람들에게 도도나와 올림피아, 델포이 등 사원 50여 곳에서 강탈한 보물을 맡기기로 합의했다. 어디까지나 위탁이었다. 고향으로 돌아간 부족들은, 모든 부족이 갈리아로 돌아와 보물을 돌려달라고 하는 날까지 전체 이주자들의 부를 톨로사에 보관해야 했다.

그들은 고향으로 가는 여정을 편하게 하기 위해 모든 보물을 녹였다. 커다란 황금 신상, 높이 1.5미터가 넘는 은 항아리, 컵과 접시와 술잔, 황금 삼각대, 금과 은으로 만든 화관까지 모두 조금씩 도가니에 집어넣었다. 녹인 보물을 잔뜩 실은 짐마차 천 대가 서쪽으로 출발했고,

다누비우스 강의 고요한 고산 계곡들을 통과했으며, 몇 년 후 마침내 가룸나와 톨로사에 당도했다.

카이피오는 3년 전 먼 히스파니아의 총독으로 있을 때 이 이야기를 들었다. 그 보물은 전설일 뿐이라고 히스파니아 정보원이 단언했지만, 카이피오는 그때부터 톨로사의 황금을 찾겠다는 꿈을 꾸었다. 볼카이 텍토사게스족의 도시를 방문한 사람들은 모두 톨로사엔 황금이 없다고 장담했다. 풍요로운 강과 비옥한 토지가 그들의 전 재산이라는 것이었다. 그러나 카이피오는 자신의 운을 믿었고, 톨로사에 황금이 있다고 믿었다. 그렇지 않다면 어째서 그가 히스파니아에서 그 이야기를 들었으며, 롱기누스를 이어 톨로사로 오게 되었겠는가? 게다가 톨로사에 도착했을 때 게르만족은 떠난 뒤라서 그는 싸우지도 않고 도시를 손에 넣지 않았는가? 운명의 여신은 오로지 카이피오를 위해 뜻을 이루고 있었다.

카이피오는 군장을 벗고 자주색 단을 댄 토가로 갈아입은 뒤 톨로사의 투박한 골목들을 걸었다. 요새 구석구석을 들쑤시고 다녔다. 갈리아보다는 히스파니아와 가까운 방식으로 변두리 지역을 잠식한 목초지와 들판을 돌아다녔다. 톨로사에는 갈리아 느낌이 거의 없었다. 드루이드도 없었고, 도시적 환경에 대한 갈리아인 특유의 혐오도 없었다. 신전과 그 경내는 히스파니아 도시의 신전처럼 배치되어 있었다. 가룸나강에서 끌어온 물이 인공 호수와 실개천을 채우며 흐르다가 강으로 되돌아가는 그림 같은 대정원도 있었다. 아름다운 도시였다.

아무리 돌아다녀도 발견된 것은 없었다. 카이피오는 군대를 동원해 황금을 찾기 시작했다. 적과 마주칠 걱정이 사라진데다, 막대한 전리품 중에 한몫 챙길 수 있으리라는 기대로 부푼 병사들은 신이 나서 보물

찾기에 나섰다.

그러나 황금은 발견되지 않았다. 신전들에서 진귀한 유물을 몇 점 찾기는 했지만 말 그대로 몇 점뿐이었으며, 금괴는 나오지 않았다. 카이피오가 혼자서 미리 살펴본 성채 역시 실망만 안겨주었다. 거기 있는 거라고는 무기와 나무 신상, 뿔로 만든 그릇과 구운 흙 접시밖에 없었다. 코필루스 왕은 극히 소박하게 살고 있었다. 왕의 처소에 있는 수수한 깃발들 밑에도 비밀 창고는 없었다.

카이피오는 문득 좋은 생각을 떠올렸다. 그는 병사들에게 신전을 둘러싼 정원의 땅을 파도록 지시했다. 하지만 역시 아무것도 나오지 않았다. 어느 구덩이에서도, 제일 깊이 판 구덩이에서조차 금괴가 나올 기미는 보이지 않았다. 금맥을 찾는 사람들이 두 갈래 나뭇가지를 휘둘렀지만, 손바닥이 간지럽다거나 나뭇가지가 활처럼 휘어지는 것 같은 사소한 징조 하나 없었다. 수색 범위가 신전 경내에서 들판과 도시의 거리까지 확대되었으나 여전히 아무것도 없었다. 온 도시는 거대한 두더지가 맹렬하게 판 굴처럼 변해갔고, 카이피오는 생각에 잠긴 채 걷고 또 걸었다.

가룸나 강은 민물 연어와 각종 잉어를 포함한 물고기들로 가득했다. 이 강물을 끌어다 쓰는 신전의 호수들에도 물고기들이 바글거렸다. 병사들로서는 넓고 깊으며 물살이 빠른 가룸나 강보다 신전의 호수들에서 물고기를 잡는 것이 더 편했다. 걸어다니던 카이피오는 버드나무 잔가지에 파리를 매달아 낚싯대를 만드는 병사들에게 둘러싸였다. 그는 생각에 잠겨 가장 큰 호수까지 걸어갔다. 호숫가에 서서 물고기의 비늘에 반짝이는 햇살을 멍하니 바라보았다. 수초 사이에 어른거리는 빛은 명멸하면서 시시각각 변하고 있었다. 그 빛은 대부분 은색이었지만, 이따금씩 이국적인 잉어 한 마리가 미끄러지듯 시야에 들어올 때면 금빛이 카이피오의 눈에 비쳤다.

어떤 생각이 천천히 카이피오의 의식에 떠올랐다. 이어 무언가 폭발하듯 머릿속을 치고들어왔다. 그는 공병대를 불러서 호수의 물을 빼라고 명령했다. 그 작업은 어렵지 않았으며 확실한 보상을 안겨주었다. 신성한 호수의 밑바닥, 진흙과 수초와 100년 넘게 자연히 쌓인 암설 밑에 톨로사의 황금이 있었던 것이다.

마지막 금괴를 헹궈서 쌓을 즈음에 온 카이피오는 황금 더미를 보고 입을 딱 벌렸다. 황금을 회수하는 현장을 지켜보지 않은 것은 그의 타고난 기벽 때문이었다. 그는 놀라고 싶었던 것이다. 그리고 정말로 엄청나게 놀랐다! 어안이 벙벙할 지경이었다. 금괴는 5만 개에 육박했으며 한 개가 7킬로그램 정도였다. 모두 합해 1만 5천 탈렌툼에 달했다. 은괴도 1만 개나 나왔는데 한 개가 9킬로그램 정도로, 총 3천500탈렌툼이었다. 공병들은 호수에서 다른 형태의 은도 발견했다. 순은 맷돌로, 볼카이 텍토사게스족이 유일하게 실생활에 이용한 보물이었다. 그들은 한 달에 한 번 은제 맷돌을 호수 밖으로 끌어올려 한 달 치 밀가루를 빻았던 것이다.

"좋아." 카이피오가 기운차게 말했다. "이 보물을 나르보로 수송할 짐마차를 몇 대나 준비할 수 있나?" 그는 공병대장 마르쿠스 푸리우스에게 물었다. 공병대장은 보급선과 물자 수송대, 군장, 기타 장비, 사료 등 전쟁터에서 군대를 유지하는 데 드는 모든 필수품을 관리했다.

"물자 수송대에 짐마차가 천 대 있습니다, 퀸투스 세르빌리우스. 3분의 1은 현재 비어 있는 상태입니다. 조금 손을 쓰면 350대 정도 준비할 수 있습니다. 짐마차 한 대당 과하지 않은 적정량, 즉 35탈렌툼씩 옮긴다면 은 수송에 약 350대, 금 수송에 450대가 필요할 것입니다." 푸리우스가 대답했다. 그는 유서 깊은 명문인 푸리우스가 출신이 아니라 푸리우스 집안 노예의 증손자로, 현재는 카이피오의 피호민인 은행가였다.

"그렇다면 은부터 배에 실어보내는 게 좋겠군. 짐마차 350대로 나르보까지 은을 나른 다음 짐마차들을 다시 톨로사로 가져와서 금을 나르면 되겠어. 그동안 나는 병사들에게 짐마차 100대를 추가로 비우라고 하겠네. 그러면 금을 옮길 짐마차들을 확보할 수 있지."

7월 말에 은을 실은 짐마차들이 바닷가에 도착했고, 금을 싣기 위해 톨로사로 되돌아갔다. 카이피오는 약속대로 짐마차 100대를 추가로 비워놓았다.

금이 실리는 동안 카이피오는 넋이 나간 채 금괴 더미 사이를 왔다 갔다하면서 참지 못하고 금괴들을 어루만졌다. 그는 손의 옆쪽 살을 잘근잘근 씹으며 생각에 빠졌다가 마침내 한숨을 내쉬었다. "자네도 금 수송대에 합류하는 것이 좋겠네, 마르쿠스 푸리우스. 선임들 중 누군가는 나르보에서 마지막 금괴가 안전하게 배에 실릴 때까지 지켜봐야 해." 그는 그리스인 해방노예 비아스를 보며 물었다. "은은 이미 로마로 출발했겠지?"

"아닙니다, 퀸투스 세르빌리우스." 비아스가 나긋나긋하게 대답했다. "올해 초 겨울바람을 타고 무거운 짐을 실어나르던 수송선들은 뿔뿔이 흩어진 상태입니다. 괜찮은 배를 십여 척 정도밖에 찾아내지 못했습니다. 그래서 그 배들을 금 수송에 쓰는 것이 낫다고 판단했습니다. 은은 삼엄한 경비 아래 창고에 안전하게 보관중입니다. 금부터 빨리 배편으로 보내는 것이 낫다고 생각합니다. 은 수송선은 추가로 좋은 배들이

들어오면 확보하겠습니다."

"아, 은은 육로로 로마에 보낼 수도 있을 텐데." 카이피오가 느긋하게 말했다.

"배가 침몰할 위험을 고려한다고 해도, 금이든 은이든 모두 배로 보내는 것이 낫습니다. 육로로 보내면 고산지대 부족들에게 습격당할 위험이 너무 큽니다." 푸리우스가 말했다.

"그래, 자네 말이 옳아." 카이피오가 동의하고 한숨을 쉬었다. "정말이지 믿기 힘들 정도 아닌가? 우리는 로마 국고에 든 것보다도 많은 금과 은을 보내는 거라네!"

"그렇습니다, 퀸투스 세르빌리우스." 푸리우스가 말했다. "정말 대단합니다."

8월 중순경 황금을 실은 짐마차 450대가 톨로사를 떠났다. 호위대는 군단병 1개 대대뿐이었다. 로마의 도로는 아주 오랫동안 싸움 한번 나지 않은, 문명국을 관통하는 문명화된 도로였기 때문이다. 게다가 카이피오의 첩보원들은 코필루스 왕과 그의 전사들이 여전히 부르디갈라에 있다고 보고했다. 카이피오가 위험을 무릅쓰고 롱기누스가 죽은 그 길로 오기를 기다린다는 것이었다.

카르카소에 들어서면서부터 도로는 목적지인 바닷가까지 쭉 내리막길이었으므로, 짐마차 행렬의 속도가 빨라졌다. 다들 한껏 들떠 있었고 아무 걱정도 하지 않았다. 호위 대대의 병사들은 바다 냄새가 난다고 상상하기 시작했다. 그들은 그날 밤 자신들이 나르보 거리에 떠들썩하게 들어설 거라고 생각했다. 병사들의 마음은 굴과 땅꾼 숭어와 나르보의 여인들에게 가 있었다.

그러던 중 갑자기 천 명이 넘는 습격대가 남쪽에서, 도로 양쪽에 우거진 숲속에서 함성을 지르며 몰려나왔다. 그들은 흩어져서 선두의 짐마차 앞쪽부터 3킬로미터쯤 떨어진 마지막 짐마차 뒤쪽까지 에워쌌다. 뒤쪽에는 호위병들의 절반가량이 모여 있었다. 순식간에 로마 병사들은 전멸했고, 짐마차 마부들 역시 팔다리가 뒤엉킨 채 시체 더미 속에 누워 있었다.

보름달이 뜬 맑은 밤이었다. 짐마차 행렬은 어두워질 때까지 몇 시간 동안 그 자리에 서 있었다. 그사이 도로에 나타난 사람은 아무도 없었다. 속주에 있는 로마의 도로들은 사실상 군대 이동을 위한 것이었으며, 이 구간은 해안과 내륙 간의 무역도 뜸했다. 더군다나 게르만족이 톨로사 근처에 정착하러 온 이후로는 더 뜸했다.

달이 중천에 뜨자마자 노새들은 다시 짐마차들에 묶였다. 습격대 일부는 마부석에 올라탔고 나머지는 안내자로서 옆에서 걸었다. 도로 양옆에 우거진 숲이 끝나는 지점에서 짐마차 행렬은 도로를 벗어나, 입짧은 염소들만 살 수 있는 해변의 척박한 땅으로 들어갔다. 새벽이 되자 북쪽으로 루스키노와 그곳의 강이 보였다. 짐마차 행렬은 다시 도미티우스 가도에 올라섰고, 훤한 대낮에 피레네 산맥의 고갯길을 넘었다.

피레네 산맥 남쪽의 길은 우회로여서, 수크로 강을 건너 사이타비스 마을 서쪽으로 갈 때까지 짐마차 행렬은 어떤 로마 도로에서도 보이지 않았다. 마을 서쪽에서 행렬은 황량하고 황폐한 시골인 나래새 평원 한가운데를 가로지르기 시작했다. 이 평원은 히스파니아 산맥에서 가장 광대한 두 지역을 파고들었지만 수원이 없어서 지름길로 이용되지 않았다. 그뒤로 길은 점점 좁아졌고, 카이피오가 보낸 조사관들은 톨로사의 황금의 행방을 더이상 알아낼 수 없었다.

카르카소 동쪽의 숲을 통과하는 도로에서 시체 더미를 발견한 것은 나르보에서 보낸 전갈을 들고 가던 어느 불운한 전령이었다. 그가 톨로사에 도착해 자신이 본 것을 보고했을 때 카이피오는 이성을 잃고 울음을 터뜨렸다. 푸리우스와 로마 병사들의 죽음 때문에 소리내어 울었다. 가장을 잃은 이탈리아의 아내들과 가족들 때문에 소리내어 울었다. 하지만 무엇보다도 그 번쩍이던 금괴 더미, 잃어버린 톨로사의 황금 때문에 울었다. 옳지 않은 일이다! 나의 행운은 어떻게 된 것인가? 그는 울었다. 소리내어 엉엉 울었다.

카이피오는 상복 토가를 입고 병사들을 소집했다. 그의 튜닉은 거무스름했고 오른쪽 어깨에 띠가 달려 있지 않았다. 진지에 돈 소문을 통해 병사들이 이미 알고 있던 소식을 알려주면서, 그는 또다시 울었다.

"그래도 우리에겐 아직 은이 남아 있다." 카이피오는 눈물을 훔치며 말했다. "그것만으로도 이번 작전이 끝나면 다들 상당한 이익을 보게 될 것이다."

"나는 은만 남은 것이 감사하다네." 어느 노련한 병사가 같은 막사에서 한솥밥을 먹는 동료에게 말했다. 둘 다 움브리아의 자기네 농장에서 징발되어 왔으며, 복무한 지 이미 15년을 넘었고 열번째로 참전중이었다. "그래?" 동료 병사가 물었다. 그는 오래전 스코르디스키족의 방패 장식에 머리를 맞은 이후 머리 회전이 조금 느려졌다.

"그렇고말고! 우리 같은 하찮은 졸병들과 황금을 나눠 갖는 장군이 있던가? 장군들은 언제나 자신이 황금을 독차지해야 하는 이유를 어떻게든 찾아내지. 아, 국고에도 일부 들어가기는 해. 국고에 뇌물을 바쳐야 장군이 대부분의 황금을 차지할 수 있으니까. 우리는 적어도 은을 조금 받게 될 거야. 산 하나만큼의 은이 있으니까 말이네. 황금이 사라진 게 뭐 그리 대수라고. 이제 집정관은 은을 공평하게 나눠줄 수밖에 없어."

"무슨 말인지 알겠군." 동료 병사가 말했다. "통통한 연어나 한 마리 잡아서 저녁으로 먹자고, 어떤가?"

연말이 다가오고 있었다. 하지만 카이피오의 군대는 톨로사의 황금을 호위했던 불운한 한 개 대대를 제외하고는 여전히 전투 한번 할 필요가 없었다. 그는 떠나버린 게르만족부터 잃어버린 황금까지 그간의 상황을 편지로 로마에 보냈고, 앞으로에 대한 지시를 내려달라고 부탁했다.

10월경에 카이피오는 바랐던 내용이 담긴 답장을 받았다. 그는 봄에 도착할 새로운 명령을 기다리며 나르보 근처에서 자신의 군대 전체와 함께 겨울을 나게 되었다. 그의 지휘권이 1년 연장되며 갈리아 속주 총독 지위도 유지하게 된다는 뜻이었다.

하지만 황금이 사라지기 전으로 돌아갈 수는 없었다. 카이피오는 초조하고 울적했으며 걸핏하면 울었다. 선임 군관들은 가만히 있지 못하고 계속 이리저리 서성이는 카이피오를 보았다. 퀸투스 세르빌리우스 카이피오답다는 게 일반적인 평가였다. 그가 푸리우스나 죽은 병사들 때문에 눈물을 흘린다고 믿는 사람은 아무도 없었다. 카이피오는 자신의 잃어버린 황금 때문에 울었던 것이다.

외국 땅에서 장기간 전쟁을 치를 때의 중요한 점은, 군대와 그 사령부가 그곳을 적어도 반영구적인 고향으로 간주하며 정착하게 된다는 것이다. 끊임없는 이동에도 불구하고 군사 작전지와 급습지, 원정지와 주둔지는 마을이 갖춰야 할 모든 것을 갖추고 있다. 병사들은 대부분 여자들을 만나고, 많은 여자들이 아기를 낳는다. 삼엄하게 요새화된 벽 바깥에는 상점과 선술집과 상인이 급증한다. 무계획적으로 생긴 좁은 길마다 여자와 아기들이 사는 흙벽돌집들이 우후죽순 들어선다.

우티카와 키르타 외곽의 주둔지도 비슷한 상황이었다. 마리우스는 백인대장과 참모군관을 매우 신중하게 선택했다. 전투를 하지 않는 겨울 장마 동안 훈련과 교련을 실시하는 것은 물론, 병사들을 같은 막사에서 자고 한솥밥을 먹을 마음 맞는 8인조로 나누었다. 그리고 많은 남자들을 오랫동안 같은 공간에 가둬놓으면 자연히 발생하는 무수한 징계 사안들을 처리했다.

그러나 따뜻하고 무성하고 비옥하고 건조한 아프리카의 봄이 오면, 진지 안에는 언제나 말의 온몸에 퍼져나가는 떨림과 같은 동요가 일었다. 병사들은 앞으로 벌어질 전투를 위해 모든 것을 정리했다. 유언장을 작성하여 군단의 서기에게 맡기고, 쇠사슬 갑옷에 기름칠을 하여 광택을 냈다. 검의 날을 갈고 단검은 연마하며, 투구에는 열과 피부 마찰을 방지하는 펠트를 대고, 샌들을 꼼꼼히 살펴 징이 빠진 곳에 새 징을 박았다. 튜닉을 수선하고 망가지거나 낡은 군장은 백인대장에게 보여준 다음 군 보급소에 맡겨 수리했다.

겨울에는 로마에서 국고 재무관이 병사들의 급료를 가지고 왔다. 서기들은 병사 개개인의 계산서를 작성하고 급료를 지급하느라 정신이 없었다. 마리우스의 병사들은 빈털터리였으므로, 그는 강제 기금을 두개 만들어 모든 병사들의 급료 일부를 적립하게 했다. 하나는 종군 중 비전투시에 사망한 군단병의 장례를 제대로 치르기 위한 것이었다(전투시 사망한 군단병의 장례비는 국가가 부담했다). 또 하나는 군단병이 제대할 때 받을 수 있는 저축이었다.

카이피오가 집정관이던 해의 봄, 아프리카 군단은 그들의 앞날에 대단한 일들이 계획되어 있음을 알았다. 하지만 구체적으로 어떤 일인지는 최고 선임들만이 알고 있었다. 경군장 행군 명령이 내려졌다. 경군장에는 황소가 끄는 짐마차로 구성된 수 킬로미터의 물자 수송대 대신, 매일 밤 설치하는 진지까지 끌고 가서 세워둘 수 있는 노새 짐마차들만 포함되었다. 이제 모든 병사들은 각자 군장을 등에 지고 가야 했는데, 튼튼한 Y자 막대기에 군장을 매달아 왼쪽 어깨에 지는 방법을 썼다. 면도 도구와 여벌 튜닉, 양말과 방한용 반바지, 쇠사슬 갑옷이 목에 쓸릴 때 피부 마찰을 방지하는 두꺼운 목도리는 담요로 말아 가죽덮개로 감쌌다. 비가 올 때 쓰는 원형 망토인 사굼은 가죽가방에 넣었다. 그외에 휴대용 식기와 요리용 냄비, 물주머니, 최소 사흘 치의 식량이 있었다. 진지 울타리를 만들 때 쓰는 미리 잘라 눈금을 새긴 말뚝 한 개와 야전삽, 가죽 들통과 고리버들 바구니, 톱과 낫, 갑옷과 무기를 닦는 세 제도 있었다. 방패는 유연한 새끼염소 가죽으로 만든 보호용 덮개로 싸서 군장 아래에 멨다. 투구는 멜대에 매달거나 오른쪽 가슴에 높이 걸쳤으며, 적의 공격이 예상될 때는 머리에 쓰고 행군했다(염색한 긴 말털 장식은 떼어내어 따로 보관했다). 행군하는 병사는 언제나 쇠사슬 갑옷을 입었는데, 9킬로그램에 달하는 갑옷의 무게를 양어깨로만 짊어지지 않아도 되었다. 세로 주름을 잡아 접어올린 갑옷을 허리띠로 단단히 고정하여 무게를 엉덩이에 분산시켰기 때문이다. 허리띠 오른쪽에는 칼집에 넣은 검을 차고 왼쪽에는 칼집에 넣은 단검을 찼다. 이동중에는 검과 단검을 모두 찼다. 창 두 개는 병사가 직접 옮기지 않았다.

8인조마다 노새 한 마리가 지급되었다. 노새의 등에는 가죽 천막과 천막 지지대, 창들, 그리고 사흘마다 식량을 지급받지 못하는 경우 특별배급 식량도 실었다. 백인대장이 통솔하는 백인대는 군단병 80명과 비전투원 20명으로 구성되었다. 각 백인대에는 노새가 끄는 수레 한 대가 지급되었다. 수레에는 백인대 병사들의 여벌 군장을 실었다. 의복, 도구, 여분의 무기, 진지 요새화를 위한 고리버들 흉벽 조각들, 장기간 식량이 지급되지 않을 경우의 식량 등이었다. 전 군대가 이동하고 작전이 끝나도 왔던 길로 되돌아가지 않을 경우에는 약탈품부터 무기까지 군대의 모든 소유물을 소가 끄는 수레로 옮겼다. 이 수레는 후방의 엄중한 호위를 받으며 수킬로미터를 천천히 이동했다.

봄에 서부 누미디아로 출발할 때 마리우스는 이처럼 무거운 짐들을 당연히 우티카에 남겨두었다. 그럼에도 그의 대열은 끝이 없어 보일 정도로 길었다. 1개 군단 병사와 노새 수레와 무기들의 행렬은 길이 1.6 킬로미터에 달했는데, 마리우스는 6개 군단 외에 기병대까지 이끌고 서쪽을 향하고 있었다. 그러나 기병대를 보병대의 양 측면에 배치했으므로, 대열의 총 길이는 10킬로미터 정도였다.

탁 트인 시골 지역에서는 기습을 당할 가능성이 없었다. 적군은 들키지 않고 대열 전체를 공격할 수가 없었다. 어떤 식으로든 대열의 한 부분을 공격하면 나머지 부분들은 즉시 휘어지면서 공격자들을 둘러쌀 것이다. 그리고 선회하면서 자동으로 전투태세를 갖출 것이다.

그럼에도 불구하고 매일 밤 진지를 구축하라는 명령이 떨어졌다. 이는 군대의 모든 사람과 동물이 쓸 만큼 널찍한 구역을 측정 및 구획하고, 참호를 파고 '스티물루스'라는 뾰족하게 깎은 말뚝들을 참호 바닥에 고정시키며, 토루(土壘)와 울타리를 세우라는 의미였다. 하지만 일단 진지가 완성되면 보초병들을 제외한 모든 사람들은 안심하고 시체처럼 곯아떨어질 수 있었다. 진지를 급습할 만큼 빨리 침투할 수 있는 적은 아무도 없다는 것을 알기 때문이었다.

이 최초의 최하층민 군단병들은 스스로를 '마리우스의 노새들'이라고 칭했다. 마리우스가 그들에게 노새처럼 잔뜩 짐을 지게 했기 때문이다. 유산자 남성들로 구성된 전통적인 군대의 병사들은 노새나 당나귀, 노예를 써서 소지품을 옮겼다. 그럴 형편이 되지 않는 병사들은 유복한 병사들에게 운반 공간을 빌렸다. 그래서 짐마차와 수레의 수를 거의 통제할 수가 없었다. 대부분의 짐마차와 수레가 개인 소유였기 때문이다. 따라서 전통적인 로마 군대는 마리우스의 최하층민 아프리카 군대, 그리고 이후 600년 동안 이 전례를 따른 여러 비슷한 군대들보다 더 느리고 비효율적으로 행군했던 것이다.

마리우스는 최하층민에게 유익한 일거리와 그에 따른 급료를 제공했다. 그러나 그 외에 다른 것은 거의 베풀지 않았다. 단 하나 예외가 있다면, 높이 150센티미터가 넘는 기존의 보병 방패에서 곡선으로 된 위아래 부분을 잘라낸 것이었다. 짐을 매단 멜대 밑으로 등에 방패를 짊어질 수 있게 하기 위해서였다. 길이 90센티미터가 조금 넘을 정도로 작아진 새 방패는 보병의 짐과 부딪치지 않았으며, 걸을 때 발목 뒤에 닿지도 않았다.

10킬로미터에 육박하는 마리우스의 대열은 행군하여 서부 누미디아로 진입했다. 병사들은 목청 높여 진군가를 부르면서 걷는 속도를 일정하게 유지하고 전우애가 주는 위안을 느꼈다. 그들은 함께 움직이며 노래하고 불가항력에 의해 작동되는, 인간들로 조립한 한 대의 튼튼한 기계 같았다. 마리우스 장군은 대열 가운데에서 참모진과 그들의 군장을 실은 노새 수레들과 함께 있었다. 상급 사령관들도 나머지 병사들처럼 노래를 부르며 행진했고 말은 타지 않았다. 말을 타면 불편할뿐더러 눈에 잘 띄기 때문이었다. 그들은 공격에 대비하여 자기 말 가까이에서 걸었다. 공격을 받으면 장군은 말에 올라서 군대의 배치를 살피며 참모진을 통해 명령을 하달해야 했다.

"지나는 모든 도시와 마을과 촌락을 약탈한다." 마리우스는 술라에게 말했다.

이 계획은 몇 가지 추가사항들과 함께 충실하게 이행되었다. 군은 곡물 저장고와 훈제소를 약탈하여 식량 배급을 늘렸다. 현지 여자들은 강간을 당했다. 병사들은 고국에 있는 여자들을 그리워했고 동성애는 사형으로 처벌받을 수 있기 때문이었다. 무엇보다도 병사들은 눈에 불을 켜고 전리품을 찾아다녔다. 전리품은 개인적으로 소유할 수 없었고 군대의 노획물에 포함되었다.

병사들은 여드레마다 휴식을 취했다. 그리고 행군중에 해변이 나올 때마다 마리우스는 모두에게 사흘간 휴가를 주어 헤엄치고 물고기를 잡고 잘 먹을 수 있게 했다. 5월 말에 그들은 키르타 서쪽에 있었고, 7월 말에는 서쪽으로 천 킬로미터쯤 더 가서 물루카트 강에 도착했다.

편안한 출정이었다. 유구르타의 군대는 한 번도 나타나지 않았다. 촌락들은 로마군의 전진을 막을 수 없었다. 식량과 물이 부족한 때도 없었다. 보통 딱딱한 빵과 콩죽, 짠 베이컨과 치즈로 구성되는 식단에 풍부한 염소고기와 생선, 송아지고기, 양곡, 과일, 채소로 변화를 주어 사기를 진작시켰다. 이따금씩 지급되는 신 포도주 외에 베르베르산 보리 맥주와 약간의 좋은 포도주도 배급할 수 있었다.

물루카트 강은 서부 누미디아와 동부 마우레타니아의 국경 역할을 했다. 늦겨울에는 급류가 세차게 흘렀지만 한여름에는 거대하던 강줄기가 가느다란 샘으로 줄어들었으며, 늦여름에는 완전히 물이 말랐다. 바다에서 멀지 않은 강가 평원 한가운데에 높이 300미터가 넘는 가파른 화산 노두(露頭)가 우뚝 솟아 있었다. 그 위에 유구르타가 만든 요새가 있었다. 마리우스의 첩보원들은 유구르타의 서부 사령부인 그 요새에 막대한 보물이 보관되어 있다고 보고했다.

평원에 도착한 로마군은 홍수로 인해 자연적으로 생긴 높은 기슭으로 갔다. 그리고는 산 위에 있는 유구르타의 요새와 최대한 가까운 곳에 상설 진지를 구축했다. 마리우스와 술라, 세르토리우스와 아울루스 만리우스를 비롯한 상급 사령관들은 난공불락으로 보이는 그 요새를 찬찬히 탐색했다.

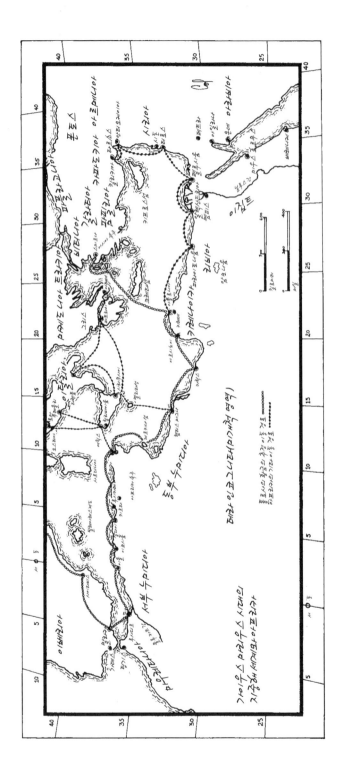

"정면 공격은 못하겠군." 마리우스가 말했다. "포위할 방법을 모르겠어."

"포위할 방법이 없으니까요." 세르토리우스가 확언했다. 그는 여러 차례에 걸쳐 모든 방향에서 산 정상을 철저하게 조사한 터였다.

챙 있는 모자를 쓴 술라는 고개를 들어 산 정상을 바라보았다. "제 생각엔 우리가 산꼭대기에는 올라가보지도 못하고 여기서만 죽치고 있게 될 것 같은데요." 술라는 이렇게 말하고 씩 웃었다. "설사 거대한 목마를 만든다 해도 저 요새의 대문 앞까지 올려보내지도 못할 겁니다."

"저 위에는 공성탑도 세우지 못할 것 같습니다." 아울루스가 말했다.

"우리에겐 동쪽으로 돌아가기 전까지 한 달이라는 시간이 있네." 마리우스가 마침내 말했다. "한 달 동안 여기서 주둔하세. 병사들이 최대한 편안하게 지낼 수 있도록 해야 해. 루키우스 코르넬리우스, 식수를 구할 곳을 결정하고 그보다 하류 쪽에서 수영장으로 쓸 깊은 물웅덩이를 찾아보게. 아울루스 만리우스, 낚시꾼들을 모아 먼바다까지 나가게. 정찰대 말로는 16킬로미터쯤 떨어져 있다더군. 내일 나랑 같이 말을 타고 바닷가로 가서 탐색해보세나. 놈들은 요새 밖으로 나와 우리를 공격하는 위험을 무릅쓰지 않을 거야. 그러니 우리 병사들이 즐겁게 생활할 수 있도록 하는 편이 나아. 퀸투스 세르토리우스, 자네는 과일과 채소를 찾아보게."

술라는 나중에 사령부 막사에서 마리우스와 둘만 있게 되자 말했다. "이번 작전은 지금까지 계속 휴가 같았습니다. 저는 언제쯤 전투를 경험하게 될까요?"

"캅사가 바로 항복하지 않았더라면 자네는 이미 전투를 겪었겠지." 마리우스는 자기 재무관의 표정을 살폈다. "지루한가, 코르넬리우스?"

"그렇지 않습니다." 술라가 얼굴을 찌푸리며 대답했다. "과거의 저는 이런 생활이 아주 재미있다는 걸 믿지 못했을 겁니다. 재미있게 할 일과 흥미롭게 씨름할 문제들이 늘 있지요. 장부 정리마저 지겹지 않습니다! 다만 저는 전투 경험을 쌓고 싶다는 겁니다. 총사령관님만 해도 제 나이 때 참전 경험이 50번은 되었는데, 저는…… 아직도 풋내기입니다."

"자네도 전투에 나가게 될 걸세, 루키우스 코르넬리우스, 그것도 머지않아 말이네."

"정말입니까?"

"물론이지. 자네는 왜 지금 우리가 주요 지역도 아닌 곳에 있다고 생각하나?"

"잠깐만요, 제가 맞혀보겠습니다!" 술라가 재빨리 말했다. "총사령관님이 이곳에 계시는 건…… 보쿠스 왕이 덜컥 겁이 나서 유구르타와 동맹을 맺기를 바라시기 때문입니다. 보쿠스 왕과 동맹을 맺은 유구르타는 자신감이 생겨서 공격에 나설 테니까요."

"잘 맞혔어!" 마리우스가 웃었다. "이 나라는 너무 넓어서 전 지역을 행군하려면 10년도 넘게 걸리겠지. 설사 그렇게 한대도 바람에 실려오는 유구르타의 냄새조차 못 맡을 거야. 유구르타에게 가이툴리족이 없다면 정착지들을 박살내는 것으로 그의 저항력을 말살할 수 있겠지. 하지만 그에게는 가이툴리족이 있네. 유구르타는 자존심이 강해서 자신의 도시와 촌락을 로마군이 휘젓고 다니는 걸 싫어하네. 그리고 분명 우리의 공격 때문에, 특히 곡물 공급과 관련해서 위기감을 느끼고 있을 거야. 하지만 교활한 자라서 내가 지휘관으로 있는 동안에는 총력전이라는 위험을 무릅쓰진 않을 테지. 그렇지만 우리가 보쿠스 왕을 압박하여 유구르타와 협력하도록 한다면 이야기가 달라져. 무어인들은 최소 2만 명의 뛰어난 보병들과 5천 명의 훌륭한 기병들을 모을 수 있어. 그러니 유구르타는 보쿠스 왕의 지원을 받게 되면 분명 우리를 공격할 것이네."

"보쿠스 왕이 유구르타에 합류하면 아군보다 적군의 수가 많아질 텐데 걱정되지 않으십니까?"

"전혀! 제대로 된 훈련과 지휘를 받는 6개 로마 군단은 그 어떤 대군과도 싸울 수 있네."

"하지만 유구르타는 누만티아에서 스키피오 아이밀리아누스에게 전쟁을 배웠습니다. 그는 로마 병법을 쓸 겁니다."

"로마 병법을 쓰는 외국 왕들은 유구르타 말고도 많다네. 하지만 그들의 군대는 로마군이 아니지. 우리 병법은 우리 기질에 적합하게 진화했네. 여기서 우리란 로마인과 라티움인, 이탈리아인을 모두 말하는 걸세."

"기강." 술라가 말했다.

"그리고 조직." 마리우스가 말했다.

"하지만 그 두 가지도, 우리를 저 산꼭대기로 올려 보내주지는 못할 겁니다."

마리우스가 웃었다. "맞아. 하지만 보이지 않는 한 가지가 늘 우리와 함께한다네, 루키우스 코르넬리우스!"

"그게 뭐죠?"

"운." 마리우스가 말했다. "절대로 운을 잊지 말게나."

두 사람은 좋은 친구가 되었다. 술라와 마리우스는 다른 점도 많았지만 기본적으로 비슷한 면이 있었다. 둘 다 인습적으로 생각하지 않았고, 평범한 사람이 아니었으며, 역경으로 단련된 이들이었다. 또한 매우 열정적이면서도 동시에 매우 초연할 수 있었다. 가장 중요한 공통점은 두 사람 다 열심히 일하는 것을 좋아했고 남들보다 잘해내고 싶어 했다. 서로를 멀어지게 만들 수 있었을 면모들은 초기의 몇 년간 드러나지 않았다. 술라는 어떤 식으로든 마리우스를 이기고자 하지 않았으며, 술라의 냉혹한 면도 마리우스의 인습 타파적 면과 마찬가지로 드러날 필요가 없었기 때문이다.

술라는 두 팔을 머리 위로 쭉 뻗으며 말했다. "사람의 운은 스스로 만드는 거라고 주장하는 사람들도 있습니다."

마리우스가 눈을 크게 떴다. 눈썹이 위로 치솟았다. "물론이네! 그렇다 하더라도 사람에게 운이라는 것이 있다고 생각하면 좋지 않은가?"

푸블리우스 바기엔니우스는 리구리아 오지 출신으로 보조 기병대대에 복무하고 있었다. 마리우스가 물루카트 강기슭에 진지를 구축한 뒤로, 그는 자기 일거리가 바랐던 것보다 훨씬 많아졌음을 깨달았다. 다행히 평원은 여름 햇볕을 받으면 은빛으로 빛나는 기다란 야생초로 빽빽하게 뒤덮여 있었다. 덕분에 노새 수천 마리를 방목하여 풀을 먹이는 일은 어렵지 않았다. 하지만 노새보다 입이 까다로운 말들은 질긴 가죽끈 같은 지표식물을 내키지 않는다는 듯 쿡쿡 찔러댈 뿐이었다. 그래서 기병대의 말들은 요새가 있는 산의 북쪽 평원으로 데려가야 했다. 그곳에는 지하수가 스며나와 더 부드러운 풀이 우거져 있었다.

바기엔니우스는 화가 나서 생각했다. 총사령관이 마리우스가 아니었다면, 기병들은 말들을 먹이기 좋은 목초지 근처에서 따로 지낼 수 있도록 허락받았을 텐데. 그러나 물루카트 요새의 거주자들에게 어떤 빌미도 주고 싶지 않았던 마리우스는 모든 병사들에게 진지에서 지내라고 명령을 내렸다. 그리하여 기병들은 매일 정찰대가 먼저 가서 적군이 숨어 있지 않다고 확인한 뒤 각자 말을 데리고 목초지로 가야 했다. 그리고 저녁때는 다시 말을 타고 진지로 돌아와야 했다. 말들은 두 다리를 묶은 채로 풀을 뜯게 했다. 그러지 않으면 도망쳤을 때 잡을 방도가 없기 때문이었다.

따라서 바기엔니우스는 매일 아침 자신의 말 두 마리 중 한 마리는 타고 한 마리는 끌고서 진지를 나가 평원을 가로질러야 했다. 좋은 풀이 자라는 곳으로 가서 낮 동안 계속 풀을 뜯을 말들의 다리를 묶어둔 다음, 8킬로미터를 걸어서 진지로 돌아왔다. 그리고 진지에서 그의 자유시간이 시작될라치면 다시 걸어서 말들을 데리러 갈 시간이 되었다(적어도 그는 그렇게 느꼈다). 더군다나 기병들은 항상 걷기를 싫어하기 마련이다.

그러나 말을 진지 밖의 목초지로 데려간 다음 반드시 진지로 복귀했다가 가야 한다는 명령은 없었다. 그래서 바기엔니우스는 일정에 약간 변화를 주었다. 그는 굴레 없이 말의 맨 등을 타고 목초지로 갔기 때문에(귀한 안장과 굴레를 하루종일 목초지에 방치할 사람은 바보밖에 없을 것이다) 아침에 진지를 나설 때 어깨에 물주머니를 메고 허리띠에는 점심 주머니를 매달았다. 그는 말 두 마리를 요새가 있는 산 밑 근처에 풀어놓은 다음 그늘진 곳에 숨어 빈둥거리며 낮시간을 보내기로 했다.

네번째 소풍날에 그는 물주머니와 점심 주머니를 들고 깎아지른 듯 험준한 바위에 둘러싸인 작은 골짜기에 자리를 잡았다. 향기로운 꽃들이 가득 피어 있었다. 그는 풀이 난 바위시렁에 기대어 앉아 눈을 감고 졸았다. 문득 축축한 바람 한줄기가 산의 구멍과 홈을 따라 빙글빙글 돌면서 내려왔다. 그 바람은 아주 진하고 흥미로운 냄새를 싣고 있었다. 바기엔니우스는 눈을 부릅뜨고 벌떡 일어나 앉았다. 그가 아는 냄새였다. 달팽이. 크고 통통하고 축축하고 달콤하고 즙이 많은, 기가 막히게 맛있는 달팽이다!

바기엔니우스의 고향 리구리아 해변에 우뚝 솟은 산들과 그 뒤의 더 높은 산들은 달팽이 서식지였다. 그는 달팽이를 먹고 자랐고 그 영향으로 모든 음식에 마늘을 넣었다. 그는 둘째가라면 서러울 박식한 달팽이 품평가로 성장했다. 그의 꿈은 달팽이를 키워서 시장에 파는 것, 나아가 새로운 품종의 달팽이를 생산하는 것이었다. 어떤 남자들은 포도주 냄새에 민감하고 어떤 남자들은 향수 냄새에 민감하지만, 바기엔니우스는 달팽이 냄새에 민감했다. 요새 산으로부터 불어온 바람에서 달팽이 냄새를 맡은 그는 저 위 어딘가에 최고로 맛좋은 달팽이들이 산다고 확신했다.

그는 송로버섯을 찾는 돼지처럼 열심히 바위 가장자리를 돌아다녔다. 후각 기관에 의지하여, 달팽이떼가 있는 위쪽으로 통하는 길을 찾아 헤맸다. 그해 9월에 술라와 함께 아프리카로 온 후로 그는 달팽이를 단 한 마리도 먹지 못했다. 아프리카의 달팽이는 세계 최고라고 들었지만, 그는 이곳에 와서 달팽이 서식지를 발견한 적이 없었다. 게다가 우티카와 키르타의 시장에 나오는 달팽이는 로마로 직행하지 않는다면 참모군관과 보좌관의 식탁에 올랐다.

바기엔니우스보다 의욕이 부족한 사람이었다면 오래전에 화산의 증기가 다 빠져나간 분기공을 발견하지 못했을 것이다. 끊긴 곳이 없어

보이는 높은 주상절리 현무암 벽 뒤에 있었기 때문이다. 바기엔니우스는 보이는 것에 속지 않기 위해 고개를 숙이고 냄새를 맡으며 나아가다가 거대한 분연구를 발견했다. 휴지기 수백만 년 동안 바람에 실려온 먼지가 바깥의 땅 높이까지 분출구를 막은 뒤, 바람을 맞는 쪽 벽에 계속 더 높이 쌓이고 있었다. 하지만 아직도 사람이 그 속으로 들어갈 수 있을 듯했다. 분기공은 폭이 6미터쯤 되었으며, 약 60미터 위의 구멍으로 하늘이 보였다. 분기공 안의 수직 암벽은 대부분의 사람들이 기어오를 수 없다고 생각할 만큼 가팔랐다. 하지만 산악지대 출신이자 최상의 미식을 좇는 달팽이 애호가 바기엔니우스는 기어오를 수 있었다. 쉬운 일은 아니었지만, 떨어질 것 같다고 느낀 적은 한 번도 없었다.

분기공 꼭대기까지 올라가서 밖으로 나가니 풀로 덮인 바위시렁이 나왔다. 분연구가 끝나는 지점인 바위시렁의 길이는 30미터쯤 되었다. 가장 넓은 곳의 폭은 15미터쯤 되는 것 같았다. 바위시렁은 화산의 바위투성이 노두 북쪽 면에 있었기 때문에, 마르지 않고 스며나오는 물에 축축하게 젖어 있었다. 물의 일부는 분기공 안으로 뚝뚝 떨어졌지만 대부분은 분기공 바깥으로 바위시렁의 경사를 따라 흘렀다. 그래서 시렁이 만나는 암벽에는 동굴처럼 움푹하게 팬 곳이 있었다. 물에 젖어 축축한 동굴은 양치류와 선류, 우산이끼와 사초과 식물의 훌륭한 서식지였다. 어마어마한 압력을 받는 산 위쪽의 한 지점에서 특히 많은 물이 스며나왔다. 반짝이는 작은 개울은 사방에 물을 튀기며 떨어진 뒤, 다른 물줄기와 합쳐져 바위시렁 가장자리에 흘러넘치고 있었다. 화산 노두 북쪽 평원의 풀이 더 부드러운 것은 분명 이 때문일 것이었다.

그 커다란 동굴이 입을 벌리고 있는 곳은 과거 진흙 덩어리가 쌓이던 장소였다. 진흙 덩어리는 용암경 속으로 훨씬 더 깊이 침투하여 물을 빨아들이면서 지표면 밖으로 나왔지만, 바람과 서리에 호되게 깎여나갔다. 산에 대해 전문가인 바기엔니우스는 머리 위로 그토록 험악하게 서 있는 현무암 솟은바위가 언젠가 침식으로 무너져내릴 것임을 잘 알고 있었다. 그렇게 되면 바위시렁과 동굴은 화산 노두와 함께 그 밑에 묻혀버릴 터였다.

커다란 동굴은 달팽이 천국이었다. 건조하기로 악명 높은 그 지역에서도 언제나 축축한데다, 달팽이가 좋아하는 썩은 식물과 벌레 시체들로 가득했고 항상 그늘져 있었기 때문이다. 동굴 아래쪽에서 시작되어 바위시렁보다 훨씬 높이, 10미터가량 더 올라가서 바깥쪽으로 굽어진 솟은바위 덕분에 바람의 공격도 피할 수 있었다.

동굴 안에는 달팽이 냄새가 진동했다. 바기엔니우스가 한 번도 맡아본 적 없는 종류의 냄새였다. 마침내 한 마리를 발견한 그는 입을 딱 벌렸다. 달팽이 껍질이 손바닥만 했다! 이어 수십 마리, 수백 마리가 나타났다. 껍질 속의 몸이 집게손가락보다 짧은 달팽이는 하나도 없었다. 몇 마리는 펼친 손보다도 길었다. 그는 눈을 의심하며 동굴 속을 기어올랐고 갈수록 더 놀랐다. 마침내 동굴 끝에 도착하자 끝이 보이지 않는 오르막이 나타났다. 뱀길(snake path, 구불구불한 길—옮긴이)이 아니라 달팽이길이군! 그는 놀라서 생각했다.

길은 갈라진 바위틈으로 이어졌고, 바위틈은 양치류가 무성하며 더 작고 외부와 단절된 동굴로 이어졌다. 달팽이들은 갈수록 많아졌다. 어느 순간 그는 자신이 굽어진 솟은바위 옆에 있다는 사실을 깨달았다. 바위의 돌출부 두께는 90센티미터도 넘었다. 그는 계속 기어올라가다 몸을 한번 치받쳤다. 그러자 '달팽이 천국'이 끝나고 바위 돌출부 꼭대기의 건조하고 바람이 휘몰아치는 용암경, '달팽이 지옥'이 나타났다.

갑자기 그는 공포에 질려 숨을 멈추고 재빨리 바위 뒤에 숨었다. 그곳에서 150미터쯤 위에 유구르타의 요새가 있었던 것이다. 그곳과 요새 사이의 비탈은 전혀 가파르지 않아서 지팡이 없이 걸어서도 올라갈 수 있을 것 같았다. 성채의 벽 또한 누가 밑에서 밀어올려주지 않아도 넘을 수 있을 정도로 낮았다.

바기엔니우스는 다시 달팽이길을 내려가 아래쪽 달팽이 동굴로 갔다. 제일 큰 달팽이 대여섯 마리를 한 마리씩 젖은 이파리에 싸서, 튜닉의 허리띠 위쪽 볼록한 가슴께에 집어넣었다. 그런 다음 위험한 하강을 시작했다. 그의 소중한 짐은 장애물인 동시에, 초인적 솜씨로 바위를 타도록 만드는 원동력이기도 했다. 마침내 그는 낮 동안의 은신처였던 꽃이 만발한 작은 골짜기로 돌아왔다.

한참 물을 들이켜자 기분이 나아졌다. 가져온 달팽이들은 무사했으며 여전히 끈적끈적했다. 달팽이를 독차지하고 싶었던 그는 그것들을 튜닉에서 꺼내 점심 주머니에 담았다. 젖은 잎들과 골짜기의 건조한 부엽토 덩어리들을 덮어 물주머니의 물로 적셨다. 그리고 달팽이들이 도망치지 못하도록 점심 주머니를 단단히 동여맨 후 그늘진 곳에 두었다.

다음날 그는 최고의 만찬을 즐겼다. 잡아놓은 달팽이 두 마리를 진지에서 가져온 냄비에 쪄서 기름과 마늘로 만든 소스와 함께 먹었다. 정말 맛있었다! 달팽이는 결코 크다고 해서 질기지 않았다. 달팽이가 크다는 것은 미묘한 향이 더 진하며, 손을 덜 쓰고도 더 많은 살점을 먹을 수 있다는 뜻이었다.

바기엔니우스는 엿새 동안 날마다 달팽이를 두 마리씩 먹었다. 중간에 한번 더 분기공을 기어올라 대여섯 마리를 잡아왔다. 하지만 이레째 되던 날 그는 양심의 가책을 느끼기 시작했다. 그가 좀더 자기성찰적이었다면, 연이은 달팽이 섭취에 따른 소화불량의 괴로움과 비례하여 양심의 가책이 심해진다는 것을 깨달았으리라. 처음에는 자신이 소속 기병대대의 전우들에게조차 달팽이를 숨기고 혼자서 포식한 이기적인 놈이라고 생각했다. 그러다가, 자신이 요새 산으로 올라가는 길을 발견했다는 사실에 대해 생각하기 시작했다.

사흘을 더 양심과 싸운 끝에 그는 위염에 걸려버렸다. 달팽이에 대한 식욕도 사라졌다. 애초에 아프리카 달팽이에 대한 소문을 들은 것을 후회하는 지경이 되자, 그는 결단을 내렸다.

바기엔니우스는 소속 기병대대의 사령관에게 보고할 생각이 아니었다. 그는 곧장 최고 사령부로 향했다.

총사령관의 지휘 막사와 깃대는, 진지의 앞문과 뒷문을 잇는 프라이토리아 가도와 옆문 두 개를 잇는 프링키팔리스 가도가 교차하는 중심부에 있었다. 지휘 막사 양옆에는 집합용 공터가 있었다. 제대로 된 목재 골조가 필요할 만큼 큰 가죽 천막인 이 막사에 마리우스는 지휘 본부와 개인 처소를 두었다. 막사 정문의 긴 차양 밑에는 당직 참모군관의 탁자와 의자가 있었다. 총사령관을 만나려는 사람들을 선별하고 다양한 문의에 따라 적절한 목적지로 보내는 것이 당직 참모군관의 임무였다. 정문 양옆에는 보초병 두 명이 편안하면서도 방심하지 않는 태도로 서 있었다. 당직 참모군관과 그 상대의 대화를 엿들을 수 있다는 것은 보초 임무의 지루함을 덜어주었다.

그날의 당직 참모군관은 퀸투스 세르토리우스였다. 그는 즐거운 마음으로 임무를 다하고 있었다. 그는 보급과 기강, 군기와 호소자들로 이루어진 난제들을 해결했다. 그는 마리우스가 맡기는 나날이 복잡하고 중요해지는 임무들을 무척 좋아했다. 영웅 숭배라는 병이 실제로 있다면 세르토리우스는 분명 그 환자였을 것이다. 그리고 그의 숭배 대상은 마리우스였다. 언젠가 베테랑 군인이 될 초년병으로서 그는 마리우스에게서 완성된 군인의 모습을 보고 있었다. 세르토리우스는 마리우스가 맡기는 모든 임무를 달갑게 여겼기에, 다른 하급 참모군관들과 달리 총사령관 막사 앞에 앉아 있기를 좋아했다.

세르토리우스는 평생 발받침 없이 말에 올라탄 사람 특유의 비틀거리는 걸음걸이로 걸어오는 리구리아인 기병 바기엔니우스를 흥미롭게 지켜보았다. 외모는 그다지 매력적이지 않았다. 오직 제 어머니만 잘생겼다고 할 얼굴이었다. 하지만 쇠사슬 갑옷은 광이 났고 부드러운 밑창을 댄 리구리아식 펠트 승마화에는 반짝이는 박차 한 쌍이 달려 있으며 가죽 반바지도 아주 깨끗했다. 말냄새는 조금 났지만 그건 충분히 예상할 수 있는 일이었다. 모든 기병은 말냄새가 났다. 얼마나 자주 목욕을 하고 옷을 세탁하든, 말냄새는 그들의 뼛속 깊이 배어 있었다.

두 쌍의 갈색 눈이 서로를 들여다보았다. 둘 다 상대방의 인상이 마음에 들었다.

훈장은 아직 받지 못했군, 하고 세르토리우스는 생각했다. 하지만 기병대는 아직 제대로 된 전투를 해보지 못했으니까.

이 일을 하기엔 어리군, 하고 바기엔니우스는 생각했다. 하지만 지금까지 본 군인들 중에 가장 품위 있어. 말에는 흥미가 없는 전형적인 로마 보병이긴 해도.

"리구리아 기병대대 소속 푸블리우스 바기엔니우스입니다. 가이우스 마리우스 님을 뵙고 싶습니다."

"계급은?"

"기병입니다."

"용건이 뭔가?"

"개인적인 것입니다."

세르토리우스는 상냥하게 말했다. "총사령관님께서는 보조 기병대대의 기병은 만나주시지 않는다. 혼자서 찾아온 기병은 더욱 그렇지. 자네의 담당 군관은 어디에 있나, 기병?"

"그분은 제가 이곳에 온 줄 모릅니다." 바기엔니우스는 단호한 표정으로 말했다. "제 용건은 개인적인 것입니다."

"가이우스 마리우스는 아주 바쁜 분이시다." 세르토리우스는 말했다.

바기엔니우스는 탁자에 두 손을 짚고 얼굴을 앞으로 내밀었다. 그가 풍기는 마늘 냄새 때문에 세르토리우스는 숨이 막힐 지경이었다. "잘 들으십시오, 젊은 나리, 제가 가이우스 마리우스께 매우 이로운 제안을 할 거라고 전해주십시오. 저는 그분이 아닌 누구한테도 그 내용을 말하지 않을 겁니다, 절대로요."

세르토리우스는 웃음이 터져나오려는 걸 간신히 참았다. 그는 냉담한 시선과 표정을 고수하면서 일어나 말했다. "여기서 기다리게."

지휘 막사의 내부는 가운데를 세로로 자른 가죽 차단막을 늘어뜨려 두 구역으로 나누어놓았다. 뒤쪽은 마리우스의 개인 처소였고 앞쪽은 집무실이었다. 뒷방보다 훨씬 큰 집무실에는 접의자와 탁자, 지도꽂이들, 공병들이 물루카트 산에 맞춰 고안중인 공성보루 모형들, 갖가지 서류와 두루마리, 책 보관함과 철하지 않은 종이들이 보관된 이동식 칸막이 선반들이 있었다.

마리우스는 책상으로 쓰는 커다란 접탁자를 앞에 두고 상아 대좌에 앉아 있었다. 맞은편에는 보좌관인 아울루스 만리우스가, 둘 사이에는 재무관인 술라가 앉아 있었다. 그들은 출납부 검토와 장부 정리에 몰두하고 있었다. 그들에겐 제일 귀찮은 일이었지만, 국고를 운영하는 관료들에겐 중요한 임무였다. 세르토리우스는 이것이 예비 회의임을 쉽게 알아차렸다. 정식 회의에는 서기와 필경사 여럿이 참석하기 때문이었다.

"가이우스 마리우스, 방해해서 죄송합니다." 세르토리우스가 머뭇거리며 말했다.

그 어조가 이상해서 세 사람 모두 고개를 들어 그를 유심히 바라보았다.

"괜찮네, 퀸투스 세르토리우스. 무슨 일인가?" 마리우스가 웃으면서 말했다.

"저, 장군님의 시간만 낭비할 것 같긴 하지만, 리구리아 기병대대 소속 기병 하나가 저한테는 용건을 말할 수 없다면서 장군님을 꼭 뵈어야 한다고 고집을 부리고 있습니다."

"리구리아 기병대대 소속 기병이라," 마리우스는 천천히 되뇌었다. "그의 담당 군관은 뭐라고 하는가?"

"그는 담당 군관에게 말하지 않고 왔습니다."

"아, 극비 사항인가보군?" 마리우스는 세르토리우스의 표정을 꼼꼼하게 살폈다. "내가 그를 만나야 하는 이유가 뭔가, 퀸투스 세르토리우스?"

세르토리우스는 웃음을 지었다. "그 이유를 말로 설명할 능력이 제게 있다면 임무를 훨씬 더 잘해낼 수 있을 것 같습니다. 솔직히 말씀드리면, 잘 모르겠습니다. 하지만…… 모르겠습니다. 제가 잘못 생각한 것일 수도 있지만, 장군께서 그를 만나보셔야 할 것 같습니다. 왠지 그런 느낌이 듭니다."

마리우스는 들고 있던 서류를 내려놓았다. "들여보내게."

바기엔니우스는 최고 지휘관 세 명을 보고도 전혀 주눅들지 않았다. 바깥보다 어두운 실내로 들어온 탓에 눈을 껌벅거리며 서 있었지만, 두려워하는 기색은 보이지 않았다.

"푸블리우스 바기엔니우스입니다." 세르토리우스는 소개한 다음 밖으로 나가려고 했다.

"여기 있게." 마리우스가 말했다. "푸블리우스 바기엔니우스, 내게 할 말이라는 게 뭔가?"

"상당히 많습니다."

"그럼 어서 말해보게!"

"네, 알겠습니다!" 바기엔니우스는 겁먹지 않고 말했다. "우선 여쭙겠습니다. 정보를 먼저 드릴까요, 아니면 사업 제안부터 말씀드릴까요?"

"두 가지가 서로 관련 있는가?" 아울루스가 물었다.

"물론 그렇습니다, 아울루스 마리우스."

"그렇다면 사업 제안을 먼저 해보게." 마리우스가 무표정하게 말했다. "나는 완곡한 접근법을 좋아하거든."

"달팽이입니다." 바기엔니우스가 말했다.

네 명의 로마인은 그를 쳐다보았지만 아무 말도 하지 않았다.

"제가 제안할 사업은 달팽이입니다. 세상에서 제일 크고 즙 많은 달팽이요!" 바기엔니우스는 참을성 있게 반복했다.

"자네한테서 마늘 냄새가 진동하는 이유를 알겠군!" 술라가 말했다.

"마늘 없이는 달팽이를 못 먹습니다."

"달팽이와 관련하여 우리가 자네를 어떻게 도울 수 있나?" 마리우스가 물었다.

"제가 원하는 것은 달팽이에 대한 이권입니다. 그리고 로마의 달팽이 판매상들을 소개받고 싶습니다."

"그렇군." 마리우스는 아울루스와 술라, 세르토리우스를 쳐다보았다. 아무도 웃고 있지 않았다. "좋아, 자네한테 이권을 주지. 소개 문제도 우리가 다 같이 의논하면 해결할 수 있을 거라 생각하네. 자, 자네가 주겠다는 정보는 뭔가?"

"산 위로 올라가는 길을 찾았습니다."

순간 술라와 아울루스가 몸을 꼿꼿이 세우고 앉았다.

"산 위로 올라가는 길을 찾았다고." 마리우스가 천천히 말했다.

"네."

마리우스가 탁자에서 일어나서 말했다. "안내하게."

하지만 바기엔니우스는 꽁무니를 뺐다. "음, 그럴 겁니다, 가이우스 마리우스, 꼭 그럴 겁니다! 하지만 달팽이 문제를 먼저 마무리지어야 합니다."

"그건 나중에 하면 안 되나, 기병?" 술라가 험악한 표정으로 물었다.

"안 됩니다, 루키우스 코르넬리우스, 안 됩니다!" 바기엔니우스가 말했다. 이로써 그는 최고 지휘관들 각각의 이름을 모두 알고 있음을 보여주었다. "산꼭대기로 가는 길은 제 달팽이 밭 한가운데를 통과합니다. '제' 달팽이 밭입니다! 세계 최고의 달팽이 밭이기도 합니다! 보십시오." 그는 상당히 부적절하게도 긴 기병대 검에 묶어놓았던 점심 주머니를 풀어내서 입구를 열었다. 그리고 길이 20센티미터가 넘는 달팽이 껍질을 조심스럽게 꺼내 마리우스의 탁자에 올려놓았다.

사람들은 완벽한 침묵 속에서 그것을 뚫어져라 쳐다보았다. 탁자 표면은 서늘하고 매끈했기에 곧 달팽이는 위험을 무릅쓰고 껍질 밖으로 모습을 드러냈다. 배가 고팠던데다, 한동안 바기엔니우스의 점심 주머니 속에서 이리저리 흔들리며 평정을 잃었기 때문이다. 달팽이는 여느 달팽이와 같은 방식으로 껍질에서 나왔다. 달팽이는 거북이처럼 껍질 밖으로 나오지 않았다. 껍질을 공중으로 들어올리고 끈적끈적한 무정형 덩어리들이 되었다가, 껍질 밑에서 몸을 늘리며 제 모습을 갖췄다. 덩어리 하나는 끝으로 갈수록 가늘어지는 꼬리가 되었고, 그 반대쪽 덩어리는 뭉툭한 머리가 되었다. 머리에서는 어디서 나왔는지 모를 흐릿한 자루눈이 튀어나왔다. 변신을 마친 달팽이는 바기엔니우스가 달팽이를 감쌌던 부엽토를 어적어적 소리를 내며 씹어먹었다.

"그러니까 이게 '달팽이'라는 거로구먼." 마리우스가 말했다.

"그렇습니다!" 세르토리우스가 숨을 내쉬었다.

"저런 달팽이라면 군대 전체를 먹일 수도 있겠는데요." 술라가 말했다. 음식에 대해 보수적인 그는 달팽이도 버섯도 좋아하지 않았다.

"바로 그겁니다!" 바기엔니우스가 소리쳤다. "바로 그거예요! 저는 그 탐욕스런 개자식들이(청중은 얼굴을 찡그렸다) 내 달팽이를 훔치는 게 싫습니다! 그곳에는 달팽이들이 아주 많지만, 병사 500명이면 끝장날 겁니다! 저는 달팽이들을 로마와 그 근교로 데려가서 사육하고 싶습니다. 제 달팽이 밭을 망치고 싶지 않습니다. 제가 바라는 것은 달팽이에 대한 이권, 그리고 제 달팽이 밭을 이 군대의 모든 비열한 놈들로부터 안전하게 지키는 겁니다!"

"이 군대에 비열한 놈들이 많긴 하지." 마리우스가 차분하게 대꾸했다.

"마침," 아울루스가 특유의 극단적인 상류층 억양으로 느릿느릿 말했다. "내가 자네를 도울 수 있을 것 같군, 푸블리우스 바기엔니우스.

내 피호민 중에 타르퀴니아, 그러니까 에트루리아 출신 피호민이 하나 있다네. 그는 로마의 쿠페데니스 시장에서 독점적이고 아주 수지맞는 달팽이 판매업을 작게 하고 있지. 마르쿠스 풀비우스라는 자인데, 귀족 풀비우스는 아니야. 2년 전 그가 사업을 시작할 때 내가 돈을 조금 융통해줬어. 그의 사업은 잘되고 있지만, 내 생각에 그가 이 훌륭한 달팽이를 본다면…… 참으로 훌륭한 달팽이니 말이야, 푸블리우스 바기엔니우스! 아주 흡족하게 자네와 협약을 맺을 것 같네."

"거래는 성사되었습니다." 기병이 말했다.

"이제 우리를 그 길로 안내하겠나?" 여전히 안달이 난 술라가 말했다.

"잠깐만, 잠깐만요." 바기엔니우스는 대답한 뒤, 장화 끈을 묶고 있는 마리우스를 돌아보았다. "먼저 장군님께, 제 달팽이 밭이 안전할 것이라는 확답을 듣고 싶습니다."

마리우스는 장화 끈을 다 묶고 일어나서 바기엔니우스의 눈을 똑바로 쳐다보았다. "푸블리우스 바기엔니우스, 나는 자네가 마음에 드네! 자네는 뛰어난 사업가 정신과 뜨거운 애국심을 겸비했어. 걱정 말게, 자네의 달팽이 밭을 안전하게 보호하겠다고 약속하지. 그러니 괜찮다면 이제 우리를 산 위로 데려가주게나."

잠시 후 공병대장을 포함한 조사단이 출발했다. 시간을 아끼기 위해 말을 탔다. 바기엔니우스는 자신의 말 두 마리 중에 더 좋은 말을 탔고, 마리우스는 거의 열병식 때만 타는 늙었지만 우아한 준마를 탔다. 술라는 노새에 대한 선호를 고수했고 아울루스와 세르토리우스, 공병대장은 조랑말을 탔다.

분기공은 공병대장에게 전혀 문제가 되지 않았다. "간단해요." 그는 분연구를 올려다보며 말했다. "저 꼭대기까지 튼튼하고 넓은 계단을 설치하겠습니다. 공간은 충분합니다."

"얼마나 걸리겠나?" 마리우스가 물었다.

"마침 수레 몇 대분의 판재와 작은 각재가 있습니다. 그러니까……밤낮으로 작업하면 이틀이면 됩니다." 공병대장이 말했다.

"당장 시작하게." 마리우스는 새삼 존경스럽다는 눈길로 바기엔니우스를 바라보았다. "여길 올라갈 수 있다니, 염소 같구먼."

"산에서 나고 자랐으니까요." 바기엔니우스는 의기양양하게 말했다.

"자네의 달팽이 밭은 계단이 완성될 때까지 안전할 걸세." 마리우스가 일행과 함께 말들을 세워둔 곳으로 걸어가면서 말했다. "혹시나 자네의 달팽이들이 위험에 처하면 내가 직접 손을 쓰겠네."

닷새 후 물루카트 요새는 마리우스의 것이 되었다. 그곳의 막대한 은화와 은괴, 금 1천 탈렌툼도. 작은 궤짝 두 개도 있었다. 하나는 누구도 본 적 없는 새빨간 최상급 카르붕쿨로스로, 다른 하나는 오랜 세월 동안 자연적으로 깎인 수정으로 가득차 있었다. 수정은 세심하게 연마되어, 짙은 분홍색인 한쪽 끝에서 어두운 녹색인 반대쪽 끝으로 갈수록 색상이 점점 변하는 것이 보였다.

"굉장하군요!" 술라는 그곳 주민들이 리크니테스라고 부르는 얼룩덜룩한 보석을 집어들고 말했다.

"정말이지 그렇군!" 마리우스가 흐뭇하게 말했다.

바기엔니우스는 모든 병사들 앞에서 훈장을 받았다. 그의 훈장은 완전한 한 세트를 이루는 순은 팔레라이 아홉 개였다. 큼지막한 원형 메달에 돋을무늬를 깊이 새겨, 판갑이나 쇠사슬 갑옷에 착용할 수 있도록 은상감한 끈으로 한 줄에 세 개씩 세 줄로 연결한 것이다. 바기엔니우스는 이 훈장을 무척 좋아했다. 하지만 마리우스가 약속을 지켜, 병사들이 산꼭대기로 올라가는 통로에 울타리를 쳐서 약탈자들로부터 달팽이 밭을 보호한 것이 훨씬 더 기뻤다. 또한 마리우스가 통로를 가죽으로 가렸기 때문에, 병사들은 양치류가 무성한 동굴 사방에 즙으로 꽉 찬 맛있는 생물들이 돌아다니고 있다는 것을 전혀 눈치채지 못했다. 그뿐 아니라 아울루스는 자신의 피호민인 풀비우스에게 편지를 써서, 아프리카 전쟁이 끝나고 바기엔니우스가 제대하면 동업을 할 수 있도록 조치했다.

"잊지 말게, 푸블리우스 바기엔니우스." 마리우스는 은 팔레라이 아홉 개를 끈에 달아주며 말했다. "앞으로 우리 네 사람은 적절한 보상을 기대하겠네. 우리 식탁에 올라올 공짜 달팽이들 말이네. 특히 아울루스 만리우스에게는 더 얹어줘야 해."

"거래는 성사되었습니다." 바기엔니우스가 대답했다. 딱하게도 그는 위염을 앓은 후 달팽이를 먹고 싶은 마음이 영영 사라져버렸다. 하지만 이제 그는 포식자가 아닌 보호자의 눈길로 달팽이들을 지켜보았다.

8월 말, 군대는 접경지대를 떠나, 왔던 길로 되돌아가는 중이었다. 수확철이라 병사들은 현지에서 나는 먹거리로 풍족하게 먹을 수 있었다. 보쿠스 왕의 영토 근처까지 간 일은 바랐던 결과를 낳았다. 마리우스가 누미디아를 정복하는 것으로 멈추지 않을 거라고 확신한 보쿠스 왕은 사위인 유구르타와 운명을 같이하기로 결심했다. 보쿠스 왕은 무어인 군대를 이끌고 물루카트 강으로 가서 유구르타와 합류했다. 유구르타는 마리우스가 사라지기를 기다렸다가, 약탈당한 자신의 산꼭대기 요새를 재점령했다.

두 왕은 로마군을 뒤쫓아 동쪽으로 이동했다. 서두르는 법 없이 충분한 거리를 유지하며 몰래 따라가다가, 마리우스가 목적지인 키르타에서 160킬로미터 떨어진 곳까지 갔을 때 공격을 감행했다.

해가 지기 시작하던 그때 로마 군대는 분주하게 진지를 세우고 있었다. 그럼에도 불구하고 왕들의 공격은 완전히 로마군의 허를 찌르지는 못했다. 마리우스는 진을 칠 때 안전에 각별히 유의했기 때문이다. 측량사들이 계산한 진지의 네 모퉁이에 감시를 세운 후에, 모든 병사들은 진지 부지 안의 정확한 위치로 이동했다. 그들은 군단별, 대대별, 백인대별 행선지를 외워서 정확하게 알고 있었다. 남의 발에 걸려 넘어지거나, 잘못된 장소로 가거나, 개인에게 할당된 면적을 어기는 사람은 아무도 없었다. 노새가 끄는 물자 수송대도 진지 안으로 데리고 들어왔다. 각 백인대의 비전투원들은 8인조마다 지급된 노새들과 백인대의 짐마차를 관리했으며, 수송대 수행원들은 동물들의 거처와 짐마차 보관소를 맡아보았다. 완전무장 상태를 유지한 병사들은 배낭에서 땅 파는 도구와 말뚝 울타리를 꺼내들고 진지 가장자리의 늘 동일한 담당구역으로 갔다. 그들은 쇠사슬 갑옷을 입고 검과 단검을 꽂은 허리띠를 착용한 상태로 일했다. 창은 땅에 단단히 꽂고 방패는 창에 기대어 세웠으며, 투구는 턱끈을 창에 걸어 방패 전면에 올려놓았다. 따라서 바람이 불어도 이 물건들은 넘어지지 않았다. 이렇게 모든 병사들은 투구와 방패, 창을 가까이에 두고 진지를 세우고 있었다.

적군을 발견하지 못한 정찰병들은 진지로 들어와 이상이 없다고 보고한 뒤 자기 몫의 진지 구축 작업을 하러 갔다. 해가 졌다. 어둠이 내려앉기 전 짧게 빛나는 어스름 속에 근처의 산등성이로부터 누미디아와 마우레타니아 연합군이 쏟아져나왔다. 그들은 반쯤 구축된 로마군 진지를 습격했다.

싸움은 모두 어둠 속에서 벌어졌다. 로마군은 몇 시간 동안 궁지에 몰려 있었다. 그러나 세르토리우스가 비전투원들에게 횃불을 켜라고 지시한 시점부터 상황이 바뀌었다. 전장이 환해지자 마리우스가 사태를 잘 파악하게 되면서 로마군이 유리해진 것이다. 술라는 멋지게 활약했다. 사기가 꺾이고 공황에 빠지려는 병사들을 규합하며 자신이 필요한 곳이라면 어디든 나타났다. 그것은 마법처럼 보였지만, 사실 다음 취약 지점을 미리 내다보는 술라의 천부적인 군사적 안목 덕분이었다. 피 묻은 검을 들고 흥분 상태에 빠진 술라는 베테랑 군인처럼 전투에 몰두했다. 그는 공격할 때는 용맹했고 방어할 때는 신중했으며 위기 속에서는 현명했다.

어둠속에서 여덟 시간이 지나고, 승리는 로마군에게 돌아갔다. 누미디아와 마우레타니아 연합군은 큰 어려움 없이 후퇴했지만 전사한 군사 수천을 버려두고 갔다. 그에 비해 마리우스는 놀라울 만큼 적은 군사를 잃었다.

아침이 밝자 로마군은 이동했다. 마리우스로서는 병사들이 휴식을 취하도록 내버려둘 수가 없었다. 전사한 아군은 정식으로 화장하고 적군은 독수리의 먹잇감으로 남겨두었다. 이제 군단병들은 방진으로 행군했다. 기병대는 짧아진 대열 앞뒤에, 노새들이 끄는 물자 수송대는 대열 한가운데에 배치했다. 행군중에 다시 공격을 받을 경우 병사들은 자신이 속한 방진에서 바깥을 향해 돌아서기만 하면 되었다. 그동안 기병대는 이미 대열의 날개를 형성하고 있을 것이다. 이제 모든 병사는 염색한 말털 장식이 정수리에 달린 투구를 쓰고 있었으며, 가죽 덮개를 벗긴 방패는 물론 창 두 개도 들고 걸었다. 키르타에 도착할 때까지 그들은 경계를 늦추지 않을 것이었다.

나흘째 되던 날, 로마군이 키르타 야간 입성을 앞두고 있을 때 두 왕이 다시 공격해왔다. 이번에는 마리우스도 준비가 되어 있었다. 각 군단은 방진을 쳤고, 방진들이 모여 중앙에 물자 수송대가 있는 더 큰 방진을 이루었다. 이어 각 군단 방진의 병사들은 흩어져서 적군과 마주한 방진의 두께를 배로 늘렸다. 언제나처럼 유구르타는 로마군의 전방을 동요시키기 위해 누미디아 말 수천 마리를 활용했다. 안장과 굴레를 쓰지 않고 갑옷도 입지 않은 유구르타의 뛰어난 기수들은 민첩성과 용맹함, 치명적으로 정확한 투창과 장검으로 힘을 발휘했다. 그러나 유구르타와 보쿠스의 기병대 모두 로마군의 방진을 돌파하지는 못했다. 두 왕의 보병대는 기병도 보병도 겁내지 않는 군단병들의 단단한 벽에 부딪쳐 부서지고 말았다.

술라는 최전방에서 선도 군단의 선도 대대와 함께 싸웠다. 마리우스는 전술을 관리하고 있었고 돌발 상황이라고 할 것도 발생하지 않았기 때문이다. 마침내 유구르타의 보병 전선을 돌파했을 때 그 공격을 지휘한 것은 술라였다. 멀지 않은 뒤쪽에는 세르토리우스가 있었다.

유구르타는 지나치게 오랫동안 전투를 감행했다. 이번 전투를 마지막으로 로마의 손아귀에서 영원히 벗어나야 한다는 절박감 때문이었다. 철수하기로 결정했을 때는 이미 너무 늦었다. 승리의 예감에 취한 로마 병사들과 힘든 싸움을 계속할 수밖에 없었다. 그리하여 로마군의 예감이 실현되었을 때 로마의 승리는 완벽하고 완전했다. 누미디아군과 마우레타니아군은 박살났다. 그들 대다수는 전장의 시체가 되어 있었다. 유구르타와 보쿠스는 달아났다.

마리우스는 지친 대열의 선두에서 말을 타고 키르타에 입성했다. 다들 환희에 넘쳤다. 더이상 아프리카에서 큰 전쟁은 없을 것이다. 가장

미천한 병사조차 이 사실을 알고 있었다. 이제 마리우스는 외부에 노출될 위험을 감당하지 않고 병사들을 키르타 성벽 안에서 숙영시켰다. 그는 불운한 키르타 시민들의 민가에 병사들의 숙소를 제공하라는 명령을 내렸다. 다음날 전장을 치우고, 산처럼 쌓인 아프리카군의 시신을 불에 태우고, 그들보다 훨씬 적은 로마군의 시신을 정식 장례를 위해 운반해오는 일 역시 그들의 몫이었다.

세르토리우스는 전몰자들을 화장한 후에 열릴 특별 집회에서 수여할 훈장들을 준비하고 수여식을 기획하는 임무를 맡았다. 훈장 수여식을 본 적이 한 번도 없어서 어떻게 해야 할지 전혀 감이 잡히지 않았다. 하지만 똑똑하고 요령 좋은 세르토리우스는 노련한 최고참 백인대장을 찾아가서 조언을 구했다.

그 베테랑 군인은 말했다. "젊은 세르토리우스, 당신이 할 일은 가이우스 마리우스의 모든 훈장을 단상 위에 전시하는 것이오. 장군님이 얼마나 훌륭한 군인인지 병사들에게 보여주시오. 그들은 최하층민이라는 사실과 관계없이 훌륭한 병사들이오. 하지만 군인의 삶이 어떤 것인지는 전혀 모르고 전통적으로 군에 복무한 집안 출신도 아니오. 그러니 가이우스 마리우스가 어떤 군인인지 그들이 어찌 알겠소? 나는 안다오! 누만티아에서부터 쭉 그분과 함께 참전하고 있으니까 말이오."

"하지만 장군님께서는 여기까지 훈장들을 갖고 오시지 않았을 텐데요." 낙담한 세르토리우스가 말했다.

"당연히 갖고 오셨소, 젊은 세르토리우스!" 수없이 많은 전투를 겪은 노장은 말했다. "그 훈장들은 그분의 부적과 같거든."

마리우스는 질문을 받자 전쟁터에 훈장들을 가지고 다닌다고 시인했다. 약간 부끄러워하는 기색이었다. 세르토리우스가 최고참 백인대장의 부적 이야기를 전해주기 전까지는.

수많은 키르타 주민들이 이 인상적인 의식을 구경하려고 모여들었다. 병사들은 모두 열병식 복장으로 성장했다. 각 군단의 은 독수리는 승리의 월계관으로 장식되었다. 각 중대의 은으로 만든 손 모양 기, 백인대의 천으로 만든 벡실룸 기 역시 승리의 월계관으로 장식되었다. 모든 병사들은 자기 훈장을 달았다. 하지만 신참들로 이루어진 신생 군대였기에, 완장과 목걸이와 큰 메달을 자랑스레 뽐낸 사람들은 몇몇 백인대장들과 병사 대여섯 명밖에 없었다. 바기엔니우스도 물론 자신의 은제 팔레라이를 착용했다.

하지만 마리우스만큼 훈장을 받은 사람은 없다! 세르토리우스는 넋이 나간 듯 이렇게 생각하며 서 있었다. 전장의 일대일 결투에서 공을 세운 그는 황금관을 받기 위해 대기하는 중이었다. 술라 역시 황금관을 받기 위해 대기하고 있었다.

마리우스의 훈장들은 높은 단상 위, 마리우스의 뒤쪽에 가지런히 놓여 있었다. 각각 다른 여섯 번의 일대일 결투에서 적을 죽인 공로로 받은 은 창 여섯 개, 일대일 결투를 한자리에서 연이어 벌여 적을 여러 명 죽인 공로로 받은 금실로 수놓고 술 장식을 단 진홍색 벡실룸 기 한 개, 불리한 접전에서 물러서지 않은 공로로 받은 은을 씌운 개량 전의 타원형 방패 두 개였다. 마리우스가 착용한 훈장들도 있었다. 그의 판갑은 일반적인 선임 군관의 판갑처럼 은을 입힌 청동이 아니라 단단한 가죽이었는데, 그 위로 자신의 모든 팔레라이를 단 도금 가죽 장구를 착용했다. 마리우스는 아홉 개로 이루어진 완전한 금 팔레라이 세트를 세 번이나 받았는데 두 세트는 판갑 앞쪽에, 한 세트는 등 쪽에 착용했다. 양어깨와 목에는 금 토르퀘스 여섯 개와 은 토르퀘스 네 개가 달린 가느다란 끈을 늘어뜨렸고, 양팔과 팔목에는 번쩍이는 금은 아르밀라 팔찌들을 찼다. 관들도 있었다. 마리우스가 머리에 쓴 것은 전장에서 물러서지 않고 동료들의 목숨을 구한 사람에게만 주어지는 떡갈나뭇 잎 관인 시민관이었다. 은 창 두 개에 걸어놓은 떡갈나뭇잎 화관이 두 개 더 있었다. 즉 그는 시민관을 적어도 세 번 이상 받은 것이다. 또다른 은 창 두 개에는 비범한 용맹함을 기리는, 월계관 모양으로 압연해 만든 황금관 두 개가 걸려 있었다. 다섯번째 창에는 적의 성벽을 가장 먼저 오른 사람에게 주어지는 가장자리가 총안이 있는 흉벽 모양인 성벽관이, 여섯번째 창에는 적의 진지에 제일 먼저 들어간 사람에게 주는 요새관이 걸려 있었다.

정말 대단한 분이야! 세르토리우스는 마음속으로 마리우스의 훈장 목록을 작성하면서 생각했다. 마리우스가 받지 못한 것은 해전에서 용감하게 싸운 사람에게 주는 해전관(그는 해전에 나간 적이 없으니 당연한 일이었다)과 풀잎관뿐이었다. 풀잎관은 흔한 풀잎으로 만든 소박한 관이지만, 말 그대로 개인의 용맹함과 결단력으로 군단이나 군대 전체를 구한 사람에게 주는 것이었다. 풀잎관을 받은 사람은 로마 역사 전체를 통틀어 몇 명밖에 없었다. 최초의 수상자는 전설적인 인물 루키우스 시키우스 덴타투스였다. 관을 자그마치 스물여섯 개나 받은 그도 풀잎관은 한 번밖에 받지 못했다. 스키피오 아프리카누스도 2차 카르타고 전쟁에서 풀잎관을 받았다. 세르토리우스는 얼굴을 찡그리며 나머지 수상자들을 떠올려보았다. 1차 삼니움 전쟁 때의 푸블리우스 데키우스 무스, 이탈리아 곳곳에서 한니발의 뒤를 밟아 로마를 공격할 엄두를 내지 못하게 한 퀸투스 파비우스 막시무스 베루코시스 쿵타토르도 그 관을 받았다.

그때 술라가 불려나가 황금관과 금 팔레라이 아홉 개를 받았다. 두 왕과의 첫번째 전투에서 보여준 용맹함 덕분이었다. 그는 말할 수 없이 기쁘고 고무된 표정이었다. 과거에 세르토리우스는 술라가 냉정하고 잔인한 사람이라는 말을 들었다. 하지만 아프리카에서 함께 지내는 동안 술라는 그런 주장을 입증할 모습을 한 번도 보이지 않았다. 게다가 만약 소문이 사실이라면 마리우스는 분명 지금처럼 술라를 좋아하지 않았을 것이다. 이것이 세르토리우스의 생각이었다. 물론 그는 충분한 정신적·신체적 과제에 임하며 순조롭고 즐거운 생활을 할 때면 냉정함과 잔인성이 일시적이나마 드러나지 않을 수 있다는 걸 몰랐다. 술라가 자신의 저열하고 사악한 면을 마리우스에게 보여서는 안 된다는 것을 알 만큼 영리하다는 사실도. 실제로 술라는 마리우스에게 재무관이 되어달라는 부탁을 받았을 때부터 극히 조심스럽게 행동해왔다. 그리고 그것이 자신에게 그다지 어려운 일도 아님을 깨닫고 있었다.

"아!" 세르토리우스는 깜짝 놀랐다. 생각에 너무 빠진 나머지 자신을 호명하는 소리를 듣지 못한 것이다. 세르토리우스는 그 자신만큼이나 그를 자랑스럽게 여기는 하인에게 옆구리를 찔리고서야 정신을 차리고 비틀거리며 단상에 올라갔다. 마리우스는 청년의 머리에 황금관을 씌워주었다. 세르토리우스는 병사들의 환호를 묵묵히 들으면서 마리우스, 아울루스 만리우스와 악수를 했다.

토르퀘스와 팔찌와 큰 메달과 깃발부터 일부 대대에게는 깃대를 장식할 단체상인 금관과 은관까지 모두 나누어준 후, 마리우스는 말했다.

"잘 싸웠다, 최하층민 병사들아!" 그 옆에는 훈장 수상자들이 어리벙병한 표정으로 서 있었다. "제군들은 그 누구보다 용감하고 몸을 사리지 않으며 성실하고 똑똑하다는 것을 몸소 증명했다! 이제 수많은 깃대들을 그 주인들의 훈장으로 장식할 수 있게 되었다! 우리는 개선행진을 하면서 이 훈장들을 온 로마에 과시할 것이다! 최하층민 병사들은 로마를 사랑하지 않아서 로마를 위해 전투에 나가 이길 수 없다는 말을, 앞으로는 그 어떤 로마인도 못하게 할 것이다!"

11월 초, 장마가 시작될 기미가 보일 즈음 마우레타니아의 보쿠스 왕이 보낸 사절이 키르타에 도착했다. 마리우스는 시급한 사안이라는 사절의 호소를 무시하며 며칠 동안 그들을 애태웠다.

"그들은 이제 방석처럼 부드러워졌을 거야." 마침내 사절을 만나주겠다고 하면서 마리우스는 술라에게 말했다.

마리우스는 선수를 쳤다. "나는 보쿠스 왕을 용서하지 않을 것이오. 그러니 돌아가시오! 당신들은 내 시간만 낭비하고 있소."

대변인은 보쿠스 왕의 동생인 보구드였다. 그는 마리우스가 릭토르들에게 사절을 내보내라고 손짓을 하기 전에 얼른 앞으로 걸어나왔다.

"가이우스 마리우스, 가이우스 마리우스, 제 형님 보쿠스 왕께서는 스스로 얼마나 큰 죄를 지었는지 아주 잘 알고 계십니다!" 보구드는 말했다. "왕께서는 감히 용서를 바라지 않으십니다. 마리우스께서 로마 원로원과 인민에게 그분을 다시 로마의 우호동맹으로 삼아달라 전해주시길 바라지도 않습니다. 다만 내년 봄에 총사령관님의 선임 보좌관 두 분을 헤라클레스의 기둥 너머 팅기스에 있는 형님의 궁전으로 보내달라고 부탁하셨습니다. 형님께서는 유구르타 왕과 동맹을 맺을 수밖에 없었던 이유를 그분들께 직접 설명하실 것입니다. 보좌관들께서는 단 한 마디 대답도 않고 들어주시기만 해도 된다고 하셨습니다. 그분들의 보고를 받고 총사령관님께서 대답해주시면 됩니다. 부디 간청하오니, 제 형님 보쿠스 왕의 청을 들어주십시오!"

"뭐, 내 최고의 부하 두 명을 전쟁이 시작되는 기간에 그 먼 팅기스까지 보내라고?" 마리우스는 짐짓 믿을 수 없다는 듯이 말했다. "안 되오! 내가 할 수 있는 최선은 그들을 살다이까지 보내는 것이오." 살다이는 키르타의 항구 루시카데에서 서쪽으로 조금 떨어진 작은 항구였다.

사절들 모두 공포에 질려 양손을 들어올렸다. "불가합니다!" 보구드가 외쳤다. "제 형님이신 왕께서는 무슨 일이 있어도 유구르타 왕과 마주치지 않길 바라십니다!"

"이코시움," 마리우스는 다른 항구의 이름을 댔다. 루시카데에서 서쪽으로 320킬로미터 정도 거리였다. "선임 보좌관 아울루스 만리우스와 재무관 루키우스 코르넬리우스 술라를 이코시움까지 보내겠소. 하지만 지금 보낼 것이오, 보구드 공. 봄에는 보낼 수 없소."

"불가합니다!" 보구드가 외쳤다. "지금 왕께서는 팅기스에 계십니다."

"허튼소리!" 마리우스는 퉁명스럽게 말했다. "지금쯤 당신네 왕은 꼬리를 감추고 마우레타니아로 돌아가는 중일 거요. 장담컨대, 왕에게 지금 날쌘 기수를 보내면 내 보좌관들과 거의 동시에 이코시움에 도착할 수 있을 거요." 그는 보구드를 노려보았다. "이것이 나의 최선이자 유일한 제안이오. 받아들이든 말든 마음대로 하시오."

보구드는 받아들였다. 이틀 뒤 사신단은 아울루스와 술라와 함께 배를 타고 이코시움으로 출발했다. 와해된 무어인 군대의 생존자들에게 날쌘 기수를 보낸 후였다.

한 달 뒤에 돌아온 술라는 보고했다. "장군님이 말씀하셨던 대로, 우리가 입항하자 왕이 먼저 도착해서 기다리고 있었습니다."

"아울루스 만리우스는 어디에 있나?" 마리우스가 물었다.

술라의 눈이 반짝였다. "그는 몸이 좋지 않아서 육로로 돌아오기로 했습니다."

"몸이 많이 불편한가?"

"그렇게 뱃멀미를 심하게 하는 사람은 처음 보았습니다." 술라가 회상하며 대답했다.

"저런, 나는 전혀 몰랐어!" 마리우스가 놀라서 말했다. "그렇다면 제대로 이야기를 들은 사람이 아울루스 만리우스가 아니라 자네라고 생각해도 되겠나?"

"네." 술라가 씩 웃으며 대답했다. "보쿠스는 체구가 작고 우스꽝스럽게 생긴 자였습니다. 단것을 지나치게 먹어 몸이 공처럼 둥글었지요. 겉으로는 허풍을 잔뜩 떨었지만 아주 소심한 자였습니다."

"그 두 가지는 원래 함께 다니지."

"보쿠스 왕이 유구르타를 두려워하는 것은 분명합니다. 그 점에 있어서는 거짓말을 하는 것이 아닌 듯합니다. 우리가 그의 마우레타니아 통치권을 빼앗을 생각이 없다는 것만 확실하게 보여주면 그는 기꺼이 로마의 요구에 따를 겁니다. 하지만 아시다시피 유구르타가 그를 설득하고 있습니다."

"유구르타는 모두를 설득하고 있지. 자네는 보쿠스의 말대로 아무말 없이 듣기만 했나, 아니면 자네 생각을 말했나?"

"아, 처음에는 그가 말하도록 내버려두었습니다. 하지만 그런 다음에 제 의견을 밝혔습니다. 그는 한껏 거드름을 피우면서 저를 무시하려고 애쓰더군요. 그래서 그의 제안은 장군님 쪽에서 보기엔 전혀 장군님의 대리인들을 구속할 수 없는 일방적인 것이라고 말해주었습니다."

"그리고 또 무슨 말을 했나?"

"현명한 왕이라면, 앞으로는 유구르타를 무시하고 로마에 충성해야 할 거라고 했습니다."

"그가 받아들이던가?"

"네. 물론 저는 줄곧 그를 꾸짖는 투로 말했습니다."

"그럼 우리는 앞으로 무슨 일이 벌어지는지 지켜보면 되겠군."

"한 가지 알아낸 사실은," 술라가 덧붙였다. "유구르타의 모병이 이제 한계에 이르렀다는 것입니다. 이제 가이툴리족조차 그에게 군사를 내어주려고 하지 않습니다. 누미디아인들은 전쟁에 질려버렸습니다. 정착지 주민과 내륙 유목민을 포함해 왕국의 모든 사람들은 이제 누미디아에 전혀 승산이 없다고 느낍니다."

"하지만 그들이 유구르타를 넘겨줄까?"

술라는 고개를 저었다. "아니오, 물론 그러지 않을 겁니다!"

"상관없어." 마리우스가 성을 내며 말했다. "조금만 기다리게, 루키우스 코르넬리우스! 내년에 우리는 유구르타를 붙잡을 거야."

새해가 오기 직전에 마리우스는 푸블리우스 루틸리우스 루푸스의 편지를 받았다. 폭풍우가 계속되면서 무척 늦게 도착한 편지였다.

가이우스 마리우스, 자네는 내게 함께 집정관에 출마하자고 했지. 하지만 나로서는 도저히 거부할 수 없는 기회가 왔네. 그래, 나는 내년 집정관 선거에 나갈 생각이야. 내일 후보자 명부에 이름을 올릴 거라네. 자네도 알겠지만 요즘 우물에 물이 말라버린 것 같아. 저명한 인사들이 아무도 입후보를 하지 않고 있네. 뭐라고? 퀸투스 루타티우스 카툴루스 카이사르는 재출마하지 않느냐고? 자네가 묻는 소리가 들리는군. 아니, 요즘 그는 납작 엎드려 지내고 있네. 그가 어마어마하게 많은 병사들을 죽게 만든 집정관들을 옹호한 파벌임을 모르는 사람이 없기 때문이지. 지금까지 나선 사람들 중에 제일 나은 후보가 신진 세력이라 할 나이우스 말리우스 막시무스라니 말 다했지. 그는 나쁜 사람은 아니야. 나는 분명 그와 함께 일할 수 있을 거야. 하지만 만약 그가 최고의 후보라면, 나는 거의 당선이 확실한 후보지. 자네도 이미 알고 있겠지만 자네의 지휘권은 내년까지 연장되었네.

요즘 로마는 정말이지 지루한 곳이 되어버렸네. 자네에게 전할 소식도, 추문도 거의 없어. 자네 가족들은 다들 잘 지낸다네. 어린 마리우스는 기쁨과 즐거움의 원천이지. 나이보다 일찍 방약무인해진 그 애는 여느 사내애들처럼 온갖 말썽을 피우며 엄마의 화를 돋우고 있어. 자네의 장인 카이사르는 건강이 그다지 좋지 않네. 물론 그분은 불평 한마디 하지 않는다네. 목소리에 문제가 있는 듯한데, 꿀을 아무리 드셔도 소용이 없네.

전할 소식은 진짜로 이게 다라네! 정말이지 놀랍군. 무슨 이야기를 할까? 이제 겨우 한 장을 채웠군. 음, 내게 아우렐리아라는 조카딸이 있다네. 대관절 아우렐리아가 누구냐고 자네가 묻는 소리가 들리는구먼. 자네는 전혀 관심 없는 얘기라는 걸 잘 알지만 상관없네. 한번 들어보게. 짧게 쓸 테니. 그리스어도 못하는 이탈리아 촌놈 자네도 트로이아의 헬레네 이야기는 들어봤겠지. 그녀는 너무 예뻐서 그리스의 모든 왕과 왕자가 아내로 맞고 싶어했지. 내 조카도 비슷하네. 그애는 너무 예뻐서 로마의 내로라하는 자들 모두가 아내로 맞고 싶어해.

　내 여동생 루틸리아의 자식들이 모두 잘생겼긴 해. 하지만 아우렐리아는 단순히 아리따운 게 아니야. 그애가 어렸을 때는 다들 그애의 얼굴을 보고 한탄했네. 지나치게 깡마르고, 지나치게 다부지고, 아무튼 모든 것이 지나치다고 했지. 하지만 그애가 열여덟 살이 되니 다들 그애의 얼굴을 찬미하고 있네.

　솔직히 나는 그애를 많이 아낀다네. 왜냐고? 그렇게 물을 줄 알았네. 사실이야, 나는 친척이 많지만 그 여식들에게 대체로 관심이 없지. 심지어 손녀와 두 증손녀에게도 말이야. 하지만 사랑스러운 아우렐리아를 아끼는 이유는 나 스스로 잘 알고 있네. 그애의 하녀 때문이지. 그애가 열세 살 되던 해에, 내 여동생과 매제 마르쿠스 아우렐리우스 코타는 딸의 친구이자 감시자 역할을 할 여종을 구해주기로 했네. 아주 괜찮은 소녀를 데려와 붙여주었지. 하지만 얼마 지나지 않아 아우렐리아는 그 하녀를 원하지 않는다고 했다네.

　"왜 그러니?" 루틸리아가 물었네.

　"그앤 게을러요." 열세 살이던 내 조카딸이 대답했어.

　아우렐리아의 부모는 다시 중개인에게 갔어. 더 신경을 써서 다른 소녀를 골랐네. 하지만 아우렐리아는 그 하녀도 거부했어.

　"왜 또 그러니?" 루틸리아가 물었네.

　"그앤 나한테 이래라저래라 할 수 있다고 생각해요." 아우렐리아는 대답했어.

　그애의 부모는 또다시 스푸리우스 포스투미우스 글리콘에게 갔지. 그의 명부를 샅샅이 뒤져 다른 소녀를 데려왔네. 덧붙이자면 세 소녀 모두 교육을 잘 받은 그리스인이고 말 잘하는 똑똑한 아이들이었네.

하지만 아우렐리아는 세번째 소녀도 싫다고 했네.

"어째서?" 루틸리아가 물었어.

"그애는 욕심을 채울 궁리만 하고 있어요. 벌써부터 집사에게 속눈썹을 깜빡거려요." 아우렐리아가 말했네.

"알았다, 네 하녀는 네가 직접 고르려무나!" 루틸리아는 이렇게 말하고 더이상 그 일에 관여하지 않기로 했네.

아우렐리아가 직접 고른 하녀를 데려왔을 때 식구들은 깜짝 놀랐다네. 열여섯 살인 갈리아인 아르베르니족 소녀였는데, 키가 엄청나게 크고 깡마른데다 둥그렇고 무서운 분홍빛 얼굴을 하고 있었어. 코는 짧고 눈은 흐릿한 파란색에 머리카락은 잔인할 정도로 바짝 깎여 있었네(돈이 필요했던 예전 주인이 소녀의 머리카락을 잘라 팔았다더군). 또한 남녀를 불문하고 내가 본 사람 중에 손발이 제일 컸어. 아우렐리아는 하녀의 이름이 카르딕사라고 말했네.

지금쯤이면 자네도 알겠지만 나는 집안 노예들의 배경에 늘 흥미를 갖고 있네. 사람들이 자기 몸과 옷차림과 자식들, 심지어 평판까지 맡겨야 하는 사람들을 고르는 것보다 만찬 음식을 고르는 데 더 많은 시간을 할애한다는 것이 내겐 늘 충격적이었거든. 그런데 열세 살짜리 아우렐리아가 무섭게 생긴 카르딕사라는 소녀를 그야말로 합당한 이유로 선택했다는 것이 나를 놀랍게 했네. 내 조카는 외모가 그럴듯하고 그리스어를 모국어처럼 구사하며(다들 그렇지 않은가?) 대화에 능란한 사람이 아니라, 충직하고 근면하고 순종적이고 착한 사람을 원했네.

그래서 나는 카르딕사에 대해 알아보기로 했지. 전혀 어렵지 않았네. 소녀의 전 생애를 알고 있는 아우렐리아에게 물어보기만 하면 됐으니까. 카르딕사는 네 살 때 어머니와 같이 포로로 잡혀 팔렸다 네. 아헤노바르부스가 아르베르니족을 정복하고 알프스 너머 갈리아를 개척한 후의 일이었지. 얼마 후 두 사람은 로마로 오게 되었어. 그애의 어머니는 죽었는데 향수병 때문이었던 것 같네. 아이는 방안에서 요강과 베개와 쿠션을 가지고 이리저리 뒤뚱거리며 다니는 일종의 계집종이 되었네. 그리고 뒤뚱거리는 어린아이의 귀여움이 사라지고 난 뒤에는 이리저리 팔려다니면서 자라, 결국 아우렐리아가 데려왔던 그 못생긴 꺽다리가 된 거야. 그애가 여덟 살 때 성적으로 학대한 주인도 있었고, 아내가 불평할 때마다 매질을 한 주인도 있었다고 하더군. 어떤 주인은 그애를 다루기 힘든 자기 딸과 함께 앉혀 놓고 읽기와 쓰기를 가르쳤다고 하네.

"그래서 그 불쌍한 아이를 동정해서 화목한 집으로 데려오고 싶었던 게로구나." 나는 아우렐리아에게 말했네.

가이우스, 내가 이 아이를 친딸보다 더 아끼게 된 건 그때 아우렐리아가 한 대답 때문이었네.

아우렐리아는 내 말에 전혀 기뻐하지 않았어. 그애는 뱀처럼 등을 곧추세우더니 말했네. "절대 그렇지 않아요! 동정심은 칭찬할 만한 것이지요, 삼촌. 모든 책에서 그렇다고 하고, 저희 부모님도 그렇게 말씀하셨으니까요. 하지만 동정심은 하녀를 고르는 기준으론 좋지 않다고 생각해요! 카르딕사의 삶이 험난했다고 해도 그것은 제 잘못이 아니에요. 따라서 제게는 그애의 불행을 해결해줘야 할 도덕적 의무가 없어요. 제가 카르딕사를 선택한 이유는 그애가 충직하고 근면하며 순종적이고 착한 몸종이 될 거라고 확신했기 때문이에요. 바구니가 예쁘다고 그 안에 든 책이 가치 있는 건 아니잖아요."

아, 가이우스, 자네도 그애가 마음에 들지 않는가? 그애는 고작 열세 살이었다네! 그리고 가장 이상한 부분은, 비록 나의 형편없는 글솜씨 때문에 그애가 까다롭거나 심지어 냉정한 사람처럼 보일 수도 있겠지만, 아우렐리아는 까다롭지도 냉정하지도 않다는 거야. 상식. 내 조카딸에게는 상식이 있다네! 이 훌륭한 재능을 지닌 여자를 자네는 얼마나 많이 알고 있는가? 수많은 구혼자들은 그애의 얼굴과 몸매와 재산 때문에 아내로 맞고 싶어하지. 나는 그애의 상식을 소중히 여기는 사람을 그애와 맺어주고 싶다네. 하지만 구혼자들 중 누구를 선택할지 어떻게 결정해야 할까? 이것이 요즘 우리가 서로 줄곧 묻는 초미의 문제라네.

마리우스는 편지를 내려놓았다. 펜을 들고 종이 한 장을 앞으로 끌어당겼다. 그는 첨필을 잉크병에 담근 다음 망설임 없이 써내려갔다.

물론 이해하네. 즉시 선거 준비에 착수하게, 푸블리우스 루틸리우스! 나이우스 말리우스는 최대한 많은 도움이 필요할 것이고, 자네는 훌륭한 집정관이 될 걸세. 자네 조카딸에 대해서는, 그애가 직접 남편감을 고르도록 하는 게 어떻겠나? 그애는 하녀를 잘 고른 것 같으니까. 솔직히 말하면 그게 그렇게 대단한 일인지는 모르겠지만 말일세. 루키우스 코르넬리우스는 아들을 낳았다고 내게 말했네만, 율릴라가 아닌 가이우스 율리우스에게서 그 소식을 들은 모양이네. 부탁인데 그 젊은 부인을 잘 지켜봐주겠나? 내 생각에 율릴라는 자네 조카딸만큼 상식이 있는 사람이 아닌 것 같은데, 달리 부탁할 사람도 없어서 그러네. 그녀의 '아빠'에게 그런 부탁을 할 수는 없으니 말일세. 장인어른이 편찮으시다는 걸 알려줘서 고맙네. 이 편지를 받을 때쯤이면 자네가 신임 집정관이 되어 있기를 바라네.

여섯째 해

(기원전 105년)

푸블리우스 루틸리우스 루푸스와
나이우스 말리우스 막시무스의
집정기

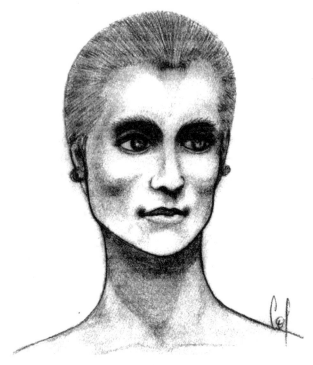

아우렐리아

유구르타는 아직 자신의 나라에서 쫓기는 몸이 되진 않았지만, 정착민들이 많은 동부 지역은 로마군의 무서움을 확실히 인식하고 로마의 지배라는 불가피한 현실을 받아들인 상태였다. 그럼에도 불구하고 마리우스는 우티카가 아니라 누미디아 한가운데에 위치한 수도 키르타에서 겨울을 나는 것이 현명하다고 판단했다. 키르타 주민들은 유구르타에게 애착을 보인 적이 한 번도 없었지만, 마리우스는 유구르타를 잘 알았다. 그는 압박을 받을 때 가장 위험하고 또한 가장 매력적인 사람이었다. 키르타가 왕의 유혹에 넘어갈 가능성을 열어두고 떠나는 것은 현명하지 않았다. 술라는 우티카에 남아 로마 속주를 운영했다. 아울루스 만리우스는 제대 후 귀국 허락을 받고 카이사르의 두 아들과 함께 로마로 돌아갔다. 두 형제 모두 아프리카를 떠나기 싫어했다. 하지만 루푸스의 편지를 읽고 마음이 편치 않았던 마리우스는 장인에게 처남들을 돌려보내는 것이 현명한 처사라고 생각했다.

새해 첫 달에 마우레타니아의 보쿠스 왕은 마침내 마음을 정했다. 친족이자 인척인 유구르타와의 관계를 포기하고 로마와 정식 동맹을 맺기로 한 것이다. 물론 로마가 황송하게도 그를 받아줄 경우의 이야기지만. 이올에 머물던 왕은 두 달 전 술라와 뱃멀미 난 아울루스를 맞이했던 이코시움으로 거처를 옮겼다. 그리고 마리우스에게 소규모 사절단을 파견했다. 불행히도 그는 마리우스가 우티카 외의 다른 곳에서 겨울을 날 거라는 생각을 하지 못했다. 따라서 우티카를 목적지로 정한 사절단은 마리우스가 있는 키르타를 지나쳐 북쪽으로 한참을 가버렸다.

다섯 명의 사절들 중에는 이번에도 보쿠스의 동생 보구드가 있었고 왕자 한 명도 끼어 있었지만, 호위대도 없는 최소 규모였다. 보쿠스는 마리우스의 심기를 건드리거나 군사적인 의도가 있다는 암시를 주고 싶지 않았던 것이다. 또한 유구르타의 관심을 끌지 않으려는 의도도 있었다.

그리하여 그 기마행렬은 누가 봐도 한철 무역으로 두둑한 수입을 챙겨 고향으로 돌아가는 부유한 상인 집단 같았다. 이는 어쩔 수 없이 산적들의 구미를 당겼다. 당시 산적들은 누미디아의 분열과 왕의 무력함을 틈타 사람들의 재산을 마음껏 강탈하고 있었다. 사절단은 히포 레기우스에서 남쪽으로 조금 떨어진 우부스 강을 건너던 중 무법자들의 습격을 받아 입고 있던 옷만 빼고 모든 것을 빼앗겼다. 심지어 노예들과 하인들까지 잡혀가 먼 곳의 시장에서 다시 팔리는 신세가 되었다.

세르토리우스를 포함한 최정예 두뇌집단은 마리우스와 함께 복무중이었고, 술라를 보필하는 이들은 덜 명석한 군관들이었다. 이를 알았던 술라는 우티카의 총독 관저 대문을 예의 주시하고 있었고, 덕분에 관저로 들어오려고 애쓰던 불쌍한 뜨내기 무리를 보게 되었다.

"가이우스 마리우스를 반드시 뵈어야 하오!" 보구드 공이 고집을 부리고 있었다. "우리는 마우레타니아의 왕 보쿠스가 보낸 사신들이오, 정말이오!"

일행 중 적어도 세 명 이상을 알아본 술라는 어슬렁거리며 다가갔다. "들여보내, 바보 같으니." 그는 당직 군관에게 말하고, 발병이 난 것처럼 보이는 보구드의 팔을 붙잡았다. "아니, 설명은 나중에 하시오, 보구드 공." 술라는 단호하게 말했다. "지금 당신에게 필요한 것은 목욕과 깨끗한 옷, 음식, 휴식이오."

몇 시간 뒤 술라는 보구드의 이야기를 들었다.

"이곳까지 오는 데 예상했던 것보다 훨씬 오래 걸렸습니다." 보구드가 이야기를 마무리하며 말했다. "그래서 제 형님이신 왕께서 체념하셨을까봐 걱정입니다. 가이우스 마리우스를 뵙게 해 주시겠습니까?"

"총사령관님께서는 키르타에 계시오." 술라가 느긋하게 말했다. "당신의 왕이 원하는 바를 말해주면 내가 키르타로 전갈을 보내겠소. 이것이 가장 빠른 방법이오."

"저희는 모두 왕의 혈족입니다. 가이우스 마리우스께 저희를 로마로 보내달라고 청하러 왔습니다. 왕께서 다시 로마를 섬길 수 있도록 허락해달라고 원로원에서 빌 것입니다."

"알겠소." 술라가 일어섰다. "보구드 공, 편히 기다리시오. 당장 가이우스 마리우스께 사람을 보내겠소. 답신을 받으려면 며칠 걸릴 것이오."

나흘 뒤 우티카에서 보낸 마리우스의 편지에는 다음과 같이 적혀 있었다.

이런, 이런, 이런! 이번 일은 괜찮은 기회일 수 있네, 루키우스 코르넬리우스. 하지만 나는 극도로 조심해야 하네. 신임 수석 집정관 푸블리우스 루틸리우스 루푸스에 따르면, 친애하는 똥돼지 메텔루스가 자기 말을 들어주는 사람만 있으면 나를 고발하겠다고 떠들며 다닌다네. 속주에서의 부당취득과 부패 혐의로 말이야. 따라서 나는 그에게 빌미를 줄 어떠한 일도 해서는 안 돼. 다행히도, 그는 증거를 만들어내야 할 걸세. 나는 부당취득죄나 부패를 저지른 적이 없으니 말이네. 그건 자네가 훨씬 더 잘 알겠지. 따라서 자네가 다음과 같이 하기를 바라네.

나는 키르타의 보구드 공에게 발언 기회를 주려고 하네. 보쿠스의 사절단을 내게 보내게. 하지만 그전에 아프리카 속주에 있는 모든 원로원 의원, 국고 담당관, 원로원이나 트리부스회의 공식 대표, 주요 로마 인사를 불러모아 함께 키르타로 오게. 나는 최대한 많은 로마의 저명인사들 앞에서 보구드를 면담할 것이네. 그리고 그들에게 나의 결정을 승인한다는 증서를 받겠네.

술라는 웃음을 터뜨리며 편지를 내려놓았다. "정말 대단한 사람이야!" 그는 집무실에서 혼자 외쳤다. 속주 전체를 샅샅이 뒤져 저명한 로마인들을 찾아내라는 술라의 명령에 군관들과 행정관들은 혼비백산했다.

아프리카 속주는 세계 유람을 즐기는 원로원 의원들이 방문하고 싶어하는 장소였다. 로마의 주요 곡물 공급지라는 중요성 때문이었다. 이곳은 이국적이고 아름다운데다 연초 이맘때에는 주로 북풍이 불었다. 따라서 시간 여유가 있는 사람이라면 동쪽으로 가는 것이 아드리아 해를 건너기보다 더 안전한 경로였다. 장마철이었지만 비가 매일 오는 것은 아니었고, 비가 그치면 에우로파의 혹독한 겨울 날씨에 비해 매우 온난하여 방문자들의 동상도 곧바로 나았다.

따라서 술라는 세계 유람중인 원로원 의원 두 명과 방문 부재지주 두 명(그중 한 명은 최대 지주인 마르쿠스 카일리우스 루푸스였다), 겨울 휴가중인 고위 국고 담당관 한 명, 우티카에서 밀 선물거래에 손을 댄 곡물 매매 대사업가 한 명까지 불러모을 수 있었다.

"하지만 최고의 거물은 말이죠," 보름 후 키르타에 도착한 술라는 마리우스에게 말했다. "총독이 되어 아시아 속주로 가던 가이우스 빌리에누스입니다. 아프리카에 와보고 싶어서 들렀다더군요. 무려 집정관급 임페리움이 있는 법무관을 사령관님께 데리고 온 겁니다! 거기다 운좋게도, 제가 출발하기 직전에 국고 재무관 나이우스 옥타비우스 루소가 병사들의 급료를 들고 우티카에 입항했지요. 그래서 그도 끌고 왔습니다."

"자네는 내 마음을 읽을 줄 아는군, 루키우스 코르넬리우스!" 마리우스가 환하게 웃으며 말했다. "이해가 빠른 사람이기도 하고!"

마리우스는 무어인 사절을 만나기 전에 로마인 명사들과 회의를 했다.

"저는 고귀한 신사 여러분께 상황을 있는 그대로 설명해드리고자 합니다. 그런 다음 여러분이 보시는 앞에서 보구드 공을 비롯한 사절단을 접견하고, 보쿠스 왕 문제를 어떻게 처리할지 여러분과 함께 결정하고 싶습니다. 여러분이 각자 서면으로 의견을 작성해주신다면, 나중에 모든 로마 시민은 제가 권한을 남용하지 않았음을 알게 될 것입니다." 그는 원로원 의원과 지주와 사업가, 국고 담당관과 국고 재무관, 그리고 속주 총독 앞에서 말했다.

회의 결과는 마리우스가 원했던 대로였다. 그는 로마인 명사들에게 신중하고도 유창하게, 재무관인 술라의 열성적인 지원을 받으며 현 상황을 설명했다. 명사들은 보쿠스 왕과의 평화 협정이 매우 바람직하다고 생각했다. 무어인 세 명을 국고 재무관 루소의 호위하에 로마로 보내고 나머지 두 명은 즉시 보쿠스에게 돌려보내 로마의 호의를 보여준다면 최선의 결과가 있을 것이라고 결정되었다.

그리하여 루소는 보구드와 그의 친척 두 명을 데리고 로마로 향했다. 그들은 3월 초 로마에 도착하여 곧바로 특별 소집된 원로원 회의에서 말할 기회를 얻었다. 타지에서 외국 통치자와 벌이는 전쟁과 관련되었기에 회의는 벨로나 신전에서 열렸다. 벨로나는 마르스보다 훨씬 더 오래된 로마의 전쟁 여신이므로 원로원의 전쟁 회의는 그녀의 신전에서 열리곤 했다.

"보쿠스 왕에게 전하시오." 루푸스는 특유의 높고 경쾌한 목소리로 말했다. "로마 원로원과 인민은 악의와 호의를 모두 기억한다. 보쿠스 왕이 죄를 진심으로 뉘우치고 있는 것이 분명한 이상, 그를 용서하지 않는다면 지나치게 인색한 처사일 것이다. 따라서 우리는 그를 용서한다. 그러나 로마 원로원과 인민은 앞으로 보쿠스 왕이 과거의 악의에 상응하는 호의를 우리에게 베풀 것을 요구한다. 지금까지 그에게서 악의에 상응하는 호의를 받은 기억이 없기 때문이다. 어떤 호의를 베풀어야 할지에 관해서는 아무런 조건이 없으며 전적으로 그에게 일임한다. 과거의 악의만큼이나 명확한 호의를 보여준다면, 로마 원로원과 인민은 마우레타니아의 보쿠스 왕과 기꺼이 우호동맹 조약을 맺을 것이다."

3월 말에 보쿠스는 위와 같은 로마의 답을 보구드와 다른 사절 둘에게서 직접 들었다. 로마의 보복에 대한 두려움이 자기 신변에 대한 두려움보다 컸기에, 보쿠스는 헤라클레스의 기둥 너머 머나먼 팅기스로 후퇴하지 않고 이코시움에 머무르기로 결정했다. 마리우스는 이 정도의 거리에서만 자신과 교섭할 것이라고 판단한 것이다. 또한 유구르타로부터 자신을 보호하기 위해 이코시움에 새로 무어인 군대를 데려와서 그 작은 항구도시를 최대한 요새화했다.

보구드는 마리우스를 만나러 키르타로 왔다.

"제 형님이신 왕께서 가이우스 마리우스께 간청합니다. 악의에 상응하는 호의를 로마에 보이려면 어떻게 해야 할지 알려주십시오." 보구드는 무릎을 꿇고 말했다.

"일어나시오, 일어나!" 마리우스가 퉁명스럽게 말했다. "나는 왕이 아니라 로마 원로원과 인민의 집정관 권한대행이오! 아무도 내 앞에서 엎드려서는 안 되오. 그것은 엎드리는 자의 품위만큼 나의 품위도 손상하는 행위요!"

보구드는 어쩔 줄 몰라 하며 기듯이 일어났다. "가이우스 마리우스, 저희를 도와주십시오! 원로원이 원하는 호의가 무엇입니까?"

"내가 할 수 있는 일이 있다면 해주겠소, 보구드 공." 마리우스는 자기 손톱을 내려다보며 말했다.

"그러면 장군님의 선임 군관들을 저희 왕께 보내주십시오! 형님과 논의하시다보면 실마리가 잡힐지도 모르니까요."

"좋소." 마리우스는 기다렸다는 듯이 말했다. "루키우스 코르넬리우스 술라가 당신의 왕을 만나러 갈 것이오. 단, 회의 장소로 이코시움보다 먼 곳은 안 되오."

"물론 우리가 원하는 호의란 유구르타지." 마리우스는 출항 준비를 하는 술라에게 말했다. "아, 자네 대신 갈 수 있다면 내 송곳니라도 내놓겠네, 루키우스 코르넬리우스! 하지만 그럴 수가 없으니, 송곳니가 튼튼한 사내를 기쁜 마음으로 보내겠네."

술라가 씩 웃었다. "송곳니로 물리면 떨쳐내기 힘들죠."

"그렇다면 나를 위해 더 단단히, 두 배는 더 꽉 물게! 그리고 가능하면 유구르타를 잡아오게나!"

그리하여 술라는 설레는 마음으로 굳은 결의에 차서 루시카데에서 출항했다. 로마 군단병 1개 대대, 삼니움의 파일리니족 출신으로 경무장한 이탈리아군 1개 대대, 발레아레스 제도의 투석병들로 구성된 개인 호위대, 그리고 바기엔니우스가 소속된 리구리아인 기병대대가 동행했다. 5월 중순이었다.

술라는 뱃멀미도 하지 않았고 자신이 바다와 배를 매우 좋아한다는 사실도 이미 예전에 발견했다. 그럼에도 이코시움으로 가는 내내 초조했다. 이번 여행은 행운이 함께하는 여행이자 그에게 중요한 여행이기도 했다. 술라는 마치 자기도 예언을 받은 것처럼 그 사실을 알고 있었다. 이상하게도, 마리우스가 여러 차례 권했음에도 불구하고 술라는 시리아 점술가 마르타를 만나보지 않았다. 점을 믿지 않거나 미신 행위를 싫어해서가 아니었다. 술라는 로마인답게 미신을 신봉했다. 사실 그는 매우 두려워하고 있었다. 다른 사람이 자신의 고귀한 운명에 대한 의혹을 확실히 풀어주기를 갈망하면서도, 자신의 약점과 어두운 면을 지나치게 잘 알고 있었기 때문이다. 그래서 그는 마리우스처럼 평온한 마음으로 예언을 들을 수 없었던 것이다.

하지만 이코시움 만에 진입하는 지금 술라는 마르타를 만나지 않은 것을 후회했다. 자신의 미래가 담요처럼 무겁게 짓눌러오는 느낌이 들었지만, 거기에 어떤 것들이 있는지 알 수도 느낄 수도 없었기 때문이다. 위대한 것들이리라. 하지만 사악한 것들도 있을 것이다. 술라는 동년배들 가운데서 구체적이고 음험한 악의 존재를 이해하는 거의 유일한 자였다. 그리스인들은 악의 본성에 대해 끊임없이 논쟁했고, 많은 이들이 악이란 존재하지 않는다고 주장했다. 하지만 술라는 악이 존재한다는 것을 알고 있었다. 그리고 그것이 자신 안에 있다는 사실이 매우 두려웠다.

이코시움 만에는 장엄한 도시가 어울릴 것 같았지만, 실제로는 자그마한 읍내가 만의 등허리에 옹송그리고 있었다. 바닷가로 곧장 떨어지는 연안의 산줄기가 읍내를 보호하는 동시에 격리하는 것처럼 보였다. 겨울 장마 동안 수많은 실개천으로부터 물이 흘러들어온 바다에는 여남은 개의 섬들이 멋진 배처럼 떠 있었다. 섬의 사이프러스 나무들은 돛대와 돛처럼 보였다. 술라는 이코시움이 아름답다고 생각했다.

읍내와 가까운 해안에 베르베르인 기병 천여 명이 대기하고 있었다. 그들의 군장은 누미디아인과 마찬가지로 안장도 굴레도 갑옷도 없이 창 하나와 장검, 방패가 전부였다.

"아!" 보구드가 제일 먼저 상륙한 거룻배에서 술라와 함께 내리며 말했다. "왕께서 가장 아끼시는 아들을 보냈군요, 루키우스 코르넬리우스."

"이름이 뭡니까?" 술라가 물었다.

"볼룩스입니다."

젊은이는 부하들과 동일한 군장을 하고 있었지만, 안장과 굴레를 얹고 화려하게 장식한 말을 타고 있었다. 술라는 볼룩스 왕자의 악수와 행동거지가 마음에 들었다. 하지만 왕은 어디에 있지? 술라의 노련한 눈엔, 왕의 주변에서 느껴지게 마련인 어수선함과 난리법석에 따른 혼란이 전혀 포착되지 않았다.

"왕께서는 남쪽 산으로 160킬로미터가량 물러가셨습니다, 루키우스 코르넬리우스." 왕자는 술라가 군대와 장비의 양륙을 감독할 수 있는 곳으로 함께 걸어가면서 말했다.

술라는 피부가 따끔거렸다. "그건 왕과 가이우스 마리우스의 합의에는 없는 내용인데."

"압니다." 볼룩스가 불안한 표정으로 말했다. "저, 유구르타 왕이 근처에 와 있습니다."

술라의 몸이 굳어졌다. "내게 덫을 놓은 거요, 볼룩스 왕자?"

"아니오, 아닙니다!" 청년은 두 손을 내밀며 외쳤다. "저의 모든 신들께 맹세코 말씀드리건대, 루키우스 코르넬리우스, 덫이 아닙니다! 하지만 유구르타는 수상한 냄새를 맡은 것 같습니다. 부왕께서 팅기스로 돌아갈 거라고 생각했는데 이코시움에 머물러 계시기 때문입니다. 그래서 유구르타는 소규모 가이툴리족 군대와 함께 근방의 산속으로 들어갔습니다. 그의 군대는 우리를 공격할 수 있을 만큼 크지 않지만 우리가 그를 공격할 수 있을 만큼 작지도 않습니다. 부왕께서 해변과 멀리 떨어진 곳으로 철수하시기로 한 것은, 유구르타로 하여금 로마인 방문자가 육로로 온다고 생각하게 만들기 위해서입니다. 유구르타는 그렇게 생각하고 아버님을 따라간 것입니다. 당신이 이곳에 도착한 것을 전혀 모르는 게 분명합니다. 당신이 배편으로 오셔서 다행입니다."

"유구르타는 곧 내가 여기 있다는 걸 알게 될 거요." 술라는 1천500명에 불과한 자신의 호위병사들을 생각하며 차갑게 말했다.

"그가 알지 못하기를 바랍니다. 아니, 적어도 아직까지는 모릅니다."

볼룩스가 말했다. "저는 사흘 전 기동 연습을 가장하여 부왕의 진지에서 기병 천 명을 이끌고 이곳 해안으로 왔습니다. 우리는 공식적으로 누미디아와 전쟁을 하고 있는 것이 아니므로 유구르타에게는 우리를 공격할 핑계가 없지만, 부왕께도 공격 의사가 없는지는 확신하지 못하고 있습니다. 따라서 유구르타는 더 많은 것을 알아내기 전까지 노골적으로 우리와 불화를 일으킬 엄두는 내지 못할 것입니다. 제가 확실히 말씀드릴 수 있는 것은 그가 남쪽에 머물며 우리 진지를 계속 지켜보기로 했다는 것, 그리고 그의 정찰대는 저의 기병대가 이코시움을 순찰하는 한 이 근처에 올 수 없다는 것입니다."

술라는 청년을 보며 회의적으로 눈을 굴렸다. 하지만 자신의 감정에 대해서는 함구했다. 이 무어인 왕족들은 별로 현실 감각이 없군. 게다가 고통스럽도록 느린 하륙도 그를 초조하게 만들었다. 이코시움에는 거룻배가 스무 척밖에 없었기 때문에 하륙은 내일 이맘때쯤이나 끝날 것 같았다. 술라는 한숨을 쉬고 어깨를 으쓱했다. 내가 걱정해봤자 유구르타가 알고 있는지 여부는 모른다.

"유구르타는 지금 어디에 있소?" 술라가 물었다.

"바다에서 50킬로미터 정도 떨어진 산속의 작은 평원에 있습니다. 여기서 정남쪽입니다. 이코시움과 아버님의 진지 사이지요."

"그것참 좋은 소식이로군! 그럼 나는 유구르타와 마주치지 않고 어떻게 당신 아버지한테 간단 말이오?"

"유구르타가 절대 눈치채지 못하도록 제가 당신을 모시고 가겠습니다." 볼룩스가 열의에 찬 목소리로 말했다. "자신 있습니다, 루키우스 코르넬리우스! 아버님이 저를 믿으시듯 당신도 부디 저를 믿어주십시오!" 그는 잠시 생각한 뒤 덧붙였다. "하지만 제 생각에 데려오신 부하들은 이곳에 남는 편이 나을 것 같습니다. 일행이 적을수록 성공 확률이 높기 때문입니다."

"내가 왜 당신을 믿어야 하지, 볼룩스 왕자? 나는 당신을 모르오. 보구드 공도, 당신의 부왕도 잘 모르오! 당신이 약속을 깨고 나를 유구르타에게 넘겨줄 수도 있지. 나는 상당히 괜찮은 선물이니까! 내가 포로가 되면 가이우스 마리우스께서는 아주 난감한 상황에 빠질 것이오, 당신도 잘 알겠지만."

보구드는 아무 말 없이 그저 점점 더 침울한 표정을 지었다. 하지만 젊은 볼룩스는 포기하지 않았다.

"그렇다면 제게 임무를 주십시오. 저와 제 아버님이 믿을 수 있는 사람들임을 증명하겠습니다!"

술라는 잠시 생각을 한 뒤 교활하게 웃었다. "좋소." 순식간에 결정을 내린 그가 말했다. "어쨌거나 당신이 이미 나의 급소를 쥔 마당에 내게 잃을 게 뭐 있겠소?" 술라는 무어인 청년을 노려보았다. 기이하도록 색이 옅은 술라의 눈은 밀짚모자의 넓은 챙 밑에서 멋진 보석 두 개처럼 움직였다. 로마 병사의 모자치고는 이상했지만, 그즈음 술라의 모자는 텅기스에서 키레나이카까지 로마인들의 행위가 회자되는 모든 야영장의 모닥불과 노상에서 유명세를 타고 있었다. 모자를 쓴 백변종 로마 영웅.

행운에 맡겨야겠어, 하고 술라는 생각했다. 나의 행운이 계속되지 않을 거라는 경고가 느껴지지 않으니까. 이건 하나의 시험, 내 자신에 대한 믿음의 시험이다. 운명의 여신이 내 앞에 던져놓는 그 어떤 것도 감당할 수 있다는 걸, 아니, 극복할 수 있다는 걸 보쿠스 왕과 그의 아들부터 키르타에 있는 마리우스까지 모두에게 보여줄 수 있는 방법이다.

도망치면 자신의 본모습을 알 수 없지. 그래, 나는 앞으로 나아가겠어. 내게는 행운이 있으니까. 나는 자신의 행운을, 그것도 멋지게 만들어냈으니까.

술라는 볼룩스에게 말했다. "오늘밤 어둠이 내리자마자 당신과 나와 최소한의 기병 호위대는 말을 타고 당신 부왕의 진지로 갈 것이오. 내 부하들은 이곳에 남겨두고 말이오. 만약 유구르타가 그들을 발견한다면 그는 자연히 로마인들이 이코시움에만 있으며, 당신의 부왕이 우리를 만나러 이코시움으로 오리라고 생각할 것이오."

"하지만 오늘밤에는 달빛이 없습니다!" 볼룩스가 당황하여 말했다.

"알고 있소." 술라가 특유의 비열한 미소를 지으며 말했다. "바로 그것이 시험이오, 볼룩스 왕자. 우리에겐 별빛밖에 없소. 그리고 당신은 나를 데리고 유구르타의 진지 한가운데를 통과해야 하오."

보구드가 두 눈을 부릅떴다. "미친 짓이오!" 그는 숨을 헐떡이며 말했다.

볼룩스의 두 눈이 이리저리 흔들렸다. "진짜 어려운 과제로군요." 하지만 이렇게 말하고서 그는 아주 유쾌하게 미소 지었다.

"자신 있소?" 술라가 물었다. "유구르타의 진지 한가운데를 통과하되, 들어갈 때 감시인이 우리를 보거나 우리가 내는 소리를 듣지 않아야 하오. 잠을 자는 단 한 사람, 졸고 있는 단 한 마리의 말도 깨우지 않고 프라이토리아 가도를 지나가야 하며, 나올 때도 감시인이 우리를 보거나 우리가 내는 소리를 듣지 않아야 하오. 볼룩스 왕자, 당신이 이 일을 해낸다면 나는 당신과 당신의 부왕을 신뢰할 것이오!"

"자신 있습니다." 볼룩스가 말했다.

"둘 다 미쳤소." 보구드가 말했다.

술라는 보구드를 이코시움에 남겨두기로 했다. 이 무어인 왕족을 신뢰할 수 있을지 확신이 서지 않았기 때문이다. 그를 이코시움에 두고 가는 일은 상당히 정중하게 이루어졌으나, 술라는 참모군관 두 명에게 보구드를 잘 감시하라고 명령해두었다.

볼룩스는 이코시움에서 제일 다리가 튼튼한 명마 네 마리를 찾아냈다. 술라는 자기 노새를 타기로 했다. 여전히 노새가 그 어떤 말보다 낫다고 여겼기 때문이다. 챙 있는 모자도 챙겼다. 일행은 술라와 볼룩스, 세 명의 무어인들로 정해졌다. 술라 외에는 모두 안장이나 굴레 없이 말을 타는 데 익숙했다.

"금속은 소리가 나서 들키기 때문에 안 됩니다." 볼룩스가 말했다.

그러나 술라는 노새에 안장을 얹기로 했다. 노새의 코와 두 귀에 밧줄 고삐도 둘렀다. "끽끽 소리가 나겠지. 하지만 내가 땅으로 떨어지는 소리보다는 작을 거요."

완전히 어두워지자 다섯 사람은 말과 노새를 타고 달빛도 없는 캄캄한 어둠 속으로 들어섰다. 하지만 하늘에는 빛이 있었다. 먼지로 대기를 휘저어놓는 아프리카의 바람이 불지 않아서였다. 언뜻 보기에 희미한 구름 같은 것이 흩어져 있었지만 살펴보니 거대한 별무리였다. 일행은 앞을 보는 데 어려움이 없었다. 편자를 박지 않은 말들과 노새는 이코시움 만 부근의 계곡을 가로지르는 돌길을 달각거리는 소리 없이 타박타박 걸어갔다.

"이 녀석들이 다리를 절지 않을지는 우리의 운에 맡기는 수밖에 없습니다." 타고 있던 말이 발을 헛디뎠다가 똑바로 걷자 볼룩스가 말했다.

"적어도 나의 운은 믿어도 될 거요." 술라가 말했다.

"얘기하지 마십시오." 세 호위병 중 한 명이 말했다. "오늘처럼 바람이 불지 않는 밤에는 목소리가 수 킬로미터 밖까지 들립니다."

그때부터 그들은 오랫동안 침묵하며 말을 달렸다. 놀라운 장치인 눈은 어둠에 적응하여 최소한의 빛까지 활용했다. 그리하여 눈앞의 산마루 위로 주황색 불빛이 나타났을 때, 일행은 자신들이 어디에 있는지 알아차렸다. 그것은 유구르타가 있는 작은 분지에서 꺼져가는 모닥불이었다. 그들이 내려다본 분지는 도시처럼 빛을 발하고 있었으며 내부 구조도 훤히 보였다.

다섯 명은 각자의 말에서 미끄러지듯이 내려섰다. 볼룩스는 부하들과 작업에 착수했다. 무어인들이 짐승들의 발굽마다 특별한 편자를 붙이는 걸 지켜보며 술라는 참을성 있게 기다렸다. 밑창이 나무로 된 일반적인 편자의 용도는 땅에서 빠져나온 돌이 부드러운 말굽 바닥에 박히지 않게 하는 것이다. 하지만 볼룩스의 편자는 밑창이 두꺼운 펠트로 되어 있었다. 편자 앞에는 유연한 가죽끈이 두 개 붙어 있었는데, 두 끈을 뒤쪽에 달린 금속 갈고리 밑으로 교차시켜 앞으로 가져왔다. 그러고는 발굽 위 쇠쇠로 조였다.

일행은 잠시 근처를 돌며 짐승이 편자에 익숙해지도록 했다. 그런 다음 볼룩스를 따라 800미터쯤 남은 유구르타의 진지로 향했다. 진지에는 보초들과 기마 순찰대가 있을 터였지만, 말을 탄 다섯 명은 깨어 있거나 움직이는 사람을 보지 못했다. 로마식 훈련을 받은 유구르타는 당연히 로마식으로 진지를 구축했으나, 병사들에게 그 원형(原形)을 제대로 재현하려는 끈기나 의욕을 불러일으킬 수 없었다. 술라가 알기로는 바로 이것이 마리우스가 흥미로워하는 외국인들의 특징이었다. 마리우스의 군대가 키르타에 있고 보쿠스는 공격을 감행할 만큼 강하지 않다는 사실을 유구르타도 잘 알았다. 그래서 굳이 자기 주장을 고수하지 않고 말이 쉽게 뛰어넘을 만큼 낮은 토담만 세웠다. 술라로서는 외부의 침입자를 막기 위한 것이 아니라 내부의 짐승들을 가두기 위한 토담이 아닌지 의심스러울 지경이었다. 만일 유구르타가 로마식 훈련을 받은 사람이 아니라 진짜 로마인이었다면, 진지는 그가 아무리 안전하다고 느끼든 상관없이 참호와 말뚝, 울타리, 벽으로 완벽하게 구축되었을 것이다.

다섯 기수들은 넓게 벌어진 틈에 지나지 않는 정문에서 동쪽으로 200보가량 떨어진 토담을 쉽게 뛰어넘었다. 진지로 들어가 말의 진행 방향을 재빨리 바꾸고 벽에 바싹 붙어 걸었다. 파헤친 지 얼마 되지 않은 흙바닥이라 소리 없이 정문 쪽으로 갈 수 있었다. 정문에 있는 경비병들이 보였지만, 그들은 정문 바깥으로 상당히 나가서 진지 밖을 향해 서 있었다. 그래서 다섯 기수들이 앞문에서 뒷문까지 진지 중앙을 관통하는 넓은 길로 지나가는 소리를 듣지 못했다. 술라와 볼룩스와 무어인 귀족 세 명은 프라이토리아 가도를 800미터쯤 걸어가다가 뒷문 근처에서 가도를 벗어났다. 토담 안쪽에 바싹 붙어서 걷다가, 뒷문의 경비병들로부터 충분히 멀어졌다고 판단했을 때 토담을 넘어 진지를 무사히 빠져나왔다.

그들은 1.5킬로미터 정도 더 간 후에 편자를 제거했다.

"성공입니다!" 볼룩스가 술라를 향해 번쩍이는 이를 드러내고 의기양양하게 웃었다. 그는 흥분한 목소리로 속삭였다. "이제 저를 믿으십니까, 루키우스 코르넬리우스?"

"당신을 믿소, 볼룩스 왕자." 술라도 웃으면서 말했다.

그들은 편자를 박지 않은 말들과 노새가 다리를 절거나 지치지 않게 조심하면서 상보와 속보 사이로 이동했다. 동이 튼 직후 베르베르인의 야영지가 나타났다. 볼룩스는 지친 말 네 마리를 새 말들로 바꾸려 했다. 그들의 말은 베르베르인들의 그 어떤 말보다도 훌륭했고, 노새는 베르베르인에게 꽤 신기한 존재였다. 따라서 일행은 곧바로 말 다섯 마리를 구할 수 있었다. 그들은 하루종일 무자비하게 말을 몰았다. 해가림 모자를 쓴 술라는 챙 밑에서 땀을 흘렸다.

일몰 직후에 그들은 보쿠스 왕의 진지에 도착했다. 왕의 진지는 유구르타의 진지처럼 로마식은 아니었지만 더 컸다. 보초병 가까이 가기 한참 전에 술라는 말을 세웠다. 그는 아직 익숙지 않은 말고삐를 잡아당기며 뒷걸음질쳤다.

"이건 당신을 믿지 못해서가 아니오, 볼룩스 왕자." 술라가 말했다. "내 스스로 불안하기 때문이오. 당신은 왕자니까 밤이든 낮이든 문제없이 저곳에 드나들 수 있소. 반면 나는 누가 봐도 외국에서 온 이방인, 알 수 없는 사람이오. 그러니 여기 누워 쉬면서 당신을 기다리겠소. 아버지를 만나고 문제가 없다는 확신이 들면 나를 데리러 오시오."

"저라면 여기 눕지 않을 겁니다."

"어째서?"

"전갈이 있거든요."

술라의 목에 소름이 돋았다. 그는 반사적으로 펄쩍 뛸 뻔했지만 간신히 참았다. 이탈리아에는 독충이 전혀 없어서, 로마인과 이탈리아인 모두 거미와 전갈이라면 질색했다. 술라의 눈썹에 차가운 땀방울이 맺혔다. 그는 조용히 숨을 들이쉰 뒤 별빛 어린 냉담한 얼굴을 볼룩스에게 돌렸다.

"당신이 언제 돌아올지는 모르지만, 그때까지 계속 서 있을 수는 없고 저 말을 다시 탈 수도 없소. 그러니 전갈에 물릴 위험을 감수하겠소."

"좋을 대로 하십시오." 볼룩스가 말했다. 이미 술라를 영웅처럼 우러러보던 그는 이제 경외심까지 느끼고 있었다.

술라는 부드러운 모래땅에 드러누웠다. 엉덩이가 닿을 곳을 파내고 목을 받칠 흙 둔덕을 쌓아올렸다. 마음속으로 기도하며, 전갈에 물리지 않으면 제물을 바치겠다고 운명의 여신에게 약속했다. 그는 눈을 감자마자 잠에 빠졌다. 따라서 네 시간 후 돌아온 볼룩스는 자고 있던 술라를 죽일 수도 있었다. 그러나 그즈음 운명의 여신은 술라의 편이었고, 볼룩스는 진실한 벗이었다.

추운 밤이었다. 술라의 온몸이 쑤셨다. "아, 이렇게 첩자처럼 숨어 있는 건 나보다 젊은 사람이 하는 게 낫겠군!" 술라는 일어나려고 볼룩스에게 한 손을 내밀며 말했지만, 순간 볼룩스의 뒤에 있는 그림자 같은 형체를 보고 긴장했다.

"괜찮습니다, 루키우스 코르넬리우스. 이쪽은 제 부왕의 벗인 다바르입니다." 볼룩스가 재빨리 말했다.

"혹시 당신 부왕의 또다른 친척이오?"

"아닙니다. 다바르는 유구르타의 친척이죠. 그와 마찬가지로 베르베르 여인이 낳은 서출입니다. 그래서 우리와 운명을 같이하기로 했지요. 유구르타는 자신이 왕실의 유일한 서출이기를 바라거든요."

술라는 물을 섞지 않은 맛좋고 달콤한 포도주병을 받아들었다. 숨 한번 쉬지 않고 포도주를 들이켰다. 통증이 가라앉고 얼굴이 달아오르며 냉기도 가시는 느낌이었다. 그런 다음 꿀과자와 양념이 강한 새끼염소 고기를 먹고, 포도주를 한 병 더 마셨다. 그 순간 그것이 그에게는 평생 먹어본 가장 맛있는 식사였다.

"훨씬 낫군!" 술라가 근육을 풀고 몸을 쭉 펴면서 말했다. "어떻게 됐소?"

"당신의 직감이 맞았습니다, 루키우스 코르넬리우스." 볼룩스는 말했다. "유구르타가 이미 아버지께 손을 써놓았더군요."

"내가 배신당한 거요?"

"아니오, 아닙니다! 하지만 상황이 변한 것은 사실입니다. 현장에 있었던 다바르가 대신 설명해드릴 겁니다."

다바르는 술라와 나란히 웅크리고 앉아서 낮은 목소리로 이야기를 시작했다. "유구르타는 가이우스 마리우스께서 보쿠스 왕께 대표단을 보냈다는 소식을 들은 것 같습니다. 당연히 그것 때문에 왕께서 팅기스로 돌아가지 않은 거라고 생각했지요. 그는 가까운 곳에 있기로 결정하고, 가이우스 마리우스께서 육로나 해로로 보낼 사절과 전하의 사이에 끼어들었습니다. 그리고 최측근 귀족인 아스파르를 보내서 전하 옆에 앉아 곧 도착할 로마인들과의 모든 대화를 듣도록 했습니다."

"알겠소." 술라가 말했다. "이제 어떻게 하면 좋겠소?"

"내일 볼룩스 왕자는 각하를 왕께 데려갈 것입니다. 이코시움에서 각하와 함께 출발하여 이곳에 도착한 척할 겁니다. 다행히도 아스파르는 오늘밤 왕자가 온 것을 모르고 있거든요. 왕의 간청 때문이 아니라 가이우스 마리우스의 명령으로 왔다고 하시고, 유구르타를 버리라고 하십시오. 왕께서는 거절하실 것이나, 얼버무리는 식으로 말씀하실 겁니다. 각하의 제안에 대해 생각해볼 테니 열흘간 근처에서 야영하라고 하실 거예요. 그러면 각하께서는 가까운 야영지로 가서 기다리십시오. 하지만 왕께서는 내일밤 다른 장소에서 각하와 만날 것입니다. 그때 두 분이서 아무런 걱정 없이 대화를 나누시면 됩니다." 다바르는 예리한 눈빛으로 술라를 쳐다보았다. "만족하십니까, 루키우스 코르넬리우스?"

"완벽하오." 술라가 대답한 후 크게 하품을 했다. "문제가 하나 있다면, 오늘밤 어디서 목욕을 하고 잠자야 하냐는 거요. 몸에서 말냄새가 진동하는데다 가랑이에는 뭔가가 여러 마리 기어다니고 있소."

"볼룩스 왕자가 멀지 않은 곳에 아늑한 천막을 준비해두었습니다." 다바르가 말했다.

"그럼 그리로 안내하시오." 술라는 자리에서 일어서며 말했다.

다음날 술라는 보쿠스와 소극 같은 면담을 끝냈다. 그곳에 있던 귀족들 중 누가 유구르타의 첩자 아스파르인지 알아내기는 쉬웠다. 그는 보쿠스의 웅대한 의자 왼쪽에 의자의 주인보다 훨씬 위풍당당하게 서 있었는데, 아무도 감히 그에게 다가가거나 편안한 눈길로 그를 쳐다보지 않았다.

"내가 어떻게 하면 되겠소, 루키우스 코르넬리우스?" 그날 밤 비밀 장소에서 술라를 만난 보쿠스는 비통하게 물었다. 왕의 막사에서도, 술라의 막사에서도 멀리 떨어진 곳이었다.

"로마에 호의를 보이시오." 술라가 말했다.

"로마가 원하는 게 무엇인지 말씀만 하시오, 무엇이든 하겠소! 황금, 보석, 땅, 군사, 기병대, 밀…… 말씀만 하시오, 루키우스 코르넬리우스! 당신은 곧 로마이니, 원로원의 수수께끼 같은 성명이 무슨 뜻인지 필시 알고 있겠지요. 나는 도무지 모르겠소!" 보쿠스는 두려움에 몸을 떨었다.

"당신이 말한 것은 모두 로마가 수수께끼 따위 내지 않고서도 얼마든지 구할 수 있는 것들이오." 술라는 퉁명스럽게 말했다.

"그럼 대체 무엇이오? 말씀해주시오!" 보쿠스가 간청했다.

"나는 당신이 이미 알고 있다고 생각하오. 그걸 인정하기 싫을 뿐이지. 왜 그런지는 나도 알겠소만." 술라가 말했다. "유구르타요! 로마는 당신이 유구르타를 평화롭게, 피 흘리지 않고 넘겨주기를 원하오. 아프리카에서는 이미 너무 많은 피가 흘렀고 너무 많은 땅이 피폐해졌소. 너무 많은 도시와 마을이 불에 탔고 너무 많은 재산이 허비되었소. 유구르타가 잡히지 않는 한 이 끔찍한 낭비는 계속될 것이오. 누미디아는 타격을 입었고 로마는 불편을 겪었소. 마우레타니아 역시 타격이 크고. 그러니 내게 유구르타를 주시오, 보쿠스 왕!"

"내 사위이자, 내 손주들의 아버지이며 마시니사의 피로 연결된 혈족을 배신하라는 말이오?"

"그렇소."

보쿠스는 울음을 터뜨렸다. "그럴 수는 없소! 루키우스 코르넬리우스, 그럴 수는 없소! 우리는 카르타고인이자 베르베르인이오. 우리는 천막 민족의 법도로 묶여 있소. 뭐든지, 루키우스 코르넬리우스, 우호 동맹 조약을 얻을 수 있다면 뭐든지 하겠소! 내 딸의 남편을 배신하는 것만 빼면 뭐든지 다 하겠소."

"다른 건 아무것도 필요 없소." 술라는 차갑게 말했다.

"백성들은 결코 나를 용서하지 않을 것이오!"

"로마가 결코 당신을 용서하지 않는 것보다는 낫소."

"그럴 순 없소!" 보쿠스는 울었다. 눈물이 그의 얼굴을 적셨다. 공들여 말아놓은 턱수염 속에 눈물이 반짝거렸다. "제발, 루키우스 코르넬리우스! 그럴 순 없소!"

술라는 경멸하듯 등을 돌리고 말했다. "그럼 조약은 꿈도 꾸지 마시오."

이 소극은 여드레 동안 매일 반복되었다. 아스파르와 다바르는 진짜 문제와 아무런 관계도 없는 전언을 들고서 말을 타고 술라의 쾌적한 작은 막사와 왕의 대형 막사를 오갔다. 진짜 문제는 술라와 보쿠스만의 비밀이었으며 밤에만 논의되었다. 하지만 술라는 볼룩스가 진짜 문제를 알고 있는 것이 틀림없다고 생각했다. 이제 그는 되도록 술라를 피했으며, 술라와 마주칠 때마다 화나고 상처받고 당황한 표정을 지었다.

술라는 로마 사절이라는 직책이 준 권력과 위엄을 즐기고 있었다. 자신이 왕족이라는 돌을 가차없이 마멸시키는 물방울과 같다는 사실은 그를 더욱 즐겁게 했다. 그는 왕이 아니었지만 왕을 지배하고 있었다. 진짜 권력은 로마인인 그에게 있었다. 그 사실은 사람을 취하게 하는 엄청난 만족감을 주었다.

여드레째 밤에 보쿠스는 비밀 회동 장소로 술라를 불렀다.

"알았소, 루키우스 코르넬리우스, 그렇게 하겠소." 울어서 두 눈이 벌건 왕이 말했다.

"잘 생각했소!" 술라가 기운차게 말했다.

"하지만 어떻게 해야 하오?"

"쉽소. 아스파르를 시켜 유구르타에게 나를 넘겨주겠다고 전하시오."

"유구르타는 믿지 않을 거요." 보쿠스가 우울하게 말했다.

"물론 믿을 거요! 내 말을 믿으시오, 그는 믿을 거요. 상황이 지금과 달랐다면 당신은 실제로 나를 그에게 넘겼을 테니 말이오."

"하지만 당신은 일개 재무관이잖소!"

술라는 웃었다. "로마의 재무관은 누미디아 왕만큼 가치가 없다고 말하려는 거요?"

"아니오! 천만에, 당연히 아니오!"

"내 말을 들어보시오, 보쿠스 왕." 술라가 부드럽게 말했다. "나는 로마의 재무관이고, 로마 내에서 그 직책이 의미하는 바는 원로원 위계의 맨 밑이 맞소. 하지만 나는 파트리키 코르넬리우스이기도 하오. 스키피오 아프리카누스나 스키피오 아이밀리아누스와 같은 가문이오. 내 혈통은 당신이나 유구르타의 혈통보다 훨씬 더 오래되고 고귀하오. 만일 로마가 왕정국가라면 우리 왕들은 코르넬리우스 가문 출신일 것이오. 그리고, 마지막이지만 똑같이 중요한 사실이지. 나는 가이우스 마리우스와 동서지간이오. 그분과 나의 자식들은 사촌 간이고. 이제 이해가 좀 되시오?"

"유구르타…… 유구르타도 그 사실을 알고 있소?" 마우레타니아 왕이 속삭였다.

"유구르타가 모르는 사실은 거의 없소." 술라는 말한 다음 의자에 등을 기대고 기다렸다.

"좋소, 루키우스 코르넬리우스, 당신 말대로 하겠소. 아스파르를 유구르타에게 보내 당신을 넘기겠다고 하겠소." 왕은 망가진 위엄을 그러모아 가슴을 쭉 폈다. "하지만 당신은 내가 어떻게 해야 하는지 정확하게 말해줘야 하오."

술라는 몸을 앞으로 내밀고 사무적으로 말했다. "유구르타에게 모레 밤에 이곳으로 오면 로마의 재무관 루키우스 코르넬리우스를 넘겨주겠다고 하시오. 내가 당신 진지에 혼자 와서 가이우스 마리우스를 도우라며 당신을 설득하는 중이라고 말하시오. 유구르타는 믿을 거요, 아스파르가 그렇게 보고했을 테니까. 160킬로미터 안에는 로마군이 없다는 것도 알고 있으니, 굳이 그의 군대를 이끌고 오진 않을 것이오. 그는 자기가 당신을 잘 안다고 생각하오. 그러니 넘겨줄 사람이 내가 아니라 자기라고는 꿈에도 생각하지 못할 것이오." 술라는 어두워지는 보쿠스의 표정을 못 본 척했다. "유구르타가 두려워하는 것은 당신이나 당신 군대가 아니오. 그가 두려워하는 것은 가이우스 마리우스뿐이오. 걱정 마시오. 그는 올 거요. 아스파르의 이야기를 철석같이 믿고서 올 것이오."

"하지만 유구르타가 자기 진지로 영영 돌아가지 않으면 어떡하오?" 보쿠스 왕이 또다시 몸을 떨며 말했다.

술라가 심술궂게 웃었다. "왕이여, 유구르타를 넘겨주자마자 진지를 철거하고 최대한 빨리 팅기스로 가는 것이 좋을 거요."

"하지만 유구르타를 계속 잡아두려면 내 군대가 필요하잖소?" 왕은 부들부들 떨면서 술라를 쳐다보았다. 술라는 그렇게 겁먹은 사람을 처음 보았다. "당신을 도와 유구르타를 이코시움까지 데려갈 사람이 없잖소! 가는 길에 유구르타의 진지도 지나게 될 텐데 말이오."

"내게 필요한 건 튼튼한 족쇄와 쇠사슬, 그리고 당신이 가진 가장 빠른 말 여섯 필뿐이오." 술라가 말했다.

술라는 결전의 날을 기다렸다. 회의나 불안은 전혀 느끼지 않았다. 그렇다, 술라라는 이름은 유구르타의 생포와 함께 영원히 전해질 것이다! 술라가 마리우스의 명령에 따라 움직이고 있다는 사실은 그다지 중요하지 않았다. 이번 일의 성공은 술라의 용맹과 지력과 독창성에 달려 있었고, 아무것도 그 사실을 바꿀 수 없었다. 술라는 마리우스가 공을 가로챌 거라고 생각하지 않았다. 마리우스는 영광을 탐하는 자가 아니었으며, 이미 자신이 정당한 몫 이상을 얻었음을 알고 있었다. 유구르타 생포담을 외부에 흘리는 것도 마리우스는 반대하지 않을 것이다. 파트리키는 호민관이 될 수 없기 때문에, 집정관에 당선되기 위해 필요한 개인적인 명성을 얻는 데 제약이 따랐다. 따라서 명성을 쌓고 유권자들에게 자기 가문의 가치 있는 자손이라는 확신을 주려면 다른 방법을 강구해야만 했다. 유구르타는 로마에 막대한 손해를 끼쳤다. 모든 로마인들은 포기를 모르는 재무관 술라가 혼자 힘으로 유구르타를 생포했다는 사실을 알게 될 것이다.

그래서 보쿠스와 만나 약속된 장소로 갈 때 술라는 당당하고 들뜬 표정이었다. 얼른 임무를 완수하고 싶었다.

"유구르타는 당신이 쇠사슬에 묶여 있을 거라고 생각하지 않을 거요." 보쿠스가 말했다. "당신이 나를 통해 그를 만나려는 게 항복하라며 설득하기 위해서라고 생각하니까. 나한테 당신을 잡는 데 필요한 사람들을 넉넉히 데려오라고 지시했다오, 루키우스 코르넬리우스."

"잘됐군요." 술라는 짧게 말했다.

보쿠스는 말을 타고 옆에는 술라를, 뒤에는 건장한 무어인 기병대를 대동하고 약속 장소로 들어섰다. 유구르타는 먼저 와서 기다리고 있었다. 유구르타의 호위대는 아스파르를 포함한 귀족 몇 명뿐이었다.

술라는 박차를 가해 보쿠스를 제치고 앞으로 나갔다. 곧장 유구르타 쪽으로 가서 말에서 내린 후, 통상적인 평화와 우정의 표시로 한 손을 내밀었다.

"유구르타 왕." 술라가 말하고 기다렸다.

유구르타는 술라의 손을 내려보다가 말에서 내려 그 손을 잡았다. "루키우스 코르넬리우스."

그러는 동안 무어인 기병대는 조용히 두 사람을 둘러쌌다. 술라와 유구르타가 손을 맞잡고 서 있는 동안, 유구르타의 생포는 만약 보았다면 마리우스도 만족했을 만큼 깔끔하고 매끄럽게 이루어졌다. 누미디아 귀족들은 칼도 뽑아들기 전에 진압되었다. 유구르타는 너무나 단단히 사로잡혀서 반항도 해보지 못하고 땅에 쓰러졌다. 그는 일어서려고 했지만 양 손목과 발목에 무거운 족쇄가 채워져 있었다. 족쇄들은 쇠사슬로 연결되었는데, 쇠사슬 길이는 그가 쪼그려 앉아 머리를 숙이고 발을 끌며 걸을 정도밖에 되지 않았다.

횃불 빛 속에서 술라는, 그토록 거무스름한 사람치고는 유구르타의 눈동자 색이 아주 옅다는 사실을 발견했다. 유구르타는 몸집이 컸으며 잘 단련되어 있었다. 하지만 매부리코를 한 그의 얼굴은 세월이 깊게 새겨져 마리우스보다 훨씬 늙어 보였다. 술라는 스스로 호위대 없이 그를 목적지까지 데려갈 수 있겠다고 판단했다.

"그를 덩치 큰 구렁말에 태우시오." 술라는 보쿠스의 신하들에게 지시했다. 그들은 짤깍이는 소리를 내며 쇠사슬을 변형된 안장에 특수한 고리로 묶었다. 술라는 그들을 찬찬히 살펴보았고 뱃대끈과 자물쇠를 점검했다. 그런 다음 사람들의 도움을 받아 다른 구렁말에 올라타고, 유구르타가 탄 말의 굴레와 자기 말의 안장을 단단히 연결시켰다. 유구르타가 자신이 탄 말을 발로 차서 갑자기 달리게 만든다고 해도, 그의 말에게는 달려갈 여지가 없을 것이다. 또한 말고삐를 술라에게서 빼앗을 수도 없을 것이다. 나머지 말 네 필은 모두 밧줄로 연결하여 유구르타의 안장에 짧은 줄로 묶었다. 이로써 유구르타는 이중으로 무력해졌다. 마지막으로 술라는 만약을 위해 또다른 쇠사슬로 유구르타의 오른손 족쇄와 자신의 왼손에 찬 족쇄를 연결했다.

유구르타가 잡혔을 때부터 술라는 무어인들에게 한마디도 하지 않았다. 그는 계속 침묵을 지키면서 자기 말을 발로 차서 출발시켰다. 고삐와 쇠사슬로 술라와 팽팽하게 연결된 유구르타의 말과 여분의 말 네 마리는 순순히 따라갔다. 그 많은 말들은 순식간에 나무 그늘 속으로 사라져버렸다.

보쿠스 왕은 울음을 터뜨렸다. 볼룩스와 다바르는 그저 바라볼 수밖에 없었다.

"아버님, 그를 잡아오겠습니다!" 갑자기 볼룩스가 말했다. "저 상태로는 빨리 달릴 수가 없습니다. 따라잡을 수 있어요!"

"너무 늦었다." 보쿠스 왕은 하인이 건넨 화려한 손수건으로 눈물을 닦고 코를 풀었다. "그는 절대로 잡힐 사람이 아니다. 로마인 루키우스 코르넬리우스 술라에 비하면 우리는 무력한 아이에 불과하다. 안 된다, 내 아들아, 가련한 유구르타의 운명은 우리의 손을 떠났다. 마우레타니아를 생각해야 한다. 이제 우리가 사랑하는 팅기스로 돌아갈 시간이다. 우리는 지중해 세계와 인연이 없는 것 같구나."

술라는 말없이 속도를 늦추지 않고 1.5킬로미터 정도 달렸다. 자신의 탁월함에 흡족해진 그는 고삐와 포로를 단단히 붙들었다. 그렇다, 마리우스의 업적을 깎아내리지 않으면서 제대로 퍼뜨리기만 한다면, 유구르타를 붙잡은 술라의 이야기는 어머니들이 자녀에게 들려주는 위대한 이야기들 중 하나가 될 것이다. 포럼 로마눔에 생긴 구덩이에 뛰어든 젊은 마르쿠스 쿠르티우스, 클루시움의 라르스 포르세나에 맞서 수블리키우스 목교를 지킨 호라티우스 코클레스, 시리아 왕의 발치에 원을 그린 가이우스 포필리우스 라이나스, 반역자 아들들을 죽인 루키우스 유니우스 브루투스, 로마의 왕이 되려고 했던 스푸리우스 마일리우스를 죽인 가이우스 세르빌리우스 아할라……. 그렇다, 유구르타를 생포한 술라의 이야기 또한 아이들의 침대 맡에서 들려주는 수많은 이야기들 중 하나가 될 것이다. 그 이야기는 말을 타고 유구르타의 진지 한가운데를 통과하는 등 필요한 요소를 모두 갖추고 있기 때문이다.

그러나 술라는 본래 몽상가도, 공상가도, 환상에 빠지는 사람도 아니었다. 따라서 이러한 생각을 그쳐야 할 때 쉽게 그칠 수 있었다. 그는 말에서 내려 유구르타와 적당한 거리를 유지하면서 여분의 말들이 묶인 밧줄을 잘랐다. 말 네 마리는 자갈을 튀기며 사방으로 달아났다.

"알겠군." 술라가 구렁말의 갈기를 잡고 올라타는 모습을 지켜보던 유구르타는 말했다. "우리는 말을 갈아타지 않고 160킬로미터를 더 가야 하는 거군? 당신이 나를 어떻게 다른 말에 옮겨 태울지 궁금해하고 있었는데 말이야." 그는 조소하듯 웃었다. "내 기병대가 당신을 따라잡을 거요, 루키우스 코르넬리우스!"

"그러지 않기를 바라야지." 술라는 말하고 포로의 말을 끌어당겼다.

술라는 바다가 있는 북쪽으로 가는 대신 동쪽으로 방향을 돌려 작은 평원을 가로지른 뒤, 바람 한 점 없는 초여름 밤을 가르며 15킬로미터 넘게 달렸다. 서쪽 하늘의 은빛 달이 길을 비춰주었다. 이윽고 멀리 시커멓게 산들이 보이기 시작했다. 그보다 훨씬 가까운 곳에 거대하고 둥그스름한 바위들이 드문드문 왜소한 나무들을 내려다보며 무질서하게 모여 있었다.

"제대로 도착했군!" 술라는 유쾌하게 외치며, 높고 날카로운 휘파람을 불었다.

둥근 바위들 사이에 숨어 있던 리구리아인 기병대가 쏟아져나왔다. 각자 여분의 말 두 마리를 데리고 있었다. 그들은 조용히 말을 달려 술라와 포로 앞에 와서 말 두 마리와 노새 두 마리를 내놓았다.

"나는 엿새 전부터 이들이 여기서 기다리게 해놓았소, 유구르타 왕." 술라가 말했다. "보쿠스 왕은 내가 그의 진지에 혼자 온 줄 알지만, 보시다시피 그렇지 않았지. 난 바기엔니우스에게 멀리 떨어지지 않고 따라오게 한 다음, 그를 되돌려보내 기병대와 함께 기다리라고 했소."

거추장스러운 장애물에서 벗어난 술라는 유구르타가 다른 말로 옮겨지는 모습을 지켜보았다. 유구르타는 이제 바기엔니우스와 쇠사슬로 연결되었다. 곧 그들은 유구르타의 진지와 수 킬로미터 떨어진 길로 가기 위해 북동쪽으로 말을 달렸다.

"외람되지만, 전하." 바기엔니우스가 조심스럽게 유구르타에게 말했다. "키르타 근처의 달팽이 서식지는 없는 거지요? 키르타가 아니라 누미디아의 그 어디에도요."

6월이 끝날 무렵 아프리카에서의 전쟁도 끝이 났다. 마리우스와 술라가 철수 준비를 하는 동안 유구르타는 우티카에 있는 그런대로 아늑한 거처에 감금되었다. 유구르타의 두 아들 얌프사스와 옥신타스도 끌려와서 함께 갇혔다. 유구르타의 왕실은 붕괴되었고, 새로운 정권의 요직을 차지하기 위한 암투가 시작되었다.

보쿠스 왕은 원로원으로부터 우호동맹 조약을 얻어냈다. 병약한 가우다 왕자는 영토가 상당히 줄어든 누미디아의 왕이 되었다. 다른 곳에서 지나치게 바쁜 나머지 아프리카 속주를 확대할 여력이 없던 로마는 그 드넓은 영토를 보쿠스 왕에게 주었다.

순탄한 항해를 위한 튼튼한 배들과 좋은 날씨가 확보되자마자, 마리우스는 유구르타와 아들들을 그중 한 척에 태웠다. 그들을 안전하게 가둬둘 로마로 배가 떠남과 동시에, 누미디아의 위협은 수평선 너머로 사라졌다.

세르토리우스는 유구르타와 같은 배를 타고 떠나기로 했다. 알프스 너머 갈리아에서 벌어지는 게르만족과의 전투에서 실전 경험을 쌓기로 결심한 것이다.

"가이우스 마리우스, 저는 전투원입니다." 용맹한 젊은 수습군관은 말했다. "이곳에서의 전투는 끝났습니다. 저를 사령관님의 친구 푸블리우스 루틸리우스 루푸스께 천거하여 먼 갈리아에서 복무할 수 있게 해 주십시오!"

"그동안 수고 많았다. 네가 가는 길을 축복하마, 퀸투스 세르토리우스." 마리우스는 그로선 보기 드물게 애정을 담아 말했다. "어머니께도 안부 전하고."

세르토리우스의 얼굴이 환해졌다. "그렇게 하겠습니다, 가이우스 마리우스!"

"기억하거라, 세르토리우스." 그와 유구르타가 이탈리아로 떠나는 날 마리우스는 말했다. "나는 장래에 네가 다시 필요할 것이다. 그러니 운좋게 전투를 하게 된다면 네 자신을 잘 지켜야 한다. 로마는 황금관으로, 금 팔레라이와 토르퀘스와 팔찌로 너의 용맹함과 재능에 경의를 표했다. 너 같은 젊은이에게는 드문 영광이다. 하지만 경솔하게 행동해서는 안 된다. 로마에 필요한 건 죽은 네가 아니라 살아 있는 너다."

"죽지 않겠습니다, 가이우스 마리우스." 세르토리우스가 약속했다.

"그리고 이탈리아에 도착하자마자 전쟁터로 떠나서는 안 된다." 마리우스가 충고했다. "네 어머니와 시간을 좀 보낸 다음에 떠나거라."

"알겠습니다, 가이우스 마리우스."

청년이 떠나자 술라는 상관을 짓궂게 쳐다보았다. "총사령관님은 저 친구 앞에서는 하나 남은 알을 품는 늙은 암탉처럼 변하는군요."

마리우스는 코웃음을 쳤다. "무슨 소리! 그는 내 친척 누이의 아들이야. 나는 누이를 아끼는 것뿐이네."

"그러시겠지요." 술라가 씩 웃으며 말했다.

마리우스가 웃었다. "이보게 루키우스 코르넬리우스, 자네도 나만큼이나 젊은 세르토리우스를 좋아한다는 걸 인정해야 할 걸세!"

"얼마든지 인정하겠습니다. 하지만 가이우스 마리우스, 그는 저를 늙은 암탉으로 만들지는 못하지요!"

"개소리 말게!"

대화는 그렇게 끝났다.

루푸스의 하나뿐인 여동생 루틸리아는 두 형제 모두와 결혼하는 흔치 않은 기록을 세웠다. 첫 남편은 루키우스 아우렐리우스 코타였다. 그는 루틸리아와 결혼하기 14년쯤 전 최고신관 메텔루스 달마티쿠스와 함께 집정관을 지냈다. 호민관이던 마리우스가 달마티쿠스에게 반기를 든 바로 그해였다.

루틸리아는 초혼이었지만 루키우스는 결혼한 적이 있었다. 그와 같은 이름의 아홉 살 아들도 있었다. 프레겔라이가 로마에 반기를 들었다가 철저하게 파괴된 다음해이자 가이우스 그라쿠스가 처음으로 호민관이 되었던 해에, 두 사람은 결혼하여 딸 아우렐리아를 낳았다. 당시 열 살이던 의붓아들은 계모를 무척 좋아했기 때문에 이복동생이 생기자 아주 기뻐했다.

아우렐리아가 다섯 살 때 루키우스는 갑작스럽게 세상을 떠났다. 마지막 집정관 직을 맡은 지 며칠도 지나지 않은 때였다. 스물네 살에 과부가 된 루틸리아는 미혼이던 시동생 마르쿠스 아우렐리우스 코타에게 의지했다. 그러다 두 사람 사이에 사랑이 싹텄다. 루틸리아는 아버지와 오빠의 허락을 받아 마르쿠스와 재혼했다. 루키우스가 죽은 지

11개월 후였다. 루틸리아는 의붓아들이자 마르쿠스의 조카인 루키우스 2세, 친딸이자 마르쿠스의 질녀인 아우렐리아와 함께 마르쿠스의 피부양자가 되었다. 곧 가족이 늘었다. 한 해도 가기 전에 루틸리아는 마르쿠스의 아들 가이우스를 낳았으며, 다음해에는 차남 마르쿠스 2세를, 7년 후 막내아들 루키우스를 낳았다.

루틸리아의 외동딸 아우렐리아는 아주 흥미로운 상황에 있었다. 아버지의 자식인 이복오빠가 있었고, 어머니의 자식인 이부동생 겸 사촌들이 셋 있었다. 아우렐리아의 아버지는 그들의 백부이고 그들의 아버지는 아우렐리아의 삼촌이기 때문이다. 사정을 모르는 사람들에게는 매우 혼란스러운 이야기였고, 특히 아이들이 설명할 경우엔 더 그랬다.

"얘는 내 사촌이에요." 가이우스는 아우렐리아를 가리키며 말하곤 했다.

"얘는 내 동생이에요." 아우렐리아는 가이우스를 가리키며 대답했다.

"얘는 내 동생이에요." 그러면 가이우스는 마르쿠스를 가리키며 말했다.

"얘는 내 누나예요." 마르쿠스는 아우렐리아를 가리키며 말했다.

"얘는 내 사촌이에요." 마지막으로 아우렐리아는 마르쿠스를 가리키며 말했다.

이런 식으로 몇 시간을 계속할 수도 있었다. 그러니 대부분의 사람들이 이해를 할 수 없는 것도 놀랄 일이 아니었다. 하지만 이 당차고 고집 센 아이들이 복잡한 혈연관계 때문에 고민하진 않았다. 아이들은 서로 사랑했으며, 역시 서로를 아끼는 루틸리아와 그녀의 두번째 남편에게 따뜻한 보살핌을 받았기 때문이다.

아우렐리우스 가문은 명문가였다. 그 분가인 아우렐리우스 코타 집안은 집정관 직이 부여하는 고귀함을 획득한 지는 얼마 되지 않았지만, 상당히 오랜 세월 동안 원로원 의원을 배출했다. 현명한 투자와 막대한 상속 토지, 여러 번의 현명한 결혼 덕에 부유하기도 했다. 입양 보낼 걱정 없이 아들을 여럿 낳을 수 있었고 딸들의 지참금도 넉넉하게 마련해줄 수 있었다.

따라서 코타와 루틸리아의 자식들은 재정적으로 유망한 배우자감이었다. 그뿐 아니라 외모도 다들 출중했다. 특히 외동딸 아우렐리아의 용모가 가장 빼어났다.

"완벽해!" 사치벽이 있으나 매우 똑똑한 루키우스 리키니우스 크라수스 오라토르는 그녀를 이렇게 평했다. 그는 아우렐리아의 가장 열렬하고 유력한 구혼자 중 하나였다.

"눈부셔!" 퀸투스 무키우스 스카이볼라는 이렇게 표현했다. 크라수스 오라토르의 절친한 친구이자 사촌인 그도 구혼자 명단에 이름을 올렸다.

"겁이 날 정도야!" 마르쿠스 리비우스 드루수스의 논평이었다. 아우렐리아의 친척인 그는 그녀와의 결혼을 간절히 원했다.

"트로이아의 헬레네야!" 또다른 구혼자인 나이우스 도미티우스 아헤노바르부스 2세는 이렇게 묘사했다.

루푸스가 마리우스에게 편지로 설명한 상황 그대로였다. 로마의 모든 남자들이 그의 조카딸 아우렐리아와 결혼하고 싶어했다. 구혼자들 상당수는 이미 아내가 있었지만 그렇다고 자격이 없거나 체면을 잃진 않았다. 이혼은 쉬웠으며, 아우렐리아의 지참금은 워낙 막대해서 현재 아내의 지참금을 잃는다 해도 걱정할 필요가 없었기 때문이었다.

"정말이지, 모든 유력한 왕자와 왕이 헬레네에게 구혼할 때 틴다레오스 왕의 심정이 어땠을지 알겠소." 코타가 루틸리아에게 말했다.

"틴다레오스 왕의 문제는 오디세우스가 해결해주었지요."

"나도 그랬으면 좋겠소! 아우렐리아를 누구한테 주든지 다른 구혼자들은 화를 낼 거요."

"틴다레오스 왕도 똑같은 상황이었죠." 루틸리아가 고개를 끄덕였다.

그때 미르쿠스의 오디세우스인 루푸스가(그는 로마인 중의 로마인이므로 울릭세스라고 부르는 것이 적절하겠지만) 저녁식사를 하러 왔다. 아우렐리아를 비롯한 자식들이 침실로 돌아간 후, 대화 주제는 언제나처럼 아우렐리아의 혼담으로 흘러갔다. 루푸스는 부부의 이야기를 경청하다가 적당한 시점에 답을 내놓았다. 수수께끼를 실제로 푼 사람이 마리우스라는 건 말하지 않았다. 루푸스는 아프리카에서 마리우스가 보낸 간단명료한 편지를 이곳에 오기 직전에 받아보았던 것이다.

"답은 간단하네, 마르쿠스 아우렐리우스."

"그렇다면 저는 문제와 너무 가까이 있어서 답을 보지 못했나보군요." 코타가 말했다. "말씀해주십시오, 울릭세스!"

루푸스가 미소를 지으며 말했다. "울릭세스처럼 소동을 벌일 필요는 없을 것 같네. 여긴 고대 그리스가 아니라 로마니까. 말을 도살해서 네 토막으로 자를 수도 없고, 아우렐리아의 구혼자들을 그 위에 세워서 매제한테 충성을 맹세하게 만들 수도 없으니까 말이네, 마르쿠스 아우렐리우스."

"행운의 승자가 누군지 그들이 알기 전에는 더더욱 안 되지요!" 코타가 웃으며 말했다. "옛 그리스인들은 참으로 낭만적이었지요! 푸블리우스 루틸리우스, 제가 걱정하는 것은, 우리가 처리해야 할 사람들이 논쟁을 일삼고 사소한 일도 따지고 드는 로마인들이라는 점입니다."

"내 말이 그 말이네."

"자, 오라버니, 이제 그만 우리 고민을 해결해주세요." 루틸리아가 재촉했다.

"루틸리아, 아까도 말했듯이 답은 간단해. 그애가 직접 남편감을 고르도록 하려무나."

코타와 루틸리아의 눈이 커졌다.

"그것이 정말 현명한 결정일까요?" 코타가 물었다.

"다른 묘안이 없는 상황이니, 밑져야 본전 아니겠나?" 루푸스가 되물었다. "매제가 그애를 부자와 결혼시키고 싶어하는 것도 아니고, 구혼자 목록에 악명 높은 재산 사냥꾼도 보이지 않으니, 그애에게 구혼자들 중에 고르라고 하게. 아우렐리우스, 율리우스, 코르넬리우스 가문 모두 출세주의자들의 주목을 끌 가문은 아니지. 더욱이 아우렐리아는 상식으로 똘똘 뭉친데다 감상적이거나 낭만적이지도 않아. 우리 아우렐리아는 매제를 실망시키지 않을 것이네!"

"옳으신 말씀입니다." 코타가 고개를 끄덕이며 말했다. "아우렐리아가 분별을 잃게 할 수 있는 남자는 세상 어디에도 없을 겁니다."

그리하여 다음날 코타와 루틸리아는 응접실로 딸을 불렀다. 아우렐리아의 장래에 대해 어떤 결정이 내려졌는지 알려주기 위해서였다.

아우렐리아가 걸어들어왔다. 그녀는 느릿느릿 걷거나 몸을 흔들지 않았고, 성큼성큼 걷거나 뽐내며 종종걸음 치지도 않았다. 평범하면서도 보기 좋은 걸음걸이였다. 활기차고 당당하게 움직이면서도 엉덩이와 하체는 줄곧 단정했다. 어깨는 곧게 폈고 턱은 내밀지 않고서 머리를 들고 다녔다. 키가 크고 가슴이 납작하여 몸매는 야윈 편이었지만 옷 주름을 꼼꼼하게 잡아 입었다. 그녀는 굽 높은 신을 신지 않았으며 보석류를 경멸했다. 매우 연한 갈색의 숱 많고 곧은 머리카락은 뒤로 끌어모아 정면에서 보이지 않는 위치에 트레머리로 단단하게 고정시켰다. 그래서 머리카락이 얼굴을 액자처럼 두르면서 부드러워 보이는 효과는 없었다. 한 번도 화장한 적이 없는 진한 우윳빛 피부는 잡티 하나 없었고, 멋진 광대뼈 주변의 희미한 분홍빛은 그 밑의 우묵한 곳에서 은은한 장밋빛으로 짙어졌다. 프락시텔레스(고대 그리스의 조각가—옮긴이)가 조각한 듯 곧고 오뚝한 코는 매우 길어서 켈트족의 피가 섞였다며 흉볼 여지가 전혀 없었다. 진정한 로마인의 코라면 있어야 할 돌출부가 없다는 사실이 중요하지 않을 만큼. 육감적으로 붉고 가장자리에 우아하게 주름이 진 입술은 꽃잎처럼 오므라져서, 남자들로 하여금 키스하여 그 꽃을 피어나게 하고 싶은 욕망을 불러일으켰다. 완벽한 하트 모양인 얼굴에는 옴폭 패인 턱과 넓은 이마와 V자형 머리선이 있었고, 모두들 짙은 파란색이 아니라 자줏빛이라고 말하는 커다란 두 눈이 길고 빽빽한 검은 속눈썹에 둘러싸여 있었다. 그 위에는 가늘고 활처럼 휘어진 깃털 같은 검은 눈썹이 얹혀 있었다.

남자들의 만찬회에서는 종종 아우렐리아의 매력이 정확히 무엇인지 토론이 벌어졌다. 손님 중에 늘 정식 구혼자들이 두세 명은 있었기 때문이다. 혹자는 그녀의 매력이 사려 깊고 초연한 자줏빛 눈이라 했고, 혹자는 놀랄 만치 깨끗한 피부라고 했으며, 다른 이들은 조각한 듯 뚜렷한 이목구비라고 했다. 또 몇몇은 그녀의 입이나 옴폭 패인 턱, 고상한 손과 발이 매력이라고 열정적으로 말했다.

"모두 틀렸어. 하지만 모두 맞는 말이기도 해." 크라수스 오라토르가 으르렁거렸다. "다들 어리석군! 그녀는 속세에 풀려난 베스타 신녀야. 베누스가 아니라 디아나(로마 신화에서 달의 여신—옮긴이)지! 우리가 닿을 수 없어. 바로 그게 그녀의 매력이고."

"아니, 그녀의 매력은 자줏빛 눈동자야." 원로원 최고참 의원 스카우루스의 아들이 말했다. 아버지처럼 그의 이름도 마르쿠스였다. "자주색은 고귀한 색이지! 그녀는 살아 숨쉬는 계시야."

하지만 '살아 숨쉬는 계시'가 언제나처럼 침착하고 빈틈없는 모습으로 어머니의 응접실에 들어섰을 때, 그녀에게 극적인 분위기라고는 없었다. 실제로 아우렐리아의 성격은 극적인 것과는 거리가 멀었다.

"앉거라, 딸아." 루틸리아가 미소 지으며 말했다.

아우렐리아는 앉아서 양손을 무릎에 포갰다.

"네 결혼에 관해 얘기하고 싶구나." 코타는 이렇게 말하고, 아우렐리아가 뭔가 자기 말을 거들어주길 바라며 목청을 가다듬었다.

그는 아무런 도움도 얻지 못했다. 아우렐리아는 예의를 차릴 정도로만 관심을 보이며 그를 쳐다볼 뿐이었다.

"너는 어떻게 생각하니?" 루틸리아가 물었다.

아우렐리아는 입술을 오므리며 어깨를 으쓱했다. "두 분이 제가 좋아할 만한 사람을 골라주시기를 바랄 뿐이에요."

"그래, 그건 우리도 바라는 바다." 코타가 말했다.

"네가 좋아하지 않는 사람은 누구니?" 루틸리아가 물었다.

"나이우스 도미티우스 아헤노바르부스 2세요." 아우렐리아는 한 치의 망설임도 없이 그의 이름 전체를 댔다.

코타는 일리 있는 대답이라고 생각했다. "또 있느냐?"

"마르쿠스 아이밀리우스 스카우루스 2세요."

"저런, 안됐구나!" 루틸리아가 소리쳤다. "난 그가 아주 괜찮은 사람이라고 생각한단다, 정말로."

"알아요, 그는 괜찮은 사람이지요." 아우렐리아가 말했다. "하지만 소심해요."

코타는 굳이 웃음을 참지도 않았다. "너는 소심한 남편을 좋아할 것 같은데, 아우렐리아? 네가 주도권을 쥘 수 있잖니!"

"훌륭한 로마인 아내는 주도권을 쥐지 않아요."

"스카우루스에 대해서는 그쯤 해두지. 우리 아우렐리아가 판결을 내렸으니." 코타는 머리와 어깨를 들썩이며 웃었다. "마음에 들지 않는 사람이 또 있느냐?"

"루키우스 리키니우스요."

"그 사람은 뭐가 문제냐?"

"뚱뚱해요." 아우렐리아의 입술이 더 단단히 오므라들었다.

"매력이 없지?"

"뚱뚱하다는 건 자기 수양이 부족하다는 뜻이에요, 아버지." 아우렐리아는 코타를 아버지라고 부를 때도 있고 삼촌이라고 부를 때도 있었다. 결코 터무니없는 행동은 아니었다. 두 사람의 대화에서 코타가 아비 역할을 할 때는 아버지였고, 삼촌 역할을 할 때는 삼촌이었다.

"그래, 네 말이 맞다." 코타가 말했다.

"특별히 결혼하고 싶은 사람이 있니?" 반대 전략을 택한 루틸리아가 물었다.

오므라들었던 입술이 열렸다. "아니오, 어머니. 없어요. 저는 어머니와 아버지께서 남편감을 선택해주신다는 사실에 만족하고 있어요."

"네가 결혼에서 바라는 것은 무엇이냐?" 코타가 물었다.

"제 신분에 걸맞으며 자식을 여럿 낳고 그들을 사랑하는 남편입니다."

"모범적인 대답이군!" 코타가 말했다. "만점짜리 대답이다, 아우렐리아."

루틸리아는 기쁜 마음을 최대한 숨긴 눈으로 남편을 바라보았다. "말해요, 여보, 어서요!"

코타는 다시 한번 목청을 가다듬었다. "아우렐리아, 너 때문에 문제가 좀 생겼다. 지금까지 총 서른일곱 명이 네게 정식으로 청혼을 했다. 그들 중 훌륭한 신랑감이 아니라고 할 수 있는 사람은 아무도 없어. 몇몇은 우리 집안보다 신분이 훨씬 높고, 몇몇은 우리보다 재산이 훨씬 많다. 심지어 신분과 재산 모두가 우리보다 훨씬 대단한 집안 출신도 몇몇 있어! 그래서 지금 우리는 난처한 입장이다. 만약에 우리가 네 남편을 고르면 많은 적이 생길 거야. 그건 우리에게 큰 걱정거리는 못 되지만, 훗날 네 오빠와 남동생들을 힘들게 할 거다. 너도 분명 이해할 거라고 생각한다."

"이해해요, 아버지." 아우렐리아가 진지하게 말했다.

"그런데 네 외삼촌께서 유일한 해결책을 알려주셨단다. 딸아, 너는 남편감을 직접 고를 것이다."

이번만은 아우렐리아도 평정을 잃었다. 그녀는 입을 딱 벌렸다. "제가요?"

"그렇단다."

아우렐리아는 붉어진 뺨을 양손으로 누르며 겁먹은 얼굴로 마르쿠스를 쳐다보았다. "하지만 그렇겐 못해요!" 아우렐리아가 소리쳤다. "그건…… 그건 로마의 방식이 아니잖아요!"

"안다." 코타가 말했다. "로마의 방식은 아니지. 루푸스 가의 방식이다."

"우리에겐 해답을 말해줄 울릭세스가 필요했는데, 다행히도 집안에 그런 사람이 있더구나." 루틸리아가 말했다.

"아!" 아우렐리아는 어쩔 줄 모르고 몸을 꼬았다. "아, 아!"

"왜 그러니, 아우렐리아? 결정을 못할 것 같니?" 루틸리아가 물었다.

"아니오, 그런 게 아니에요." 아우렐리아가 말했다. 붉어진 얼굴이 원래대로 돌아오는가 싶더니, 이젠 안색이 창백해졌다. "그냥…… 그래요, 알았어요!" 그녀는 어깨를 으쓱한 뒤 일어섰다. "가봐도 될까요?"

"그러렴."

아우렐리아는 문가까지 가더니 돌아서서 아주 침착하게 코타와 루틸리아를 바라보았다. "제가 언제까지 결정해야 하나요?"

"아, 서두를 필요는 없단다." 코타가 느긋하게 말했다. "1월 말에 네가 열여덟 살이 되기는 하지만, 성년이 되자마자 결혼하라는 법은 없으니까. 천천히 하렴."

"감사해요." 아우렐리아는 말하고 응접실을 나섰다.

아우렐리아의 침실은 아트리움에 바로 연결된 침실들 중 하나로, 창문이 없고 어두웠다. 가족들에게 세심하고 따뜻하게 보호받는 딸은 이보다 덜 안전한 곳에서는 절대로 지낼 수 없었다. 그러나 여러 남자 형제가 있는 외동딸인 그녀는 보호받는 만큼이나 애정도 듬뿍 받으면서 자랐다. 만일 그녀의 내면에 좋지 않은 싹수가 있었다면 아주 버릇없는 아가씨가 되었을 것이다. 다행히 아우렐리아에게는 그런 싹이 없었다. 아우렐리아는 절대 버릇없는 아가씨로 키울 수 없다는 것이 가족들 모두의 의견이었다. 그녀의 심성에는 탐욕이나 시기가 조금도 없었기 때문이다. 그렇다고 해서 그녀가 다정하거나 사랑스러운 소녀라는 뜻은 아니었다. 사실 아우렐리아는 사랑보다는 감탄이나 존경의 대상으로 훨씬 적절했다. 그녀는 남에게 관대한 편이 아니었기 때문이다. 어렸을 때 아우렐리아는 오빠나 남동생들이 오만한 말을 하면 무표정하게 듣고 있곤 했다. 그러다 도저히 견딜 수 없게 되면 상대방의 머리가 울리도록 뺨을 세게 후려갈기고 한마디도 없이 자리를 떴다.

외동딸에게 사내아이들이 방해할 수 없는 자신만의 공간이 필요하다고 생각한 부모는 아우렐리아에게 주랑정원과 연결된 큼직하고 해가 잘 드는 방을 따로 주었고 여종도 하나 붙여주었다. 그 여종이 바로 갈리아인 소녀 카르딕사로, 아우렐리아에겐 보석 같은 존재였다. 아우렐리아가 결혼하면 카르딕사도 아우렐리아의 신랑집으로 따라가게 될 것이다.

작업실로 들어오는 아우렐리아의 얼굴을 흘낏 보기만 하고서도 카르딕사는 뭔가 중요한 일이 벌어졌음을 알 수 있었지만 아무 말도 하지 않았다. 무슨 얘기를 들으리라는 기대도 하지 않았다. 여주인과 여종이 친근하고 편안한 관계라 해도, 서로 속내를 털어놓는 소녀들 같은 관계는 아니기 때문이었다. 아우렐리아가 혼자 있고 싶어하는 기색이 역력했기에 카르딕사는 방에서 나갔다.

작업실은 주인의 취향을 여실히 드러내고 있었다. 벽면에는 대부분 견고한 정리함을 달아 두루마리 책 여러 권을 꽂아두었다. 책상에는 백지 두루마리들과 갈대 펜, 밀랍을 칠한 서판, 밀랍 서판에 글을 새기는 우아한 골필 한 자루, 물에 풀어서 쓰는 막대 모양의 암갈색 잉크 덩어리, 뚜껑 달린 잉크통, 글씨의 습기를 빨아들이는 고운 모래가 가득한 통, 주판이 있었다.

방 한귀퉁이에는 파타비움산 베틀이 있었다. 그뒤의 못 박힌 벽에는 굵기와 색깔이 다양한 긴 털실 타래가 수십 개 걸려 있었다. 빨강과 자주, 파랑과 녹색, 분홍과 크림색, 노랑과 주황. 아우렐리아는 자신의 옷감을 모두 직접 만들었으며 밝은색을 좋아했다. 베틀에는 머리카락처럼 가는 양모 실로 안개처럼 얇게 짠 밝은 주황색 옷감이 걸려 있었다. 아우렐리아의 야심작으로, 그녀가 결혼할 때 쓸 면사포였다. 혼례복에 쓸 사프란색 옷감은 이미 완성되어 잘 개어서 선반에 올려두었고, 혼례복을 만들 때까지 그 상태로 있을 것이다. 신랑이 정식으로 정해지기 전에 옷감을 잘라 혼례복을 만드는 것은 불길한 일로 여겨졌다.

카르딕사는 솜씨를 발휘하여 멋진 아프리카산 고급 목재에 도림질 세공한 병풍을 만드는 중이었다. 병풍에 나뭇잎과 꽃무늬를 박아넣을 홍옥수와 벽옥, 홍보석과 오닉스는 광을 내고 잘 싸서 조각된 나무 상자에 넣어놓았다. 그 상자 역시 그녀의 작품이었다.

아우렐리아는 작업실의 트인 쪽으로 가서 덧문을 닫았다. 평소에는 신선한 공기와 은은한 빛을 들어오게 하기 위해 덧문 격자창을 열어두곤 했다. 닫힌 덧문은 남동생과 하인을 포함한 누구의 방해도 받고 싶지 않다는 표시였다. 그런 다음 책상 위에 두 손을 포개고 앉아서 걱정스럽고 당혹한 표정으로 생각했다.

'그라쿠스 형제의 어머니 코르넬리아라면 어떻게 할까?'

이것은 모든 일에 있어 아우렐리아의 기준이었다. 코르넬리아라면 어떻게 할까? 코르넬리아라면 어떻게 생각할까? 코르넬리아라면 어떻게 느낄까? 그라쿠스 형제의 어머니 코르넬리아는 아우렐리아의 우상이자 본보기, 언행의 지침이었기 때문이다.

그녀의 작업실 벽을 따라 늘어선 책들 중에는 코르넬리아가 펴낸 모든 편지글과 수필은 물론, 다른 작가들이 코르넬리아를 언급한 모든 저작이 포함되어 있었다.

이 코르넬리아라는 여성은 누구인가? 로마의 귀족 여인이 태어나는 순간부터 죽을 때까지 되어야 하는 모든 것, 바로 그 자체다.

한니발의 허를 찌르고 카르타고를 정복한 스키피오 아프리카누스의 차녀 코르넬리아는, 열아홉 살에 당시 마흔다섯 살이던 명문 귀족 티베리우스 셈프로니우스 그라쿠스와 결혼했다. 그녀의 모친 아이밀리아 파울라는 위대한 아이밀리우스 파울루스의 누이였다. 즉 코르넬리아는 부계와 모계 모두에서 파트리키의 피를 물려받았다.

티베리우스의 아내로서 그녀의 처신은 흠 잡을 데 없었고, 20년에 육박하는 결혼생활 동안 꾸준히 열두 아이를 낳았다. 자녀들은 모두 병약했다. 가이우스 율리우스 카이사르라면, 코르넬리우스 가와 아이밀리우스 가라는 두 명문가 사이의 부단한 혼인 때문이라고 말할 것이다. 그러나 인내심 강한 코르넬리아는 포기하지 않고 자녀 하나하나를 세심한 관심과 극진한 사랑으로 보살폈고, 그중 세 명을 성년까지 길러냈다. 살아남은 첫아이는 딸 셈프로니아였고, 둘째는 아버지의 이름을 물려받은 아들 티베리우스였으며, 셋째는 가이우스였다.

코르넬리아는 아버지의 총애를 받은 자식이었던 만큼 최고의 교육을 받았고, 그리스적인 모든 것을 세계 문화의 정점으로서 흠모했다. 그녀는 세 아이들(과 죽은 아홉 명 중 교육받을 나이까지 살았던 아이들)을 직접 교육시켰고 훈육 일체를 감독했다. 남편이 죽었을 때 그녀에게는 열다섯 살 셈프로니아와 열두 살 티베리우스, 두 살 가이우스, 그리고 유아기까지는 살아남았던 몇 아이들이 있었다.

모든 남자가 그녀와 결혼하기 위해 줄을 섰다. 그녀는 그동안 놀랍도록 규칙적으로 출산을 했고 여전히 아이를 가질 수 있었기 때문이었다. 또한 그녀는 아프리카누스의 딸이자 파울루스의 질녀였으며, 전

남편은 티베리우스 그라쿠스였다. 그녀에게는 어마어마한 재산이 있었다.

구혼자 중에는 배불뚝이 프톨레마이오스 에우에르게테스도 있었다. 당시 그는 이집트 왕좌에서 물러나 키레나이카의 왕으로 있었다. 이집트에서 폐위된 해부터 티베리우스 그라쿠스가 죽고 난 9년 후 이집트의 유일한 통치자로 복위할 때까지 그는 로마에 뻔질나게 드나들었다. 그는 원로원의 지친 귀들에 대고 끝도 없이 우는소리를 해댔으며, 이집트 왕좌로 돌아가기 위해 선동을 일삼고 뇌물을 뿌렸다.

티베리우스 그라쿠스가 죽은 해에 에우에르게테스는 서른여섯 살이던 코르넬리아보다 여덟 살 연하였고 아직은 배가 날씬했다. 훗날 그녀의 사촌이자 사위인 스키피오 아이밀리아누스가, 꼴사나운 옷을 입고 끔찍하게 뚱뚱한 이집트 왕을 제 발로 걷게 만들었다며 자랑해댔을 때보다는 말이다. 왕은 이집트 왕좌로의 복귀를 요청할 때처럼 집요하고 끈질기게 구혼했지만 소용없었다. 아무리 부와 권세가 대단하다 해도 코르넬리아에게 그는 한낱 외국의 왕일 뿐이었다.

사실 코르넬리아는 위대한 로마 귀족과 20년 가까이 결혼생활을 한 진정한 로마의 귀족 여성이라면 재혼해서는 안 된다고 결심한 상태였다. 따라서 모든 구혼자들을 정중하게 거절하고 혼자 열심히 아이들을 키웠다.

아들 티베리우스가 호민관 재선을 시도하다 살해당했을 때, 그녀는 고개를 꼿꼿이 들고 계속 살아나갔다. 사촌이자 사위인 아이밀리아누스가 아들의 살해에 연루되었다는 온갖 암시에도 흔들림 없이 초연했다. 아이밀리아누스와 자신의 딸 셈프로니아 부부에 대한 끔찍한 소문에도 초연했다. 그후 사위가 알 수 없는 죽음을 맞고, 그가 아내인 자신의 딸에 의해 살해당했다는 소문까지 돌 때도 코르넬리아는 초연했다. 아직 그녀에게는 보살피고 격려해야 할, 이제 막 공직 생활을 시작한 사랑하는 아들 가이우스가 있었던 것이다.

가이우스가 끔찍한 폭력 사태로 죽었을 때 그녀의 나이는 칠순이었다. 사람들은 이번에야말로 코르넬리아가 무너질 거라고 생각했다. 하지만 아니었다. 과부에다 훌륭한 두 아들을 잃었고, 살아남은 자식은 상심하고 무력한 셈프로니아뿐이었지만, 그녀는 고개를 꼿꼿이 들고 계속 살아나갔다.

"사랑하는 나의 작은 셈프로니아를 길러야 해." 그녀는 가이우스의 딸인 갓난아기를 두고 말했다.

코르넬리아는 로마에서 물러났지만, 삶을 영위하는 데 있어서는 결코 물러나지 않았다. 그녀는 여생을 보내기 위해 미세눔의 대규모 빌라로 갔다. 로마가 세상에 줄 수 있는 모든 안목과 세련미와 웅대함의 기념비라는 점에서, 그 빌라는 코르넬리아에 뒤지지 않았다. 그녀는 그곳에서 자신의 편지와 수필을 정리했고, 후대 사람들도 그 글들을 읽어야 한다고 친구들이 간청하자 아르길레툼의 늙은 소시우스에게 점잖게 출판을 허락했다. 그 편지와 수필들은 그녀 자신처럼 쾌활하고 기품과 매력과 재치가 넘치면서도 강렬하고 깊이가 있었다. 미세눔에서도 그녀는 편지와 수필을 썼다. 고령임에도 결코 지성과 박식함, 세상에 대한 관심을 잃지 않았던 것이다.

아우렐리아가 열여섯 살이고 코르넬리아가 여든세 살이던 해, 코타 부부는 미세눔을 지날 일이 있어 코르넬리아를 의례상 방문하였다. 명목상으로는 의례적이었으나 사실은 매우 기대했던 방문이었다. 부부는 아이들을 모두 데려갔다. 스물여섯 살이 되어 당연히 자신은 '아이들'에 끼지 않는다고 여기던 거만한 루키우스도 포함해서. 쥐처럼 조용하고 베스타 신녀처럼 얌전하게, 공격 직전의 고양이처럼 가만히 있어야 한다는 명령이 모두에게 떨어졌다. 안절부절못하는 것도, 몸을 떠는 것도, 의자 다리를 차는 것도 금지되었다. 그러지 않으면 말도 못하게 괴로운 벌을 받을 거라는 위협이 뒤따랐다.

그러나 알고 보니 코타 부부는 굳이 성격에 맞지도 않는 위협을 할 필요가 없었다. 코르넬리아는 청소년들에 대해 무척 잘 알고 있었던 것이다. 코르넬리아의 손녀 셈프로니아는 아우렐리아보다 한 살 어렸다. 무척이나 흥미롭고 발랄한 아이들에게 둘러싸이자 기분이 좋아진 셈프로니아는, 헌신적인 노예들이 걱정할 정도로 한참 동안 재미있게 놀았다. 그녀는 당시 몸이 매우 약해 입술과 귓불이 늘 푸르스름했다.

그리고 어린 아우렐리아는 완전히 매혹당하고 감동했다. 그녀는 어른이 되면 코르넬리아처럼 로마인의 힘과 끈기, 로마인의 고결함과 인내를 갖고 살겠다고 맹세했다. 아우렐리아가 노부인의 글을 모으기 시작한 것도, 그 범상치 않은 생활방식을 따르게 된 것도 이때부터였다.

방문은 그것이 마지막이었다. 그해 겨울 코르넬리아는 의자에 똑바로 앉아 고개를 꼿꼿이 들고 손녀의 손을 잡은 채 세상을 떠났다. 죽기 직전 그녀는 손녀에게 마르쿠스 풀비우스 플라쿠스 밤발리오와의 정식 약혼 사실을 알려주었다. 그는 가이우스 그라쿠스를 지지하다 몰살된 풀비우스 플라쿠스 가문에서 유일하게 살아남은 자였다. 셈프로니우스 가문의 방대한 재산을 단독으로 상속할 손녀가, 가이우스를 지지하여 재산을 몰수당한 가문에 방대한 지참금을 갖고 시집가는 것은 합당한 일이라고 코르넬리아는 말했다. 또한 자신이 아직도 원로원에 영향력이 있어서, 손녀가 보코니우스 여성상속법을 적용받지 않도록 원로원 결의를 얻어냈다고 기뻐하며 말해주었다. 먼 남성 친척이 나타나 그 반여성적인 법을 근거로 셈프로니우스 가문의 방대한 재산권을 주장할 경우를 대비한 조치였다. 다음 직계 상속인도 여성일 경우 이러한 면제가 다음 세대까지 적용될 것이라고 코르넬리아는 덧붙였다.

코르넬리아가 순식간에 평온하게 임종을 맞은 것에 온 로마가 기뻐했다. 신들은 진정 코르넬리아를 사랑했다. 그리고 혹독하게 시험했다! 코르넬리우스 가의 일원인 그녀의 시신은 화장되지 않고 매장되었다. 로마의 크고 작은 가문들 중에 시신을 그대로 묻는 것은 코르넬리우스 가문뿐이었다. 라티나 가도 근처에 있는 웅장한 묘는 그녀의 기념비가 되었다. 그곳에는 언제나 사람들이 바친 싱싱한 꽃이 있었다. 세월이 흐르면서 그곳은, 비록 공식적인 숭배지로 인정받지는 못했지만 성소이자 제단이 되었다. 코르넬리아를 닮고자 하는 로마 여성들은 그녀에게 기도하고 싱싱한 꽃을 바쳤다. 코르넬리아는 여신이 되었다. 기존의 다른 어떤 여신과도 다른, 험난한 고난 속에서도 쓰러지지 않는 강인함의 여신이었다.

코르넬리아라면 어떻게 했을까? 아우렐리아도 이번만은 질문에 대한 답을 찾을 수 없었다. 남편을 직접 선택할 자유를 절대로 주지 않았을 부모의 여식에게 자신의 문제를 대입한다는 건 논리로도 직관으로도 불가능했기 때문이다. 물론 괴짜인 루푸스 외삼촌이 그런 제안을 한 이유는 이해할 수 있었다. 높은 수준의 고전 교육을 받은 아우렐리아는 자신과 트로이아의 헬레네가 비슷한 처지임을 유추할 수 있었던 것이다. 비록 스스로 헬레네만큼 치명적으로 아름답다거나 훌륭한 신붓감이라고는 생각하지 않았지만.

마침내 아우렐리아는 코르넬리아가 칭찬할 법한 단 하나의 결론에 도달했다. 구혼자들의 면모를 꼼꼼하게 살펴보고 최고의 신랑감을 선택하는 것이다. 그녀에게 가장 매력적인 사람이 아니라 로마인의 이상에 부합하는 사람 말이다. 따라서 태생이 좋아야 한다. 최소한 원로원 의원을 배출한 가문, 로마에서의 공적인 가치와 지위인 존엄이 공화정 창설 이후로 오점이나 오명, 흠집 없이 대대로 진해내려온 가문이어야 한다. 그는 용맹하고 어떤 무절제에도 미혹당해서는 안 된다. 물질적 탐욕을 경멸하고, 뇌물이나 윤리적 타락과 연관이 없으며, 로마나 자신의 명예를 위해 필요하다면 목숨을 내놓을 준비가 되어 있어야 한다.

어려운 조건이다! 문제는 온실 속 화초처럼 자란 그녀가 제대로 판단을 내릴 수 있을지였다. 그녀는 가족 중에 성인인 세 사람, 부모와 이복오빠 루키우스에게 구혼자들에 대해 솔직한 의견을 말해달라고 부탁했다. 그들은 깜짝 놀랐지만 최선을 다해 도와주려고 했다. 하지만 세 사람 모두 아우렐리아의 다그침 앞에, 개인적인 편견이 판단을 왜곡할 수 있음을 드러내고 말았다. 결국 아우렐리아는 아무런 도움도 받지 못했다.

"그애가 정말로 좋아하는 남자는 아무도 없소." 코타는 아내에게 침울하게 말했다.

"단 한 사람도요!" 루틸리아가 한숨을 쉬며 말했다.

"믿을 수가 없소, 루틸리아! 어떻게 열여덟 살 여자애한테 좋아하는 남자가 없단 말이오? 그앤 도대체 뭐가 문제지?"

"내가 어떻게 알아요?" 루틸리아는 자신이 부당하게도 방어하는 쪽이 되었다고 느끼며 물었다. "그애의 그런 점은 우리 가문에서 물려받은 게 아니에요!"

"우리 가문에서 물려받은 것도 절대 아니오!" 코타는 매섭게 말했지만, 곧 분노를 털어버리고 화해의 뜻으로 아내에게 키스했다. 그러나 다시 침울한 기분에 빠졌다. "당신도 알겠지만, 장담컨대 그애는 결국 구혼자들이 전부 마음에 들지 않는다고 할 거요!"

"나도 그렇게 생각해요."

"이제 어쩌면 좋겠소? 이러다 우린 로마 역사상 최초로 자발적인 독신녀의 부모가 되고 말 거요!"

"그애를 오라버니한테 보내야겠어요. 오라버니와 그 문제를 상의하도록 말이에요."

코타의 얼굴이 밝아졌다. "그것 참 좋은 생각이오!"

다음날 아우렐리아는 팔라티누스 언덕에 있는 코타 대저택에서 카리나이 지구에 있는 루푸스의 집까지 걸어갔다. 여종 카르딕사와, 갖가지 힘쓰는 일을 하는 덩치 큰 갈리아인 노예 둘이 그녀를 호위했다. 코타 부부는 따라가지 않았다. 아우렐리아와 외삼촌의 대화를 방해하고 싶지 않았던 것이다. 방문하기 전에 미리 약속을 잡아야 했다. 집정관으로서 로마를 통치하는 데 전념하느라 루푸스는 매우 바빴기 때문이다. 동료 집정관인 막시무스는 늦봄에 갈리아 너머 알프스로 데려갈 대군을 모집하고 있었다. 그러나 아무리 바빠도, 루푸스는 드물게 닥치는 가족 문제엔 언제나 시간을 냈다.

코타는 동트기 직전에 처남을 방문하여 상황을 설명했다. 루푸스는 크게 기뻐하는 것처럼 보였다.

"귀여운 녀석 같으니라고!" 그는 어깨를 흔들며 소리쳤다. "뼛속까지 처녀답구먼. 우린 그애가 잘못된 결정을 해서 평생 처녀로 남지 않도록 해야 하네. 설사 그애가 수많은 남편들과 자식들을 갖게 되더라도 말이야."

"형님께 해법이 있기를 바랍니다, 푸블리우스 루틸리우스." 코타가 말했다. "제게는 아무런 실마리도 보이지 않습니다."

"어떻게 해야 할지 알겠네." 루푸스가 의기양양하게 말했다. "열번째 시각이 되기 전에 아우렐리아를 우리집으로 보내게. 그애와 함께 저녁을 먹을 걸세. 호위대를 붙인 가마로 거기시킬 테니 걱정말고."

아우렐리아가 도착하자, 루푸스는 카르딕사와 갈리아 노예들에게 하인들 숙소로 가서 저녁을 먹고 부를 때까지 기다리라고 명했다. 그는 아우렐리아를 식당으로 안내하고 그녀가 수직 등받이 의자에 편안하게 앉는 것을 지켜보았다. 의자는 그녀가 외삼촌, 그리고 외삼촌의 왼쪽에 누울 사람과 편안하게 대화할 수 있는 위치에 있었다.

"손님이 한 명 올 거란다." 루푸스는 긴 의자에 자리를 잡으며 말했다. "어휴! 춥구나, 춥지 않니? 따뜻한 털양말을 신는 게 어떠냐?"

다른 열여덟 살 아가씨라면 털양말처럼 추한 것을 신느니 죽어버리겠다고 생각했겠지만 아우렐리아는 달랐다. 그녀는 방의 온도와 자신의 몸 상태를 신중하게 고려한 뒤 고개를 끄덕였다. "고맙습니다, 삼촌."

카르딕사가 불려와서 가정부한테 양말을 받아오라는 명령을 들었다. 그녀는 매우 신속하게 자신의 임무를 수행했다.

"너는 참 현명한 아이야!" 루푸스가 말했다. 그는 사람들이 오스티아 개펄의 쇠고둥 안에서 찾아낸 완벽한 해수 진주를 흠모하듯 아우렐리아의 상식을 흠모했다. 여자를 별로 좋아하지 않는 그는, 상식이라는 것이 여자들뿐만 아니라 남자들 사이에서도 드물다는 생각은 하지 못했다. 그저 여자들은 상식이 없다고 단정지었기에, 그의 눈엔 그런 여자들만 끊임없이 보였던 것이다. 따라서 여성이라는 개펄에서 기적적으로 발견한 진주인 아우렐리아를 루푸스는 무척 소중하게 여겼다.

"고맙습니다, 삼촌." 아우렐리아는 이렇게 말하고, 무릎을 꿇은 채 자기 신발을 벗기는 카르딕사에게 주의를 돌렸다.

털양말에 몰두한 나머지, 두 소녀는 오늘의 유일한 손님이 들어와 인사를 나누고 집주인 왼쪽에 자리잡는 소리를 들으면서도 고개를 들지 않았다.

다시 똑바로 앉았을 때 아우렐리아는 카르딕사의 눈을 마주보며 그녀의 보기 드문 미소를 지었다. "고마워."

그래서 아우렐리아가 정면을 보고 앉아 식탁 건너편의 외삼촌과 손님을 바라보았을 때 그녀의 입가에는 미소가 남아 있었고, 몸을 숙이고 있느라 양볼은 더 붉어져 있었다. 그녀는 숨이 막히도록 아름다웠다.

손님은 헉 소리가 들릴 정도로 크게 숨을 들이쉬었다. 아우렐리아도 마찬가지였다.

"가이우스 율리우스, 이쪽은 내 여동생의 딸 아우렐리아네." 루푸스가 점잖게 말했다. "아우렐리아, 이쪽은 나의 오랜 벗 가이우스 율리우스 카이사르의 아드님이다. 이름은 아버지와 같은 가이우스지만 장남은 아니란다."

아우렐리아는 본래 큰 자줏빛 눈을 더 크게 뜬 채 자기 운명의 상대를 쳐다보았다. 로마인의 이상이나 코르넬리아는 전혀 떠올리지 않았다. 어쩌면 어딘가 그녀 마음속의 더 깊은 차원에서는 그랬을 수도 있다. 시간이 지난 후에야 깨닫게 되겠지만, 그는 실제로 두 가지 기준에 부합하는 사람이었기 때문이다. 그러나 처음 만난 순간 그녀가 그에게서 본 것은 로마인답게 긴 코와 긴 얼굴, 짙푸른 눈동자, 굵고 곱슬거리는 금발과 아름다운 입뿐이었다. 그간의 모든 내적인 갈등과 신중하지만 무익했던 숙고 끝에, 아우렐리아는 가장 자연스럽고 만족스러운 방식으로 자신의 난제를 해결했다. 그녀는 사랑에 빠진 것이다.

물론 그들은 대화를 나누었다. 사실 그들은 대단히 즐거운 저녁식사를 했다. 루푸스는 왼쪽 팔꿈치에 체중을 싣고 기대누운 채 두 사람이 대화를 주도하도록 했다. 그가 아는 청년들 수백 명 중에서 누가 소중한 진주의 마음을 끌 수 있을까 하는 문제를 푼 자신의 현명함에 몸이 근질근질할 지경이었다. 말할 필요도 없이 그는 젊은 가이우스를 대단히 좋아했으며 그의 장래에 기대가 컸다. 청년은 가장 고결한 부류의 로마인이었고 그의 가문은 로마에서 가장 고결한 가문들 중 하나였다. 그 자신도 로마인 중의 로마인인 루푸스는, 젊은 가이우스와 조카딸이 맺어진다면(그는 그렇게 될 거라고 확신했다) 오랜 친구 마리우스와 가족이 된다는 사실이 특히 기뻤다. 젊은 가이우스와 아우렐리아의 자식들은 마리우스의 자식들과 사촌 간이 될 것이었다.

평소엔 너무 조심스러워 아무에게도 질문을 하지 않는 아우렐리아는 예의범절도 잊은 채 젊은 가이우스에게 이것저것 물어보았다. 그녀는 그가 매제인 마리우스의 수습군관으로 아프리카에 가서 여러 훈장을 받았다는 사실을 알게 되었다. 물루카트 요새 전투에서 성벽관을 받았고 키르타 외곽에서의 첫번째 전투에서는 기(旗)를, 두번째 전투에서는 은 팔레라이 아홉 개를 받았다고 했다. 두번째 전투에서 그는 허벅지를 크게 다쳐 명예 제대를 하고 집으로 돌아왔다. 아우렐리아가 그에게서 이러한 사실들을 알아내기란 쉽지 않았다. 그는 함께 아프리카에 있었던 형 섹스투스의 공적을 얘기하는 데 더 열심이었기 때문이다.

아우렐리아는 그가 올해의 화폐 주조자들 중 한 사람으로 뽑혔다는 사실을 알게 되었다. 화폐 주조자들은 아직 원로원에 들어가지 않은 청년 세 명으로, 주화를 주조하는 임무를 통해 로마 경제의 작동 방식을 배울 기회를 얻었다.

"돈은 유통 과정에서 사라집니다." 청년은 말했다. 그는 이제껏 아우렐리아처럼 매혹적인 동시에 그의 말에 매혹된 청중을 만난 적이 없었다. "우리의 일은 돈을 더 만드는 거예요. 하지만 우리 마음대로 만드는 것은 아닙니다! 국고위원회에서 한 해에 새 돈을 얼마나 만들지 결정하면 우리는 그만큼 만들 뿐이죠."

"동전처럼 단단한 것이 어떻게 사라질 수가 있죠?" 아우렐리아가 얼굴을 찡그리며 물었다.

"아, 수챗구멍에 빠지거나 화재로 소실되기도 합니다." 젊은 가이우스가 말했다. "말 그대로 닳아 없어지는 동전들도 있고요. 하지만 대부분은 돈을 비축하는 사람들 때문에 사라집니다. 돈은 비축되어 있으면 제 기능을 할 수가 없습니다."

"그 기능이란 뭔가요?" 돈과는 거의 무관하게 살아온 아우렐리아가 물었다. 그녀가 필요로 하는 것들은 소박했고, 부모가 그것들을 모두 구해주었기 때문이었다.

"이 사람의 손에서 저 사람의 손으로 끊임없이 이동하는 것입니다." 젊은 가이우스는 대답했다. "그것을 유통이라고 합니다. 돈이 유통되면 그것이 거쳐가는 모든 손이 덕을 보지요. 돈은 물건이나 용역, 부동산을 살 수 있게 해줍니다. 하지만 돈은 계속 유통되어야만 합니다."

"그러니까 누군가 비축하고 있는 돈을 대신할 새 돈을 만들어야 한다는 거군요." 아우렐리아가 생각에 잠겨 말했다. "하지만 비축된 돈이 정말로 사라진 것은 아니잖아요? 만약에 비축된 돈이 다량으로……

그러니까, 비축된 상태를 벗어나면 어떻게 되죠?"

"그러면 돈의 가치가 떨어집니다."

생애 최초로 간단한 경제학 수업을 마친 아우렐리아는 이제 주화 주조의 물리적인 측면에 대해 알아보기로 했다.

"동전에 들어갈 그림을 정하는 것이 화폐 주조자들의 일입니다." 자신의 열성적인 청중에게 넋을 빼앗긴 가이우스가 열띤 목소리로 말했다.

"이두전차를 탄 승리의 여신 말인가요?"

"말 네 마리가 끄는 전차보다는 두 마리가 끄는 전차가 동전에 넣기 더 쉽지요. 그래서 승리의 여신은 사두전차가 아니라 이두전차를 타고 있습니다." 그가 대답했다. "하지만 저희는 상상력을 약간 발휘하여, 그냥 승리의 여신이나 로마보다 독창적인 것으로 하고 싶습니다. 통상적으로 그렇듯이 올해도 주화를 세 차례 발행한다면, 저희가 한 명씩 돌아가면서 주화에 들어갈 그림을 고르게 됩니다."

"당신도 고르게 되나요?"

"네. 제비를 뽑은 결과 저는 데나리우스 은화를 맡게 되었습니다. 그래서 올해 발행되는 데나리우스의 한 면에는 아이네아스의 아들인 율루스의 얼굴이, 다른 면에는 저의 조부이신 마르키우스 렉스를 기리기 위해 마르키우스 수도교가 들어갈 것입니다." 젊은 가이우스가 말했다.

그후 아우렐리아는 그가 가을 군무관 선거에 나가려고 하며, 올해 군무관으로 일하고 있는 그의 형 섹스투스는 막시무스와 함께 갈리아로 갈 예정이라는 것을 알게 되었다.

마지막 요리를 먹고 난 후 루푸스는 약속대로 경호인을 잔뜩 붙인 가마에 조카딸을 태워 귀가시켰다. 남자 손님에게는 조금 더 있다가 가라고 말했다.

"물 타지 않은 포도주 한두 잔 들게나." 루푸스는 말했다. "난 물을 너무 마셔서 오줌이나 실컷 누러 나가야겠네."

"저도 같이 가겠습니다." 손님이 웃으면서 말했다.

"그래, 내 조카딸을 어떻게 생각하나?" 최고급 투스카니아산 포도주가 나오자 루푸스가 물었다.

"살아 있는 게 좋냐고 묻는 것과 비슷한 말씀입니다! 다른 대답이 있을 수 있을까요?"

"그애가 그렇게 좋은가?"

"그녀가 좋냐고요? 네, 물론입니다. 사실 저는 그녀를 사랑하게 되었습니다."

"그애랑 결혼하고 싶은가?"

"물론입니다! 로마인의 절반이 그럴 거라고 생각하지만요."

"그건 사실이네, 가이우스 율리우스. 그래서 물러설 텐가?"

"아니오, 저는 그녀의 아버지…… 그러니까, 그녀의 삼촌께 저를 구혼자 목록에 올려달라고 부탁할 것입니다. 그리고 그녀를 다시 만나 저에 대해 생각해보도록 만들 겁니다. 해볼 만하다고 생각합니다. 그녀도 저를 좋아하니까요."

루푸스는 미소를 지었다. "그래, 나도 그애가 자네를 좋아한다고 생각하네." 그는 긴 의자에서 일어섰다. "자, 가이우스 율리우스, 집으로 가서 부친께 자네 계획을 알려드리고 내일 마르쿠스 아우렐리우스를 만나러 가게나. 난 피곤해서 그만 자야겠네."

비록 루푸스에게는 자신만만하게 말했지만, 젊은 가이우스 카이사르는 아까보다 덜 희망적인 기분으로 집을 향해 걷고 있었다. 아우렐리아의 명성은 자자했다. 그의 친구들 대부분이 그녀에게 구혼했고, 그중 일부는 코타의 거절로 구혼자 목록에 올라가지도 못했다. 목록에 올라가는 데 성공한 사람들 중에는 막대한 재산을 기준으로 하자면 자신보다 더 막강한 가문 사람들도 있었다. 율리우스 카이사르 가문의 일원이라는 것은 가난조차 파괴할 수 없을 만큼 확고부동한 사회적 명예가 있다는 뜻이다. 그렇다고 해도 그가 어떻게 마르쿠스 리비우스 드루수스나 젊은 스카우루스, 리키니우스 오라토르나 무키우스 스카이볼라, 아헤노바르부스 2세와 경쟁할 수 있단 말인가? 아우렐리아에게 남편감을 직접 고를 기회가 주어졌음을 몰랐던 가이우스는 자신의 승률이 희박하다고 생각했다.

현관문에 들어서 아트리움으로 연결된 통로를 걸어가던 그는 아버지의 서재에 아직 불이 켜져 있는 것을 보았다. 그는 재빨리 눈을 깜빡여 솟구치는 눈물을 숨겼다. 그리고 조용히 반쯤 열린 서재 문가로 가서 노크했다.

"들어오렴." 지친 목소리가 들려왔다.

가이우스 율리우스 카이사르는 죽어가고 있었다. 본인은 물론 식구 모두가 알고 있었지만, 아무도 그 사실을 입 밖에 내지 않았다. 병은 음식을 삼키기 어려운 증세부터 시작되어 잠행성으로 진행되었다. 속도가 아주 느려서 처음에는 병이 악화되고 있는 줄도 몰랐다. 그러다가 목소리가 갈라지기 시작했고 이어 통증이 시작되었다. 처음에는 견딜 만했으나, 이제 통증은 만성이 됐고 딱딱한 음식을 삼키는 게 불가능할 정도였다. 아내가 매일같이 간청하는데도 그는 의사에게 진찰받기를 거부하고 있었다.

"아버지?"

"들어와서 곁에 있어다오, 가이우스." 카이사르가 말했다. 올해 예순 살이었지만, 등불에 비친 그의 모습은 여든 살에 더 가까웠다. 살이 너무 빠져서 피골이 상접했으며 머리는 거의 두개골만 남은 듯했다. 병마에 시달리다보니, 예전엔 강렬했던 푸른 눈동자에서도 생기가 빠져나갔다. 그는 아들에게 손을 내밀며 미소 지었다.

"아, 아버지!" 젊은 가이우스는 남자답게 목소리에서 감정을 걷어내려고 애썼지만 그럴 수가 없었다. 그는 방을 가로질러가서 아버지의 손을 잡고 입맞추었다. 그리고 더 가까이 다가가 두 팔로 아버지의 앙상한 어깨를 끌어당겨 그 생기 없는 은발에 뺨을 갖다댔다.

"울지 마라, 아들아." 카이사르가 쉰 목소리로 말했다. "곧 끝날 거야. 아테노도로스 시켈로스가 내일 오기로 했다."

로마인은 울지 않았다. 또는 울어서는 안 되었다. 젊은 가이우스에게 그것은 잘못된 행동 수칙처럼 보였지만, 그는 눈물을 꾹 참았다. 그러고서 아버지 곁에 바싹 붙어 앉아 그 갈고리발톱 같은 손을 계속 잡고 있었다.

"아테노도로스는 어떻게 해야 할지 알 겁니다." 젊은 가이우스가 말했다.

"아테노도로스는 우리 모두가 아는 사실, 내 목에 불치성 종양이 자라고 있다는 걸 알게 될 거다." 카이사르가 말했다. "네 어머니는 기적을 바라지만, 내 병은 악화될 대로 악화되었다. 그러니 아테노도로스는 네 어머니가 듣고 싶은 말을 절대로 해줄 수 없을 게야. 나는 지금껏 오직 한 가지 이유로 살아왔다. 내 가족이 모두 부족함 없이 행복하게 자리를 잡고 살도록 하기 위해." 카이사르는 말을 멈추고, 물 타지 않은 포도주가 담긴 잔을 손으로 더듬어 찾았다. 그것은 이제 그의 몸에 유일한 위안이었다. 한두 모금 마신 다음 그는 말을 이었다.

"이제 너만 남았다, 가이우스." 그가 속삭였다. "내가 너에게 무엇을 바라겠느냐? 오래전 나는 네게 흔치 않은 권리를 주었다. 네가 아직 이용하지 않은 권리, 아내를 직접 고를 권리 말이다. 이제 네가 그 권리를 행사할 때가 온 것 같구나. 네가 자리를 잡게 된다는 걸 알면 나는 더 편히 쉴 수 있을 것 같다."

젊은 가이우스는 아버지의 손을 들어올려 자기 뺨에 대고, 몸을 앞으로 숙여 아버지 팔의 무게가 자신에게 온전히 실리도록 했다. "제 신붓감을 찾았어요, 아버지. 오늘밤에요. 참 이상한 일이지요?"

"푸블리우스 루틸리우스의 집에서 말이냐?" 카이사르가 의심스럽다는 듯이 물었다.

청년은 싱긋 웃었다. "제 생각엔 그분이 중매를 서신 것 같아요!"

"집정관에게 어울리지 않는 역할이로구나."

"네." 젊은 가이우스는 숨을 들이쉬었다. "그분의 조카딸이자 마르쿠스 코타의 수양딸인 아우렐리아를 아세요?"

"요즘 최고의 미녀 말이냐? 그녀를 모르는 사람이 있겠니."

"그 사람이에요. 그녀가 제가 원하는 여자입니다."

카이사르는 당혹스러운 표정을 지었다. "네 어머니 말로는 로마에서 가장 부유하고 지체 높은 독신남들이 그녀에게 청혼하려고 끝도 없이 줄을 섰다던데. 심지어 독신이 아닌 남자들까지도 말이다."

"그건 사실입니다. 하지만 그녀는 저와 결혼할 겁니다, 걱정 마세요!"

"네 예감이 맞다면, 너는 화를 자초하는 것이다." 아들을 아끼는 아버지가 아주 진지하게 말했다. "그런 미인은 좋은 아내가 되지 못한다, 가이우스. 미인들은 버릇없고 변덕스러운데다 제멋대로에 건방지지. 그녀는 다른 남자에게 보내고 좀더 수수한 여자를 찾아보려무나." 그는 안심되는 사실을 떠올리고 긴장을 풀었다. "다행히 너는 파트리키라 해도 리키니우스 오라토르나 나이우스 도미티우스 2세를 이길 수가 없어. 단언컨대 마르쿠스 아우렐리우스는 너를 거들떠보지도 않을 거다. 그러니 아우렐리아만 마음에 두지 말고 다른 여자도 알아보렴."

"그녀는 나와 결혼할 거예요, 아빠. 두고 보세요!"

카이사르에게는 이 언쟁에서 아들의 마음을 돌릴 기력이 남아 있지 않았다. 그는 아들의 부축을 받아, 혼자 잘 수 있도록 마련된 침대로 갔다. 그날 밤 그는 편안히 자지 못했고 자주 잠에서 깼다.

아우렐리아는 삼엄한 경호를 받는 가마 안에 엎드려 있었다. 가마는 이리저리 가볍게 흔들리며 외삼촌의 집과 부모의 집 사이의 언덕들을 오르내리고 있었다. 가이우스 율리우스 카이사르 2세, 그는 얼마나 멋지고 완벽한가! 하지만 그가 나와 결혼하고 싶어할까? 코르넬리아라면 어떻게 생각할까?

함께 가마를 탄 카르딕사는 호기심에 가득차서 여주인을 쳐다보고 있었다. 그녀는 여주인이 이런 모습을 보이는 걸 지금껏 한 번도 본 적이 없었다. 카르딕사는 가마 안이 너무 어둡지 않도록 얇은 설화석고로 감싼 초를 조심스럽게 들고 한구석에 똑바로 앉아 있었다. 뚜렷한 변화의 징후들이 눈에 띄었다. 평소엔 몸가짐이 기민하고 꼿꼿하던 아우렐리아가 대자로 누워 있었다. 꽉 다물곤 하던 입술은 살짝 풀어져 있었고, 크림색 눈꺼풀은 그녀의 눈 속에 숨은 무언가를 가리고 있었다. 영리한 카르딕사는 이러한 변화의 원인도 정확히 파악하고 있었다. 루푸스가 주요리처럼 내놓은 그 말도 못하게 잘생긴 청년 때문이다. 교활한 늙은 악당 같으니라고! 하지만 카이사르 2세는 아우렐리아에게 딱 맞는 아주 특별한 사람이었다. 카르딕사는 본능적으로 알 수 있었다.

코르넬리아가 비슷한 상황에서 어떻게 했을지와는 상관없이, 다음 날 아침 일어났을 때 아우렐리아는 자신이 어떻게 해야 할지 깨달았다. 그녀가 가장 먼저 한 일은 카이사르 저택으로 카르딕사를 보내 청년에게 편지를 건넨 것이었다.

'내게 청혼해주세요.' 편지에는 대담하게도 이렇게 적혀 있었다.

그런 다음 아우렐리아는 아무것도 하지 않고 작업실에 틀어박혀서 식사 때를 제외하고는 되도록 사람들의 눈에 띄지 않으려고 했다. 자신의 모습이 변했음을 알고 있었기에, 자신이 직접 움직이기 전에 눈치 빠른 부모에게 낌새를 들키고 싶지 않았기 때문이었다.

다음날 아우렐리아는 코타가 피호민들을 모두 접견할 때까지 기다렸다. 그녀는 서두르지 않았다. 코타의 비서가 그날은 원로원이나 트리부스회 회의가 없다고 알려주었기 때문이다. 따라서 그는 마지막 피호민이 떠난 뒤에도 한두 시간 집에 있을 것이었다.

"아버지?"

코타는 책상에서 서류를 보다가 고개를 들었다. "아! 오늘은 '아버지'로구나? 들어오너라, 딸아." 그는 따뜻한 미소를 지으며 그녀를 바라보았다. "네 어머니도 함께 보는 게 좋겠니?"

"네."

"그럼 어머니를 모시고 오렴."

아우렐리아는 방에서 나갔다가 잠시 후 루틸리아와 함께 들어왔다.

"앉으시오, 숙녀분들." 코타가 말했다.

두 숙녀는 긴 의자에 나란히 앉았다.

"자, 아우렐리아?"

"새로운 구혼자가 있었나요?" 아우렐리아가 불쑥 물었다.

"사실은, 그래. 젊은 가이우스 율리우스가 어제 나를 만나러 왔더구나. 반대할 이유가 없어서 목록에 올렸다. 그러니 구혼자는 이제 서른여덟 명이다."

아우렐리아는 얼굴을 붉혔다. 코타는 홀린 듯이 아우렐리아를 쳐다보았다. 지금껏 본 적 없는 그녀의 심란한 모습을 목격했기 때문이었다. 그녀는 분홍빛 혀를 살짝 내밀어 입술을 축였다. 루틸리아도 마찬가지로 아우렐리아의 홍조와 흐트러진 모습에 흥미를 느꼈는지 몸을 돌려 딸을 주시하고 있었다.

"결정을 내렸어요." 아우렐리아는 말했다.

"그것참 잘됐구나! 말해보렴." 코타가 재촉했다.

"가이우스 율리우스 카이사르 2세요."

"뭐라고?" 코타가 멍한 표정으로 물었다.

"누구라고?" 루틸리아도 멍한 표정으로 물었다.

"가이우스 율리우스 카이사르 2세요." 아우렐리아가 참을성 있게 되풀이했다.

"저런! 마지막으로 경주에 참가한 말이로구나." 코타가 유쾌하게 말했다.

"오라버니가 마지막으로 들여보낸 말이죠." 루틸리아가 말했다. "맙소사, 오라버니는 정말 똑똑해! 대체 어떻게 알았을까?"

"참 대단한 분이오." 코타는 아내에게 말한 다음, 의붓딸에게 물었다. "너는 가이우스 율리우스 2세를 그저께 외삼촌 댁에서 만났지. 그날 그를 처음 본 게 맞느냐?"

"네."

"그런데도 그와 결혼하고 싶단 말이지."

"네."

"사랑하는 딸아, 그는 그다지 부자가 아니란다." 어머니가 말했다. "너도 알겠지만 젊은 가이우스 율리우스의 아내가 되면 절대로 호강하며 살 수는 없을 거다."

"결혼은 호강하려고 하는 게 아니에요."

"그걸 알 만큼 네가 현명하다니 기쁘구나, 딸아. 하지만 나라면 그를 선택하지 않았을 거다." 코타가 그다지 기쁘지 않은 표정으로 말했다.

"이유를 말씀해주세요, 아버지."

"그 가문은 좀 이상해. 지나치게…… 지나치게 비정통적이지. 게다가 그들은 내가 아주 싫어하는 가이우스 마리우스와 이념적으로, 그리고 혼인을 통해서 유대를 맺고 있어."

"외삼촌은 가이우스 마리우스를 좋아하세요."

"네 외삼촌도 가끔 현명하지 못하실 때가 있다." 코타가 엄하게 말했다. "어쨌든 그분은 오직 가이우스 마리우스를 위해 원로원에서 자기 계급에 반하는 표를 던질 만큼 어리석지는 않지. 하지만 율리우스 카이사르 집안사람들은 그렇지 않을 거다! 외삼촌께서는 오랫동안 가이우스 마리우스와 함께 군생활을 해서 그런 거라고 이해할 수 있다. 하지만 원로원 의원 가이우스 율리우스 카이사르는 두 팔 벌려 가이우스 마리우스를 환영한데다, 온 가족에게 가이우스 마리우스를 존경하라고 가르쳤다."

"섹스투스 율리우스는 얼마 전에 조금 떨어지는 클라우디우스 가문의 여식과 결혼하지 않았나요?" 루틸리아가 물었다.

"나도 그리 알고 있소."

"그건 어느 모로 보나 적당한 결합이에요. 어쩌면 그 집 아들들은 당신이 생각하는 것만큼 가이우스 마리우스에게 애착을 느끼지 않을지도 몰라요."

"그들은 처남과 매제 간이오, 루틸리아."

아우렐리아가 불쑥 끼어들었다. "아버지, 어머니, 제게 선택권을 주셨잖아요." 그녀는 단호하게 말했다. "저는 가이우스 율리우스 카이사르와 결혼하겠어요, 그뿐이에요." 확고하면서도 무례하지 않은 말투였다.

코타와 루틸리아는 깜짝 놀라서 그녀를 쳐다보았다. 그리고 마침내 이해했다. 냉정하도록 합리적인 아우렐리아가 사랑에 빠진 것이다!

"그랬지, 그랬어." 코타가 쾌활하게 말했다. 대안이 없으니 그는 딸의 결정을 최대한 잘 활용하기로 마음먹었다. "그럼 이제 물러들 가오!" 그는 아내와 조카딸에게 나가라는 손짓을 했다. "나는 필경사에게 편지를 서른일곱 통 쓰게 해야 하오. 그런 다음 가이우스 율리우스…… 아버지와 아들 모두를 만나러 가야겠소."

코타가 발송한 단체 편지의 내용은 다음과 같았다.

신중한 고려 끝에, 저는 조카딸이자 피후견인 아우렐리아가 남편감을 직접 고르도록 허락했습니다. 제 아내이자 그애의 어머니도 동의한 일입니다. 아우렐리아가 결정을 내렸음을 알려드립니다. 아우렐리아는 원로원 의원 가이우스 율리우스 카이사르의 차남인 가이우스 율리우스 카이사르 2세와 결혼하게 되었습니다. 여러분께서 저와 같은 마음으로 두 사람의 결혼을 축하해주시리라고 믿습니다.

비서는 눈이 휘둥그레져서 코타를 쳐다보았다.

"멍하니 앉아 있지 말고 어서 시작하게!" 본래 아주 차분한 성격인 코타가 다소 퉁명스럽게 말했다. "한 시간 내로 서른일곱 통을 써서 모두 전달해야 하네." 그는 구혼자 목록을 탁자 위에 들이밀었다. "내가 서명하자마자 전달해야 해."

비서가 일을 시작함과 동시에, 소문은 편지보다도 빨리 수신인들에게 도착했다. 대부분은 그 소식을 듣고 실망하여 앙심을 품었다. 아우렐리아의 선택은 정략적인 것이 아니라 감정적인 것이 분명했기 때문이다. 어찌된 일인지 그 점 때문에 용서하기가 더 힘들었다. 아우렐리아의 구혼자 목록에 있던 사람들은, 아무리 혈통이 좋다고는 하나 한낱 원로원 평의원에 지나지 않는 자의 차남에게 밀려난 것이 마음에 들지 않았다. 게다가 그 운 좋은 청년은 지나치게 잘생겼고, 밀려난 구혼자들은 대부분 그것이 불공정한 특혜라고 여겼다.

처음에 받은 충격에서 회복되자 루틸리아는 딸의 선택을 찬성하는 쪽으로 기울었다. "아, 그애가 낳을 아이들을 상상해보세요!" 하인의 시중을 받아 자주색 단을 댄 토가를 입는 남편 옆에서 그녀가 재잘거렸다. 코타는 팔라티누스 언덕의 덜 부유한 구역에 위치한 카이사르의 저택으로 가려는 참이었다. "돈 문제만 빼면, 루틸리우스 가문은 물론 아우렐리우스 가문에도 더할 나위 없는 혼인이잖아요. 율리우스 가문은 최고의 가문 중 하나니까요."

"낡은 혈통이 밥 먹여주나." 코타가 으르렁거렸다.

"그러지 말아요, 마르쿠스 아우렐리우스, 그렇게 나쁜 일이 아니에요! 마리우스와의 연대로 율리우스 가의 재산은 막대하게 늘어난데다, 앞으로도 계속 늘어날 게 분명해요. 젊은 가이우스 율리우스가 집정관이 되지 못할 이유도 없잖아요. 아주 똑똑하고 유능하다고 하던데요."

"얼굴보다는 실속이 있어야지." 코타는 미심쩍다는 듯이 말했다.

그러나 그는 멋지게 토가를 차려입고 집을 나섰다. 아우렐리우스 코타 가문의 내력으로 혈색이 불그레하기는 했으나 그 역시 미남이었다. 하지만 코타 가문 사람들은 중풍에 취약하여 그리 오래 살지는 못했다.

젊은 가이우스 율리우스 카이사르는 집에 없었다. 그 말을 들은 코타는 아버지 카이사르를 만나고 싶다고 했다가, 집사의 표정이 심각해지는 것을 보고 놀랐다.

"실례를 용서하십시오, 마르쿠스 아우렐리우스, 만나뵐 수 있을지 여쭤보고 오겠습니다." 집사는 말했다. "주인어른께서 몸이 좋지 않으시거든요."

코타는 카이사르의 병에 대해 이때 처음 들었지만, 집사의 표정을 보고서 그 노인이 원로원에 모습을 보이지 않은 지 꽤 되었음을 깨달았다. "기다리겠소."

집사는 곧 돌아왔다. "주인어른께서 만나시겠답니다." 그는 코타를 서재로 안내했다. "미리 말씀드리지만, 주인어른을 보시고 놀라실 수도 있습니다."

미리 이야기를 들은 것이 다행이었다. 악수를 하기 위해 겨우 내민 카이사르의 뼈만 남은 손을 보고도 코타는 충격을 감출 수 있었다.

"마르쿠스 아우렐리우스, 만나서 반갑소." 카이사르가 말했다. "편히 앉으십시오! 일어나 맞이하지 못해 죄송합니다. 하지만 집사에게 제 상태가 좋지 않다는 걸 들으셨겠지요." 가느다란 입술에 희미한 미소가 떠올랐다. "그건 완곡한 표현이지요. 저는 죽어가고 있답니다."

"그런 말씀 마십시오." 코타는 콧구멍이 들썩거리는 것을 느끼며 의자 가장자리에 걸터앉아 어색하게 말했다. 방에서 정체를 알 수 없는 불쾌한 냄새가 났다.

"사실입니다. 제 목 안에 종양이 자라고 있지요. 오늘 아침 아테노도로스 시켈로스가 확인해주었습니다."

"정말 유감입니다, 가이우스 율리우스. 원로원의 모두가 의원님을 매우 보고 싶어할 겁니다. 저의 처남 푸블리우스 루틸리우스는 특히 그럴 겁니다."

"훌륭한 분이지요." 카이사르는 언저리가 충혈된 두 눈을 힘없이 깜빡거렸다. "마르쿠스 아우렐리우스, 이곳에 오신 이유를 알 것 같지만, 직접 말씀해주십시오."

"제 질녀이자 피후견인 아우렐리아의 구혼자 목록이 너무 길어졌습니다. 아주 유력한 가문의 이름들로 가득찼지요. 제가 그애의 남편감을 정했다가 제 아들들에게 친구보다 적이 더 많이 생길까봐 두려워졌습니다. 그래서 그애에게 직접 배우자를 고르라고 했습니다. 이틀 전 그애는 외삼촌인 푸블리우스 루틸리우스의 집에서 이 댁의 둘째 아드님을 만났고, 오늘 제게 그와 결혼하겠다고 말했습니다."

"그리고 의원님은 저만큼이나 그 결정이 탐탁지 않으시군요." 카이사르가 말했다.

"그렇습니다." 코타가 한숨을 쉰 다음 어깨를 으쓱했다. "하지만 제가 약속을 했으니 지킬 수밖에요."

"저도 여러 해 전에 둘째 아들에게 같은 약속을 했었답니다." 카이사르가 웃으며 말했다. "그렇다면 마르쿠스 아우렐리우스, 우리는 그 결정을 최대한 잘 활용하고, 우리 자식들이 우리보다 더 현명하기를 바랄 수밖에 없겠군요."

"그렇습니다, 가이우스 율리우스."

"제 아들의 현재 상황을 알고 싶으시겠군요."

"구혼하러 왔을 때 아드님한테서 직접 들었습니다."

"그애가 충분히 명확하게 밝히지 않았을 수도 있습니다. 그애에게는 원로원 의석을 보장할 만큼의 토지는 있지만, 현재로서는 그게 다입니다." 카이사르가 말했다. "유감스럽게도 저는 로마에 집을 또 살 만한 처지가 못 되죠. 그게 문제입니다. 이 집은 장남인 섹스투스가 물려받게 됩니다. 그애는 최근에 결혼했고 임신한 아내와 함께 이곳에서 살고 있지요. 저는 곧 세상을 뜰 겁니다, 마르쿠스 아우렐리우스. 제가 죽고 나면 섹스투스가 가장이 될 겁니다. 따라서 둘째 아들은 결혼과 동시에 다른 거처를 마련해야 합니다."

"아우렐리아에게 지참금이 아주 많다는 건 아시겠지요." 코타가 말했다. "가장 현명한 방안은 그애의 지참금을 집에 투자하는 것이라 봅니다." 그는 목청을 가다듬었다. "아우렐리아는 저의 형님인 친아버지에게 많은 재산을 물려받아 여러 해 투자를 했는데, 시장의 부침에도 불구하고 현재 액수가 100탈렌툼에 육박합니다. 40탈렌툼이면 팔라티누스 언덕이나 카리나이 지구에 아주 괜찮은 집을 살 수 있을 겁니다. 당연히 그 집은 아드님의 명의로 해야 하겠지만, 혹시라도 이혼을 하게 된다면 아우렐리아는 집값에 상응하는 돈을 돌려받아야 할 것입니다. 하지만 설사 이혼한다 해도, 그애에게는 남은 돈이 충분히 많을 것이기 때문에 군이 그 돈을 돌려받으려고 하진 않을 겁니다."

카이사르는 얼굴을 찌푸렸다. "제 아들이 아내의 돈으로 마련한 단독주택에 산다는 건 마음에 들지 않는군요." 그는 쉰 목소리로 말했다. "그건 제 아들을 뻔뻔스럽게 만드는 처사입니다. 안 됩니다, 마르쿠스 아우렐리우스. 아우렐리아의 돈으로 본인이 소유할 수 없는 집을 사는 것보다, 그 돈을 더 잘 지킬 수 있게 하는 뭔가가 필요하다고 생각합니다. 100탈렌툼이면 에스퀼리누스 언덕에 있는 훌륭한 인술라를 살 수 있습니다. 인술라는 따님을 위해, 따님 명의로 구매해야 합니다. 그애들은 집세를 내지 않고 1층 아파트 하나에 살 수 있을 것이고, 조카따님은 나머지 아파트에서 집세를 받을 수 있지요. 이렇게 하는 것이 그 어떤 투자보다도 수익이 클 겁니다. 제 아들은 자기 힘으로 단독주택을 살 돈을 벌기 위해 노력할 것입니다. 그 목표가 그애의 용기와 야망을 강하게 유지시켜줄 겁니다."

"아우렐리아를 인술라에 살게 할 수는 없습니다!" 코타가 대경실색하여 말했다. "안 됩니다, 40탈렌툼으로 저택을 사고 나머지 60탈렌툼은 안전하게 투자해야 합니다."

"따님 명의의 인술라로 해야 합니다." 카이사르는 고집을 부렸다. 그는 숨을 쉬기 어려워 헐떡였고, 몸을 앞으로 굽히며 숨을 쉬려고 애썼다.

코타는 포도주를 한 잔 따라 카이사르의 손에 쥐여 주고 그가 마실 수 있게 도와주었다.

"훨씬 낫군요." 잠시 후 카이사르가 말했다.

"제가 나중에 다시 오는 것이 낫겠군요."

"아니오, 이 문제를 마무리지읍시다, 마르쿠스 아우렐리우스. 우리는 둘 다 자식의 배우자감을 직접 골랐다면 다른 짝을 선택했을 거라고 인정했소. 그러니 이 아이들에게 일이 너무 쉽게 풀리도록 해주지 맙시다. 그애들에게 사랑의 대가를 가르쳐줍시다. 그애들이 천생연분이라면 약간의 고난은 그들의 유대를 더 강하게 해줄 것이오. 그렇지 않다면 약간의 고난이 이별을 앞당기겠지요. 우리는 아우렐리아가 자기 지참금을 모두 보유하도록 해야 하고, 제 아들의 자긍심을 손상시켜서는 안 됩니다. 인술라로 합시다, 마르쿠스 아우렐리우스! 최고로 지은 인술라를 택해야 하니 반드시 정직한 사람들을 고용해서 찾아보라고 하십시오. 그리고," 그의 속삭임이 이어졌다. "인술라의 위치는 너무 신경 쓰지 마십시오. 로마는 빠르게 성장하고 있지만, 비싸지 않은 주택 시장은 상류층으로 진입하는 사람들의 주택 시장보다 훨씬 더 안정적입니다. 어려운 시기에는 상류층으로 진입했던 사람들이 몰락하니, 싼 집세를 찾는 세입자들은 언제나 존재하지요."

"맙소사, 제 조카딸은 소문이 자자한 집주인이 될 겁니다!" 코타는 그 생각에 몸서리치며 소리쳤다.

"왜 안 그렇겠습니까?" 카이사르는 힘겹게 웃으며 물었다. "댁의 조카따님은 어마어마한 미인이라고 들었습니다. 이들 두 가지 면모가 잘 어우러지지 않겠습니까? 그렇지 않다면 따님은 제 아들과의 결혼을 다시 생각해야 할 겁니다."

"그애가 어마어마한 미인인 건 사실이지요." 코타는 은근한 농담에 히죽 웃으며 말했다.

"내일 아우렐리아를 의원님께 보내겠습니다, 가이우스 율리우스. 그애를 설득해보십시오." 코타는 자리에서 일어났다. 그는 몸을 숙여 카이사르의 여윈 어깨를 가볍게 두드렸다. "저의 결론은 이렇습니다. 지참금을 어떻게 쓸 것인지는 아우렐리아의 결정에 맡길 겁니다. 의원님께서는 그애한테 인술라를 제안하십시오. 저는 저택을 제안하겠습니다. 어떻습니까?"

"그렇게 합시다." 카이사르는 말했다. "다만 조카따님을 빨리 보내주십시오, 마르쿠스 아우렐리우스! 내일 정오에요."

"아드님께 말씀해주시겠습니까?"

"그럼요. 그애가 내일 댁의 따님을 데리러 갈 것입니다."

본래 아우렐리아는 무엇을 입을지 고민하는 성격이 아니었다. 그녀는 밝은 색을 무척 좋아했고 여러 밝은색들을 섞어 입는 걸 즐겼지만, 언제나 그렇듯 옷을 고를 때도 명쾌하고 실용적이었다. 그러나 약혼자가 데리러 오면 함께 미래의 시부모님을 만나러 가게 될 지금 그녀는 안절부절못하고 있었다. 결국 연분홍색 얇은 양모 언더드레스 위에 장밋빛 드레이프 천을 둘렀다. 언더드레스의 더 짙은 색이 비쳐 보일 만큼 얇은 천이었다. 그 위에 그녀의 면사포만큼 얇고 지극히 옅은 분홍색인 드레이프 천을 한 겹 더 둘렀다. 그녀는 목욕을 하고 향기를 내기 위해 장미유를 발랐다. 하지만 머리카락은 언제나처럼 뒤로 가차없이 끌어당겨 트레머리를 했다. 연지와 스티비움을 조금 써보라는 어머니의 제안은 거절했다.

"오늘따라 너무 창백해 보여서 그래." 루틸리아는 우겼다. "긴장해서 그런가보다. 제발, 최고로 예뻐 보이게 하자꾸나! 볼연지 한번 찍고 아이라인만 그리면 돼."

"싫어요." 아우렐리아는 대꾸했다.

어쨌거나 창백한 안색은 문제가 되지 않았다. 카이사르 2세가 데리러 오자 아우렐리아의 얼굴에 어머니가 바랐던 만큼의 혈색이 돌아왔기 때문이었다.

"가이우스 율리우스." 그녀는 손을 내밀며 말했다.

"아우렐리아." 그는 그녀의 손을 잡으며 말했다.

그런 다음 두 사람은 어쩔 줄 몰라서 머뭇거렸다.

"그럼, 잘 다녀오너라!" 루틸리아는 안달이 나서 말했다. 그녀 자신도 아직 열여덟 살밖에 되지 않은 것 같은 느낌인데, 첫아이를 이 극도로 매력적인 젊은이에게 빼앗기게 된다니 몹시 이상한 기분이 들었다.

두 사람은 걸음을 옮겼다. 카르딕사와 갈리아인 하인들이 뒤따랐다.

"아버지가 편찮으시다는 걸 미리 말씀드려야겠군요." 젊은 가이우스는 감정을 억누르며 말했다. "아버지 목 안에 악성 종양이 자라고 있어요. 아버지께서 우리와 그리 오래 함께하실 수 없을 것 같아서 걱정됩니다."

"저런." 아우렐리아가 말했다.

그들은 길모퉁이를 돌았다. 젊은 가이우스가 말했다. "당신의 편지를 받고 곧바로 마르쿠스 아우렐리우스를 만나뵈러 갔답니다. 당신이 나를 선택했다는 것이 믿어지지 않아요!"

"나는 당신을 찾아냈다는 것이 믿어지지 않아요." 아우렐리아는 말했다.

"푸블리우스 루틸리우스께서 일부러 그런 자리를 만드셨다고 생각합니까?"

이 말에 그녀는 미소를 지었다. "물론이에요."

그들은 블록 끝까지 걸어가 모퉁이를 돌았다. "당신은 말수가 적군요." 젊은 가이우스가 말했다.

"네." 아우렐리아가 말했다.

이것이 카이사르 저택에 도착할 때까지 그들이 나눈 대화 전부였다.

아들이 선택한 신부를 보고 카이사르는 생각을 약간 바꾸었다. 이 아가씨는 버릇없고 변덕스러운 미인이 아니야! 그녀는 그가 들은 그대로 어마어마한 미인이었지만, 결코 일반적인 의미의 미인은 아니었다. 하지만 바로 그 때문에 사람들은 '어마어마한'이라는 과장된 표현을 그녀에게만 쓰는 것이리라고 그는 짐작했다. 두 사람은 얼마나 근사한 아이들을 낳을 것인가! 그가 결코 살아서 볼 수 없을 아이들을.

"앉아요, 아우렐리아." 그의 목소리는 거의 들리지 않을 정도였다. 그래서 그는 자기 오른쪽에 나란히 놓인, 자신이 그녀를 볼 수 있을 만큼 돌려진 의자를 손으로 가리켜 보였다. 아들은 자기 왼쪽에 앉았다.

"마르쿠스 아우렐리우스께 어제 우리가 나눈 대화에 대해 들었소?"

"아니오." 아우렐리아가 대답했다.

그는 곧바로 어제 코타와 논의했던 지참금 문제를 설명했다. 자신과 코타의 생각에 대해서도 솔직히 이야기했다.

"아가씨의 삼촌이자 후견인께서는 아가씨의 결정에 맡기겠다고 하셨소. 저택과 인술라 중에 어느 것으로 하겠소?" 그는 그녀의 얼굴을 응시하며 물었다.

코르넬리아라면 어떻게 할까? 이번에는 답을 알 수 있었다. 코르넬리아는 아무리 힘들어도 가장 명예로운 결정을 할 것이다. 문제는 다만 그녀가 사랑하는 사람의 명예와 그녀 자신의 명예 중에서 선택하는 것뿐이다. 저택은 더 편안하고 단연 익숙한 선택이리라. 하지만 아내의 돈으로 둘의 집을 샀다는 사실 때문에 사랑하는 사람의 자긍심이 손상될 수도 있다.

아우렐리아는 카이사르에게서 시선을 거두어 약혼자를 엄숙하게 바라보았다. "당신은 어느 쪽이 더 좋은가요?"

"그건 당신이 결정할 문제입니다, 아우렐리아." 젊은 가이우스가 말했다.

"아니에요, 가이우스 율리우스, 당신이 결정할 문제예요. 나는 당신의 아내가 될 것입니다. 나는 바람직한 아내가 되고 싶고 내게 합당한 위치를 알고 싶어요. 당신은 우리집의 가장이 될 것입니다. 당신에게 첫번째 위치를 양보하는 대가로 내가 바라는 것은 당신이 언제나 나를 정직하고 명예롭게 대하는 것뿐입니다. 우리가 살 곳은 당신의 결정에 맡기겠어요. 나는 언행 모두에 있어 당신의 결정을 따를 것입니다."

"그럼 마르쿠스 아우렐리우스께 인술라를 찾아서 당신 명의로 소유 증서를 등록해달라고 부탁합시다." 젊은 가이우스는 망설임 없이 말했다. "당신의 인술라는 최대한 수익성이 좋고 잘 지어진 부동산이어야겠지요. 하지만 아버지 말씀대로 위치는 중요하지 않다고 생각합니다. 임대료 수입은 모두 당신이 가져요. 내가 단독주택을 살 수 있게 될 때까지 우리는 인술라 1층에 살 것입니다. 물론 나는 내 토지에서 나오는 수입으로 당신과 자식들을 부양할 것입니다. 즉 인술라와 관련한 모든 책임은 당신이 진다는 뜻입니다. 나는 관여하지 않겠습니다."

아우렐리아는 곧바로 기뻐하는 기색을 보였지만 아무 말도 하지 않았다.

"아가씨는 말수가 적군요!" 카이사르가 감탄하며 말했다.

"네." 아우렐리아는 말했다.

코타는 의욕적으로 임무에 착수했다. 그의 의도는 조카딸에게 로마의 부유한 지역에 있는 아늑한 집을 찾아주는 것이었다. 하지만 그건 불가능한 일이었다. 가장 현명한 투자처는 수부라 지구 중심부에 있는 상당한 규모의 인술라였다. 최근에 지은 건물은 아니었고 30년쯤 되었다. 하지만 단독 소유주 본인이 1층 두 가구 중 더 큰 쪽에 살았으므로 튼튼하게 지어져 있었다. 건물의 토대는 돌과 콘크리트였고 기초물은 최대 깊이 4.5미터, 폭 1.5미터였다. 외벽과 내력벽은 두께 60센티미터가 넘었고 양면에 오푸스 인케르툼 기법으로 불균일한 벽돌과 모르타르를 발라 놓았다. 벽 내부는 시멘트와 잔돌 골재를 혼합한 튼튼한 물질로 채워져 있었다. 모든 창문은 벽돌로 만들었고 부조 장식이 있는 아치 형태였다. 건물 전체는 단면적이 최소 0.1제곱미터에 높이가 최대 15미터인 나무 들보들로 보강했다. 나무 들보들은 저층의 콘크리트 골재 바닥과 고층의 나무판자 바닥을 지지했다. 큰 채광정은 내력식이었지만 가장자리를 따라 1.5미터마다 60센티미터 두께의 사각기둥들이 있어 개방성을 확보했다. 이 기둥들은 매 층에서 거대한 나무 들보들과 이어졌다.

이 9층짜리 인술라는 수수한 편으로 30센티미터 두께의 바닥을 포함하여 각 층이 2.7미터 높이였다. 같은 구역의 다른 인술라들은 대부분 서너 층 더 높았다. 하지만 이 건물은 수부라 미노르와 파트리키 구가 만나는 작은 삼각형 블록 전체를 차지하고 있었다. 삼각형의 뭉툭한 꼭지점 앞쪽은 교차로였다. 긴 측면 하나는 수부라 미노르에, 다른 하나는 파트리키 구에 접하고 있었다. 그리고 삼각형 밑변은 두 거리를 연결하는 샛길과 접해 있었다.

코타와 아우렐리아, 젊은 가이우스는 다른 부동산들을 여러 개 본 후 마지막으로 그 인술라를 보았다. 그때쯤 그들은 속사포처럼 말이 빠르며 작은 체구에 입심 좋은 판매원에게 익숙해져 있었다. 그는 완벽한 로마 혈통이었다. 토리우스 포스투무스의 부동산 업체에는 그리스인 해방노예 판매인이 없었다!

"안팎으로 회반죽을 바른 이 벽들을 보십시오." 중개인이 줄줄 늘어놓았다. "금 간 곳도 없고, 기초물은 마지막 금괴를 쥔 수전노의 손아귀처럼 튼튼합니다…… 상점은 여덟 개로, 모두 장기 임대된 상태라 세입자나 임대료 문제도 없습죠…… 1층엔 2층 높이의 응접실이 딸린 아파트가 두 개 있고요. 바로 위층에는 아파트가 두 개뿐입니다…… 그 위부터 7층까지는 여덟 개씩이고요…… 8층에는 열두 개, 9층에도 열두 개…… 상점마다 복층을 만들어서 살림집으로 쓰고요…… 1층 아파트의 모든 침실에는 가천장을 만들어 창고로 쓰고 있습니다……."

그는 쉴새없이 건물의 장점을 늘어놓았다. 아우렐리아는 곧 그의 말을 한 귀로 흘려들으면서 혼자만의 생각에 빠져들었다. 코타 삼촌과 가이우스가 그의 말을 귀기울여 들을 것이었다. 그것은 그녀가 잘 모르지만 터득하기로 결심한 세계였다. 그리고 만일 그것이 그녀가 알던 것과 완전히 다른 생활을 뜻한다면, 그녀로서는 아주 환영할 일이었다.

물론 아우렐리아는 두려웠다. 게다가 결혼생활과 인술라 생활이라는 두 가지 새로운 생활을 동시에 시작하는 것도 썩 달갑지 않았다. 하지만 그녀는 마음속에서 대담함을 느끼고 있었다. 감당할 수 없을 만큼 새로운 해방감에서 기인한 대담함이었다. 그녀는 지금까지 살아온 것 외의 생활방식을 전혀 몰랐기에 어린 시절 딱히 지루함이나 좌절감을 느낀 적이 없었다. 오히려 이것저것 배우느라 아주 바쁘게 지내왔었다. 하지만 결혼이 다가오자 그녀는, 만약 코르넬리아처럼 자식을 많이 낳

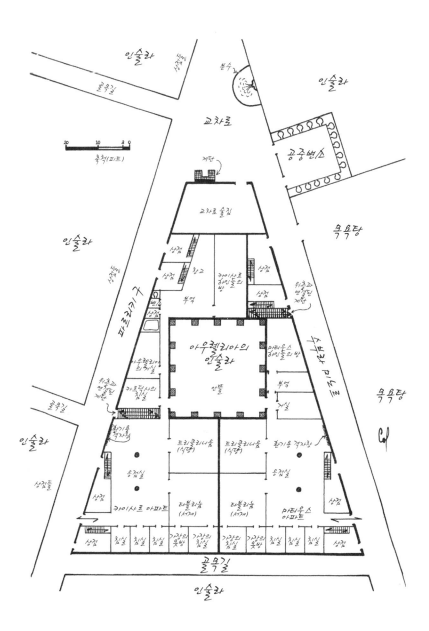

지 않게 된다면(자식을 둘 이상 원하는 귀족은 드물었다) 무엇을 하면서 나날을 보내야 할지 모르겠다는 생각이 들었다. 아우렐리아는 천성적으로 행동가이자 활동가였지만, 태생 때문에 많은 경우 활동적인 일에서 배제되었다. 이제 이곳에서 그녀는 아내이자 집주인이 될 것이다. 영리한 그녀는 적어도 두번째 역할은 자신에게 드문, 일할 수 있는 기회를 주리라는 걸 알았다. 그것도 그냥 일이 아니라 흥미롭고 자극이 되는 일이었다.

그래서 아우렐리아는 눈을 빛내며 주변을 둘러보았다. 구상하고 계획하며, 자신이 어떤 일을 하게 될지 상상해보려고 애썼다.

1층의 아파트 두 개는 크기가 달랐다. 이 건물을 지은 소유주가 자신이 쓸 쪽을 더 신경써서 만들었기 때문이었다. 하지만 팔라티누스 언덕의 코타 저택에 비하면 그곳도 아주 작았다. 사실 코타 저택의 바닥 면적은 이 인술라의 상점들과 교차로 선술집, 아파트 두 개를 포함하는 1층의 전체 면적보다도 넓었다.

식당에는 일반적인 개수인 긴 의자 세 개가 겨우 들어갔고 서재들은 그 어떤 단독주택의 서재보다도 작았지만 둘 다 고상했다. 식당과 서재 사이의 벽은 칸막이에 가까웠으며 천장까지 닿지 않았다. 따라서 채광정에서 들어온 공기와 빛이 식당을 통과하여 서재까지 들어왔다. 응접실(그곳을 아트리움이라고 부르는 것은 적절하지 않아 보였다)에는 테라초 바닥과 벽화로 장식된 회벽들이 있었다. 중앙의 원주 두 개는 원목으로 만든 것이었으며 멋지게 채색하여 대리석처럼 보였다. 건물 전면의 상점 끝 부분과 위층으로 연결된 계단 사이의 외벽 높은 곳에 있는 거대한 격자창을 통해 거리에서 공기와 빛이 들어왔다. 전형적인 창문 없는 침실 세 개는 응접실과 연결되었다. 서재와 연결된 침실 두 개도 있었는데 둘 중 하나가 더 컸다. 아우렐리아가 거실로 쓸 수 있을 작은 방도 있었고, 그 방과 계단통 사이에는 카르딕사에게 줄 만한 더 작은 방이 있었다. 그러나 무엇보다도 안심이 되는 것은 건물에 욕실과 변소가 있다는 사실이었다. 중개인이 신나게 설명한 대로, 이 인술라는 로마의 하수 주관 하나를 곧장 가로지르는 위치였고 그 상수도에 연결된 방수관을 통해 합법적으로 물을 공급받았다.

"수부라 미노르 쪽으로 바로 건너편에 공중변소가 있고, 그 바로 옆에 수부라 목욕탕이 있습니다." 중개인은 말했다. "물 때문에 골치 아플 일은 없습니다. 여기는 지대가 딱 좋아요. 아게르 저수지에서 물을 잘 공급받을 만큼 낮으면서도 티베리스 강이 범람할 때 역류 피해가 없을 만큼 높거든요. 그리고 하수 주관에 연결된 방수관 크기가 현재 수도업자들이 공급하는 것보다 커요. 즉 하수 주관에 새로 블록들이 연결된다고 해도 문제가 없다는 뜻입니다."

아우렐리아는 이 말을 열심히 들었다. 자신의 새로운 생활에 수도와 변소라는 사치는 포함되지 않을 줄만 알았기 때문이었다. 인술라 생활에 대해 그녀가 유일하게 걱정한 점은 개인 욕실과 변소가 없으리라는 거였다. 그들이 보았던 인술라들은 모두, 더 좋은 지역에 있는 경우라 해도 상하수도가 연결되어 있지 않았다. 그녀는 이 인술라를 선택하기로 마음을 굳혔다.

"임대료는 얼마나 받을 수 있습니까?" 젊은 가이우스가 물었다.

"일 년에 10탈렌툼, 즉 25만 세스테르티우스입니다."

"그것 괜찮군!" 코타가 고개를 끄덕이며 말했다.

"최고로 지은 건물이라 유지비는 무시할 만한 수준입죠." 중개인은 말했다. "더군다나 그 유지비도 세입자들이 전적으로 부담합니다. 아시겠지만 이런 인술라들 중 너무나 많은 곳들이 우르르 무너져내리거나 마른 나무껍질처럼 새로 생기지요. 이 인술라는 아닙니다! 게다가 이 건물은 세 면 중 두 면이 큰길과 접해 있습니다. 나머지 한 면도 일반적인 샛길보다 좀더 넓은 샛길에 접해 있고요. 따라서 설사 근처에 건물이 들어서더라도 불이 옮겨붙을 가능성이 낮습니다. 정말이지 이 건물은 그라니우스의 배처럼 튼튼하답니다. 제가 거짓 없이 말씀드릴 수 있어요."

수부라 지구를 가마나 가마의자로 지나가는 것은 거추장스럽고 무분별한 일이었다. 그래서 코타와 젊은 가이우스는 추가적 보호책으로 갈리아인 두 명을 데려와 걸어가는 아우렐리아를 호위하도록 했다. 그렇지만 한낮이라 위험이 크지는 않았고, 거리를 가득 메운 사람들 모두 아름다운 아우렐리아를 추행하는 것보다는 자신의 용무에 더 관심이 있는 것처럼 보였다.

"어떻게 생각하니?" 코타는 아우렐리아에게 물었다. 그들은 파우케스 수부라이의 살짝 경사진 길을 내려가 아르길레툼으로 들어선 다음 포룸 로마눔의 낮은 구역 끝을 가로지르려 하고 있었다.

"아, 삼촌, 이상적인 집 같아요!" 그녀는 말하고 젊은 가이우스를 쳐다보았다. "동의하나요, 가이우스 율리우스?"

"우리에게 아주 적합한 집 같군요." 그가 말했다.

"좋아, 그러면 오늘 오후에 내가 계약을 하마. 95탈렌툼이면 아주 싸게 잘 사는 거야. 남은 5탈렌툼으로 가구도 살 수 있겠구나."

"안 됩니다." 젊은 가이우스가 단호하게 말했다. "가구는 제가 사겠습니다. 제가 그 정도로 가난하지는 않습니다! 보빌라이에 있는 땅에서 얻는 수입이 그리 나쁘진 않습니다."

"알고 있네, 가이우스 율리우스." 코타가 참을성 있게 말했다. "자네가 이미 나한테 얘기해줬지, 기억 안 나나?"

젊은 가이우스는 기억이 나지 않았다. 요즘 그의 머릿속은 온통 아우렐리아로 가득차 있었기 때문이다.

그들은 4월의 완벽한 봄날에 결혼했다. 모든 징조가 상서로운 날이었다. 아버지 카이사르마저 몸이 좋아진 것처럼 보였다.

루틸리아도 울었고 마르키아도 울었다. 한 사람은 첫째 자식이 결혼해서 울었고 다른 사람은 마지막으로 남았던 미혼 자식이 결혼해서 울었다. 율리아와 율릴라, 그리고 섹스투스의 아내 클라우디아는 참석했지만 남편들은 아무도 참석하지 못했다. 마리우스와 술라는 아직 아프리카에 있었다. 섹스투스는 이탈리아에서 모병 활동중이었는데 막시무스에게서 휴가를 받지 못했다.

코타는 팔라티누스 언덕에 있는 저택을 빌려서 젊은 부부가 결혼 후 첫 달을 보내게 하려고 했다. "우선 결혼생활에 익숙해진 다음에 수부라 생활에 익숙해지거라." 외동딸이 무척 걱정되었던 그는 말했다.

하지만 젊은 부부는 완강하게 거절했고, 따라서 결혼 행진은 아주 길어졌다. 신부는 온 수부라의 환호를 받았다. 적어도 그런 것처럼 보였다. 젊은 가이우스는 신부의 얼굴이 면사포로 가려져 있어서 천만다행이라고 생각했다. 그는 미소를 띠고 고개를 끄덕이고 사람들이 던지는 음란한 농담을 기분좋게 받아넘기며 자기 역할을 다했다.

"우리의 새 이웃들이니 잘 지내는 법을 배우는 게 최선이겠죠." 그는 말했다. "그냥 한 귀로 흘리십시오."

"난 자네가 저들과 가까이하지 않기를 바라네." 코타는 웅얼거렸다.

그는 신부 일행을 호위할 검투사들을 고용하려고 했었다. 그곳의 바글바글한 군중과 범죄율은 그들의 음란한 농담만큼이나 그를 크게 걱정시켰다.

두 사람이 아우렐리아의 인술라에 도착했을 때, 포도주가 잔뜩 준비된 잔치가 있을 거라고 기대하며 꽤 많은 사람들이 뒤따라오고 있었다. 하지만 젊은 가이우스는 인술라 대문을 열고 신부를 번쩍 들어올려 안아 문지방을 넘었다. 코타와 갈리아인 하인 두 명은 젊은 가이우스가 안에 들어가서 문을 쾅 닫을 때까지 가까스로 군중을 막아냈다. 항의하는 커다란 목소리들 속에서 코타는 고개를 쳐든 채 파트리키 구를 따라 떠나가버렸다.

집안에는 카르딕사만 있었다. 아우렐리아는 남은 지참금으로 집안 하인들을 고용하기로 결심했지만 그 일을 결혼 후로 미루었다. 어머니나 시어머니의 간섭 없이 오로지 혼자서 준비하고 싶었기 때문이었다. 젊은 가이우스 역시 집사, 포도주 관리인, 비서, 서기, 시종 등을 고용해야 했다. 하지만 아우렐리아는 튼튼한 여자 청소부 두 명, 세탁부 한 명, 요리사와 보조 요리사, 잡일을 할 하인 두 명, 막일꾼 한 명 등 더 많은 하인을 필요로 했다. 이 정도면 어느 모로 보나 과하지 않고 적당한 숫자였다.

밖은 점점 어두워지고 있었지만, 집 안은 훨씬 더 어두웠다. 정오에 집을 보러 왔을 때는 상상할 수 없었던 어둠이었다. 9층 건물 중앙의 채광정에서 퍼져내려오는 빛은, 높은 인술라들 사이의 좁은 길에서 들어오는 빛처럼 일찍 어두워졌다. 카르딕사는 집안의 모든 등을 켜놓았지만 구석구석의 어둠을 몰아내기에는 등불 수가 너무 적었다. 그녀는 신혼부부가 오붓한 시간을 보낼 수 있도록 자신의 작은 방으로 물러갔다.

아우렐리아를 놀라게 한 것은 소음이었다. 소음은 모든 곳에서 들어왔다. 바깥 거리, 위층으로 올라가는 계단통, 중앙의 채광정…… 땅까지 울리는 것 같았다. 울부짖음, 욕설, 뭔가 부서지는 소리, 고함소리, 고성과 비난, 아기들 울음소리, 아이들 울음소리, 가래침 뱉는 소리, 악단이 북과 징을 두드려대는 소리, 노랫가락, 황소의 큰 울음소리, 염소가 매매 우는 소리, 노새와 당나귀가 씨근거리는 소리, 끝도 없이 굴러가는 짐마차 소리, 왁자지껄한 웃음소리.

"아, 시끄러워서 차분하게 생각할 수가 없겠어요!" 아우렐리아가 갑자기 솟구치는 눈물을 참지 못하고 눈을 깜박이며 말했다. "미안해요, 가이우스 율리우스! 소음에 대해서는 전혀 생각을 못했어요!"

젊은 가이우스는 현명하고 세심했다. 이러한 감정 분출은 그녀답지 않았지만, 적어도 어느 정도는 소음이 아니라 며칠간의 빡빡한 일정에 따른 긴장과 결혼으로 인한 중압감 때문일 터였다. 그 자신도 그런 기분을 느꼈으니, 그보다 어린 신부는 훨씬 더할 것이 분명했다.

그래서 그는 쾌활하게 웃으며 말했다. "우리 둘 다 소음에 익숙해질 거니까 걱정 말아요. 장담컨대 한 달도 안 돼서 신경도 쓰이지 않을 걸요. 게다가 침실은 분명 소음이 덜할 거예요." 그는 그녀의 손을 잡았다. 그녀의 손이 떨리고 있었다.

아니나 다를까, 서재와 연결된 침실은 다른 곳보다 조용했다. 서재로 이어지는 문을 열어두지 않는 한 그곳은 칠흑같이 어두웠고 공기도 통하지 않았다. 창고 공간을 확보하기 위한 가천장 때문이었다.

젊은 가이우스는 아우렐리아를 서재에 남겨놓고 응접실로 가서 등불을 하나 가져왔다. 손을 잡고 침실로 들어간 두 사람은 넋을 잃고 멈

취섰다. 카르딕사가 침실을 온통 꽃으로 장식해놓았던 것이다. 두 사람이 누울 침대에는 향기로운 꽃잎들이 흩뿌려져 있었다. 장미와 비단향꽃무, 제비꽃으로 가득한 크고 작은 꽃병들이 벽을 따라 서 있었다. 탁자에는 커다란 포도주병과 물병, 황금 잔 두 개, 꿀과자를 담은 큰 접시가 놓여 있었다.

두 사람 다 부끄러워하지 않았다. 로마인인 그들은 성적인 것에 대해 적당히 알면서도 신중했다. 모든 로마인은 내밀한 행위에 있어서, 특히 몸을 드러내는 경우에는 사생활을 보호하고 싶어했다. 하지만 그런 행위들이 금지된 것은 아니었다. 물론 젊은 가이우스는 그 나름의 이런저런 경험이 있었다. 하지만 그의 얼굴과 천성은 모순되었다. 그의 얼굴은 현저하게 눈에 띄었지만 천성은 조용하고 눈에 띄지 않았던 것이다. 부인할 수 없는 여러 재능에도 불구하고, 젊은 가이우스는 공격적이고 정치적인 추진력이 부족하며 내성적인 사람이었다. 남들이 의지할 수 있는 사람이었지만, 자신의 출세보다는 남들의 출세를 돕기에 적당한 사람이었다.

루푸스의 직감은 적중했다. 젊은 가이우스와 아우렐리아는 아주 잘 어울리는 한 쌍이었다. 그의 사랑은 불타오르는 것이 아니라 부드럽고 사려 깊고 정중하고 따뜻했다. 그가 열정으로 불타올랐다면 그녀는 그에 자극받아 불길이 일었겠지만, 두 사람 중 아무도 이를 알지 못했다. 그들이 사랑을 나눌 때 애무는 섬세했고, 키스는 부드러웠으며, 속도는 느렸다. 두 사람은 만족했고 심지어 감동을 받았다. 아우렐리아는 자신이 코르넬리아에게 확실한 지지를 얻었으리라고 스스로 말할 수 있었다. 그녀는 기쁨과 만족을 느꼈고 자신이 결코 부부의 잠자리를 싫어하게 되지 않을 것임을 확인했으며 코르넬리아가 분명히 그랬을 것처럼 자신의 의무를 다했지만, 사랑의 행위 자체가 결코 자기 생활이나 잠자리 바깥에서의 행동을 지배하지 않을 것임을 알았기 때문이다.

퀸투스 세르빌리우스 카이피오는 잃어버린 황금을 아쉬워하며 나르보에서 겨울을 보내고 있었다. 그러던 중 그는 똑똑한 젊은 변호사 마르쿠스 리비우스 드루수스에게서 편지 한 통을 받았다. 그는 아우렐리아에게 가장 열렬하게 구혼한, 그리고 가장 상심한 남자들 중 하나였다.

감찰관이셨던 부친께서 돌아가시고 그분의 전 재산은 물론 가장의 지위까지 물려받았을 때 저는 겨우 열아홉 살이었습니다. 아마도 다행스러운 일이었겠지만 제가 진 유일한 부담은 당시 열세 살이던 여동생이었죠. 그애는 아버지와 어머니를 모두 잃었습니다. 제 모친 코르넬리아는 본인이 살던 집으로 그애를 데려가게 해달라고 부탁했지요. 하지만 물론 저는 거절했습니다. 부모님은 이혼하시지는 않았지만, 아버지께서 제 남동생을 입양 보내기로 하셨을 때 정점에 이른 두 분의 냉랭한 사이에 대해서는 집정관께서도 알고 계시겠지요. 언제나 저보다 남동생을 좋아했던 어머니는, 마메르쿠스 아이밀리우스 레피두스 리비아누스가 된 남동생이 아직 어리다며 간청하여 그와 함께 새집으로 떠났습니다. 그리고 제 아버지의 집에서 살 때는 꿈도 꾸지 못했을 훨씬 자유롭고 방종한 삶을 찾았지요. 제가 이 이야기를 하는 것은 이것이 명예와 관련된 문제이기 때문입니다. 저는 어머니의 비열하고 이기적인 행동 때문에 제 명예가 더럽혀졌 다고 봅니다.

저는 리비아 드루사를 그애의 고귀한 신분에 어울리게 키웠다고 자부합니다. 리비아는 이제 열여덟 살이니 결혼할 준비가 되었습니 다. 올해 스물세 살인 저 역시 마찬가지입니다. 남자는 통상 스물다 섯이 지난 후에 결혼하며, 원로원에 들어간 후 결혼하는 쪽을 선호 하는 남자가 많다는 것도 알고 있습니다. 하지만 저는 기다릴 수가 없습니다. 저는 가장이자 리비우스 드루수스 가문의 유일한 남자입니 다. 남동생 마메르쿠스 아이밀리우스 레피두스 리비아누스는 더 이상 리비우스 드루수스라는 이름이나 우리 가문의 재산에 대한 권 리가 없습니다. 아버지가 돌아가셨을 당시 여동생이 결혼할 만큼 자 랄 때까지 제 혼인을 보류하기로 결심했지만, 이제 저도 혼인을 하 여 자손을 낳아야 할 때입니다.

편지는 청년 본인만큼이나 뻣뻣하고 딱딱했다. 하지만 카이피오는 이를 흠잡을 생각이 없었다. 청년의 아버지와 그는, 청년과 그의 아들 만큼 서로 가까운 친구였기 때문이었다.

따라서 퀸투스 세르빌리우스, 저는 저희 가족의 가장으로서 당신 가족의 가장이신 당신께 결혼을 통한 동맹을 제안하는 바입니다. 이 일을 제 고모부이신 푸블리우스 루틸리우스 루푸스와 의논하는 것은 현명하지 않다고 생각했습니다. 고모님 리비아의 부군이자 고종 사촌들의 부친인 그분께 악감정이 있는 것은 아닙니다. 하지만 혈통이나 기질에 있어 그분이 제게 가치 있는 조언을 해주실 만큼 영향력이 있다고 생각진 않습니다. 일례로 최근에 고모부께서 마르쿠스 아우렐리우스 코타를 설득하여 그 의붓딸인 아우렐리아가 남편을 직접 고르도록 했다는 이야기를 들었습니다. 이보다 로마인답지 않은 행동을 상상할 수 있을까요. 그리하여 아우렐리아는 당연하게도 잘생긴 소년을, 아무것도 되지 못할 허술하고 가난한 율리우스 카이사르를 선택했습니다.

저런, 그 일로 이 청년은 루푸스와 척이 져버렸군. 감정은 물론 존엄도 상한 드루수스는 계속 써내려갔다.

여동생이 결혼할 때까지 기다리기로 한 것은 시누이와 함께 살며 시누이의 행동을 책임져야 하는 부담을 제 아내에게 지우지 않기 위해서였습니다. 저와 같은 정도의 관심을 기울일 거라고 기대할 수 없는 타인에게 제 의무를 전가하는 것은 옳지 않다고 생각합니다.

퀸투스 세르빌리우스, 제가 제안할 것은 따님인 세르빌리아 카이피오니스와 저, 그리고 아드님 퀸투스 세르빌리우스 2세와 제 동생 리비아 드루사의 결혼을 허락해달라는 것입니다. 이는 우리 모두에게 이상적인 해법입니다. 결혼을 통한 우리 가문 간의 유대는 여러 세대를 거슬러올라가며, 제 동생과 따님의 지참금 액수는 똑같으므로 요즘처럼 현금 유동성이 부족한 시기에 돈이 오갈 필요도 없게 됩니다.

어떻게 생각하시는지 알려주십시오.

결정하고 말고 할 것도 없었다. 이것은 카이피오가 꿈꿔온 혼인이었다. 리비우스 드루수스의 재산은 그 가문의 고귀함만큼이나 엄청나기 때문이었다. 카이피오는 곧바로 답장을 썼다.

　친애하는 마르쿠스 리비우스, 자네의 편지를 받고 참으로 기쁘다네. 자네가 말한 대로 진행하게나. 모든 준비를 자네에게 일임하겠네.

카이피오는 아들에게도 그런 내용의 편지를 보냈으리라. 그러니 편지가 도착하기 전에 사전 작업을 해야 한다고 드루수스는 생각했다. 그래서 친구인 카이피오 2세에게 먼저 이야기를 꺼냈다. 그가 자기 아버지의 명령보다 더 그럴듯한 이유로 결혼하는 것으로 여기는 편이 나으리라 판단했기 때문이었다.
"난 자네 동생과 결혼하고 싶네." 드루수스는 카이피오 2세에게 말했다. 의도했던 것보다 조금 더 갑작스럽게 나온 말이었다.
카이피오 2세는 눈만 끔뻑거릴 뿐 대답이 없었다.
"그리고 자네는 내 동생과 결혼했으면 좋겠어." 드루수스는 말을 이었다.
카이피오 2세는 계속 눈만 끔뻑거렸다.
"자, 어떻게 생각하나?" 드루수스가 물었다.
마침내 카이피오 2세는 자신의 기지를(그것은 그의 재산이나 고귀함에 훨씬 못 미쳤다) 그러모아 말했다. "아버지께 여쭤봐야 해."

"내가 벌써 여쭤보았네. 자네 아버님께서는 좋다고 하셨어."

"아! 그럼 괜찮을 것 같군."

"퀸투스 세르빌리우스, 난 자네의 생각을 알고 싶은 거야!" 드루수스가 성이 나서 소리쳤다.

"뭐, 내 동생은 자네를 좋아하니 괜찮을 거야…… 그리고 나도 자네 동생을 좋아해. 하지만……." 그는 말을 잇지 못했다.

"하지만 뭔가?" 드루수스가 재촉했다.

"자네 동생은 나를 좋아하지 않을 거야."

이번에는 드루수스가 눈을 끔뻑거렸다. "무슨 소리야! 내 동생이 자네를 싫어할 리가 있나? 자네는 내 절친한 벗이야! 그애는 당연히 자네를 좋아해! 이상적인 결합이지. 우리 모두 평생 가까이 지낼 수 있잖아."

"그렇다면 나도 좋네."

"잘됐군!" 드루수스가 유쾌하게 말했다. "지참금 등 논의해야 할 문제들은 자네 아버님께 보낸 편지에 모두 말씀드렸네. 걱정할 건 아무것도 없어."

"잘됐군." 카이피오 2세가 말했다.

두 사람은 포룸 로마눔 낮은 구역, 쿠르티우스 연못 옆에 있는 멋진 떡갈나무 고목 아래 벤치에 앉아 있었다. 매콤한 렌즈콩과 다진 돼지고기로 채운 무발효빵으로 맛있는 점심식사를 끝낸 참이었다.

드루수스는 자리에서 일어나 몸종에게 커다란 냅킨을 건네고, 그의 새하얀 토가에 음식이 묻지 않았나 몸종이 확인하는 동안 가만히 서 있었다.

"어딜 그렇게 서둘러 가나?" 카이피오 2세가 물었다.

"집으로 가서 동생한테 말해줘야지." 드루수스는 뾰족한 검은 눈썹 한쪽을 치켜올렸다. "자네도 집에 가서 동생한테 말해줘야 하지 않아?"

"그래야지." 카이피오 2세는 반신반의하는 말투로 말했다. "자네가 직접 말해주겠나? 그애는 자네를 좋아해."

"바보 같은 소리, 자네가 말해야지! 자넨 지금 부모 대신이야. 그러니 그건 자네의 일이네. 리비아 드루사에게 말하는 것이 내 일인 것처럼 말이야." 드루수스는 베스타 계단을 향해 포럼을 따라 걸어올라갔다.

드루수스의 여동생은 집에 있었다. 달리 어디에 있겠는가? 드루수스가 가장이 되고 어머니 코르넬리아가 출입을 금지당한 이래, 리비아는 오빠의 허락 없이는 한순간도 집을 떠날 수 없었다. 감히 집에서 몰래 빠져나갈 수도 없었다. 드루수스의 눈에 리비아는 어머니의 불명예가 잠재적으로 낙인찍혀 있는, 일말의 자유도 허용해서는 안 될 존재였다. 설사 아무런 증거가 없다 해도 그는 동생이 단순히 탈출한 것이 아니라 최악의 짓을 저질렀다고 믿을 것이다.

"동생을 서재로 불러주게." 집에 도착한 드루수스는 집사에게 말했다.

흔히 로마에서 가장 좋은 집으로 회자되는 드루수스 저택은 감찰관 드루수스가 죽던 무렵에 완성되었다. 꼭대기 층의 전면 전체를 차지한 로지아 발코니에서 보는 전망은 장관이었다. 저택이 포럼 로마눔 위 팔라티누스 절벽의 가장 높은 지점에 위치하고 있었기 때문이다. 저택 옆의 빈터는 플라쿠스 집터였다. 그 건너편에는 카툴루스 카이사르의 저택이 있었다.

드루수스 저택은 진정한 로마식 저택으로, 빈터와 접한 쪽까지 포함하여 모든 외벽에 창문이 없었다. 빈터에 다른 저택이 들어서면 그 외벽이 드루수스 저택 외벽과 붙을 것이기 때문이었다. 튼튼한 목제 대문과 화물용 문 두 개가 있는 빅토리아 언덕길 쪽의 높은 담은 사실 저택 뒤쪽이었다. 저택 앞쪽은 전망이 내려다보이는 위치로 총 3층이었으며, 절벽 경사면에 견고하게 고정된 각주(角柱)들로 받쳐져 있었다. 빅토리아 언덕길과 같은 높이인 꼭대기 층에서 가족이 생활했고, 아래층에는 창고들과 부엌과 하인 숙소가 있었다. 맨 아래층은 가파른 경사면 때문에 사용하지 않았다.

언덕길 쪽 벽의 화물용 문들은 곧바로 주랑정원으로 이어졌다. 주랑정원은 아주 넓어서 다 자란 멋진 로투스 나무가 여섯 그루나 있었다. 90년 전 이곳의 소유자였던 스키피오 아프리카누스가 아프리카에서 묘목으로 들여온 나무들이었다. 여름이면 이 나무들은 축 늘어진 가지에 꽃을 피웠다. 두 그루는 빨간색, 두 그루는 주황색, 두 그루는 짙은 노란색 꽃을 한 달 이상 계속 피워 온 저택을 향기로 가득 채웠다. 그러고 나면 나뭇가지가 양치류 같은 연녹색 겹잎들로 우아하게 둘러싸였고, 겨울이면 잎이 져서 모든 햇빛 조각들이 안뜰로 쏟아졌다. 새하얀 대리석으로 마감한 길고 얕은 연못 네 모퉁이에는 잘 어울리는 분수가 있었다. 위대한 미론이 만든 아름다운 청동 분수였다. 미론과 리시포스가 만든 실물 크기의 사티로스와 님프들, 아르테미스와 악타이온, 디오니소스와 오르페우스 동상이 연못의 기다란 두 면을 따라 서 있었다. 동상들은 모두 놀랄 만치 실제 사람과 비슷하게 채색되어서, 언뜻 보면 안뜰은 나무가 우거진 신들의 집합소처럼 보였다.

주랑정원의 양 측면과 언덕길 쪽 벽의 반대편을 두르고 있는 도리스 양식 주랑은 노란색으로 칠한 목제 기둥들이 지탱하고 있었다. 기둥의 기부와 주두는 눈에 띄도록 밝은색들로 칠해져 있었다. 주랑 바닥은 광택 있는 테라초로 마감했고, 주랑 뒤쪽의 벽들은 녹색과 파란색과 노란색으로 선명하게 채색되었다. 적토색 붙임기둥들 사이의 공간에는 세계 최고의 명화들 중 일부가 걸려 있었다. 제욱시스가 그린 포도송이를 든 아이, 파라시오스가 그린 〈아약스의 광기〉, 티만테스가 그린 남성 누드, 아펠레스가 그린 알렉산드로스 대왕 초상화, 너무 실물 같아서 주랑 저쪽에서 보면 벽에 묶여 있는 것처럼 보이는 아펠레스의 말 그림.

서재는 커다란 청동 문이 있는 쪽의 주랑과 연결되어 있었다. 맞은편에는 식당이 있었고, 그 너머에는 카이사르 저택만한 크기의 장엄한 아트리움이 있었다. 아트리움 지붕에 있는 사각형 개구부로부터 빛이 들어왔다. 개구부의 네 모퉁이들을 떠받친 기둥들은 그 아래 연못의 긴 측면들 위로 솟아 있었다. 벽들은 사실주의 입체화법으로 채색되어 붙임기둥과 기둥 밑동, 돌림띠처럼 보였다. 그 사이로는 입체감이 너무 뛰어나 관람객에게 달려드는 것처럼 보이는 흑백 정육면체 패널들과, 대부분 붉은색에 파란색과 녹색과 노랑색도 섞인 생생한 색감으로 소용돌이치는 꽃문양을 그린 패널들이 있었다.

드루수스 가문 조상들의 이마고가 든 장식장들은 당연히 모두 완벽하게 관리되고 있었다. 발기한 남성의 성기로 장식되어 헤르마라고 불리는 채색된 받침대들은 실물처럼 보이도록 정교하게 채색된 조상들과 신들, 신화 속 여성들, 그리스 철학자들의 흉상을 떠받치고 있었다. 하나같이 실물처럼 채색된 전신 조각상들이 수조 연못과 벽들 주위의 대리석 대좌나 땅바닥에 서 있었다. 거대한 금은제 장식등은 한참 더 높고 화려하게 장식한 회반죽 천장에 매달려 있거나(천장은 금박을 입힌 소석고 꽃들 사이로 별이 빛나는 하늘처럼 채색되었다) 채색 모자이크로 마감한 바닥에 2미터가 넘게 솟아 있었다. 모자이크는 춤추고 술을 마시고 사슴에게 먹이를 주고 사자에게 포도주를 들이켜는 법을 가르치는 바쿠스와 무녀들의 흥청대는 잔치를 묘사하고 있었다.

드루수스는 이러한 장엄함의 가치를 전혀 이해하지 못했다. 그는 그것에 익숙했고 둔감한 편이었기 때문이다. 미술작품에 대해 완벽한 안목을 쌓는 취미는 그의 부친과 조부의 것이었다.

아트리움 전면과 바로 연결된 로지아에서 집사는 드루수스의 여동생을 발견했다. 리비아는 늘 혼자였고 외로웠다. 그 집은 너무나 커서, 그녀는 운동 삼아 걸어다니고 싶다는 핑계로 외출할 수도 없었다. 쇼핑을 하고 싶다고 말하면 오빠는 상인들을 집으로 불러들여 여러 상점과 노점의 물건들을 통째로 주랑 옆 특별실들에 펼쳐놓게 하고, 그녀가 고른 물건값은 모두 집사가 치르도록 시켰다. 율리아와 율릴라는 어머니와 믿음직한 하인들의 보호 아래 로마의 점잖은 구역들을 자유롭게 걸어다닐 수 있었다. 아우렐리아는 언제나 친척들과 학교 친구들을 방문할 수 있었다. 게다가 로마에는 클리툼나와 니코폴리스처럼 자유롭게 생활하며 심지어 누워서 식사하는 여자들도 있었다. 반면 리비아는 완벽하게 갇혀 있는, 여자들에게서 외출할 권리를 박탈할 정도로 막대한 부와 고립주의의 죄수였다. 또한 어머니가 탈출하여 마음껏 누리고 있는 방종과 자유의 희생양이기도 했다.

리비아가 열 살 때 그녀의 어머니, 스키피오 가문의 코르넬리아는 당시의 드루수스 저택에서 나갔다. 딸에게 무관심한 아버지는 주랑을 따라 느릿느릿 걸으며 자신이 소유한 걸작들을 감상하는 것을 더 좋아했다. 리비아는 여러 여종들과 가정교사들의 손에 맡겨졌지만, 그들은 아버지를 너무 두려워한 나머지 그녀의 친구가 되어줄 엄두를 내지 못

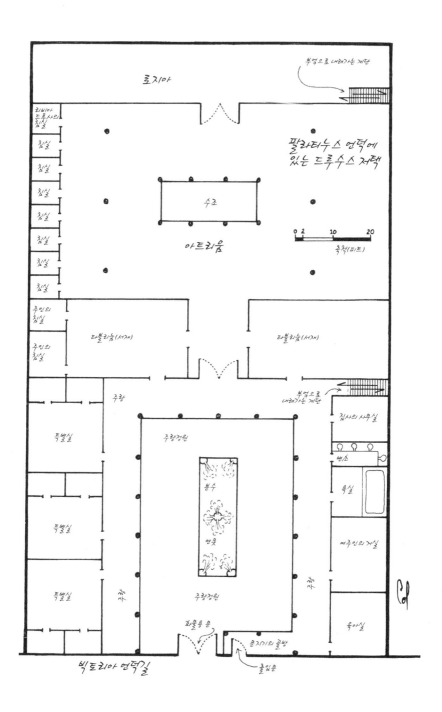

했다. 당시 열다섯 살이던 오빠는 거의 보기 힘들었다. 어머니가 리비아의 남동생, 그러니까 마메르쿠스 아이밀리우스 레피두스 리비아누스가 된 소년과 함께 살러 나간 3년 뒤 나머지 가족들은 이 광대하고 웅장한 무덤으로 이사를 왔다. 리비아는 길을 잃었다. 그녀는 사랑도, 대화도, 교제도, 관심도 없는 영원한 허공을 정처 없이 떠다니는 티끌이 되었다. 이사 직후 아버지가 죽었지만 달라진 것은 없었다.

리비아에게 웃음이란 너무나 낯선 것이었다. 이따금씩 하인들로 북적이는 아래층 방에서 웃음소리가 들려올 때면 그녀는 그것이 무슨 소리인지, 하인들이 왜 그러는지 궁금해했다. 그녀가 유일하게 사랑할 수 있는 세계는 두루마리 책 안에 존재했다. 아무도 그녀가 책을 읽거나 글을 쓰는 것은 막지 않았기 때문이다. 그녀는 날마다 대부분 이 두 가지를 하며 보냈다. 아킬레우스의 분노와 그리스인들과 트로이아인들의 행동에서 짜릿함을 느꼈으며 영웅들과 괴물들과 신들, 그리고 그들이 여신들보다 더 사랑하는 인간 여자들의 이야기로 즐거워했다. 사춘기의 신체 변화로 인한 충격에서 겨우 벗어났을 때(아무도 그녀에게 왜 그런 일이 생기는지, 어떻게 해야 하는지 말해주지 않았다) 그녀의 허기지고 열정적인 천성은 연애시의 방대한 세계를 발견했다. 라틴어만큼 그리스어에 능통한 그녀는 연애시의 창시자인(또는 그렇게 알려진) 알크만을 발견했다. 그러고는 핀다로스의 처녀의 노래들과 사포와 아스클레피아데스로 넘어갔다. 아르길레툼의 늙은 소시우스는 종종 닥치는 대로 책을 끌어모아 드루수스의 집으로 보냈지만 그 책들을 읽는 게 누군지는 꿈에도 몰랐다. 그는 책을 읽는 사람이 당연히 드루수스일 거라고 추측했다. 그래서 리비아가 열일곱 살이 됐을 때쯤 그는 활기 넘치며 사랑은 물론 정욕에도 매혹된 신예 시인 멜레아그로스의 작품들을 보내기 시작했다. 리비아는 충격을 받았다기보다는 매료당했다. 그녀는 에로티시즘 문학을 발견했다. 멜레아그로스 덕분에 마침내 성에 눈을 뜬 것이다.

그것이 그녀에게 도움이 되진 않았다. 그녀는 아무데도 가지 않았고 아무도 만나지 않았기 때문이다. 그 집에서 그녀가 노예에게 접근하거나 노예가 그녀에게 접근하는 일은 상상도 할 수 없었다. 때때로 오빠의 친구들을 만나긴 했다. 하지만 오빠와 가장 친한 카이피오 2세를 제외하고는 지나가다 얼굴이나 보는 정도였다. 그녀는 다리가 짧고 여드름난 얼굴에 어느 모로 보나 못생긴 카이피오 2세를 메난드로스의 희곡에 나오는 익살꾼이나, 아마존 여왕 펜테실레이아의 시체를 강간했다고 비난하며 아킬레우스가 일격에 죽여버린 혐오스러운 테르시테스와 동일시했다.

카이피오 2세가 리비아에게 익살꾼이나 테르시테스를 상기시킬 만한 짓을 억지로 한 것은 아니었다. 그녀가 굶주린 상상력으로 그런 남성 인물들에게 카이피오 2세의 얼굴을 주었을 뿐이었다. 그녀가 가장 좋아하는 고대 영웅은 오디세우스 왕이었다(그녀는 그의 이야기를 그리스어로 상상했기에 그를 울릭세스가 아닌 그리스어 이름으로 불렀다). 그녀는 오디세우스가 모든 이들의 난제를 현명하게 푸는 것이 좋았다. 또한 그가 아내에게 구애한 부분과 그의 아내가 20년 동안 구혼자들과 기지를 겨룬 부분이 호메로스의 사랑 이야기 중에 가장 낭만적이고 만족스럽다고 생각했다. 그녀는 오디세우스에게 한두 번 보았을 뿐인 청년의 얼굴을 부여했다. 아들이 둘인 나이우스 도미티우스 아헤노바르부스의 집 로지아에 서 있던 청년이었다. 하지만 청년은 그 집 아들이 아니었다. 그녀는 오빠를 만나러 온 아랫집 아들들을 본 적이 있었다.

　오디세우스는 붉은 머리에 왼손잡이였다(하지만 그녀가 좀더 책을 자세히 읽고 오디세우스의 다리가 몸에 비해 퍽 짧았다는 것을 알았다면 그에게 흥미를 잃었을지도 모른다. 그녀는 짧은 다리를 특히 싫어했다). 아헤노바르부스의 로지아에 있던 낯선 청년도 마찬가지였다. 청년은 키가 매우 컸으며 어깨가 넓었고, 토가 아래의 몸은 건장하고 날씬한 것 같았다. 붉은 머리카락은 햇빛에 반짝거렸고 긴 목 위의 머리는 오디세우스의 머리처럼 당당했다. 그녀는 멀리서도 그의 멋진 매부리코를 볼 수 있었지만, 나머지 이목구비는 보이지 않았다. 그럼에도 그녀는 그의 눈이 이타케의 오디세우스 왕처럼 크고 빛나며 잿빛일 거라고 확신했다.

　그리하여 멜레아그로스의 불타는 연애시들을 읽을 때면 그녀는 시인이 덮치는 소녀나 소년에 자신을 대입했다. 그리고 시인은 언제나 아헤노바르부스의 발코니에 있던 청년이었다. 그녀가 카이피오 2세를 잠시라도 떠올렸다면 혐오감에 얼굴을 찡그렸을 것이다.

　"리비아 드루사, 마르쿠스 리비우스께서 지금 서재로 모셔오라고 하셨습니다." 집사가 그녀의 바람을 깨뜨리며 말했다. 그 바람이란 10여 미터 아래의 로지아에 붉은 머리 청년이 나올 때까지 거기 서 있는 것이었다.

　하지만 물론 오빠의 호출이 그녀의 바람보다 먼저였다. 그녀는 집사를 따라 실내로 들어갔다.

　드루수스는 책상에서 서류를 보고 있었지만 여동생이 서재로 들어오자 곧바로 고개를 들었다. 그의 얼굴은 침착하고 관대했지만 왠지 무심해 보였다.

"앉거라." 그는 탁자의 피호민 쪽 의자를 가리키며 말했다.

리비아는 의자에 앉았다. 그리고 오빠와 마찬가지로 침착하고 심각하게 그를 바라보았다. 그녀는 오빠의 웃음소리를 들은 적이 한 번도 없었고 그가 미소 짓는 모습도 거의 본 적이 없었다. 그도 그녀에 대해 똑같이 말할 수 있었다.

리비아는 오빠가 자신을 평소보다 더 찬찬히 살펴보고 있음을 깨닫고 당황했다. 그는 카이피오 2세 대신 그녀를 평가하고 있었지만 물론 그녀는 이 사실을 알 리가 없었다.

그래, 예쁜 아가씨다, 하고 그는 생각했다. 키는 작지만 적어도 가문의 오점인 짧은 다리는 물려받지 않았다. 몸매도 보기 좋았다. 가슴은 풍만하고 봉긋했고 허리는 가늘었으며 엉덩이도 근사했다. 손발도 꽤 섬세하고 가늘었다. 섬세하고 가는 손발은 미인의 증표다. 그녀는 손톱을 물어뜯지 않았고 늘 잘 관리했다. 턱은 뾰족하고 이마는 넓었으며 코는 적당히 길고 약간 매부리코였다. 입과 눈은 진정한 미인의 기준을 모두 충족했다. 눈이 커다랗고 눈매가 또렷했으며 입은 작고 장미봉오리 같았다. 깔끔하게 손질한 머리카락은 숱이 많고 눈동자와 눈썹, 속눈썹과 마찬가지로 검은색이었다.

그래, 리비아는 정말로 예쁘다. 하지만 아우렐리아와는 다르다. 그의 심장이 아프게 죄어들었다. 아직도 아우렐리아를 떠올릴 때마다 그랬다. 아우렐리아의 결혼 상대가 결정되었다는 소식을 듣고 그는 얼마나 빨리 카이피오에게 편지를 썼던가! 그것은 최선의 선택이었다. 아우렐리아의 가문도 나무랄 데가 없지만, 재산과 사회적 지위 모두에서 카이피오의 가문에 못미쳤다. 게다가 그는 언제나 세르빌리아를 좋아했으므로 그녀를 아내로 삼는 데 거리낄 것도 없었다.

"동생아, 네 남편감을 찾았다." 그는 매우 만족스러운 표정으로 곧바로 본론을 말했다.

그 말은 분명 충격으로 다가왔지만 그녀는 용케 태연한 표정을 유지했다. 그녀는 혀로 입술을 핥은 다음 겨우 물었다. "누군가요, 마르쿠스 리비우스?"

그는 들떠서 말했다. "최고의 남편감이자 훌륭한 친구지! 퀸투스 세르빌리우스 2세다."

그녀의 얼굴이 공포에 질려 얼어붙었다. 그녀는 메마른 입술을 벌렸지만 말을 할 수가 없었다.

"왜 그러니?" 진심으로 당황한 드루수스가 물었다.

"저는 그와 결혼할 수 없어요." 리비아가 중얼거렸다.

"어째서?"

"그는 역겨워요. 구역질이 난다고요!"

"그게 무슨 소리냐!"

그녀는 고개를 젓기 시작했다. 점점 더 맹렬하게 계속 고개를 저어댔다. "저는 그와 결혼하지 않을 거예요, 절대로!"

언제나 어머니를 의식하고 있는 드루수스의 머릿속에 끔찍한 생각이 스쳤다. 그는 일어나서 책상을 돌아 걸어가 여동생을 내려다보며 섰다. "누군가를 만나고 있느냐?"

리비아의 고갯짓이 멈췄다. 그녀는 얼굴을 들어 격분한 표정으로 그를 노려보았다. "제가요? 평생 매일같이 이 집에 갇혀 있는 제가 어떻게 누구를 만나겠어요? 만나는 남자라고는 오빠가 집에 데려오는 사람들밖에 없어요. 그 사람들과도 대화할 기회조차 없었죠! 오빠는 남자

손님들을 만찬에 초대해도 저를 부르지 않잖아요. 제가 만찬에 참석할 수 있는 때는 그 끔찍한 미련퉁이 퀸투스 세르빌리우스 2세가 손님일 때뿐이라고요!"

"어디서 감히!" 그는 화가 치미는 것을 느끼며 말했다. 그와 가장 친한 친구에 대해 그녀가 다른 의견을 갖고 있으리라고는 꿈에도 생각하지 못했다.

"저는 그와 결혼하지 않을 거예요!" 그녀가 소리쳤다. "차라리 죽겠어요!"

"네 방으로 가라." 그는 냉혹한 표정으로 말했다.

그녀는 당장 일어나서 주랑으로 나가는 문 쪽으로 걸어갔다.

"네 거실이 아니다, 리비아. 침실로 가. 제정신이 돌아올 때까지 거기 있거라."

그녀는 말없이 분노한 표정으로 그를 쳐다보았다. 그리고 돌아서서 아트리움 방향의 문으로 나갔다.

드루수스는 여동생이 앉았던 의자 옆에 계속 서서 분노를 다스리려고 했다. 말도 안 되는 일이다! 저애가 감히 나를 거역하다니!

잠시 후 그는 화를 가라앉혔다. 그는 이 야옹거리는 고양이의 꼬리를 잡을 수 있었지만, 그런 다음 어떻게 해야 할지는 전혀 몰랐다. 지금까지 그를 거역한 사람은 아무도 없었다. 논리적으로 빠져나갈 수 없는 위치에 그를 몰아넣은 사람은 아무도 없었다. 그는 복종에, 그처럼 젊은 사람은 흔히 받을 수 없는 존경과 경의에 익숙했다. 따라서 이제 어떻게 해야 할지 알 수가 없었다. 여동생에 대해 좀더 알았더라면……. 그리고 이제 그는 자신이 여동생에 대해 전혀 모른다는 사실을 인정해야만 했다. 아버지가 살아계셨더라면…… 어머니가…… 아, 정말 큰 일이군! 어떻게 하지?

그는 그녀의 기를 꺾어야겠다고 결심하고 곧바로 집사를 불렀다.

"아가씨가 나를 화나게 했네." 그는 감탄스러울 정도로 침착하게, 노여운 기색 없이 말했다. "그래서 자기 침실로 가라고 명령했어. 거기 빗장을 설치하고, 그전까지는 문밖에 사람을 세워 항시 지키도록 하게. 필요한 경우 아가씨의 시중은 그애가 모르는 하녀더러 들도록 하고. 무슨 일이 있든 아가씨가 침실 밖으로 나가서는 안 되네, 알겠나?"

"명심하겠습니다, 마르쿠스 리비우스." 집사는 무표정하게 대답했다.

그리하여 싸움은 시작되었다. 리비아는 예전보다 더 작은 감옥에 갇혔다. 그곳은 로지아 근처였고 외벽 높은 곳에 격자창도 있어 대부분의 침실들처럼 많이 어둡거나 공기가 통하지 않는 것은 아니었다. 그럼에도 불구하고 암울한 감옥이었다. 읽을 책과 글을 쓸 종이를 달라는 요청이 받아들여지지 않자, 그녀는 자신의 감옥이 얼마나 암울한지 깨닫게 되었다. 침실 네 벽의 높이는 2.5미터 정도 되었으며, 그녀에게 주어진 것은 침대와 요강, 낯선 여자가 쟁반에 담아 갖다주는 빈약하고 맛없는 식사가 다였다.

한편 드루수스는 여동생이 그와 가장 친한 친구를 싫어한다는 사실을 친구가 모르도록 하는 임무에 직면했고, 지체 없이 그 임무에 착수했다. 리비아와 관련한 명령들을 내리자마자 그는 다시 토가를 입고 길모퉁이를 돌아 카이피오 2세를 만나러 갔다.

"아, 마침 잘 만났네!" 카이피오 2세가 반가워했다.

"자네와 얘기를 좀더 해야겠다고 생각했네." 드루수스는 앉을 기색도 없이 말했다. 하지만 사실 무슨 이야기를 더 해야 할지 확신할 수 없었다.

"마르쿠스 리비우스, 그전에 내 동생을 만나러 가주겠나? 그애가 자네를 몹시 보고 싶어한다네."

적어도 그것은 좋은 징조였다. 그녀는 약혼 얘기를 기뻐하거나 적어도 침착하게 받아들인 것이 분명하다고, 미몽에서 깨어난 드루수스는 생각했다.

세르빌리아의 거실에서 그녀를 만나고 드루수스는 자신의 구혼이 환영받고 있음을 확신하게 되었다. 그녀는 그가 문간에 나타나자마자 달려와 안겼던 것이다. 그는 매우 당황스러웠다.

"아, 마르쿠스 리비우스!" 그녀는 따뜻한 애정을 담은 눈으로 그를 올려다보았다.

어째서 아우렐리아는 한 번도 나를 이렇게 쳐다봐주지 않았을까? 하지만 그는 이런 생각을 떨쳐버리고, 설레어하는 세르빌리아를 웃으며 내려다보았다. 그녀는 미인이 아니었고 집안 내력대로 다리가 짧았다. 하지만 다른 내력인 여드름은 물려받지 않았으며, 크고 눈동자가 맑은 거무스름한 눈은 굉장히 아름다웠다. 눈빛도 온화하고 부드러웠다. 그는 자신이 그녀를 사랑하진 않지만 앞으로는 사랑할 수 있을 것이라 생각했다. 자신이 늘 그녀를 좋아했던 것은 확실하니까.

그래서 그는 그녀의 부드러운 입술에 키스했고, 그녀의 반응에 놀라고 기뻐했으며, 그녀와 꽤 오랫동안 함께 있으면서 대화도 조금 나누었다.

"당신의 동생 리비아도 기뻐하나요?" 그가 가려고 일어났을 때 세르빌리아는 물었다.

드루수스는 그 자리에 얼어붙었다. "무척 기뻐하고 있소." 그는 말한 다음, 자기도 모르게 덧붙였다. "그런데 유감스럽게도 지금 그애는 몸이 좋지 않소."

"어머, 안됐군요! 걱정하지 마세요, 리비아에게 손님을 맞아도 될 만큼 몸이 괜찮아지면 만나러 가겠다고 전해주세요. 서로 새언니이자 시누이 사이가 되겠지만, 계속 친구처럼 지냈으면 좋겠어요."

드루수스의 입가에 미소가 번졌다. "고맙소."

카이피오 2세는 자기 아버지의 서재에서 초조하게 기다리고 있었다. 아버지가 자리를 비운 동안 그 서재는 카이피오 2세가 사용하고 있었다.

"자네 동생이 약혼을 기뻐해주니 참 기분이 좋군." 드루수스가 앉으면서 말했다.

"그애가 자네를 좋아한다고 말했잖나. 그런데 리비아는 소식을 듣고서 뭐라고 하던가?"

그는 이제 대답할 준비가 잘 되어 있었다. "그애도 기뻐했네." 그는 온화한 목소리로 거짓말을 했다. "그런데 유감스럽게도 그애는 열이 나서 누워 있더군. 의사가 이미 와 있었는데 조금 걱정을 하더라고. 합병증도 있는 것 같고, 전염성일지도 모른다고 했네."

"저런!" 카이피오 2세의 안색이 창백해졌다.

"경과를 지켜보세." 드루수스가 달래듯이 말했다. "퀸투스 세르빌리우스, 자네는 내 누이가 마음에 드는 거지, 그렇지?"

"아버지는 내게 리비아보다 더 좋은 짝은 없다고 말씀하셨네. 내 안목이 훌륭하다고 하셨어. 아버지께 내가 그애를 좋아한다고 말씀드렸나?"

"그랬네." 드루수스는 희미하게 웃었다. "지난 몇 년간 나는 분명 그렇게 느꼈네."

"오늘 아버지의 편지를 받았네. 집에 가니까 편지가 와 있더군. 리비아가 신분도 고귀하고 부유하다고 하셨어. 아버지도 그녀를 좋아한다네." 카이피오 2세가 말했다.

"자, 그애가 좀 괜찮아지면 다 같이 저녁을 먹으면서 결혼식에 대해 이야기해보세. 5월 초가 좋겠지? 불운한 때가 오기 전에 말이네." 드루수스가 일어났다. "그만 가봐야겠네, 퀸투스 세르빌리우스. 가서 그애가 잘 있는지 봐야 해."

카이피오 2세와 드루수스는 둘 다 군무관으로 선출된 상태였다. 나이우스 말리우스 막시무스를 따라 먼 갈리아로 떠나야 했다. 그러나 신분과 부와 정치적 순응성은 중요했다. 상대적으로 무명인 섹스투스 카이사르는 징병 업무로 바빴고 동생의 결혼식에 참석하기 위한 휴가도 받지 못한 반면, 드루수스나 카이피오 2세는 아직 소집도 되지 않았다. 드루수스는 5월 초에 합동결혼식을 계획하면서 아무런 문제도 예상하지 않았다. 그때쯤이면 두 신랑 모두 군복무를 해야 하고 군대도 이미 먼 갈리아로 가고 있을 터였지만, 그들은 언제든 군대를 따라잡을 수 있었다.

드루수스는 카이피오 2세나 세르빌리아가 리비아의 안부를 물으러 올 때를 대비해 온 집안에 명령을 내렸다. 리비아의 식사는 효모를 넣지 않은 빵과 물로만 한정시켰다. 그는 닷새 동안 그녀를 완전히 혼자 둔 다음에 서재로 불러들였다.

그녀는 밝은 빛에 눈을 조금 깜박거리며 들어왔다. 걸음걸이는 불안했고 머리카락도 어설프게 빗질되어 있었다. 눈을 보니 잠을 자지 못한 것 같았지만, 오랫동안 눈물을 흘린 기색은 보이지 않았다. 그녀는 두 손을 떨고 있었고 입을 꼭 다물지 못했으며, 아랫입술에 각질이 일어나 있었다.

"앉거라." 드루수스는 퉁명스럽게 말했다.

그녀는 앉았다.

"퀸투스 세르빌리우스와의 결혼을 어떻게 생각하느냐?"

그녀의 온몸이 떨려왔다. 원래도 흐릿한 그녀의 낯빛이 완전히 창백해졌다. "싫어요."

드루수스는 몸을 앞으로 기울이고 양손을 맞잡았다. "리비아, 나는 우리 집안의 가장이다. 내겐 너의 삶에 대한 절대적인 통제권이 있다. 심지어 너의 죽음에 대한 절대적인 통제권도 있다. 하지만 나는 너를 매우 아낀다. 너를 해치기 싫고, 네가 고통스러워하는 걸 보면 괴롭다는 뜻이다. 너는 지금 고통스러워하고 있지. 나도 괴롭다. 하지만 우리는 로마인이다. 내게 그보다 중요한 사실은 없어. 내게는 그 사실이 너보다도 더 큰 의미가 있다. 그 어떤 이보다도! 네가 내 친구 퀸투스 세르빌리우스를 좋아하지 않는다니 매우 유감이다. 하지만 너는 그와 결혼해야 한다! 내게 복종하는 것은 로마 여성인 너의 의무다. 너도 알겠지만. 퀸투스 세르빌리우스는 돌아가신 아버지께서 네 남편감으로 원하셨던 사람이다. 마찬가지로 그의 아버지는 나를 세르빌리아 카이피오니스의 남편감으로 원하셨지. 한동안 나는 아내를 직접 선택하려고 했지만, 결국 아버지가 옳았고 나보다 현명하셨다는 사실만 증명되었지. 아버지의 사령(死靈)이여, 편히 쉬소서! 게다가 우리에겐 이상적인 로마 여성이 아니라고 판명된 어머니라는 당혹스러운 존재가 있다. 어머니 탓에 너의 책임은 훨씬 더 무겁다. 사람들은 어머니의 약점이 네게도 보인다고 생각할 수 있다. 너는 그런 여지를 줄 일체의 언행을 해서는 안 돼."

리비아는 깊게 숨을 들이쉰 다음 다시 말했지만, 그 목소리는 이전보다 훨씬 더 떨렸다. "난 그와 결혼하기 싫어요!"

"좋고 싫고는 이 일과 아무 관계가 없다." 드루수스는 엄하게 말했다. "개인적 바람을 가문의 명예와 지위보다 더 중요시하다니. 리비아 드루사, 네가 누구라고 생각하느냐? 마음을 정해라. 너는 퀸투스 세르빌리우스가 아니면 누구와도 결혼할 수 없다. 너는 살아서는 침실 밖으로 나올 수 없을 것이다. 너는 혼자서, 아무런 오락거리도 없이 밤이고 낮이고 영원히 거기 있게 될 것이다." 그는 차가운 검은 돌보다도 무정한 눈으로 그녀를 쏘아보았다. "진심이다, 동생아. 책도, 종이도, 빵과 물을 제외한 그 어떤 음식도, 목욕도, 거울도, 여종도, 깨끗한 옷도, 새 이불도, 겨울에 화로도, 담요도, 구두와 덧신도, 목을 매어 자살할 수 있는 벨트나 띠나 리본도, 손톱과 머리카락을 자를 가위도, 스스로를 찔러 죽을 수 있는 칼도 주지 않을 것이다. 만일 네가 굶어죽으려고 하면 네 목에 음식을 강제로 밀어넣도록 할 것이다."

그는 손가락으로 딱 소리를 냈다. 그 작고 날카로운 소리에 집사가 들어왔다. 지금까지 문가에서 듣고 있었던 게 아닌지 의심스러울 만큼 빨랐다. "내 동생을 다시 침실로 데려가게. 그리고 내일 동틀 무렵 피호민들을 집에 들이기 전에 다시 내게 데려오게."

집사는 한 손으로 그녀의 팔을 받쳐 일으킨 다음 그녀를 서재 밖으로 데려갔다.

"내일 너의 대답을 기대하겠다." 드루수스가 말했다.

그녀를 데리고 아트리움을 가로지르는 동안 집사는 한마디도 하지 않았다. 단호하면서도 부드럽게 그녀를 침실 문 안에 밀어넣고 물러나서 문을 닫은 후, 드루수스의 명령으로 문밖에 설치한 빗장을 질렀다.

어둠이 내리고 있었다. 리비아는 이제 두 시간 후면 검은 장막이, 아무것도 없는 공허가 긴 늦겨울밤 내내 그녀를 감쌀 것임을 알 수 있었다. 지금까지 그녀는 울지 않았다. 첫 사흘 밤낮은 자신이 옳다는 강한 자의식과 불같은 분노로 버텼다. 그후에는 책에서 읽었던 수많은 여성들의 고난에서 위안을 얻었다. 물론 페넬로페의 20년에 걸친 기다림은 가장 큰 위안이 되었지만, 아버지에 의해 자기 침실에 갇힌 다나에도 있었고 낙소스 섬 해변에서 테세우스에게 버림받은 아리아드네도 있었……. 모든 고난은 행복하게 끝났다. 오디세우스는 집으로 돌아왔고, 페르세우스가 태어났으며, 아리아드네는 신에게 구출되었다…….

하지만 아직까지도 머릿속에서 울리는 오빠의 말을 떠올리며, 리비아는 위대한 문학작품과 현실의 차이를 이해하기 시작했다. 위대한 문학작품의 의도는 결코 현실을 복제하거나 반영하는 것이 아니었다. 오히려 잠시 현실을 따돌리는 것, 일상의 고민들에 시달리는 마음을 해방시켜 화려한 언어와 생동감 있는 묘사와 가슴 설레고 매혹적인 이상 속에서 쉴 수 있게 하려는 것이었다. 적어도 페넬로페는 그녀의 궁정에 있는 방들을 마음대로 돌아다닐 수 있었고 아들과 함께 있을 수 있었다. 다나에는 황금빛 비에 눈이 부셨으며, 아리아드네는 테세우스에게 거절당하는 사소한 고통을 받았을 뿐 결국 테세우스보다 훨씬 더 위대한 이와 결혼했다. 하지만 현실에서라면 페넬로페는 강간당한 뒤 강제로 결혼하고 아들은 살해되었을 것이다. 오디세우스는 절대 집으로 돌아오지 못했을 것이다. 다나에와 그녀의 아기는 궤짝에 실려 바다에 떠다니다가 결국 익사했을 것이다. 아리아드네는 임신한 몸으로 테세우스에게 버림받은 뒤 혼자 아이를 낳다가 죽었을 것이다…….

제우스가 황금빛 비로 나타나 오늘날 로마에 사는 리비아의 오랜 감금생활에 활기를 줄 것인가? 디오니소스가 표범들이 끄는 전차를 타고 그녀 침실의 차갑고 어두운 구멍을 통과하여 와줄 것인가? 아니면 오디세우스가 큰 활에 시위를 메우고 도끼날 구멍들을 관통한 그 화살로 오빠와 카이피오 2세를 죽일 것인가? 아니, 당연히 아니다! 그들은 모두 아주 오래전에 살았다. 아마도 몇몇 시인들이 남긴 불멸의 문장들 속에서만. 이것이 불멸의 의미인가, 육신이 되살아난다는 것이 아니라 시인이 남긴 불멸의 문장들을 통해 사는 것이?

그녀는 이 집에서 10미터 아래의 아헤노바르부스 저택 발코니에 있던 붉은 머리 영웅의 생각에 매달렸다. 그는 어떻게든 그녀의 고난을 알게 될 것이다. 벽에 있는 격자창을 부수고 들어와 그녀를 몰래 데리고 멀리 보랏빛 바다에 있는 마법의 섬으로 가서 살 것이다. 그녀는 마음속에서 키가 훤칠하고 오디세우스 같은, 똑똑하고 진취적이며 용감무쌍한 그의 모습을 몽상하며 끔찍한 시간을 버텼다. 그녀가 갇혀 있다는 걸 일단 알기만 하면, 그에게 드루수스 저택 따위는 얼마나 하찮은 장애물이겠는가!

아, 하지만 오늘밤은 달랐다. 오늘밤은 행복한 결말도 기적적인 구출도 없는 진짜 감금의 시작이었다. 오빠와 하인들 외에 그녀가 갇혀 있다는 걸 누가 알겠는가? 그리고 하인들 중 누가 감히 그녀 오빠의 명령을 무시하거나, 그녀에 대한 동정심으로 그녀 오빠에 대한 두려움을 극복하겠는가? 오빠가 잔인한 사람은 아니라는 걸 그녀는 잘 알고 있었다. 하지만 복종받는 데 익숙한 그에게 여동생은 노예들이나 움브리아의 사냥용 산장에서 키우는 개들과 같이 그의 소유물에 지나지 않았다. 그의 말은 그녀의 법이었고 그의 바람은 그녀에게 명령이었다. 그녀가 원하는 것은 아무런 타당성도 없었으며, 따라서 그녀의 마음 밖에서는 존재하지 않는 것이나 마찬가지였다.

그녀의 왼쪽 눈 밑이 간질거렸다. 왼뺨에 뜨겁고 간지러운 느낌이 들었다. 뭔가가 손등에 툭툭 떨어졌다. 이어 오른쪽 눈이 간지럽더니 오른뺨이 불에 덴 듯 뜨거워졌다. 눈물은 짧은 여름 소나기가 시작되듯 툭툭 떨어지는 느낌이 점점 더 잦아지더니 점점 더 빠르게 떨어졌다. 리비아는 고통스럽게 울었다. 몇 시간 동안 그녀는 지옥 같은 음울함의 바다 속에서 혼자 울었다. 그녀는 오빠의 의지에, 그리고 그것을 거역하고 싶은 자신의 의지에 갇힌 죄수였다.

하지만 집사가 와서 빗장을 풀고 그녀 침실의 쿰쿰한 냉기 속으로 눈부시게 밝은 등불을 들이밀었을 때, 그녀는 울음기 없는 눈으로 차분하게 침대 가장자리에 앉아 있었다. 그녀는 일어서서 집사를 지나쳐 방에서 걸어나가, 넓고 화려한 아트리움을 가로질러 오빠의 서재로 갔다.

"대답은?" 드루수스가 물었다.

"퀸투스 세르빌리우스와 결혼하겠어요."

"좋아. 하지만 나는 네게서 그 이상의 것을 원한다, 리비아."

"무엇이든 오빠를 기쁘게 하기 위해 노력할 것입니다, 마르쿠스 리비우스." 그녀는 침착하게 말했다.

"좋아." 그가 손가락으로 딱 소리를 내자 집사가 즉시 나타났다. "리비아 아가씨의 거실에 꿀을 탄 뜨거운 포도주와 꿀과자를 준비시키고, 아가씨의 여종에게 목욕 준비를 하라고 이르게."

"고마워요." 그녀는 무심하게 말했다.

"너를 행복하게 만드는 것이 내겐 진정한 기쁨이다, 리비아. 네가 적절한 로마 여성처럼 행동하고 네게 기대되는 일을 하기만 한다면 말이다. 나는 네가 자신의 결혼을 기뻐하는 여느 처녀와 마찬가지로 퀸투스 세르빌리우스를 대하기를 원한다. 그는 네가 기뻐한다고 생각해야 한다. 너는 그의 기대에 어긋나지 않는 경의와 존경과 관심과 애정으로 그를 대해야 한다. 단 한 순간도, 결혼한 후 침실에서조차, 네가 그를 남편으로 택한 것이 아니라는 암시를 줘서는 안 된다. 알겠느냐?" 그는 엄하게 말했다.

"알겠습니다, 마르쿠스 리비우스."

"따라오너라."

그는 그녀를 데리고 아트리움으로 갔다. 천장의 커다란 직사각형 조명이 엷어지기 시작했다. 등불보다 맑은, 희미하지만 더 밝은 진줏빛이 슬며시 들어왔다. 벽에는 가정의 수호신들인 라레스와 페나테스를 모신 작은 제단이 있었고, 그 양옆으로 정교하게 색칠한 축소형 신전이 있었다. 신전 안에는 감찰관을 지낸 그녀의 아버지부터 거슬러올라가 리비우스 드루수스 가문의 시조까지 유명한 조상들의 이마고가 보관되어 있었다. 그곳에서 드루수스는 그녀로 하여금 끔찍한 로마의 신들에게 끔찍한 맹세를 하게 했다. 로마의 신들은 신상도 신화도 인간성도 없는 내면의 특징들을 의인화한 존재이지 신성한 인간 남녀들이 아니었다. 그들이 주는 불쾌한 고통 속에서, 그녀는 카이피오 2세에게 따뜻하고 정다운 아내가 되겠다고 맹세했다.

맹세가 끝난 후 그는 그녀를 꿀을 탄 뜨거운 포도주와 꿀과자가 기다리는 그녀의 거실로 보내주었다. 그녀는 포도주를 조금 마시고 그 효과를 즉시 느꼈다. 하지만 과자를 삼키는 생각만으로도 목구멍이 조여드는 것 같아서 하녀에게 미소를 지으며 과자들을 밀어놓고 일어섰다.

"목욕을 하고 싶어."

그날 오후 카이피오 2세와 여동생 세르빌리아가 찾아와서 드루수스와 리비아와 함께 저녁을 들었다. 합동결혼식이 계획된 화기애애한 4인조였다. 리비아는 자기 집안사람들이 본래 잘 웃지 않는다는 데 대해 모든 신들께 감사하면서 자신의 맹세를 충실하게 이행했다. 그녀는 지극히 엄숙한 태도로 일관했지만 아무도 전혀 이상하게 생각하지 않았다. 그 가문 사람들은 모두 그랬기 때문이다. 그녀가 나지막하지만 따뜻한 어조로 카이피오 2세와 이야기를 나누는 동안 오빠는 세르빌리아에게 집중했다. 카이피오 2세가 처음에 느꼈던 두려움은 서서히 사라졌다. 어째서 리비아가 나를 좋아하지 않는다고 생각했을까? 병 때문에 파리해 보이기는 하지만, 그녀가 노련한 오빠의 합동결혼식 계획에 긍정적으로 응하고 있는 것은 분명해. 결혼식은 5월 초, 나이우스 말리우스 막시무스가 알프스를 넘어 진군하기 전에 하기로 결정되었다.

그 불운한 시간이 오기 전에. 하지만 이제 내게는 모든 시간이 불운해. 리비아는 생각했다. 그러나 물론 자신의 생각을 입 밖으로 내지는 않았다.

루푸스는 6월에 마리우스에게 편지를 썼다. 유구르타 생포와 아프리카에서의 종전 소식이 아직 로마에 닿기 전이었다.

작년 겨울부터 불안한 기운이 감돌더니 봄이 오자 다들 공포에 휩싸였네. 게르만족이 로다누스 강을 따라 남쪽으로 이동하고 있는 것이 분명해. 작년 말부터 우리의 우방인 갈리아의 아이두이족으로부터 긴급한 편지들이 도착했네. 그들에겐 불청객이나 다름없는 게르만족이 이주를 준비한다는 내용이었지. 4월에 처음 로마를 방문한 아이두이족 사절단은 게르만족이 그들과 암바리족의 곡식으로 수레를 채우고 있다고 말했어. 하지만 그들은 게르만족이 히스파니아로 향한다고 전했고, 게르만족의 위협을 덮어버리고 싶었던 원로원 의원들은 재빨리 그 소문을 주변에 퍼뜨렸지.

다행히도 스카우루스나 아헤노바르부스는 여느 의원들과 달랐네. 덕분에 나이우스 말리우스와 내가 집정관으로 취임하자마자 비상사태를 대비해 신병을 모집하는 쪽으로 의견이 모였지. 그런데 결국 나이우스 말리우스가 6개 군단을 조직하기로 했어.

루푸스는 마리우스의 장황한 비난을 상상하며 몸이 굳어졌다. 그는 쓸쓸한 미소를 지었다.

그래, 나도 알아, 알고 있다고! 화내지 말고 들어보게, 가이우스 마리우스! 일단 설명을 듣고 길길이 날뛰든지 말든지 하란 말이야. 물론 원칙적으로 봤을 때 새로운 군대를 조직하고 책임져야 할 사람은 바로 나라네. 그건 잘 알고 있어. 나는 올해의 수석 집정관인데다 오랫동안 군생활을 하며 혁혁한 공을 세웠고 내가 집필한 군사훈련 지침서가 출간되면서 어느 정도 명성도 누리고 있으니 말일세. 반면 차석 집정관인 나이우스 말리우스는 그쪽으로는 경력이 전무하지.

사실 이건 다 자네 탓이야! 우리 두 사람이 친하다는 걸 모르는 사람은 없네. 그런데 자네의 정적들은 자네와 친분이 있는 사람에게 이런 중한 일을 맡기느니 게르만족의 물결에 로마가 휩쓸려 멸망하도록 내버려두는 쪽을 택할 거야. 똥돼지 메텔루스가 벌떡 일어나서 아주 대단한 일장연설을 하셨어. 나는 너무 늙어서 군대를 이끌기에 부적합하고, 내 훌륭한 재능은 로마를 통치하는 데 이용되는 것이 낫다나. 다른 의원들은 주인을 따라 도살장으로 들어가는 양떼처럼 메텔루스를 졸졸 따라갔고, 결국 필요한 결의들을 순식간에 통과시켰다네. 내가 왜 그들과 맞서지 않았냐고? 자네와 달리 나는 그렇게 강하지도 않고, 그 사람들을 무너뜨리고 싶을 정도로 미워하지도 않기 때문이지. 그래서 말리우스에게 정말로 실력 있고 경험이 많은 보좌관을 붙여줘야 한다는 점만 거듭 강조했네. 적어도 그 문제는 잘 해결되었어. 마르쿠스 아우렐리우스 스카우루스가 보좌관으로 뽑혔거든. 아이밀리우스가 아니라 아우렐리우스 말이네. 아우렐리우스와 우리의 존경하는 원로원 최고참 의원의 공통점은 스카우루스라는 코그노멘뿐이지. 하지만 군인으로서 아우렐리우스의 능력은 그 유명한 스카우루스 최고참 의원보다 훨씬 낫다고 생각해. 로마와 말리우스를 위해서라도 제발 그랬으면 하네!

그는 전반적으로 준비를 잘하고 있어. 최하층민을 신병으로 모집하면서, 자네의 아프리카 군대를 증거로 들어 그 실효성을 주장했지. 4월에 게르만족이 로마 속주를 향해 남진중이라는 소식이 전해졌는데, 그때까지 로마와 라티움 지역의 최하층민으로 6개 군단을 조직한 상태였네. 그러다 원로원에서는 아이두이족 사절단을 통해 지금 이주하고 있는 게르만족의 실제 규모를 처음으로 알게 되었지. 아퀴타니아에서 루키우스 카시우스를 죽인 게르만족은 대략 25만 명이었는데, 그건 전체 이주민의 3분의 1에 불과하다고 해. 아이두이족 사절단은 게르만족 전사, 여성, 아이들까지 약 80만 명이 지중해의 갈리아 연안을 향하고 있다고 했네. 정말 놀랍지 않나?

원로원에서는 말리우스에게 4개 군단을 추가로 모집하도록 했네. 이로써 총 병력은 10개 군단과 기병 5천 명으로 늘어났지. 상황이 이렇다 보니, 원로원에서 민심을 수습하려 애썼지만 게르만족에 관한 소문은 삽시간에 이탈리아 전역으로 퍼졌네. 이제껏 게르만족과의 싸움에서 제대로 이긴 적이 없기 때문에 다들 걱정이 많아. 카르보 시절부터 패배로 점철된 역사였지. 그래서 항간에서는 출중한 로마 6개 군단만 있으면 오합지졸인 게르만족 25만 명을 능히 무찌를 수 있다는 우리의 유명한 말이 전부 개똥같은 소리라고 한다는군.

가이우스 마리우스, 지금 이탈리아인들은 두려움에 떨고 있네! 물론 그들을 탓할 수도 없는 노릇이지.

이렇게 만연한 두려움 탓인지 최근 몇몇 이탈리아 동맹들은 그간의 정책 노선을 전면적으로 수정했어. 이제는 자발적으로 말리우스에게 병력을 보내고 있네. 삼니움족은 경보병대 한 군단을, 마르시족은 훌륭한 로마식 보병대 한 군단을 파견했어. 게다가 움브리아, 에트루리아, 피케눔에서는 연합 보조군을 보냈네. 자네도 예상하겠지만 원로원 의원 양반들은 지금 입에 생선을 문 고양이처럼 우쭐해하며 자기만족에 빠져 있어. 추가로 모집된 네 군단 중에서 셋은 이탈리아 동맹들이 비용을 대고 관리하기로 했네.

지금까지는 전부 좋은 소식이야. 하지만 물론 안 좋은 소식도 있네. 백인대장이 심각하게 부족해서 최하층민 신병들은 훈련을 제대로 받지 못했어. 제일 마지막으로 조직된 군단은 준비가 전혀 안 되어 있고. 아우렐리우스 보좌관은 말리우스에게 노련한 백인대장들을 최하층민 7개 군단에 골고루 배치할 것을 제안했네. 하지만 그리되면 전체 군단의 백인대장 중 40퍼센트는 전쟁 경험이 전무한 사람으로 채워야 하지. 그나마 참모군관은 꽤 많은 편이지만, 백인대와 보병대대를 하나로 묶어주는 것은 백인대장의 역할이지 않나.

솔직히 말해서 벌써부터 결과가 걱정된다네. 말리우스는 나쁜 사람은 아니지만, 게르만족과의 전쟁을 지휘할 능력을 갖춘 것 같지는 않아. 본인도 그 점을 인정했다네. 그는 5월 말에 병사들이 전장에서 제대로 싸울 수 있을지 모르겠다고 원로원 의원들에게 말했어! 전장에서 허둥지둥하는 병사들이야 늘 있기 마련인데, 그런 말을 굳이 원로원에서 내뱉어야 했는지!

그래서 원로원에서는 어떤 조치를 취했냐고? 나르보에 있는 퀸투스 세르빌리우스 카이피오에게 말리우스와 합류할 수 있도록 당장 군대를 이끌고 로다누스 강으로 가라는 명령을 내렸지. 웬일로 원로원에서 신속하게 나서더군. 전령은 로마에서 나르보까지 말을 타고 달려 2주도 지나기 전에 원로원의 명령을 전달했네. 카이피오도 곧바로 답신을 보냈지! 어제 그의 답신이 도착했는데, 그 내용이 참 가관이었어. 원로원 명령에는 카이피오와 그의 군대가 올해 집정관의 임페리움하에 놓이게 된다는 내용이 적혀 있었어. 아주 당연하고 공정한 처사라 할 수 있지. 작년 집정관도 전직 집정관으로서의 임페리움을 가지고 있지만, 합동작전에서는 올해 집정관의 임페리움을 우선적으로 인정하니 말일세.

그런데 말이야, 카이피오는 그걸 받아들이지 못했어! 원로원에서는 과연 그 인간이, 로마의 구원자 가이우스 세르빌리우스 아할라의 직계후손이자 세르빌리우스 가문의 파트리키인 그가, 걸출한 조상이라고는 한 명도 없고 경쟁 후보들이 너무 변변찮아서 운좋게 집정관으로 뽑힌 신진 세력에게 복종하리라고 생각했던 걸까? 카이피오는 집정관도 집정관 나름이라고 하더군. 그래, 심지어 이런 말까지 했어! 자기가 선거에 나갔을 땐 대단한 후보들이 대거 출마했는데, 올해 선거에서는 고작 다 늙어서 비리비리하고 변변찮은 귀족(나 말일세)과 고약한 취향에 돈만 많고 주제를 모르는 벼락출세자(나이우스 말리우스 말이겠지)가 당선되었다고. 어쨌든 그는 즉시 로다누스 강으로 가겠다고 편지를 마무리했어. 하지만 그곳에 도착할 무렵까지 원로원에서는 자신을 이번 합동작전의 총사령관으로 임명하는 편지를 보내야만 한다고 했지. 카이피오는 말리우스가 자신의 휘하로 들어온다면 모든 일이 순조로울 것이라고 확신했다네.

루푸스의 손에 쥐가 나기 시작했다. 그는 한숨을 내쉬며 갈대 펜을 내려놓았다. 눈살을 찌푸리며 손가락을 주물렀다. 어느새 눈꺼풀이 스르르 감기고 머리가 앞으로 기울어지면서 졸기 시작했다. 그가 흠칫 놀라면서 졸음에서 깨어났을 때는 손의 통증이 한결 나아졌기 때문에 계속 편지를 쓸 수 있었다.

이것 참, 길고 긴 편지가 되겠군! 하지만 나 말고는 자네에게 지금 상황을 정직하게 알려줄 사람이 없고, 자네는 반드시 이 모든 것을 알아야만 하네. 카이피오는 그 서신을 내가 아니라 스카우루스 최고참 의원에게 보냈어. 자네는 당연히 친애하는 마르쿠스 아이밀리우스 스카우루스가 어떤 사람인지 알 테지! 그는 원로원에서 웃겨 죽겠다는 듯이 그 끔찍한 편지를 처음부터 끝까지 다 읽었네. 심지어 침까지 질질 흘리더군. 그랬더니 세상에, 마치 비둘기들 틈에 고양이를 풀어놓은 것같이 난리가 났어! 안색이 자줏빛으로 바뀌는 사람도 있었고 주먹을 휘두르는 사람도 있었네. 말리우스와 똥돼지 메텔루스는 심지어 몸싸움까지 했어. 내가 원로원 입구에 서 있던 릭토르를 불러와서 겨우 뜯어말렸네. 스카우루스는 별로 고마워하지도 않더군. 그야말로 전쟁의 신 마르스를 위한 날이었네! 로마의 가장 무시무시한 무기인 이 광기를 병에 담아두었다가 게르만족을 모조리 날려버리는 데 쓰지 못하는 것이 유감일 따름이지.

결론을 말하자면 원로원에서는 카이피오의 요청대로 로다누스 강으로 전령을 보냈네. 하지만 새로운 명령은 이전 명령과 다를 바가 없어. 다시 말해, 카이피오는 합법적으로 선출된 올해의 집정관 나이우스 말리우스 막시무스에게 복종해야 한다는 뜻이지. 그나저나 그 친구는 어쩌다 막시무스라는 코그노멘을 갖다 쓰게 된 건지 참 어리석고 안타까울 노릇이야. 부하에게 구원받고서 그 사람이 아니라 자신에게 버젓이 풀잎관을 씌우는 것과 비슷하다고나 할까. 너무 무식한 행동이지. 더구나 가문명이 파비우스가 아닌데도 그 코그노멘을 쓰는 것은 살 떨릴 정도로 건방진 짓이네. 물론 그는 자기 증조모가 파비아 막시마였고 조부도 그 이름을 썼다고 주장하지만, 내가 알기로 그의 부친은 절대 그 이름이 아니었어. 그러니 파비아 막시마 이야기도 심히 의심스럽지.

어쨌든 지금 나는 그자 대신 전장에 나서고 싶지만 발길을 돌려야 하는 군마(軍馬) 신세야. 다른 시끄러운 문제들도 눈앞에 산재해 있네. 이를테면 최하층민 신병으로 구성된 7개 군단의 장비를 구입하고도 국영 곡물 저장소 내부에 방수용 역청을 덧바를 예산이 남을 것인가 말이지. 로마 전역은 온통 게르만족 소식으로 떠들썩한데, 원로원에서는 곡물 저장소 문제로 벌써 8일째 다투고 있다면 자네는 믿겠나? 환장하겠어!

하지만 나에게도 나름 계획이 있어. 갈리아에서 승리하든 패배하든 이 계획은 반드시 실행에 옮길 거라네. 지금 이탈리아에는 백인대장이라고 부를 만한 사람이 거의 없으니 검투사 양성소에서 훈련 교관과 교육 담당관을 모집할 생각이야. 카푸아에는 검투사 양성소가 많고, 그것도 최고 수준의 양성소들이지. 마침 신병 훈련소도 카푸아에 있으니 더욱 잘된 일 아니겠어? 루키우스 티들리푸스가 할아버지의 장례식 공연에 섭외할 검투사가 부족해서 걱정한다면 참 딱

한 일이겠지. 하지만 지금은 티들리푸스보다 로마가 그들을 더 필요로 한다네! 자네도 눈치를 챘겠지만, 난 앞으로도 계속 최하층민 신병을 모집할 계획이야.

또 소식 전하겠네. 몽상가와 사이렌, 마법에 걸린 섬의 땅에서는 지금 어떤 일이 벌어지고 있나? 아직 유구르타의 발목에 족쇄를 채우지 못했나? 그렇다 해도 분명 얼마 남지 않았을 거라고 생각하네. 똥돼지 메텔루스는 요즘 오락가락하고 있어. 자네랑 말리우스 중 누구를 집중 공격해야 할지 마음을 못 정한 모양이야. 그는 당연히 카이피오를 총사령관으로 임명해야 한다며 아주 멋들어진 발언을 했네. 물론 내가 날카로운 지적으로 그의 주장을 뭉개버렸는데, 그렇게 즐거울 수가 없더군.

가이우스 마리우스, 내가 그 인간들한테 얼마나 실망했는지 자넨 모를 거야! 로마에 필요한 건 지금 살아 있는 전쟁 전문가인데, 다들 진절머리 나도록 자기네 조상의 업적만 떠들어대더군! 자네가 서둘러 돌아오면 안 되겠나? 우린 자네가 필요해. 나 혼자서는 원로원 전체와 싸울 수 없으니까. 혼자 힘으로는 힘들어.

추신

그런데 말이야, 캄파니아에서 이상한 사건이 몇 개 발생했네. 뭔가 꺼림칙한데 대체 왜 그런 일이 발생했는지 모르겠어. 5월 초에 누케리아에서 노예 폭동이 발생했는데 손쉽게 진압되었어. 다시 말해 세계 곳곳에서 온 불쌍한 노예 서른 명이 처형당했다는 거지. 그런데 사흘 전에 다른 폭동이 발생했어. 이번 장소는 항구 노동자나 채석장 일꾼으로 팔려가게 될 하급 노예들을 모아놓은 카푸아 외곽의 대형 진지였네. 이 폭동에는 거의 250명에 달하는 노예들이 가담했어. 카푸아 주변에 신병으로 구성된 보병대대가 여럿 머물고 있었기 때문에 폭도들은 단번에 진압되었네. 폭도 쉰 명은 진압 과정에서 피살되었고 나머지도 즉시 처형당했지. 이 사건들이 내 마음에 걸린다네, 가이우스 마리우스. 불길한 징조야. 지금 이 순간 신들은 우리 반대편에 서 있네. 그런 느낌이 뼛속까지 전해지고 있어.

두번째 추신

방금 아주 슬픈 소식이 도착했네. 이 편지는 푸테올리의 마르쿠스 그라니우스를 통해 우티카에 있는 자네에게 속달로 전해질 예정이기 때문에, 이 소식을 내가 직접 전하기로 했어. 자네의 존경스러운 장인어른 가이우스 율리우스 카이사르가 오늘 오전 돌아가셨네. 자네도 알다시피 그분은 목에 종양이 생겨서 고통을 겪고 계셨는데, 오늘 오후에 자결하셨다는군. 그분 입장에서는 최선의 선택이었다는 점에 자네도 동의할 거야. 자고로 남자는 사랑하는 가족에게 짐이 되어서는 안 되고, 특히 인간으로서의 존엄성과 온전함이 무너지는 경우에는 더욱 그러한 법이지. 산다는 것이 자기 배설물 위에 누워 있거나 노예의 도움으로 그 배설물을 씻어내는 것을 의미한다면, 과연 죽음 대신 삶을 택할 사람이 있을까? 절대 없겠지. 스스로 대소변을 가리지 못한다면 그건 가야 할 때라는 뜻이네. 그분은 더 빨리 죽음을 선택했을 수도 있었지만 둘째 아들에 대한 걱정 때문에 그러지 못했던 것 같아. 최근에 결혼한 아들 말이네. 이틀 전에 그분을 찾아뢰었는데, 둘째 아들의 배우자에 대한 걱정이 사라졌다고 힘겹게 말씀하시더군. 아름다운 아우렐리아는 내가 가장 사랑하는 조카딸이기도 하지만 젊은 가이우스 율리우스에게도 완벽한 배필이니 말일세. 가이우스 율리우스 카이사르는 새 식구를 맞이한 뒤에 떠난 셈이지.

나이우스 말리우스 막시무스는 6월 말 북서쪽으로 진군했다. 두 아들을 개인 참모로 데려갔고, 그해에 선출된 군무관 스물네 명은 열 개 군단 중 일곱 개에 나누어 배치되었다. 섹스투스 율리우스 카이사르, 마르쿠스 리비우스 드루수스, 퀸투스 세르빌리우스 카이피오 2세도 그의 뒤를 따랐다. 하급 참모군관인 퀸투스 세르토리우스도 함께 떠났다. 이탈리아 연합군단 셋 중에는 마르시족 군단이 있었는데, 이들은 총 열 개 군단 중에 가장 군인다웠고 잘 훈련받은 상태였다. 그들의 지휘관은 마르시족 귀족의 아들로 스물다섯 살인 퀸투스 포파이디우스 실로였다. 물론 그도 로마 보좌관의 명령에 따라야 하는 입장이었다.

말리우스는 전군이 두 달간 먹을 곡식을 다 가져가겠다고 고집을 부렸다. 그러는 바람에 그의 짐수레는 거대해졌고 진군 속도는 끔찍할 정도로 느려졌다. 덕분에 16일 동안 아드리아 해와 면한 파눔 포르투나이에도 닿지 못했다. 아우렐리우스 보좌관이 집요하고 끈기 있게 설득한 결과, 군단 하나에 짐수레 호위를 맡기고 나머지 9개 군단과 기병대는 가벼운 짐만 챙겨 앞서가기로 했다. 로다누스 강에 도착하기 전에 병사들이 굶어죽진 않을 것이며 조금만 기다리면 무거운 짐수레가 안전하게 도착할 것이라고 말리우스를 설득하기란 무척 어려운 일이었다.

카이피오는 더 짧은 거리를, 그것도 평지로 이동했기 때문에 말리우스보다 한발 앞서 거대한 로다누스 강에 도착할 수 있었다. 그는 총 8개 군단 중 7개를 데려왔고(나머지 1개 군단은 배에 태워 가까운 히스파니아에 보냈다) 기병대는 아예 없었다. 불필요한 예산을 줄이려고 작년에 기병대를 해산시킨 탓이었다. 원로원의 명령은 진작 떨어졌고, 보좌관들도 서둘러야 한다고 재촉했다. 하지만 카이피오는 스미르나로부터 서신을 받기 전에는 나르보를 떠나지 않으려 했다. 그는 심기가 불편해 보였다. 스미르나와 나르보 사이의 연락이 늦어지는 것을 줄곧 불평해대거나, 말리우스 같은 뜨내기에게 통합병력 지휘권을 양보하라는 원로원의 무신경한 명령에 불만을 토해냈다. 하지만 결국 그는 서신을 받지 못한 채 진군에 나서야만 했다. 대신 문제의 편지가 나르보에 도착하면 즉시 자신에게 전달하라는 엄한 명령을 남겼다.

뒤늦게 출발했음에도 불구하고 카이피오는 말리우스보다 목적지에 훨씬 빨리 도착했다. 로다누스 강 삼각주 근처 염습지의 서쪽 끝자락에 있는 작은 교역도시 네마우수스였다. 이곳에서 그는 전령을 만나 원로원의 새로운 명령을 전달받았다.

카이피오는 자신의 편지가, 그것도 스카우루스가 원로원에서 직접 낭독한 그 편지가 의원들의 마음을 움직이는 데 실패할 줄은 꿈에도 몰랐다. 두루마리 편지를 담은 통을 열어 원로원의 간결한 답변을 살펴보고서 그는 분노에 휩싸였다. 불가능한 일이야! 참을 수 없어! 파트리키인 세르빌리우스더러 신진 세력 벼락출세자인 말리우스에게 머리를 숙이라고? 있을 수 없는 일이지!

로마 소식통에 따르면 게르만족은 켈트계 알로브로게스족의 땅을 통과해서 남쪽으로 이동중이었다. 로마를 끔찍이 싫어하는 알로브로게스족은 진퇴양난에 처해 있었다. 그들에게 로마는 잘 아는 적이었고 게르만족은 아직 모르는 적이었다. 드루이드교를 믿는 이 부족은 지난 2년간, 갈리아에는 게르만족이 정착할 땅은 없다고 갈리아의 모든 부족들에게 말해왔다. 물론 그들은 자기네보다 압도적으로 많은 게르만족에게 땅을 양보할 마음이 조금도 없었다. 아이두이족이나 암바리족과도 가깝게 지냈기에, 게르만족이 두 부족의 땅을 얼마나 난장판으로 만들어놓았는지도 익히 알고 있었다. 그래서 알프스 산기슭으로 후퇴한 뒤 전력을 다해 게르만족을 공격했다.

6월 말경, 게르만족은 아무런 저지도 받지 않고 알프스 너머 갈리아 지역의 로마 속주를 침입해서 비엔 교역소 북쪽으로 몰려들어왔다. 총 75만 명이 넘는 게르만족은 거대한 로다누스 강의 동쪽 제방을 따라 아래로 내려왔다. 그곳의 평원은 더 넓고 안전했으며, 중앙 갈리아와 케벤나의 호전적인 고산부족으로부터 공격받을 가능성도 낮았기 때문이었다.

이 소식을 접한 카이피오는 일부러 네마우수스에서 도미티우스 가도를 이탈했다. 더 정확히 말하자면, 아헤노바르부스가 건설한 긴 둑길을 따라 습지를 건너는 대신 서쪽 강변을 따라 북쪽으로 진군함으로써 강을 사이에 두고 게르만족의 경로와 겹치지 않도록 한 것이었다. 그때가 8월 중순이었다.

네마우수스에서 카이피오는 로마의 스카우루스에게 편지를 써서 급송으로 전달했다. 자신은 말리우스의 명령을 따르지 않을 것이며 이것이 최후통첩이라는 편지였다. 이런 입장을 취했기 때문에, 그가 명예롭게 택할 수 있는 경로는 서쪽 강기슭뿐이었다.

아렐라테까지 이어지는 도미티우스 가도가 둑길로 로다누스 강을 지나는 지점에서 동쪽 강기슭을 따라 북쪽으로 65킬로미터쯤 올라가면, 로마의 교역도시 아라우시오가 나왔다. 카이피오는 보병 4만 명과 비전투원 1만 5천 명을 아라우시오에서 북쪽으로 16킬로미터 떨어진 지점의 서쪽 강기슭에 주둔시켰다. 그런 다음 강 건너편에 말리우스가 나타나기를, 또 그가 가장 최근 보낸 서신에 대한 원로원의 답변이 도착하기를 기다렸다.

말리우스가 원로원의 답변보다 한발 앞서 도착했다. 그는 아라우시오에서 북쪽으로 8킬로미터 떨어진 지점의 동쪽 강기슭에 튼튼한 주둔지를 구축해 보병 5만 5천 명과 비전투원 3만 명이 머물게 했고, 로다누스 강을 방어벽 겸 식수원으로 이용했다.

말리우스는 주둔지의 북쪽이 전투를 치르기에 가장 적합한 지점이며 로다누스 강이야말로 최고의 방어벽이라 믿었다. 이것이 그의 첫번째 실수였다. 두번째 실수는 기병 5천 명을 정찰대 삼아 주둔지에서 북쪽으로 50킬로미터 떨어진 곳에 보낸 것이었다. 세번째 실수는 가장 출중한 보좌관 아우렐리우스를 정찰대에 딸려보냄으로써 그의 조언을 받지 못하게 된 것이었다. 이 모든 실수는 그의 작전에서 비롯되었다. 그는 직접적인 전투가 아니라 로마군의 위풍당당한 모습을 통해 게르만족의 진격을 저지할 수 있을 것이라 믿었다. 말리우스는 교전이 아닌 협상을 원했으며, 게르만족이 로마 속주를 통과해 남진하는 것을 멈추고 평화롭게 중앙 갈리아 땅으로 돌아가기를 바랐다. 로마와 게르만족 간에 있었던 이전의 전투는, 게르만족이 로마 영토에서 물러날 의사를 넌지시 밝혔음에도 로마에서 계속 압박을 가했기 때문에 발생했다. 그래서 말리우스는 자기 전략에 희망을 품고 있었다. 그의 희망에 전혀 근거가 없는 것도 아니었다.

하지만 우선 서쪽 강기슭에 주둔중인 카이피오를 동쪽으로 건너오게 해야 했다. 스카우루스가 원로원에서 낭독한 카이피오의 모욕적이고 몰지각한 편지 때문에 말리우스는 아직 분이 풀리지 않았다. 그래서 아주 퉁명스러운 명령조의 서신을 보냈다. '당장 병사들을 데리고 강을 건너와서 내 부대에 합류하시오.' 그는 서신이 빨리 전달될 수 있도록 노를 젓는 사람들에게 직접 건네주었다.

카이피오는 같은 배로 말리우스에게 답신을 보냈다. 말리우스의 서신만큼이나 신랄함이 묻어 있는 답신이었다. 세르빌리우스 가문의 파트리키인 자신은 주제도 모르는 상인의 자손에게 명령을 받을 수는 없으며, 지금 서 있는 서쪽 강기슭에서 한 발짝도 움직이지 않겠다고 엄포를 놓는 내용이었다.

말리우스는 다음 명령을 전달했다.

나는 이번 작전의 총사령관으로서 지금 당장 군대를 이끌고 강을 건너오라는 명령을 반복하겠소. 이번 명령이, 이 두번째 명령이 마지막인 줄 아시오. 계속 내 명령에 불복한다면 로마에서 당신을 고소하겠소. 혐의는 반역죄이며, 이 시건방진 행동으로 인해 당신은 유죄 판결을 받게 될 것이오.

카이피오는 맞고소를 하겠다는 답변을 보내왔다.

당신이 이번 작전의 총사령관임을 인정할 수 없소. 모든 방법을 동원해서 어디 한번 날 고소해보시지. 나도 반드시 당신을 반역죄로 고소할 테니까. 결국 누가 이길지는 이미 다 알고 있을 테니, 지금 당장 지휘권을 나에게 넘기시오.

이에 말리우스는 훨씬 더 거만한 답신을 보냈다. 이러한 다툼은 9월 중순까지 이어졌다. 마침내 로마에서 원로원 의원 여섯 명으로 구성된 사절단이 도착했다. 너무 멀고 힘든 길을 달려온지라 그들은 완전히 지쳐 있었다. 로마에 남아 있는 집정관 루푸스가 백방으로 노력한 끝에 파견한 사절단이었지만, 스카우루스와 메텔루스 누미디쿠스는 집정관을 지냈거나 실질적인 영향력을 갖춘 의원을 포함시키지 않음으로써 사절단의 영향력을 제거했다. 사절단에 포함된 의원 여섯 명 중에 가장 직위가 높은 사람은, 변변찮은 귀족 가문의 일개 법무관이자 루푸스의 매부인 마르쿠스 아우렐리우스 코타였다. 말리우스의 주둔지에 도착하고 얼마 지나지 않아 코타는 사태의 심각성을 파악했다.

코타는 그로서는 드물게 열의를 발휘해서 카이피오를 설득하는 작업에 나섰다. 하지만 카이피오는 계속 고집을 부렸다. 북쪽으로 50킬로미터 떨어진 기병대의 주둔지를 살펴본 뒤 코타의 열의는 두 배로 높아졌다. 아우렐리우스 보좌관을 따라 비밀리에 높은 언덕으로 올라갔더니, 그들 쪽으로 다가오는 게르만족 행렬의 앞부분이 보였기 때문이었다.

코타는 얼굴이 새하얗게 질려서 말했다. "기병대는 나이우스 말리우스의 주둔지로 돌아가야 합니다."

"우리가 전투를 치를 작정이라면 그렇게 해야겠지요." 아우렐리우스는 침착함을 유지하며 말했다. 며칠 동안 게르만족의 이동을 지켜보면서 그 광경에 익숙해진 까닭이었다. "말리우스는 우리가 이전의 성공, 다시 말해 외교적인 성공을 재현할 수 있다고 믿습니다. 이제껏 게르만족은 우리가 강하게 몰아붙였을 때만 무력 충돌을 감행했습니다. 전 이번에 아무것도 먼저 시작할 마음이 없습니다. 그러니 저쪽에서도 아무것도 시작하지 않을 겁니다. 우리 쪽에는 실력 있는 통역사가 몇 명 있습니다. 게르만족 족장들과의 교섭에서 제가 전하고자 하는 말을 통역사들에게 며칠간 주입해왔습니다. 게르만족은 그들을 가로막고 있는 막강한 로마군을 보면 분명 족장들을 교섭 현장으로 보낼 겁니다."

"지금쯤은 그들도 우리가 앞에 있다는 걸 알 텐데요!"

"아닐 겁니다." 아우렐리우스는 전혀 동요하지 않고서 말했다. "아시다시피 저들은 군대처럼 움직이지 않습니다. 정찰대가 뭔지 아예 모르거나, 만약 안다면 지금까지 파견하지 않은 것이 분명합니다. 저들은 그냥 마구잡이로 밀려오는 겁니다! 말리우스와 제가 보기에 저들에게는 아무 생각이 없습니다."

코타는 말을 돌렸다. "최대한 빨리 말리우스에게 돌아가야겠습니다. 어떻게든 고집불통 얼간이 카이피오가 강을 건너오게 하고요. 안 그러면 그의 군대를 가까운 곳에 둘 수 없으니까요."

"저도 동의합니다. 하지만 게르만족 사절단이 이곳에 도착했다는 소식을 보내면 즉시 이곳으로 와주십시오. 다른 의원 다섯 명과 함께 말이죠! 로마 원로원에서 자기들을 맞기 위해 의원 여섯 명을 보낸 사실을 알면 게르만족도 감동받을 테니까요." 아우렐리우스는 재미있다는 듯 미소를 지었다. "물론, 원로원에서 로마 장군들의 바보 같은 싸움을 뜯어말리기 위해 사절단을 파견했다는 건 절대 알리지 않을 겁니다."

다음날 코타는 직접 노를 저어 로다누스 강을 건너갔다. 고집불통 얼간이 카이피오는 이상할 정도로 기분이 좋아 보였고 그의 말을 경청하는 듯했다.

"왜 갑자기 기분이 좋아진 겁니까, 퀸투스 세르빌리우스?" 코타가 어리둥절해서 물었다.

"방금 스미르나에서 편지를 한 통 받았소." 카이피오가 말했다. "몇 달 전에 진작 받았어야 할 편지 말이죠." 하지만 그는 스미르나에서 받은 편지의 내용에 대해서는 아무 말도 하지 않고 본론으로 들어갔다. "그렇다면 알겠소. 내일 동쪽 강기슭으로 넘어가겠소." 그는 자신의 임페리움을 드러내기 위해 늘 몸에 지니고 다니는, 끝 부분에 황금 독수리가 달린 상아 지휘봉으로 지도를 가리키며 말했다. 하지만 여전히 말리우스와 직접 대면하는 데는 동의하지 않았다. "여기서 강을 건널 것이오."

"아라우시오 남쪽에서 건너는 것이 낫지 않을까요?" 코타가 미심쩍다는 듯 물었다.

"그렇지 않소! 북쪽에서 건너야 게르만족과 더 가까워질 테니까."

카이피오는 약속대로 다음날 새벽 주둔지를 나와 말리우스의 요새에서 북쪽으로 35킬로미터 떨어진 여울까지 진군했다. 아우렐리우스의 정찰대로부터 남쪽으로 겨우 15킬로미터 떨어진 곳이었다.

코타를 비롯한 원로원 의원 여섯 명은 게르만족 협상단보다 먼저 아우렐리우스의 주둔지에 도착하기 위해 북쪽으로 향했다. 길을 가던 그들은 동쪽 강기슭에서 카이피오와 마주쳤다. 그의 병사들은 대부분 무사히 강을 건넌 상태였다. 하지만 원로원 의원들은 눈앞에 펼쳐진 광경에 경악을 금치 못했다. 카이피오는 자신이 도착한 바로 그 지점에 땅을 파서 튼튼한 주둔지를 만들려고 하고 있었던 것이다.

"퀸투스 세르빌리우스, 여기 머물면 안 됩니다!" 코타는 새 주둔지 위의 작은 언덕으로 말을 몰고 가서 큰 소리로 말했다. 아래로는 서둘러 도랑을 파서 파낸 흙으로 방벽을 쌓는 병사들이 보였다.

"어째서?" 카이피오는 눈썹을 치켜올리며 물었다.

"여기서 35킬로미터 남쪽에 이미 주둔지가 완성되어 있습니다. 그곳은 나이우스 말리우스의 열 개 군단은 물론 당신의 군대까지 수용할 만큼 크단 말입니다! 거기로 가야 합니다, 퀸투스 세르빌리우스! 이곳은 안 됩니다. 북쪽의 아우렐리우스와도 너무 멀고 남쪽의 말리우스와도 너무 멀어서 누구에게도 도움이 될 수 없어요. 그들에게 도움을 받을 수도 없고요! 퀸투스 세르빌리우스, 제발 부탁입니다! 오늘밤은 임시 주둔지를 만들어 여기 머물고 날이 밝으면 남쪽에 있는 말리우스의 주둔지로 가시오." 코타는 최대한 열렬하고 간곡하게 부탁했다.

"나는 강을 건너겠다고만 했지, 강을 건넌 다음 어떻게 하겠다고 약속한 적이 없소! 나의 일곱 개 군단은 최고의 훈련을 받았고 경험도 많은 병사들이오. 뿐만 아니라 재산을 가진 진짜 로마 군인이오! 내가 로마와 라티움 지역의 최하층민 무리와 함께 지낼 거라 생각하시오? 소작인, 노동자, 글을 읽지도 쓰지도 못하는 촌것들과? 마르쿠스 아우렐리우스, 그럴 바엔 차라리 죽고 말겠소!"

"머지않아 그렇게 될 것 같군요." 코타가 건조하게 말했다.

"나는 안 죽소. 내 군대도 마찬가지고." 카이피오가 단호하게 말했다. "이곳은 말리우스와 그 혐오스러운 최하층민 군대로부터 북쪽으로 35킬로미터나 떨어져 있소. 다시 말해 내가 먼저 게르만족과 싸울 수 있다는 뜻이지. 내가 그들을 물리칠 것이오, 마르쿠스 아우렐리우스! 야만인 100만 명이 진정한 로마 병사로 구성된 일곱 군단을 이길 수는 없을 테니까. 상인 나부랭이가 내 공적을 나눠 가지도록 내버려둘 것 같소? 절대 안 되지! 나 퀸투스 세르빌리우스 카이피오는 유일한 승리자가 되어 로마 거리에서 두번째 개선행진을 할 것이오. 말리우스는 그냥 구경만 하게 될 테지."

코타는 안장 위에서 몸을 기울여 카이피오의 팔을 잡았다. "퀸투스 세르빌리우스." 그의 목소리에는 이전에 없었던 절절한 진심과 우려가 느껴졌다. "제발 부탁할 테니 말리우스와 병력을 합치십시오! 로마의 승리와 로마 귀족의 승리 중 대체 무엇이 더 중요합니까? 결과적으로 로마가 승리한다면 누가 공을 차지하든 무슨 상관입니까? 이건 스코르디스키족과의 사소한 국경 분쟁이 아니고, 루시타니족과의 작은 다툼도 아닙니다! 지금 우리에게는 이제까지의 어떤 군대보다 크고 강한 군대가 필요해요. 당신도 그 군대를 위해서 반드시 기여해야만 합니다! 말리우스의 병사들은 당신의 병사들과 달리 충분히 훈련받지 못했고 경험도 없어요. 당신이 그곳에 가면 신병들을 안심시킬 수 있고 좋은 본보기가 될 수 있을 겁니다. 분명히 말씀드리지만, 이번에는 반드시 무력 충돌이 발생할 겁니다! 그런 예감이 뼛속까지 느껴집니다. 게르만족이 과거에 어떻게 행동했든 간에 이번에는 다를 겁니다. 그들은 우리의 피맛을 알아버렸고 우리의 패기가 약하다는 것을 알아챘습니다. 이건 로마의 귀족이 아니라 로마가 걸린 문제입니다, 퀸투스 세르빌리우스! 다른 군대로부터 떨어져 계속 혼자 있겠다고 고집을 부린다면, 제가 분명히 말씀드리지만 로마 귀족의 미래도 밝지만은 않을 것입니다. 당신의 손에 로마의 미래는 물론 당신 같은 귀족들의 미래가 달려 있어요. 제발 둘 모두에게 옳은 선택을 하세요! 내일 당장 말리우스의 주둔지로 가서 병력을 합치란 말입니다!"

카이피오가 말 옆구리를 발로 차자, 코타의 손은 자연스럽게 그에게서 떨어져나갔다. "싫소. 난 여기 남겠소."

카이피오는 동쪽 강기슭에 말리우스의 주둔지보다 규모만 작을 뿐

형태가 똑같은 주둔지를 구축했다. 코타를 비롯한 원로원 의원 여섯 명은 북쪽에 있는 아우렐리우스의 주둔지로 향했다.

원로원 의원들은 절묘한 시점에 도착했다. 다음날 날이 밝고 얼마 지나지 않아 말을 탄 게르만족 협상단이 아우렐리우스의 주둔지에 나타났다. 협상단에 포함된 쉰 명은 대략 40대에서 60대였다. 그렇게 덩치 좋은 사람들을 처음 보는 코타는 그만 압도당하고 말았다. 180센티미터 이하는 하나도 없었고 대부분은 한 15센티미터씩 더 컸다. 그들은 거대한 말을 타고 왔는데, 긴 털이 말굽을 감싸고 그윽한 눈은 갈기로 뒤덮여 로마인에게는 덥수룩하고 단정치 못해 보였다. 안장을 얹은 말은 없었으나 모두 굴레를 쓰고 있었다.

"게르만족의 말은 전투용 코끼리 같군요." 코타가 말했다.

"일부만 그런 겁니다." 아우렐리우스는 느긋하게 대답했다. "대부분은 평범한 갈리아 말을 탑니다. 이 사람들만 좋은 말을 선택한 것 같군요."

"저 청년을 보세요!" 코타가 큰 소리로 말했다. 서른도 안 되어 보이는 한 청년이 말에서 내렸다. 그는 자못 당당한 태도로, 그다지 특별할 것도 없다는 듯 주변을 둘러보았다.

"아킬레우스 같군요." 아우렐리우스는 침착한 표정으로 말했다.

"게르만족은 맨몸에 망토만 걸친다고 생각했어요." 코타는 그들이 입은 가죽바지를 눈여겨보며 말했다.

"게르마니아에서는 그렇다지요. 하지만 지금까지 제가 본 게르만족은 모두 갈리아인처럼 바지를 입더군요."

바지는 입었지만, 날이 덥기 때문인지 상의를 걸친 사람은 없었다. 대다수는 양쪽 젖꼭지에 닿는 사각형 가슴받이를 착용했다. 다들 빈 칼집을 연결한 수대(綬帶)를 어깨에 둘러매고 있었다. 그리고 가슴받이, 투구 장식, 칼집, 벨트, 수대, 버클, 목걸이 등 수많은 금붙이를 걸치고 있었다. 하지만 켈트족처럼 토르퀘스 목걸이를 한 사람은 없었다. 코타는 그들의 투구에 매료되었다. 투구는 테두리가 없는 단지 모양으로 귀보다 약간 위에 멋들어진 뿔이나 날개 장식이 붙어 있었다. 빳빳한 깃털 뭉치를 끼울 수 있도록 구멍이 난 것이 있는가 하면 뱀이나 용머리, 흉물스러운 새나 입을 벌린 표범을 닮은 것도 있었다.

다들 수염을 말끔하게 밀었고 하나같이 금발인 머리를 땋거나 길게 늘어뜨렸으며 가슴에는 거의 털이 없었다. 피부는 켈트족처럼 분홍빛이 아니라 연한 황금빛에 가까웠다. 주근깨가 있거나 머리가 붉은 사람은 없었다. 눈은 전부 밝은 파란색이었고 회색이나 녹색은 없었다. 그중 최고 연장자도 흐트러짐 없는 몸매에 뱃살이 없고 날렵한 전사 같았으며 방탕한 생활의 흔적은 전혀 없었다. 물론 로마인들은 몰랐지만, 게르만족은 게으름을 피우다가 몸이 볼품없어진 동료를 죽이곤 했다.

교섭은 아우렐리우스의 통역사들을 통해 이루어졌다. 대부분 아이두이족이나 암바리족이었으며, 두세 명은 노리쿰에서 카르보가 패전하기 전에 생포한 게르만족이었다. 게르만족 협상단은 그들이 히스파니아로 가는 중이며 알프스 너머 갈리아를 평화롭게 통과할 수 있는 통행권을 원한다고 말했다. 아우렐리우스가 갑옷을 완벽하게 차려입고 직접 1차 교섭을 진행했다. 그는 은색 판갑을 입고 새빨간 깃털이 달린 아티케식 은제 투구를 썼으며 심홍색 튜닉 위에 빳빳한 가죽끈으로 만든 프테루게스를 걸치고 있었다.

코타는 상상했던 것보다 훨씬 더 큰 두려움을 느끼며 반쯤 넋이 나간 채 게르만족들을 지켜보았다. 거의 절망에 가까운 감정이었다. 그가 목도하고 있는 것은 분명 로마의 파멸이었다. 이후 몇 달 동안 코타는 밤마다 게르만족 전사들의 악몽에 시달려 낮에도 충혈된 눈과 어지러운 머리를 하고 비틀거려야 했다. 시간이 흘러 어느 정도 잠을 청할 수 있게 된 후에도 이따금씩 게르만족 사나이들이 예고도 없이 거대한 말을 타고 꿈속에 찾아왔고, 그때마다 그는 깜짝 놀라 침대에서 벌떡 일어나곤 했다. 정보원에 따르면 게르만족의 숫자는 75만 명이 훌쩍 넘는다고 했으니, 이렇게 건장한 전사가 적어도 30만 명은 될 것이 분명했다. 높은 직위에 오른 사람답게 코타는 스코르디스키족과 이아푸데스족, 살라시족과 카르페타니족 등 다양한 야만인 전사들을 접해왔다. 하지만 게르만족 같은 야만인은 처음이었다. 다들 갈리아인이 거인이라고 했지만 게르만족과 비교하면 그들은 그저 보통 사람처럼 보였다.

게다가 로마가 게르만족의 위협을 심각하게 받아들이지 않고 지휘 체계로 인한 불화를 진작 해결하지 않아서 파멸을 맞게 되리라는 점이 무엇보다 끔찍했다. 장군 두 사람이 서로 협력할 생각은 하지 않고 속물이니 벼락출세자니 서로 비방하며 병사들을 내팽개치는 마당에 어떻게 게르만족을 이길 수 있단 말인가? 카이피오와 말리우스가 힘을 합친다고 해도 로마의 병력은 10만이 채 되지 않았다. 하늘을 찌르는 사기, 잘 훈련받은 병사, 유능한 지도자의 삼박자가 갖춰졌다고 가정할 때나 한번 싸워볼 만한 병력이었다.

코타는 창자가 꼬이는 듯했다. 오, 내가 로마의 운명을 보는구나! 우리는 이 금발 무리를 절대 이길 수 없을 거야. 우리끼리의 싸움조차 해결하지 못하는 처지니까.

마침내 아우렐리우스는 협상을 잠시 중단했다. 양측은 각자 상의하는 시간을 가졌다.

"몇 가지를 알아냈습니다." 아우렐리우스는 코타를 비롯한 원로원 의원 여섯 명에게 말했다. "저들은 스스로 게르만족이라고 부르지 않아요. 사실은 킴브리족, 테우토네스족, 다양한 언어를 사용하는 세번째 집단의 세 부류로 구성되어 있다는군요. 세번째 집단은 킴브리족과 테우토네스족이 방랑생활을 하는 과정에 합류한 부족들로 마르코만니족, 케루스키족, 티구리니족입니다. 조상을 따져보면 게르만족보다는 켈트족에 가깝다고 합니다."

"방랑생활이요?" 코타가 물었다. "얼마나 오랫동안 방랑생활을 했죠?"

"저들도 확실히 모르는 모양인데 적어도 수년은 된 것 같습니다. 어쩌면 한 세대에 해당하는 시간일 수도 있죠. 아킬레우스처럼 생긴 저 야만인은 그의 부족인 킴브리족이 고향을 떠날 당시 어린아이였다고 하더군요."

"왕은 있나요?"

"아뇨, 족장들의 회의체만 존재하는데, 지금 보이는 저 사람들이 족장회에서 실권을 쥐고 있습니다. 그런데 아킬레우스처럼 생긴 저 청년은 족장회에서도 빠른 속도로 입지를 다지고 있으며, 그를 왕이라 부르는 추종자도 하나둘 생기고 있답니다. 이름은 보이오릭스이고 저들 중에서도 가장 공격적인 인물입니다. 저자는 남쪽으로 가기 위해 우리 허락을 구하는 일에는 별로 관심이 없습니다. 힘이 정의라고 생각하는 사람이라, 협상 따위는 그만두고 막무가내로 남쪽으로 가자고 주장하죠."

"왕이 되기에는 위험할 정도로 젊군요. 저 사람이 문제라는 것은 저도 알겠습니다. 저기 저 남자는 누군가요?" 코타는 반짝이는 황금 가슴받이와 묵직한 금붙이를 잔뜩 걸친 마흔 살 정도의 남성을 조심스럽게 가리키며 물었다.

"테우토네스족의 테우토보드입니다. 족장들의 우두머리죠. 저자도 서서히 왕이라 불리며 그걸 즐기는 눈치입니다. 보이오릭스와 마찬가지로 힘이 정의라고 믿으며 로마가 허락하든 말든 신경쓰지 말고 남쪽으로 가야 한다고 생각하죠. 무언가 불길합니다. 카르보 시절을 경험했던 게르만족 통역사에 따르면 그때와는 분위기가 딴판이라고 합니다. 게르만족은 자신감에 차 있고, 우리를 경멸하게 되었다는군요." 아우렐리우스는 입술을 깨물며 말했다. "아시다시피 저들은 아이두이족, 암바리족과 오랜 시간을 보내면서 로마에 대해 많은 것을 알게 되었죠. 들은 얘기가 있기 때문에 우리에 대한 두려움이 많이 줄어들었을 겁니다. 게다가 로마와의 전투에서 게르만족은 지금껏 대부분 승리했어요. 물론 루키우스 카시우스와의 첫번째 교전에서 패했지만 바로 다음 전투에서 대승하기도 했고 말이죠. 보이오릭스와 테우토보드는 로마군이 훈련을 많이 받고 좋은 무기로 무장했다 해서 두려워할 이유가 없다고 동료들에게 말하고 있어요. 우리의 실체는 허깨비고 전부 허풍에 불과하다는 겁니다. 로마는 한물갔으니 이제 마음껏 원하는 땅에 정착해도 된다고 말이죠."

2차 협상이 시작되자 아우렐리우스는 토가를 입은 손님 여섯 명을 앞세웠다. 진홍빛 튜닉과 금빛 돋을새김 장식이 있는 넓은 벨트를 착용한 릭토르 열두 명이 도끼가 달린 파스케스를 들고 그들을 안내했다. 처음에 게르만족 협상단 전사들의 시선은 파스케스로 쏠렸다. 하지만 새로운 인물들이 소개되자 그들의 시선은 하늘거리는 하얀색 토가로 옮겨갔다. 그들의 얼굴에는 놀라는 기색이 역력했다. 이 얼마나 전쟁과 어울리지 않는 옷인가! 이것이 로마인의 모습이란 말인가? 코타 혼자서 고위 정무관을 상징하는 자주색 단을 두른 토가 프라이텍스타를 입고 있었기에, 이해할 수 없고 낯설게만 들리는 이방인들의 열변은 단연 코타를 향해 쏟아졌다.

부담감 속에서도 그는 당당하고 냉정하고 침착하고 조용한 태도를 유지했다. 게르만족에게 있어, 얼굴이 시뻘겋게 달아오르도록 화를 내거나 대화중에 침을 뱉거나 주먹으로 다른 쪽 손바닥을 내리치는 것은 예의에 어긋나는 일이 아닌 듯했다. 오히려 그들은 전혀 동요하지 않고 평정을 유지하는 로마인들의 모습에 어리둥절하고 다소 불편한 눈치였다.

협상중에 코타는 초지일관 한 가지 대답만 반복했다. '안 된다'였다. 게르만족은 더이상 남쪽으로 가서는 안 된다. 게르만족에게 로마 영토나 속주의 통행권을 허용할 수 없다. 루시타니아와 칸타브리아 외에는 모두 로마 영토이므로, 히스파니아로 이동하면서 그 두 지역을 벗어나는 경로를 이용해서는 안 된다. 당신들의 고향이 어딘지 모르겠지만 당장 그곳으로 돌아가든지, 아니면 로다누스 강 건너 게르마니아로 가서 당신들과 비슷한 무리들 사이에 정착해라.

땅거미가 질 무렵에야 게르만족 협상단의 전사 쉰 명은 말을 타고 떠났다. 마지막으로 떠난 사람은 보이오릭스와 테우토보드였다. 보이오릭스는 어깨 너머로 오랫동안 로마인들을 돌아보았다. 그의 눈에 호감이나 감탄의 빛은 전혀 없었다. 그제서야 비로소 코타는 게르만족 청년의 잘생긴 얼굴에서 고집 세고 복수심에 불타는 아킬레우스의 모습을 발견했다. 아우렐리우스의 말이 옳다. 저 청년도 동포가 파리 목숨처럼 죽어나갈 때 자신의 명예를 지키겠답시고 가만히 앉아 있을 인물이구나. 갑자기 절망감이 코타를 엄습했다. 그것은 카이피오도 마찬가지 아닌가?

해가 저문 지 두 시간 후 보름달이 떴다. 코타를 비롯한 원로원 의원 여섯 명은 거추장스러운 토가를 벗고 무거운 침묵 속에서 아우렐리우스와 식사를 들었다. 그러고는 남쪽으로 떠날 채비를 했다.

"아침까지 기다리시지요." 아우렐리우스가 간청했다. "여기는 이탈리아가 아닙니다. 로마인이 만든 안전한 도로는 없습니다. 이곳 사정이 어떤지도 모르시잖습니까. 몇 시간 후에 떠난다고 해서 달라질 건 없습니다."

"아닙니다. 새벽까지 퀸투스 세르빌리우스의 주둔지에 가야 합니다." 코타가 말했다. "나이우스 말리우스의 군대에 합류하라고 한번 더 설득할 생각이에요. 오늘 이곳에서 무슨 일이 있었는지도 알려줘야죠. 하지만 퀸투스 세르빌리우스가 어떤 결정을 내리든 저는 내일 바로 말을 타고 말리우스에게 갈 겁니다. 그를 만날 때까지는 잠도 자지 않고 달릴 생각입니다."

두 사람은 악수를 나누었다. 코타를 비롯한 원로원 의원들은 릭토르 및 하인들과 함께 말을 타고 달빛이 드리운 어두운 그림자 속으로 사라졌다. 아우렐리우스는 환한 불빛과 달빛 속에서 손을 흔들고 있었다.

이제 다시는 저 사람을 보지 못하겠지, 코타는 생각했다. 용감한 사나이이자 최고의 로마인인 그를.

카이피오는 코타의 말에 귀를 기울이기는커녕, 끝까지 듣지도 않았다. "내가 머물 곳은 이곳이오." 그는 이 말만 되풀이했다.

코타는 반쯤 완성된 카이피오의 주둔지에서 목을 축일 겨를도 없이 곧장 말을 타고 떠났다. 늦어도 정오까지는 말리우스의 주둔지에 도착해야만 했다.

코타와 카이피오가 의견 일치를 보지 못하고 있던 새벽 무렵, 게르만족이 움직이기 시작했다. 10월의 둘째 날이었고 날씨는 계속 맑았으며 쌀쌀해질 기미가 전혀 없었다. 이동하는 게르만족 무리의 앞부분이 아우렐리우스 주둔지의 방벽에 닿았다. 그들은 파도처럼 밀려들고 또 밀려들었다. 아우렐리우스는 무슨 일이 벌어지는지 바로 알아차리지 못했다. 적어도 기병들이 말에 오를 시간은 있을 것이라 생각했다. 그가 전 병력을 이끌고 뒷문으로 나가 측면공격을 감행할 때까지, 튼튼하게 쌓아올린 방벽이 게르만족을 저지할 수 있으리라 판단했던 것이다. 하지만 현실은 그의 예상과 달랐다. 게르만족은 순식간에 주둔지를 완전히 포위했다. 수천 명이 방벽을 넘어왔다. 땅에서 싸우는 데 익숙하지 않은 아우렐리우스의 기병들은 최선을 다했지만, 그것은 전투라기보다 참극에 가까웠다. 30분도 지나기 전에 로마군과 보조부대 대원들은 전멸했다. 마르쿠스 아우렐리우스 스카우루스는 자결하기 직전에 생포당하고 말았다.

보이오릭스, 테우토보드를 비롯해 협상에 참여했던 전사 쉰 명 앞에 선 아우렐리우스는 위엄 있는 태도를 보였다. 그는 자못 당당했고 오만하기까지 했다. 게르만족이 어떤 모욕과 고통을 주어도 고개를 떨어뜨리거나 겁먹지 않았다. 게르만족은 사람 한 명이 겨우 들어갈 수 있는 고리버들 우리에 아우렐리우스를 집어넣었다. 그러고는 장작더미를 쌓아 불을 붙이고 활활 태우는 모습을 그가 지켜보도록 했다. 아우렐리우스는 당당히 두 발로 서서, 손을 떨거나 두려움을 내비치거나 작은 우리의 창살에 매달리지도 않고 계속 지켜봤다. 게르만족은 아우렐리우스가 연기에 질식하거나 불길에 휩싸여 고통 없이 바로 죽기를 바라지 않았다. 그들은 불길이 잦아들 때까지 기다렸다가, 장작더미 중앙에 고리버들 우리를 매달고 아우렐리우스를 산 채로 천천히 구워버렸다. 외로운 승리였을지언정 그것은 분명 그의 승리였다. 그는 극심한 고통에 몸을 비틀지도, 소리를 지르지도, 무릎을 꿇지도 않았다. 자신의 죽음이 게르만족에게 로마의 진정한 본보기를 보여줄 것이라 생각하고, 자신과 같은 로마인 중의 로마인을 배출한 국가에 대한 경외심을 심어주리라 다짐한 것이다. 그는 모든 면에서 진정 로마 귀족다운 죽음을 맞았다.

게르만족은 이틀 동안 로마 기병대 주둔지에 머물다가 다시 남쪽으로 발길을 옮겼다. 이전과 마찬가지로 특별한 계획 따위는 없었다. 카이피오의 주둔지에 다다른 뒤에도 그들은 한꺼번에 수천 명씩 남쪽으로 밀려들었다. 카이피오의 병사들은 그 엄청난 규모에 기겁했다. 일부는 안전한 서쪽 강기슭으로 가기 위해 강에 뛰어들려고 했다. 하지만 그것은 카이피오가 자신만을 위해 준비해놓은 최후의 방편이었다. 그는 배를 한 척만 남기고 다 태워버렸으며, 강둑에 경비병을 배치해두고 탈출을 시도하는 병사들을 모두 처형하도록 했다. 카이피오의 주둔지에 있던 병사와 비전투원 5만 5천 명은 파도처럼 밀려드는 게르만족에 포위당한 채, 그 물결이 조용히 지나가기를 기도하는 수밖에 없었다.

10월의 여섯째 날, 게르만족 무리의 앞부분은 말리우스의 주둔지에 도착했다. 그는 병사들을 주둔지의 방벽에 가두어두는 대신, 게르만족이 주둔지를 포위하기 전에 열 개 군단이 북쪽을 향해 늘어선 대형을 구축했다. 그는 로다누스 강의 제방과 둔덕 사이의 평평한 땅에 병사들을 나란히 세웠다. 둔덕의 동쪽으로 거의 160킬로미터 지점부터 땅이 본격적으로 높아지며 알프스 산맥이 시작되었다. 열 개 군단은 모두 북쪽을 향한 채 6.5킬로미터에 달하는 공간을 메우고 있었다. 이것이 바로 말리우스의 네번째 실수였다. 노출된 오른쪽 부분을 보호해줄 기병대가 없었기 때문에 측면을 포위당하기 쉬운 대형이었다. 게다가 병사들은 너무 옆으로만 넓게 퍼져 있었다.

아우렐리우스나 카이피오로부터는 아직 아무런 소식이 없었다. 게다가 말리우스에게는 게르만족 내부로 투입할 수 있는 사람이 전혀 없었다. 통역사와 정찰병을 모두 아우렐리우스와 함께 북쪽으로 보낸 탓이었다. 그는 그저 게르만족이 도착하기를 기다릴 수밖에 없었다. 전투사령부의 위치는 원칙에 따라 튼튼하게 쌓아올린 주둔지 방벽 안의 높은 탑 꼭대기였으며, 말리우스의 개인 참모들은 각 군단으로 명령을 전달하기 위해 말을 타고 대기하고 있었다. 개인 참모에는 말리우스의 두 아들과 똥돼지 메텔루스의 아들인 새끼 똥돼지도 포함되어 있었다. 말리우스는 퀸투스 포파이디우스 실로의 마르시족 군단이 가장 잘 훈련되었다고 판단해서인지, 혹은 마르시족보다는 최하층민일지라도 로마인의 목숨이 더 소중하다고 생각해서인지 마르시족 군단을 보호해줄 기병대도 없이 가장 동쪽에 배치시켰다. 마르시족 군단 바로 옆에는 그해 초에 조직된 군단이 배치되었다. 그 군단의 군무관은 마르쿠스 리비우스 드루수스였고, 하급 참모군관은 퀸투스 세르토리우스였다. 바로 옆에는 삼니움족 보조군이 있었으며 그 옆에는 초반에 조직된 다른 로마 군단이 있었다. 훈련과 경험이 부족한 군단일수록 강가에 배치하고 기강을 잡기 위해 군무관을 집중적으로 투입했다. 카이피오 2세가 맡은 완전히 신병으로 구성된 군단은 강둑을 따라 배치되었다. 섹스투스 카이사르도 그 옆에서 신병들을 통솔했다.

게르만족의 이번 공격에는 희미하게나마 계획의 흔적이 엿보였다. 그들은 10월의 여섯째 날, 동이 튼 지 두 시간 후에 카이피오의 주둔지와 말리우스의 최전선을 거의 동시에 급습했다.

5만 5천 명에 달하는 카이피오의 병사들은 한 명도 살아남지 못했다. 게르만족이 주둔지를 둘러싼 삼면의 방벽 안으로 물밀듯이 쏟아졌기 때문에 부상자, 사망자 할 것 없이 모두 짓밟혔다. 카이피오는 지체하지 않고 움직였다. 게르만족을 밖으로 밀어낼 수 없다는 것을 파악하자마자 강으로 내려가 배에 올라탔고 노잡이들에게 최대한 빨리 로다누스 강 건너편으로 가라고 명령했다. 일부 병사들은 헤엄쳐 달아나려고 했지만, 동시다발로 밀려드는 게르만족 때문에 9킬로그램에 달하는 갑옷을 벗는 것은 고사하고 투구의 끈을 풀 시간이나 공간조차 여의치 않았다. 그래서 물에 뛰어든 사람들은 전부 익사했다. 카이피오와, 그가 탄 배의 노잡이들이 유일한 생존자였다.

말리우스의 상황도 전혀 나을 것이 없었다. 마르시족은 절대 이길 수 없는 상대에 용감히 맞서다가 거의 전멸했다. 바로 옆에서 싸우던 드루수스의 군단도 비슷한 운명을 맞았다. 실로는 옆구리를 다쳐 쓰러졌다. 드루수스는 접전이 시작된 직후 게르만족의 칼자루에 맞고 의식을 잃었다. 세르토리우스는 말을 타고 부하들을 독려했지만 게르만족의 공격을 저지하기에는 역부족이었다. 아무리 빨리 게르만족을 베어도 새로운 적이 끊임없이 나타나 다시 그 자리를 메꾸었다. 결국 그도 중요한 신경이 모여 있는 허벅지 부위에 부상을 입고 쓰러졌다. 신경을 뚫고 들어간 창은 대퇴골동맥을 아슬아슬하게 피해갔는데, 마치 이 전투의 운명과 다를 바가 없었다.

로다누스 강 바로 옆에 배치된 군단의 병사들은 강물에 뛰어들었다. 무거운 장비를 벗어던질 시간이 충분했기 때문에 그들은 대부분 강 건너편으로 도망칠 수 있었다. 카이피오 2세는 그 유혹에 제일 먼저 굴복했다. 반면 섹스투스 카이사르는 도망가는 병사들을 막으려다 부하의 칼에 맞아, 왼쪽 골반에 중상을 입고 아수라장 속에 쓰러졌다.

코타의 반대에도 불구하고, 원로원 의원 여섯 명은 전투가 시작되기 전에 서쪽 강기슭으로 옮겨졌다. 말리우스는 민간인인 그들이 전장을 떠나 완전히 안전한 곳에서 전투를 지켜봐야 한다고 주장했다.

"우리가 패배한다면, 당신들은 살아남아서 그 소식을 로마 원로원과 인민에게 전해야만 합니다."

패배한 적군은 살려두는 것이 로마의 정책이었다. 건장한 전사는 광산이나 항만, 채석장, 건설 현장의 노예로 높은 값에 팔리기 때문이었다. 하지만 켈트족이나 게르만족은 그들과 싸운 상대를 살려두지 않았다. 그들은 자기네 언어를 구사하는 노예를 선호했으며, 그것도 조직화되지 않은 그들의 생활에 필요한 몇 명 정도면 충분했다.

그래서, 치욕스러울 정도로 빨리 전투가 끝난 전장에는 승리한 게르만족 무리만 남아 있었다. 그들은 수많은 로마군의 시신을 밟고 지나가며 생존자를 발견하면 즉시 목숨을 끊어놓았다. 하지만 다행히 이러한 조치는 체계적이지도 철저하지도 않았다. 만약 그랬더라면 군무관 스물네 명 중 단 한 명도 아라우시오 전투에서 살아남지 못했을 것이다. 드루수스는 의식을 잃고 쓰러져 있어서 다들 그가 죽었다고 생각했다. 실로는 전신에 피를 뒤집어쓴 채 마르시족의 시체 더미에 묻혀 있어서 발각되지 않았다. 한쪽 다리가 마비되어 꼼짝할 수 없었던 세르토리우스는 죽은 척하며 가만히 누워 있었다. 섹스투스는 눈에 잘 띄는 곳에 있었지만, 파랗게 질린 얼굴로 곧 죽을 것처럼 숨을 몰아쉬고 있었기 때문에 게르만족은 굳이 그를 건드리지 않았다.

말리우스의 두 아들은 아버지의 정신없는 명령을 전달하기 위해 말을 타고 이리저리 뛰어다니다 목숨을 잃었다. 하지만 똥돼지 메텔루스의 아들 새끼 똥돼지는 훨씬 강인한 면모를 보였다. 패배가 확실하다는 사실을 깨닫자마자 그는, 탑 꼭대기에서 어안이 벙벙한 표정으로 서 있는 말리우스와 그의 개인 참모 대여섯 명을 서둘러 강으로 데려가 배에 태웠다. 그것은 일차적으로는 자기 목숨을 부지하기 위한 것이었을지 모르나 나름 용기 있는 행동이었다. 다만 그는 상관의 목숨을 구하는 데 그 용기를 이용한 것이었다.

해가 뜬 지 다섯 시간 만에 모든 상황이 종결되었다. 게르만족은 북쪽으로 방향을 돌렸다. 자기네 수레 수천 대를 세워둔, 50킬로미터 떨어진 아우렐리우스의 주둔지로 돌아갔다. 말리우스와 카이피오의 주둔지에서 그들은 놀라운 보물을 발견했다. 잔뜩 쌓여 있는 밀을 비롯한 다양한 식량과, 그것을 전부 옮기기에 충분한 수레와 노새였다. 금, 돈, 옷, 심지어 무기와 갑옷도 그들의 관심사가 아니었다. 하지만 말리우스와 카이피오의 식량은 절대 뿌리칠 수 없는 유혹이었다. 그들은 베이컨과 꿀단지를 모조리 약탈했고, 포도주가 든 암포라 수백 개도 빼놓지 않았다.

게르만족 통역사 한 명은 아우렐리우스의 주둔지가 포위당했을 때 생포되었다가 킴브리족 출신임이 밝혀져 그 부족에게 인도될 예정이었다. 하지만 그는 곧 자신이 로마인의 생활에 너무 익숙해져서 야만인으로서의 삶에 전혀 미련이 없음을 깨닫게 되었다. 그래서 감시하는 사람이 없을 때 말을 훔쳐 남쪽의 아라우시오 마을로 도망갔다. 그는 끔찍한 패배의 현장을 보고 싶지 않았고, 제대로 묻지 않은 시신의 썩은내를 맡기도 싫었다. 그래서 강에서 동쪽으로 한참 떨어진 곳까지 둘러서 남쪽으로 갔다.

10월의 아홉째 날이자 전투가 벌어진 지 사흘 후, 게르만족 통역사는 지칠 대로 지친 말을 이끌고 그 부유한 마을의 자갈 깔린 중심도로에 도착했다. 소식을 전할 만한 사람을 찾으려 했지만 아무도 보이지 않았다. 게르만족의 진격 소식을 듣고 주민들 모두 피난을 간 듯했다. 그러다 중심도로 끝에 아라우시오에서 가장 유명한 인물(물론 로마 시민이었다)의 저택이 있는 걸 보았고, 그곳에서 움직임을 포착했다.

아라우시오 최고의 명사는 마르쿠스 안토니우스 메미니우스라는 갈리아 현지인이었다. 그는 17년 전 나이우스 아헤노바르부스의 군대에서 복무한 공을 인정받아 마르쿠스 안토니우스로부터 귀한 로마 시민권을 얻은 인물이었다. 메미니우스는 이러한 귀족의 가문명과, 안토니우스 가문에서 제공한 알프스 너머 갈리아와 이탈리아 간의 무역거래권한 덕분에 엄청난 부를 축적했다. 이제 마을의 최고 정무관이 된 그는, 북쪽에서 벌어지는 전투가 로마에게 유리하게 전개되는지 아닌지를 확인할 때까지는 머물러 있자고 주민들을 설득했다. 주민들은 그의 말을 듣지 않았지만 그는 마을에 남기로 했다. 대신 아이들은 가정교사에게 맡겨 피난을 보내고, 금은 땅에 묻고, 포도주 저장실로 통하는 작은 문은 거대한 바위로 막아두었다. 아내는 아이들과 함께 떠나지 않고 남편 곁에 머물겠다고 했다. 충직한 하인 몇 명과 마을에 남은 두 사람은, 말리우스의 주둔지와 마을 사이의 무거운 공기를 통해 암울하고 단편적인 소식만을 듣고 있었다.

로마인과 게르만족 어느 쪽도 나타나지 않자 메미니우스는 하인을 보내 무슨 일이 벌어졌는지 알아보았다. 그가 패전 소식을 전해 듣고 충격에 빠져 있을 무렵, 로마의 고위 군관들이 목숨을 부지하기 위해 마을로 왔다. 말리우스와 그의 개인 참모들이었다. 그들은 고귀한 로마 군인이라기보다 종교의식을 앞두고 마취되어 도살당하러 끌려가는 짐승 같았다. 메미니우스가 받은 이런 인상은, 작은 개처럼 날카롭고 앙칼지게 무리를 이끄는 새끼 똥돼지 때문에 더욱 강해졌다. 메미니우스와 그의 아내는 밖으로 나와 군관들을 맞이했다. 음식과 포도주를 가져다주며 전장에서의 일을 자세히 들어보려고 했다. 하지만 이러한 시도는 전부 실패로 돌아갔다. 유일하게 이성을 유지하고 있던 새끼 똥돼지는 너무 심하게 말을 더듬어 두 단어도 제대로 내뱉지 못했다. 게다가 메미니우스와 그의 아내는 그리스어를 전혀 몰랐으며 라틴어는 가장 기본적인 몇 마디만 할 수 있었던 것이다.

이후 이틀 동안 몇몇 병사들이 지친 몸을 이끌고 마을로 왔다. 하지만 그 숫자는 안타까울 정도로 적었고, 군관급 생존자는 없었다. 한 백인대장에 따르면 로다누스 강 서안에 생존자 수천 명이 지휘관도 없이 충격에 빠져 헤맨다고 했다. 카이피오는 아들인 카이피오 2세와 함께 제일 마지막에 도착했다. 그는 강의 서안에서 아라우시오 쪽으로 내려오다가 아들과 상봉한 참이었다. 말리우스가 메미니우스의 집에 있다는 얘기를 듣고, 카이피오는 거기 머무는 대신 아들을 데리고 바로 로마로 향하겠다고 말했다. 메미니우스는 노새 네 마리가 끄는 이륜마차 두 대에 식량과 마부까지 내어주었다.

말리우스는 두 아들의 죽음으로 슬픔에 빠져 있다가, 사흘이 지나서야 원로원 의원 여섯 명의 행방에 대해 물었다. 그때까지 메미니우스는 원로원 의원들에 대해 전혀 모르고 있었다. 말리우스가 수색대를 보내달라고 하자 메미니우스는 아직 전장에 게르만족이 남아 있을지도 모른다며 이의를 제기했다. 메미니우스에게는 자신과 아내, 충격에 빠진 손님들을 서둘러 안전한 곳으로 대피시키는 일이 급선무였다.

이것이 말을 타고 아라우시오로 온 게르만족 통역사가 메미니우스를 발견했을 당시의 정황이었다. 그는 통역사가 무슨 소식을 전하고 싶어한다는 걸 금방 알아차렸지만, 안타깝게도 두 사람은 서로의 라틴어를 이해할 수 없었다. 메미니우스는 말리우스에게 이 사람을 만나볼 것인지 물어봐야 한다는 생각도 미처 하지 못했다. 그는 통역사에게 거처를 제공하고, 통역사의 말을 들어줄 만큼 정신이 멀쩡하고 양쪽 언어를 모두 아는 사람이 올 때까지 기다리라고 말했다.

원로원 사절단은 게르만족이 북쪽으로 돌아가자 코타의 통솔 아래 배를 타고 동쪽 강기슭으로 건너왔다. 그들은 끔찍한 살육 현장에서 생존자를 찾기 시작했다. 릭토르와 하인까지 포함해도 그들 일행은 스물아홉 명밖에 되지 않았고, 게르만족이 언제 돌아올지 모르는 위험한 상황이었다. 그럼에도 그들은 본인의 안전은 신경쓰지 않고 열심히 생존자를 찾아다녔다. 그러나 시간이 지나도 지원 세력은 전혀 나타나지 않았다.

드루수스는 어둠이 내리자 정신을 차렸고, 의식이 오락가락하는 상태로 밤을 보냈다. 날이 밝자 물을 찾아 기어갈 정도로 힘을 회복했다. 머릿속에 온통 물 생각뿐이었다. 강은 서쪽으로 5킬로미터나 떨어져 있고 주둔지도 그 정도 거리였기에, 언덕이 시작되는 지점에 냇물이 있기를 바라며 아예 동쪽으로 발길을 옮겼다. 몇 미터 떨어지지 않은 곳에 그를 향해 손을 흔드는 세르토리우스가 보였다.

"움직일 수가 없어." 세르토리우스는 갈라진 입술을 혀로 핥으며 말했다. "다리를 다쳤어. 누군가 오기만 기다렸지. 게르만족일 거라 생각했는데."

"목이 말라." 드루수스가 쉰 목소리로 말했다. "물을 찾아서 돌아오겠네."

시체가 끝도 없이 펼쳐져 있었다. 시체들은 대부분 물을 찾기 위해 비틀거리며 걸어가는 드루수스의 뒤쪽에 누워 있었다. 그는 그야말로 최전선에서 교전을 시작하자마자 부상을 입고 쓰러졌으며, 로마군은 뒤로 뒤로 물러나기만 했지 단 일 보도 전진하지 못했던 것이다. 드루수스처럼 세르토리우스도 최전선에 있었다. 만약 그가 뒤편에 산처럼 쌓인 로마군의 시신 틈에 있었다면 드루수스는 절대 그를 발견하지 못했을 것이다.

무거운 아티케식 투구가 벗겨져서 드루수스의 머리는 그대로 노출되어 있었다. 미풍이 불어와 머리카락 한 가닥이 오른쪽 눈 위에 생긴 커다란 혹에 달라붙었다. 피부와 그 아래 조직이 팽팽하게 부어 있었고 피가 낭자했기 때문에, 드루수스는 머리카락 하나만으로도 극심한 고통을 느끼며 주저앉았다.

하지만 삶에 대한 의지는 참으로 강했다. 드루수스는 흐느끼며 다시 일어서서 동쪽으로 걸어갔다. 그는 자신에게 물을 뜰 만한 도구가 없다는 것을 떠올렸고, 세르토리우스처럼 물이 꼭 필요한 사람이 더 있을지도 모른다고 생각했다. 그는 엄청난 고통에 신음하며 간신히 몸을 숙여 죽은 마르시족 병사 둘의 투구를 벗겼다. 그리고 턱끈을 손에 쥔 채 다시 걸어갔다.

마르시족의 시신으로 가득한 벌판에, 물 운반용 당나귀가 긴 속눈썹이 달린 순한 눈을 껌뻑이며 서 있었다. 시신들 속에 묻혀버린 한 남자의 팔에 고삐가 돌돌 감겨 있어 당나귀는 움직일 수가 없었다. 빠져나오려고 할수록 고삐는 더 팽팽해졌고, 줄이 감긴 팔은 피부가 시커멓게 변해 있었다. 드루수스는 축 늘어진 팔에 묶인 줄을 단검으로 자르고, 자신이 기절하더라도 당나귀가 도망갈 수 없도록 자신의 검대에 묶었다. 하지만 당나귀는 살아 있는 사람을 만나 너무도 반가운지 드루수스가 목을 축이는 동안 얌전히 기다렸으며 그가 이끄는 대로 기꺼이 따라갔다.

당나귀 주변에 쌓여 있던 수많은 시신들 끝에 움직이는 발 두 개가 보였다. 드루수스는 쌓인 시체들을 옆으로 치웠다. 그가 신음소리를 낼 때마다 당나귀가 구슬프게 따라 울었다. 그곳에는 아직 숨이 붙은 마르시족 군관 한 명이 있었다. 청동 갑옷은 오른팔 바로 아래와 앞부분을 따라 찌그러졌고, 움푹 꺼진 곳 한가운데 구멍에서는 피라기보다도 뭔가 분홍빛에 가까운 액체가 흘러나오고 있었다.

드루수스는 최대한 조심스럽게 무거운 시신들 틈에서 그를 꺼냈다. 풀밭에 눕히고 갑옷의 앞뒷면이 연결된 왼쪽 옆구리 부분을 풀었다. 군관은 눈을 감고 있었지만 목에서 맥박이 강하게 뛰고 있었다. 드루수스가 흉부와 복부를 보호하기 위한 갑옷을 벗기려 하자 그는 날카롭게 비명을 질렀다.

"살살 좀 해!" 군관이 완벽한 라틴어로 짜증스럽게 말했다.

드루수스는 잠깐 멈칫했다가, 다시 갑옷 아래의 가죽옷을 벗기기 시작했다. "가만히 누워 있어, 이 멍청한 양반아! 난 도와주려는 거야. 물부터 마시겠소?"

"물!" 마르시족 군관이 말했다.

드루수스는 투구에 물을 담아 그에게 먹였다. 눈이 뜨이고, 뱀을 연상시키는 황록색 눈동자가 드러났다. 마르시족은 뱀을 숭배하는 부족으로, 뱀과 함께 춤을 추고 뱀으로 마술을 부리며 심지어 뱀과 혀가 닿도록 입을 맞춘다고들 했다. 그의 눈동자를 보니 믿기 힘든 일도 아니었다.

"퀸투스 포파이디우스 실로요." 마르시족 군관이 말했다. "2미터가 넘는 게르만족 개자식이 갑자기 달려들었지." 그는 눈을 감았다. 피로 얼룩진 양볼에 눈물이 흘러내렸다. "내 부하들은 이미 다 죽었겠지?"

"안타깝게도 그런 것 같아." 드루수스가 조용히 말했다. "내 부하들도, 아니, 다른 사람들도 전부 죽었을 거야. 내 이름은 마르쿠스 리비우스 드루수스야. 이제 조끼를 들어올릴 테니 잠깐만 가만히 있어."

게르만족의 긴 칼이 모직 튜닉을 상처 입구로 밀어넣은 덕에 자연스럽게 지혈이 된 상태였다. 드루수스는 실로의 갈비뼈 몇 대가 부러진 것을 손으로 느낄 수 있었다. 하지만 갑옷과 가죽조끼, 갈비뼈가 잘 막아준 덕분에 칼날이 내장을 건드리지는 않은 듯했다.

"자넨 죽지 않을 거야." 드루수스가 말했다. "내가 도와주면 일어날 수 있겠어? 우리 군단에 소속된 다른 전우가 내 도움을 기다리고 있어. 여기 있다가 나중에 힘이 생기면 내가 있는 곳으로 와도 되고, 지금 일어날 수 있으면 나랑 같이 가도 돼." 바람에 날린 머리카락 하나가 자줏빛으로 변한 그의 오른쪽 이마에 들러붙었다. 드루수스는 고통스러운 비명을 내질렀다.

실로는 상황을 재빨리 파악했다. "지금 자네 상태로는 절대 나를 부축할 수 없어. 단검을 주면 내가 튜닉 밑단을 잘라서 이 상처를 묶어보겠네. 이 생지옥에서 또 출혈이 시작되면 그때는 끝장이니까."

드루수스는 단검을 건네준 뒤 당나귀를 데리고 떠났다.

"어디로 가면 자네를 찾을 수 있지?" 실로가 물었다.

"바로 저기, 옆 군단이 있는 곳이야."

세르토리우스는 여전히 의식이 있는 상태였다. 그는 감사히 물을 마시고 가까스로 몸을 일으켜 세웠다. 그의 부상은 세 사람 중에 가장 심각했다. 드루수스가 보기에 실로의 도움 없이 세르토리우스를 옮기는 일은 불가능했다. 그래서 일단 세르토리우스 옆에 앉아 휴식을 취하고, 한 시간 뒤 실로가 나타나자 작업을 시작했다. 해는 점점 높이 떠올랐고 날은 점점 뜨거워졌다.

"퀸투스 세르토리우스를 가능한 한 시체들로부터 멀리 옮겨야 다리가 감염될 위험을 줄일 수 있어." 실로가 말했다. "그런 다음에 임시로 그늘을 만들어 눕혀놓고 다른 생존자를 찾아보는 게 좋겠어."

이 모든 작업은 안타까울 정도로 느리게, 또 엄청난 고통 속에서 이루어졌다. 하지만 마침내 세르토리우스만을 위한 편안한 공간이 완성되었다. 드루수스와 실로는 생존자 수색에 나섰다. 드루수스는 길을 나선 지 얼마 지나지 않아 메스꺼움을 느꼈다. 먼지 자욱한 땅바닥에 주저앉아 구역질을 시작했다. 횡격막과 위장에 경련이 일 때마다 극심한 고통에 미친듯이 비명을 질렀다. 몸 상태가 더 나았던 실로는 드루수스 곁에 앉았다. 드루수스의 검대에 줄이 묶여 있는 당나귀도 침착하게 기다렸다.

실로가 드루수스의 머리를 자기 쪽으로 돌려 살펴보았다. 드루수스는 앓는 소리를 냈다. "마르쿠스 리비우스, 자네가 참을 수 있을지 모르겠지만, 칼로 혹을 조금 찢어서 고름을 빼내면 통증이 줄어들 것 같은데. 그렇게 해도 되겠나?"

"통증을 줄일 수만 있다면 머리 몇 개가 달린 괴물과도 맞서겠어." 드루수스가 힘겹게 말했다.

단검 끝 부분으로 혹을 찢기 전에, 실로는 드루수스가 모르는 고대 언어로 주문을 외웠다. 그도 잘 아는 오스키어는 분명히 아니었다. 저 사람이 속삭이는 건 뱀의 주문이군. 드루수스는 이렇게 생각했다. 이상하게 마음이 편해지는 듯했다. 순간 눈앞이 깜깜해질 정도의 통증을 느끼며 그는 기절했다. 그가 의식을 잃은 동안 실로는 고여 있던 피와 고름을 최대한 많이 짜내고 드루수스의 튜닉 자락을 찢어서 닦아냈다. 실로가 튜닉 자락을 더 찢으려 할 때 드루수스는 의식을 되찾았다.

"아까보다 나아?" 실로가 물었다.

"훨씬."

"상처를 동여매면 오히려 더 아플 거야. 고름이 흘러서 눈에 들어가면 이걸로 닦도록 해. 조금만 있으면 물이 다 빠질 테니까." 실로는 인정사정없이 내리쬐는 해를 올려다보았다. "그늘로 피하지 않으면 우린 죽을지도 몰라. 그렇게 되면 세르토리우스도 살아남을 수 없겠지." 그는 땅바닥에서 일어나며 말했다.

그들이 비틀거리며 강가로 다가가자, 살육의 현장에서 살아남은 사람들의 흔적이 조금씩 나타났다. 도움을 청하는 희미한 울음소리, 움직임, 신음소리를 감지할 수 있었다.

"이건 신에 대한 모독이야." 실로가 침통하게 말했다. "이보다 더 결과가 끔찍한 전투는 없을 거야. 우린 전부 처형당했어! 나이우스 말리우스를 저주하네! 번개를 내리는 거대한 뱀이 그의 꿈에 나타나 그의 숨통을 죄기를!"

"나도 동의하네. 이건 대참사야. 부르디갈라에서 싸운 카시우스의 병사들보다 나을 것이 없어. 하지만 남을 비난할 때도 공정해야 하네, 퀸투스 포파이디우스. 말리우스가 죄인이라면 퀸투스 세르빌리우스는 얼마나 더 큰 죄인이란 말인가?" 오, 드루수스에게 이것은 얼마나 가슴 아픈 말인가! 카이피오는 그에게 둘도 없는 장인이었다.

"카이피오? 그 사람이 무슨 상관이지?"

머리의 통증이 한결 나아졌다. 드루수스는 쉽게 고개를 돌려 실로를 바라볼 수 있었다. "자넨 몰랐나?"

"이탈리아인이 로마군 지도부의 결정에 대해 뭘 알겠나?" 실로는 비꼬는 태도로 땅에 침을 뱉었다. "우리 이탈리아인들은 그냥 싸우기 위해 여기 왔어. 어떻게 싸울지를 정할 권한은 없단 말이네, 마르쿠스 리비우스."

"퀸투스 세르빌리우스는 나르보에서 이곳으로 온 이후로 줄곧 말리우스에게 협력하길 거부했어." 드루수스는 몸을 떨었다. "신진 세력의 명령은 받지 않겠다고 했지."

실로는 드루수스를 쳐다봤다. 황록색 눈동자 두 개가 까만 눈동자 두 개와 마주쳤다. "말리우스는 퀸투스 세르빌리우스가 이리로 오길 원했단 말인가?"

"물론이지! 로마에서 온 원로원 의원 여섯 명도 그러길 원했어. 하지만 퀸투스 세르빌리우스는 신진 세력 휘하에서 참전하기를 거부했지."

"두 군대를 분리시켜놓은 장본인이 퀸투스 세르빌리우스였다는 건가?" 실로는 믿을 수 없다는 듯 말했다.

"그래, 퀸투스 세르빌리우스였어." 그러나 이 말은 꼭 해야만 했다. "그는 내 장인이네. 난 그의 외동딸과 결혼했지. 내가 어떻게 이 상황을 견딜 수 있겠나? 게다가 그의 아들은 나와 절친한 사이고 내 여동생과 결혼했어. 말리우스의 군대에서 우리와 함께 싸웠지. 아마 전사했을 거야." 이제 드루수스가 얼굴에서 닦아내고 있는 것은 대부분 피고름이 아니라 눈물이었다. "자만심 때문이네, 퀸투스 포파이디우스! 전부 명청하고 쓸모없는 자만심 탓이야!"

실로는 걸음을 멈추었다. "마르시족 병사 6천 명과 마르시족 하인 2천 명이 어제 이곳에서 죽었네. 그런데 이 지경이 된 게 어느 고귀하신 로마인 머저리가 어느 비천한 로마인 머저리한테 앙심을 품은 탓이라고?" 그는 뱀처럼 숨을 씩씩거리며 분노에 치를 떨었다. "번개를 내리는 거대한 뱀이 그 두 놈 모두를 휘감기를!"

"자네 부하 중에 어쩌면 생존자가 있을지도 몰라." 드루수스가 말했다. 상관들이 욕먹는 것을 막기 위해서가 아니라 실로를 진정시키기 위해서였다. 그는 실로가 아주 마음에 들었다. 실로는 고통에 신음하고 있었다. 육체의 부상과 아무 상관이 없는, 슬픔으로 인한 고통이었다. 그때까지 삶의 현실에 대해서 전혀 몰랐던 드루수스는, 로마의 지도자라는 자들이 계급 싸움을 하느라 다른 사람에게 이 같은 고통을 안겨준다는 사실이 수치스러워 눈물을 흘렸다.

"아니, 다 죽었어." 실로가 말했다. "세르토리우스가 누워 있던 곳까지 가는 데 왜 그렇게 오래 걸렸다고 생각하나? 난 돌아다니면서 부하들을 살펴봤어. 다 죽었더군. 전부 다!"

"내 부하들도 마찬가지야." 드루수스가 여전히 눈물을 흘리며 말했다. "오른쪽에서 제일 먼저 공격을 받았는데, 기병도 한 명 안 나타났지."

잠시 후 멀리서 원로원 의원 무리가 나타났다. 그들은 도움을 요청했다.

코타는 직접 군무관들을 아라우시오로 데려왔다. 부상자들은 안전하게 수레에 태우고, 그는 황소 뒤를 따라 8킬로미터를 느릿느릿 걸었다. 그의 동료들은 전장에 남아 혼돈 속에서 질서를 회복하려고 애썼다. 메미니우스는 아라우시오 주변 농장에 거주하는 갈리아 부족민에게 전장에 가서 협조해달라고 설득했다.

메미니우스의 저택에 도착한 코타가 말했다. "이제 벌써 사흘이 지나고 있으니 어떻게든 시신을 수습해야 하오."

"마을 사람들은 다 피난을 갔고, 농부들은 게르만족이 돌아올 거라고 생각합니다. 전장에 가서 로마인들을 도와주라고 설득하는 것도 얼마나 힘들었는지 모르실 겁니다."

"게르만족이 대체 어디에 있는지 모르겠군. 어째서 북쪽으로 돌아갔는지도 모르겠고. 지금까지는 게르만족이 한 명도 나타나지 않았어. 당장은 전장을 수습하기 바빠서 누군가를 정찰하러 보낼 수도 없는 노릇이고."

"오!" 메미니우스가 손바닥으로 이마를 쳤다. "네 시간 전에 여기 도착한 사람이 있습니다. 전 그 사람 말을 잘 이해할 수가 없었어요. 그나마 알아들은 바에 따르면 기병대 주둔지에 배치되었던 게르만족 출신 통역사라더군요. 라틴어를 조금 하는데 억양이 달라서 저랑은 대화가 안 됩니다. 한번 만나보시겠어요? 그 사람이 정찰을 해줄지도 모르니까요."

코타는 게르만족 통역사를 불렀다. 그가 알려준 사실은 사태를 완전히 바꾸어놓았다.

"끔찍한 다툼이 있었습니다. 족장회 내의 전사들이 서로 갈라섰고, 세 부족이 각자 다른 길을 가기로 했습니다."

"전사들끼리 서로 싸웠다는 말인가?"

"시작은 테우토네스족의 테우토보드와 킴브리족의 보이오릭스 간의 다툼이었습니다. 전사들은 수레를 챙기러 돌아갔고, 전리품을 나누려고 모였습니다. 그 자리에서 로마군 주둔지 세 곳에서 얻은 포도주를 마셨죠. 그러다 테우토보드가 꿈 이야기를 했어요. 테우토네스족의 수레가 있는 곳으로 말을 타고 가던 중 전쟁의 신이 꿈에 나타났는데, 계속 남진해서 로마 땅으로 들어가면 결국 로마군에게 패배해 부족의 모든 전사, 여자, 아이들이 살해당하거나 노예로 팔려갈 것이라 했답니다. 그래서 테우토네스족을 데리고 로마 땅이 아니라 갈리아인의 땅을 지나 히스파니아로 가겠다고 했습니다. 하지만 보이오릭스는 강력하게 이의를 제기하며 테우토보드를 겁쟁이라고 비난했고, 테우토네스족이 어떻게 하든 킴브리족은 로마 영토를 지나 남쪽으로 가겠다고 했습니다."

"그게 전부 사실인가?" 코타는 통역사의 말을 좀처럼 믿을 수 없었다. "어떻게 이 사실을 아는 건가? 소문으로 들었나? 아니면 직접 현장에 있었나?"

"현장에 있었습니다, 어르신."

"왜 거기에 있었지? 어떤 경위로?"

"저는 본래 킴브리족이라서 그 부족에게 인도될 예정이었죠. 다들 잔뜩 취해서 아무도 제 존재를 신경쓰지 않았습니다. 하지만 저는 게르만족 사이에서 살 마음이 없었기에 최대한 정보를 많이 알아낸 뒤 탈출했습니다."

"그럼 계속 말해보게!" 코타가 재촉하듯 말했다.

"다른 전사들도 다툼에 끼어들었습니다. 마르코만니족, 케루스키족, 티구리니족을 대표하는 게토릭스는 그냥 아이두이족, 암바리족과 함께 지내면 문제가 해결된다고 말했습니다. 하지만 그 부족들 외에는 그

의견에 동의하는 전사가 없었죠. 테우토네스족 전사들은 테우토보드 편을 들었고 킴브리족 전사들은 보이오릭스 편을 들었습니다. 그래서 결국 세 부족이 각자 다른 길을 택한 채로 어제 족장회가 끝났습니다. 테우토보드는 자기 부족에게 저멀리 갈리아를 지나서 카르두르키족과 페트로코리족의 땅을 통과해 히스파니아로 갈 것을 명했습니다. 게토릭스와 그의 부족은 아이두이족, 암바리족의 땅에서 지낼 예정입니다. 그리고 보이오릭스는 킴브리족을 이끌고 거대한 로다누스 강을 건너 로마 영토를 통과하는 대신, 로마 영토의 경계를 따라 히스파니아로 갈 것입니다."

"그래서 그들이 전혀 보이지 않았던 거군!"

"네, 어르신. 로마 영토를 통과해 남진하지는 않을 겁니다." 게르만족 통역사가 말했다.

코타는 환한 미소를 지으며 메미니우스에게 소식을 전했다.

"이 소식을 최대한 빨리 알리시오, 마르쿠스 메미니우스! 어서 시신을 태워야 합니다. 그러지 않으면 땅과 물이 오염될 것이고, 아라우시오 사람들은 게르만족의 공격보다 질병으로 더 큰 피해를 입게 될 거요." 코타는 문득 입술을 깨물고 이마를 찡그리며 물었다. "그런데 퀸투스 세르빌리우스 카이피오는 어디 있소?"

"벌써 로마로 떠났습니다, 마르쿠스 아우렐리우스."

"뭐라고?"

"최대한 빨리 이곳 소식을 로마에 전하겠다며 아드님과 함께 떠났습니다." 메미니우스가 당황한 목소리로 말했다.

"오, 물론 그러셨겠지!" 코타가 침통하게 말했다. "육로로 갔소?"

"네, 마르쿠스 아우렐리우스. 제 마구간에서 노새 네 마리가 끄는 수레 두 대를 내어주었습니다.”

코타는 지칠 대로 지쳐 있었지만, 갑자기 새로운 힘이 솟는 것을 느꼈다. 그는 자리를 박차고 일어섰다. “내가 아라우시오 소식을 로마에 전할 것이오. 날개를 달고 날아서라도 맹세코 퀸투스 세르빌리우스보다 먼저 도착할 거요! 마르쿠스 메미니우스, 당신이 가진 제일 좋은 말을 주시오. 날이 밝는 대로 마실리아로 떠나겠소.”

그는 호위병도 없이 혼자 말을 타고 마실리아로 갔다. 글라눔과 아콰이 섹스티아이에서 한 번씩 말을 갈아타며, 떠난 지 일곱 시간 후 목적지에 도착했다. 마실리아는 그리스인들이 수세기 전에 건설한 거대한 항구도시였다. 이곳에서 나흘 전 있었던 대전투 소식을 들은 사람은 아무도 없었다. 지나치게 반들거리고 그리스 느낌이 강하며 새하얗고 환한 이 도시에서도, 주민들은 게르만족에 대해 심각하게 걱정하고 있는 듯했다.

코타는 행정장관의 집을 안내받고, 위급한 용무를 지닌 고위 정무관답게 거만함과 성급함을 한껏 내보이며 안으로 들어갔다. 마실리아는 로마의 우방도시이지만 로마법에 저촉되지 않았다. 따라서 그들이 코타의 요청을 공손히 거절할 가능성도 있었다. 하지만 물론 그는 거절당하지 않았다. 행정장관과 근방의 몇몇 의원들은 코타가 전하려던 소식을 이미 전해 들었던 것이다.

“당신들이 가진 가장 빠른 배와, 마실리아 최고의 선원과 노잡이들이 필요합니다.” 코타가 말했다. “짐이 없으니 배가 느려질 일도 없소. 역풍과 역량을 만날 때를 대비해서 노잡이들을 두 팀 더 데려가겠소. 여정 내내 노를 젓는 한이 있더라도 반드시 사흘 내로 로마에 도착해야 하오! 해안을 따라 돌아갈 시간이 없소. 마실리아 최고의 항해사에게 안내를 받아 최단거리로 오스티아에 가야만 합니다. 다음 물때가 언제입니까?"

"날이 밝는 대로 배와 선원들이 준비될 것입니다, 마르쿠스 아우렐리우스. 마침 그때가 물때랍니다." 행정장관이 친절하게 설명하더니 조심스럽게 기침을 했다. "그런데 누가 비용을 대나요?"

전형적인 마실리아의 그리스인이군, 코타는 이렇게 생각했지만 그 말을 굳이 입 밖에 내지는 않았다. "청구서를 써주시오. 로마 원로원과 인민이 비용을 댈 것이오."

청구서는 순식간에 완성되었다. 코타는 엄청난 금액을 내려다보며 낮은 신음소리를 냈다. "참으로 비극입니다." 그는 아리스티데스 행정장관에게 말했다. "이렇게 나쁜 소식을 전하는 데 게르만족과 한번 더 싸우는 것에 맞먹는 비용이 들다니. 몇 드라크마라도 깎아줄 용의는 없겠죠?"

"저도 동의합니다. 비극은 비극이죠." 행정장관은 부드럽게 말했다. "하지만 사업은 사업입니다. 금액을 바꿀 순 없습니다, 마르쿠스 아우렐리우스. 이대로 받아들이시든지 말든지 둘 중 하나죠."

"받아들이겠소." 코타가 말했다.

카이피오와 아들은 굳이 최단경로를 택하지 않았다. 사실 도로 여행자에게 마실리아를 지나는 것은 돌아가는 길에 가까웠다. 법무관 시절 카이피오는 나르보와 히스파니아에서 각각 1년씩 전쟁을 치렀다. 그래서 갈리아 만에서는 항상 바람이 제멋대로 분다는 사실을 누구보다 잘 알고 있었다. 그는 도미티우스 가도를 따라 드루엔티아 강 상류로 올라간 다음, 몬스 게나바 고개로 이탈리아 갈리아를 통과하고, 아이밀리우스 가도와 플라미니우스 가도를 통해 최대한 빨리 로마 쪽으로 내려갈 작정이었다. 튼튼한 노새로 자주 갈아탄다면 하루 평균 110킬로미터는 달릴 수 있을 테고, 그가 가진 총독의 임페리움을 이용하면 그것은 어려운 일도 아니었다. 그의 예상은 적중했다. 시간이 흐르면서 원로원의 전령보다 더 빨리 로마에 도착할 수 있으리라는 자신감이 생겼다. 그는 정말로 순식간에 알프스 산맥을 통과했기 때문에, 도미티우스 가도에서 로마인 여행객을 약탈하려고 상시 대기하는 보콘티족도 미처 수레 두 대를 공격하지 못했다. 아이밀리우스 가도가 끝나는 아리미눔에 도착할 무렵, 카이피오는 훌륭한 도로와 자주 갈아탈 수 있는 노새 덕분에 아라우시오에서 로마까지 7일이면 도착할 수 있음을 알았다. 그러자 슬슬 마음이 놓였다. 도착할 무렵이면 완전히 지칠 것이고 골치 아픈 일도 많겠지만, 어쨌든 로마인들은 그가 전해주는 아라우시오 소식을 제일 먼저 듣게 될 것이었다. 그것만 성공하면 십중팔구 이기는 싸움이었다. 파눔 포르투나이가 눈앞에 나타났다. 플라미니우스 가도를 따라 아펜니누스 산맥을 건너서 티베리스 골짜기를 지날 무렵, 카이피오는 이미 자신의 승리를 확신했다. 결국 로마인들은 그가 들려주는 아라우시오 소식을 그대로 믿을 것이 분명했다.

하지만 운명의 여신 포르투나에게 사랑받는 사람은 따로 있었다. 코타가 갈리아 만을 가로질러 마실리아에서 오스티아로 가는 동안, 바람은 완벽한 방향에서 불어오든지 아예 불지 않든지 둘 중 하나였다. 모두의 예상을 훌쩍 뛰어넘는 훌륭한 조건이었다. 바람이 잦아들면 노잡이들이 노 받침대에 자리를 잡았고, 호르타토르가 치는 북소리에 맞춰 등 근육이 단단한 서른 명이 일제히 노를 저었다. 그것은 화물선이라기보다는 속도를 내기 위해 만들어진 작은 배였다. 마실리아인은 로마의 허가 없이 군함을 소유할 수 없었지만, 코타가 보기에 그 배는 너무 군함과 비슷했다. 2단 형태로 배열된 노는 양쪽으로 열다섯 개씩 툭 튀어나온 노 받침대에 연결되어 있었다. 튼튼한 방패를 나란히 장착하면 눈 깜짝할 사이에 전투용 갑판으로 바뀔 것만 같았다. 후갑판에는 용도를 알 수 없는 기중기가 설치되어 있었는데, 코타는 어쩌면 그곳이 평소 투석기를 놓던 자리일 것이라 생각했다. 해적 활동은 돈이 되는 사업이라 지중해 전역에서 성행하고 있었다.

하지만 코타는 운명의 여신이 준 선물에 이의를 제기할 사람이 아니었다. 선장이 이 배는 승객용으로 특수 제작되었으며 툭 튀어나온 갑판은 다소 불편한 객실 대신에 승객들이 다리를 펴고 쉴 공간을 제공한다고 설명하자, 그는 아무렇지 않게 고개를 끄덕였다. 떠나기 전에 선장은 노잡이들의 실력이 뛰어나니까 예비로 두 팀이 아니라 한 팀만 데려가면 충분하다고 코타를 설득했다. 그는 선장의 말을 들은 것이 탁월한 선택이었다고 생각했다. 인원이 줄어드니 배가 한결 가벼워졌다. 기존 팀과 예비 팀 모두 지칠 무렵이면 바람이 적당히 불어서 양쪽 모두 충분히 쉴 수 있었다.

10월의 열한번째 날 새벽, 배는 마실리아의 장대한 항구를 출발했다. 그리고 정확히 사흘 뒤인 10월의 이두스 전날 새벽녘에 오스티아의 암울할 정도로 형편없는 항구에 도착했다. 세 시간 뒤 코타는 암탉들 사이를 지나는 여우처럼, 집정관 루푸스의 저택 앞에 모인 피호민들을 헤치며 안으로 걸어들어갔다.

"나가시오!" 코타는 루푸스의 책상 앞에 앉아 있던 한 피호민에게 말했다. 그가 허둥지둥 자리를 비키자, 코타는 의자에 털썩 주저앉았다.

정오 무렵 원로원 의원들은 긴급회의를 위해 의사당으로 소집되었다. 그때 카이피오 부자는 아이밀리우스 가도의 마지막 구간을 힘차게 달리고 있었다.

　"문을 열어두시오." 루푸스가 서기장에게 말했다. "이것은 인민도 들어야 하는 내용입니다. 또한 회의 내용을 한 자도 빼놓지 말고 기록해두어야 합니다."

　촉박한 통보에도 불구하고 의사당은 거의 만석이었다. 갈리아에서 게르만족과 싸우던 로마군에게 대참사가 발생했다는 소문이, 공식 발표가 있기도 전에 이미 로마 곳곳으로 퍼지고 있었다. 의사당 계단 아래에 있는 민회장은 급속하게 사람들로 채워졌다. 근처에 있는 계단이나 다른 평지도 마찬가지였다.

　원로원 의원들은 카이피오가 편지를 통해 말리우스에게 불복하며 지휘 우선권을 요구했던 것을 잘 알고 있었다. 그래서 이번에는 또 무슨 일이 벌어질까 걱정이었다. 카이피오에게서 몇 주간 아무런 소식이 없었기에, 기세등등했던 스카우루스도 수세에 몰려 있었다. 스카우루스 본인도 그 사실을 알고 있었다. 그래서 루푸스가 의사당 문을 열어두라고 명령했을 때 반대 주장을 하지 못했다. 메텔루스도 마찬가지였다. 모든 시선이 코타에게 고정되었다. 코타는 그의 처남인 루푸스의 상아 의자가 놓인 연단에서 가장 가까운 첫번째 줄에 앉아 있었다.

　"마르쿠스 아우렐리우스 코타가 오늘 아침 오스티아에 도착했습니다." 루푸스가 말했다. "그는 사흘 전 마실리아에 있었고 그 전날에는 우리 군대의 주둔지였던 아라우시오에 있었습니다. 이제 마르쿠스 아우렐리우스를 불러보겠습니다. 미리 알려드리지만, 이 회의 내용은 한 자도 빼놓지 않고 모두 기록되고 있습니다."

코타는 목욕을 하고 옷도 갈아입은 채였다. 하지만 평소 혈색 좋던 그의 얼굴에는 피곤함이 묻어나는 잿빛이 감돌았다. 자리에서 일어나는 모습만 봐도 그가 얼마나 지친 상태인지 짐작할 수 있었다.

"원로원 의원 여러분, 10월의 노나이(한 달의 가운뎃날에 해당하는 이두스보다 8일 앞선 날—옮긴이) 전날 아라우시오에서 전투가 있었습니다." 회의장은 아주 고요했기 때문에 코타는 따로 주의를 끌 필요가 없었다. "게르만족이 우리 군대를 전멸시켰습니다. 로마 병사 8만 명이 죽었습니다."

탄성이나 웅성거림, 미동조차 없었다. 원로원은 예언자 시빌라의 동굴처럼 무거운 침묵에 휩싸여 있었다. "제가 병사들 8만 명이라고 말한 것은 문자 그대로입니다. 추가로 비전투원 사망자도 2만 4천 명이나 됩니다. 기병대 사망자도 따로 계산해야 합니다."

코타는 감정이 배제된 침착한 목소리로, 의원 여섯 명의 사절단이 아라우시오에 도착했을 때부터 있었던 일들을 차근차근 들려주었다. 아무 소득이 없었던 카이피오와의 담판, 그가 말리우스의 명령을 조롱하고 그의 아들과 몇몇 사람이 동조하면서 생겨난 혼란스럽고 어수선한 분위기, 집정관으로부터 너무 떨어져 있어 통합된 군사조직 역할을 하지 못했던 아우렐리우스와 기병대. "기병 5천 명과 거기에 딸린 비전투원, 아우렐리우스의 주둔지에 있던 말들이 모두 죽었습니다. 마르쿠스 아우렐리우스 스카우루스는 게르만족에게 생포되었습니다. 원로원 의원 여러분, 그는 산 채로 불에 타 죽었습니다. 증인에게 들은 바에 따르면 그는 실로 놀라운 용기와 용맹함을 보이며 최후를 맞았다고 합니다."

원로원 의원 대부분의 아들이나 형제나 조카나 사촌이 전투에 참여한 터였다. 군데군데 잿빛 얼굴들이 눈에 띄었다. 토가에 얼굴을 묻고,

혹은 몸을 앞으로 기울여 두 손으로 얼굴을 가리고 조용히 우는 사람도 있었다. 스카우루스 최고참 의원은 유일하게 허리를 꼿꼿이 세우고 앉아 있었다. 그의 뺨은 붉게 달아올랐고 입은 일자로 굳게 다물어져 있었다.

"오늘 이 자리의 여러분에게도 책임이 있습니다. 여러분이 보낸 사절단에는 집정관 출신이 한 명도 없었습니다. 전직 법무관에 불과한 제가 여섯 명 중에 가장 직위가 높았습니다. 그 결과 퀸투스 세르빌리우스는 태생이나 직위나 경험 모두에 있어 우리를 동등한 상대로 받아들이지 않고 대화를 거부했습니다. 그는 사절단의 낮은 지위와 무력함을 나이우스 말리우스에 반대하는 자기 입장에 대한 원로원의 지지로 생각했습니다. 그가 그렇게 나온 것은 어쩌면 당연한 일이었습니다. 여러분이 진심으로 퀸투스 세르빌리우스가 올해의 집정관에게 복종하기를 바랐다면 집정관 출신들로 사절단을 구성했을 것입니다! 하지만 여러분은 그러지 않았죠. 원로원에서 가장 고집 센 권위주의자이자 직위가 높은 의원에게, 의도적으로 평의원 다섯 명과 전직 법무관 한 명을 보냈습니다!"

누구도 감히 고개를 들지 못했다. 의원들의 목은 점점 더 토가 속으로 움츠러들었다. 하지만 스카우루스 최고참 의원은 계속 허리를 편 채 이글거리는 눈으로 코타를 바라보고 있었다.

"퀸투스 세르빌리우스와 나이우스 말리우스의 분열로 인해 그들의 병력은 통합될 수 없었습니다. 로마의 17개 군단과 기병 5천 명이 똘똘 뭉쳐 싸우는 대신, 두 군대가 35킬로미터의 거리를 두고 분리되어 있었습니다. 기병대도 따로 떨어져 있었습니다. 퀸투스 세르빌리우스는 나이우스 말리우스와 승리를 나눠 가질 마음이 없다고 저에게 직접 말했습니다. 그는 자기 전투에 나이우스 말리우스가 끼어드는 것을 막으려고 의도적으로 훨씬 북쪽에 군대를 배치시킨 것입니다."

코타는 거칠게 숨을 한번 들이마셨다. 정적 속에서 그 소리가 너무 크게 느껴져 루푸스는 깜짝 놀랐다. 하지만 스카우루스는 꼼짝 않았다. 그 옆에서 토가에 고개를 파묻고 있던 메텔루스가 천천히 머리를 들어 굳은 표정을 드러냈다.

"원로원 의원 여러분, 두 사람의 갈등은 접어두고라도, 애초에 퀸투스 세르빌리우스나 나이우스 말리우스는 게르만족과의 전쟁을 승리로 이끌 군사적 재능이 없는 사람들입니다. 하지만 두 지휘관 중에 더 많이 비난받아야 할 사람은 퀸투스 세르빌리우스입니다. 그는 지휘관으로서 나이우스 말리우스만큼이나 무능했고, 게다가 법까지 무시했습니다. 자신을 법 위에 있는 존재라 여겼고 법은 못난 사람들을 위한 도구로 치부했습니다. 진정한 로마인이란 말입니다, 마르쿠스 아이밀리우스 최고참 의원님." 이것은 꼼짝도 하지 않고 있던 원로원 최고참 의원에게 직접 던지는 말이었다. "진정한 로마인은 그 무엇보다 법을 중요하게 생각합니다. 법 앞에서는 사회계급도 무의미합니다. 법은 그 누구도 스스로 동료보다 우월하다고 여기지 못하게끔 고안된 견제와 균형의 장치입니다. 그런데 퀸투스 세르빌리우스는 마치 로마의 일인자처럼 행동했습니다! 하지만 법 앞에서 로마의 일인자란 존재할 수 없습니다! 따라서 나이우스 말리우스는 단순히 무능한 지휘관이었지만, 퀸투스 세르빌리우스는 법까지 어긴 자임을 여러분께 알려드립니다."

침묵과 고요가 이어졌다. 코타는 한숨을 쉬었다. "원로원 의원 여러분, 아라우시오 전투는 칸나이 전투보다 더 끔찍한 재앙이었습니다. 우리 젊은이들이 목숨을 잃었습니다. 저는 그곳에 있었기 때문에 이 사실을 알고 있습니다. 어쩌면 1만 3천 명 정도는 살아 있을지도 모릅니다. 그들은 가장 경험이 부족한 병사들로, 후퇴 명령도 없었는데 목숨을 건지려고 무기와 갑옷을 전장에 버린 채 로다누스 강을 건넜습니다. 그리고 뿔뿔이 흩어져 로다누스 강 서안 어딘가를 떠돌아다니고 있습니다. 제가 들은 바로는 다시 징집되어 로마군에 합류하느니 그대로 잠적하려는 사람이 많다고 합니다. 게르만족이 너무 무서워서 말이죠. 군무관 섹스투스 카이사르는 도망가는 병사들을 막으려다가 부하의 칼에 맞았습니다. 다행히 그는 목숨을 건졌습니다. 게르만족이 죽도록 내버려두었지만 전장에서 발견되었죠. 스물아홉 명밖에 안 되는 우리 일행이 부상자 구조에 나섰는데, 거의 사흘 동안 지원세력이 전혀 없었습니다. 물론 전장에 쓰러진 사람들은 대부분 죽은 상태였습니다. 하지만 전투가 끝난 직후에 대대적인 구조작업을 펼쳤다면 목숨을 건졌을 사람도 많습니다."

무거운 침묵에도 불구하고, 메텔루스는 무시무시한 질문을 던지기 위해 손을 들었다. 코타는 마리우스에겐 적이지만 자신에게는 우방인 메텔루스를 쳐다보았다. 코타에게 마리우스에 대한 각별한 애정 같은 것은 없었던 것이다.

"퀸투스 카이킬리우스 메텔루스 누미디쿠스, 당신 아들은 다치지 않고 살아남았습니다. 그렇다고 겁쟁이처럼 굴지는 않았죠. 그는 나이우스 말리우스와 그의 개인 참모들을 구했습니다. 하지만 나이우스 말리우스의 두 아들은 모두 사망했죠. 선거로 뽑힌 군무관 스물네 명 중에는 마르쿠스 리비우스 드루수스, 섹스투스 율리우스 카이사르, 퀸투스 세르빌리우스 카이피오 2세만 살아남았습니다. 마르쿠스 리비우스와 섹스투스 율리우스는 중상을 입었습니다. 퀸투스 세르빌리우스 2세는 강에 가장 가까이 배치된 가장 경험이 없는 군단을 지휘했습니다. 그는 강을 건너가서 살아남았는데, 그가 전투에 충실히 참여했는지는 저로서도 알 길이 없습니다."

코타는 목소리를 가다듬기 위해 잠시 멈추었다. 메텔루스의 눈에 안도감이 스쳤다. 코타는 그것이 단순히 아들의 생존 소식 때문인지, 아들이 겁쟁이가 아니었다는 소식 때문인지 궁금했다. "하지만 사망자 수보다 더 큰 문제는, 양쪽 군대의 노련한 백인대장이 모두 죽었다는 사실입니다. 원로원 의원 여러분, 이제 로마에는 군관이 없습니다. 알프스 너머 갈리아의 거대한 군대는 이제 존재하지 않습니다." 그는 잠시 기다리더니 덧붙였다. "아니죠, 퀸투스 세르빌리우스 카이피오 탓에 애당초 존재한 적도 없었습니다."

이러한 코타의 말은, 의사당의 거대한 청동 문 가까이 서 있는 사람들에게서 멀리 떨어진 사람들에게로 조금씩 전해졌다. 사람들이 점점 더 많이 모여들고 있었다. 이제는 아르길레툼과 아르겐타리우스 언덕 길은 물론 민회장 뒤에 펼쳐진 포룸 로마눔의 낮은 구역까지 인파로 가득했다. 군중의 규모는 어마어마했지만, 모두 쥐죽은듯이 조용했다. 간혹 울음소리만 들렸다. 로마는 중요한 전투에서 패한 것이다. 이제 이탈리아는 언제 게르만족에게 공격을 받을지 몰랐다.

코타가 자리에 앉기 전에 스카우루스가 물었다.

"마르쿠스 아우렐리우스, 지금 게르만족이 어디에 있습니까? 이 소식을 전하기 위해 아라우시오를 떠날 당시 어디까지 내려온 상태였습니까? 지금 이 순간, 그들은 남쪽으로 얼마나 더 내려와 있을까요?"

"솔직히 모르겠습니다, 최고참 의원님. 전투는 겨우 한 시간 만에 끝났는데, 게르만족은 바로 북쪽으로 돌아갔습니다. 아마도 기병대 주둔지의 북쪽에 두고 온 짐수레와 여자와 아이들을 데려오기 위해서인 듯했습니다. 하지만 제가 떠날 때까지도 그들은 돌아오지 않았습니다. 저는 마르쿠스 아우렐리우스 스카우루스가 게르만족 전사들과 협상할 때 통역사로 고용했던 남자를 만나 이야기를 들었습니다. 그 사람은 생포되었다가 게르만족임이 확인되어 목숨을 건졌죠. 그에 따르면 게르만족 내에서 다툼이 일어나 셋으로 찢어졌다고 합니다. 세 집단 중 어느 쪽도 단독으로 우리 영토를 통과해 남쪽으로 갈 엄두는 안 나는 듯합니다. 그래서 각자 다른 경로로 장발의 갈리아를 통과해 히스파니아로 가기로 했답니다. 이 다툼의 발단은 전리품으로 챙긴 로마의 포도주였고요. 물론 이러한 분열이 얼마나 지속될지는 아무도 모르죠. 제가 면담한 통역사의 말이 모두 사실인지조차 확실치 않습니다. 일부만 사실일 수도 있지요. 그는 이제 게르만족으로 사는 것이 싫어서 탈출했다고 말했습니다. 하지만 우리를 방심시키려고 게르만족이 첩자를 보낸 것일 수도 있습니다. 한 가지 분명한 것은, 제가 떠날 당시 게르만족이 남쪽으로 움직이는 낌새가 전혀 없었다는 겁니다." 이 말을 끝으로 코타는 자리에 앉았다.

루푸스가 일어났다. "원로원 의원 여러분, 지금은 갑론을박을 할 때가 아닙니다. 서로 비난하고 욕할 때는 더더욱 아닙니다. 지금은 행동을 취해야 할 때입니다."

"옳소!" 뒤에서 찬동하는 목소리가 들려왔다.

"내일은 10월 이두스입니다. 다시 말해 조직적인 군사 행동의 계절은 끝났습니다. 하지만 게르만족은 언제든 이탈리아를 침략할 수 있고, 우리가 대비할 수 있는 시간은 아주 촉박합니다. 이제 저의 계획을 여러분께 들려드리려 합니다. 그에 앞서 엄중한 경고부터 하겠습니다. 의사당 내에서 다툼과 불화와 분열의 조짐이 보이면 즉시 제 계획을 평민회로 넘겨 승인을 요청하겠습니다. 그렇게 함으로써 로마의 방어에 대한 주요 사안 결정권을 원로원 의원 여러분들에게서 박탈할 것입니다. 퀸투스 세르빌리우스를 통해 원로원 질서의 최대 약점이 여실히 드러났습니다. 출신은 미천하지만 뛰어난 능력과 행운을 타고난 사람이 고귀한 혈통의 로마 귀족보다 높은 자리에 올라 인민을 다스리고 로마 군을 지휘할 수도 있다는 걸 인정하지 않으려는 태도 말입니다."

그는 돌아서서 열려 있는 문 쪽을 향했다. 그의 우렁찬 목소리는 민회장의 공기를 타고 밖으로 흘러나갔다.

"우리는 이탈리아 전역의 신체 건강한 남자 모두를 필요로 합니다. 너무도 분명한 일이죠. 최하층민부터 원로원 의원에 이르기까지 모든 건강한 남성 말입니다! 그러니 여러분께서는 17세에서 35세까지의 모든 로마인, 라티움인, 이탈리아인이 이탈리아 해안을 떠나거나 아르누스 강과 루비콘 강을 건너 이탈리아 갈리아로 가는 것을 금지해야 합니다. 그리고 평민회에서는 그 결의를 비준해야 합니다. 저는 내일 이탈리아 반도의 모든 항구에 전령을 파견해 신체 건강한 남성을 선원이나 승객으로 받지 말라는 명령을 전달하겠습니다. 이 명령을 어기는 경우, 병역 기피자와 그를 도운 사람 모두 사형에 처해질 것입니다."

원로원 의원 중에 입을 여는 사람은 없었다. 스카우루스 최고참 의원, 누미디쿠스, 달마티쿠스, 아헤노바르부스, 카툴루스 카이사르, 스키피오 나시카도 모두 조용했다. 루푸스는 생각했다. 좋아, 하지만 어차피 이 법은 아무도 반대하지 않을 줄 알았어.

"모든 인력을 총동원해서, 최하층민부터 원로원 의원에 이르기까지 모든 계급에서 병력을 모집할 것입니다. 원로원 의원 여러분, 그 말인

즉슨 여러분 중에 35세 이하인 사람은 이전에 아무리 많은 전투에 참여했든 상관없이 다시 징집된다는 뜻입니다. 이 법을 강력하게 시행한다면 우리에게는 병력이 어느 정도 생길 것입니다. 하지만 안타깝게도 그것만으로는 부족합니다. 퀸투스 세르빌리우스 탓에 재산을 가진 이탈리아인들이 전멸했고, 나이우스 말리우스 탓에 병사나 비전투원으로 싸우던 최하층민이 거의 7만 명이나 죽었습니다.

그러니 우리가 가진 다른 군대로 눈을 돌려야 합니다. 마케도니아에는 두 개 군단만이 있는데, 둘 다 보조군으로 지금 그곳을 떠날 상황이 아닙니다. 히스파니아의 경우 먼 히스파니아에 두 개 군단, 가까운 히스파니아에 한 개 군단이 주둔하고 있습니다. 두 개 군단은 로마인으로 구성되었고 나머지 한 개는 보조군이죠. 하지만 게르만족이 히스파니아를 침략할 것이라고 했으니 그들은 그곳을 떠날 것이 아니라 오히려 거기 남아 병력을 보강해야 합니다." 그는 잠시 멈췄다.

스카우루스 최고참 의원이 마침내 초조하게 입을 열었다. "계속해보세요, 푸블리우스 루틸리우스! 어서 아프리카 이야기를 꺼내보시죠. 가이우스 마리우스 얘기도 말입니다!"

루푸스는 놀라는 척하며 눈을 깜빡거렸다. "그것참 고맙네요, 최고참 의원님, 감사합니다! 지금 말씀을 안 하셨다면 까먹고 넘어갈 뻔했어요! 오, 최고참 의원님은 원로원의 진정한 파수꾼이라고 불릴 만한 분입니다. 최고참 의원님이 안 계셨다면 어쩔 뻔했을까요?"

"빈정대는 건 그만하시오, 푸블리우스 루틸리우스!" 스카우루스가 사납게 쏘아붙였다. "하던 이야기나 계속하시죠."

"물론 그래야죠! 아프리카와 관련해서 반드시 언급해야만 하는 내용이 세 가지 있습니다. 첫째, 그곳에서의 전쟁은 성공적으로 마무리되었습니다. 우리는 적을 완전히 소탕했고 우리의 적이었던 왕과 그의 가족은 지금 이 순간 로마에서 처형을 기다리고 있습니다. 유구르타는 우리의 고귀한 퀸투스 카이킬리우스 똥돼지…… 이런, 실례했습니다, 똥돼지가 아니라 메텔루스 누미디쿠스의 집에 손님으로 머물고 있죠. 바로 이곳 로마에서 말입니다.

그리고 둘째, 아프리카군은 6개 군단으로 이루어졌지만 다들 훈련을 잘 받았고 용맹합니다. 최하층민들임에도 불구하고 말이죠! 게다가 젊은 백인대장과 수습군관, 보좌관에 이르기까지 유능한 지휘관들이 많습니다. 또한 역시나 노련하고 용맹한 기병 2천 명이 딸려 있습니다."

루푸스는 잠시 멈추더니 의미심장한 미소를 지으며 주변을 둘러보았다. "원로원 의원 여러분, 셋째는 사람입니다. 한 남자죠. 물론 저는 집정관급 총독이자 아프리카 군대의 총지휘관, 스키피오 아이밀리아누스에게도 뒤지지 않는 완벽한 승리를 홀몸으로 일구어낸 가이우스 마리우스를 말하는 것입니다. 누미디아는 다시 봉기하지 않을 것입니다. 로마의 시민, 재산, 속주, 곡물 공급에 대한 아프리카의 위협은 이제 존재하지 않습니다. 가이우스 마리우스가 아프리카를 완벽하게 토벌하여 평화롭게 만들었기 때문에 그곳에 주둔군을 둘 필요조차 없습니다."

그는 상아 의자가 놓인 연단에서 검고 흰 판석이 깔린 바닥으로 내려왔다. 그의 목소리가 바깥으로 퍼질 수 있도록 문가로 가서 발길을 멈췄다.

"로마는 병사나 백인대장보다 장군을 더 절실하게 필요로 합니다. 가이우스 마리우스가 예전에 원로원 의사당에서 말했듯이, 가이우스 그라쿠스의 죽음 이후 얼마 안 되는 세월 동안 로마 병사 수천 명이 죽임을 당했습니다. 오로지 병사들과 백인대장을 이끄는 지휘관의 무능함 때문이었죠! 게다가 가이우스 마리우스가 그 말을 할 당시 이탈리아에는 지금 이 순간보다 군대에서 싸울 수 있는 남자들이 십만 명은 더 많았습니다. 그런데 가이우스 마리우스는 병사를, 백인대장을, 비전투원을 몇 명이나 잃었습니까? 거의 잃지 않았습니다! 그는 3년 전 6개 군단을 이끌고 아프리카로 갔고, 그 군단의 병사들은 아직 멀쩡히 살아 있습니다. 그의 군대는 실전 경험을 갖추었으며 백인대장이 있는 6개 군단입니다!"

그는 잠시 멈추더니 목소리를 최대한 높여 말했다. "가이우스 마리우스는 군대를, 그리고 능력 있는 지휘관을 필요로 하는 지금 로마의 처지에 유일한 해답입니다!"

그는 돌아서서 의사당을 가로질러 연단으로 향했다. 현관 바깥에 있던 사람들의 눈에 그의 작고 마른 몸이 잠시 비쳤다. 그는 연단 위에서 멈췄다.

"마르쿠스 아우렐리우스 코타에 따르면 게르만족 간에 다툼이 있었다고 합니다. 현재 그들은 알프스 너머 갈리아 지역의 로마 속주를 통과해 이동하는 계획을 포기한 듯합니다. 하지만 이러한 보고만 듣고 긴장을 풀 수는 없습니다. 그 말만 믿고 앞으로 더 멍청한 짓을 할 것이 아니라 먼저 의심해야 합니다. 우선 한 가지는 분명해 보입니다. 올겨울 동안 전쟁을 준비할 수 있다는 것입니다. 그 준비의 첫 단계는 가이우스 마리우스를 갈리아 총독으로 임명하고, 게르만족을 물리칠 때까지 소멸되지 않는 임페리움을 부여하는 것입니다."

여기저기서 웅성대는 소리가 들렸다. 앞으로 시작될 항의의 전조였다. 그때 메텔루스 누미디쿠스의 목소리가 들려왔다.

"가이우스 마리우스를 알프스 너머 갈리아의 총독으로 임명하고 수 년 동안 지속되는 임페리움을 주라는 말입니까?" 그는 믿을 수 없다는 듯이 말했다. "차라리 날 죽이시오!"

루푸스는 발을 구르며 주먹을 흔들었다. "맙소사, 내 이럴 줄 알았소! 퀸투스 카이킬리우스, 우리가 얼마나 심각한 곤경에 처해 있는지 아직도 이해가 안 되시오? 우리에게는 가이우스 마리우스 정도의 실력을 갖춘 지휘관이 필요합니다!"

"우리에게 필요한 건 그의 군대죠." 스카우루스 최고참 의원이 크게 말했다. "가이우스 마리우스가 아니란 말입니다! 이곳에는 그 사람만큼이나 훌륭한 지휘관이 많소."

"이를테면 최고참 의원님의 친구인 똥돼지 말입니까?" 루푸스는 거칠게 콧방귀를 뀌었다. "말도 안 되는 소리! 퀸투스 카이킬리우스는 2년 동안 아프리카에서 빈둥대기만 했습니다. 제가 거기 있었으니 다 압니다! 저는 퀸투스 카이킬리우스와 함께 일했는데, 저자에게 어울리는 이름은 똥돼지입니다. 똥돼지처럼 지긋지긋하게 이득만 챙기고 있었으니까요! 저는 가이우스 마리우스와도 함께 일했습니다. 원로원 의원 여러분께서는 제가 나름 군대에서 훌륭한 공을 세웠음을 잘 아실 겁니다. 애초에 알프스 너머 갈리아에 대한 지휘권은 나이우스 말리우스가 아니라 저에게 주어졌어야 했죠! 하지만 그것은 과거일 뿐이고, 지금은 서로를 비난하며 시간을 낭비할 때가 아닙니다.

원로원 의원 여러분, 로마는 너무 시급하고 큰 문제에 직면해 있습니다. 몇몇 귀족들의 입맛에 맞는 해결책만으로는 부족합니다! 원로원 의원 여러분, 회의장 양쪽의 가운뎃줄과 뒷줄에 앉은 모든 분들! 우리를 이 위기에서 구해줄 사람은 단 한 명뿐입니다. 바로 가이우스 마리우스입니다! 그의 이름이 귀족의 족보에 적혀 있지 않다는 사실이 뭐가 중요합니까? 그가 로마인 중의 로마인이 아니라는 사실이 뭐가 중요합니까? 로마인 중의 로마인인 퀸투스 세르빌리우스가 우리를 어디로 몰아넣었는지 보십시오! 그가 우리를 어디로 몰아넣었는지 아십니까? 바로 이 똥구덩이 속입니다!"

루푸스는 자신의 주장에 담긴 논리를 이해하지 못하는 의원들에게 화가 나서 크게 소리쳤다. "존경하고 친애하는 원로원 의원 여러분, 애원하건대 이번 한 번만 여러분의 편견을 접어두십시오! 우리는 반드시, 가이우스 마리우스가 게르만족을 게르마니아로 몰아낼 때까지 그에게 알프스 너머 갈리아 총독으로서의 권한을 부여해야 합니다!"

그의 열정적인 마지막 애원이 통했다. 마침내 원로원 의원들이 설득당한 것이었다. 스카우루스와 메텔루스도 이를 눈치챘다.

법무관 마니우스 아퀼리우스가 자리에서 벌떡 일어났다. 그는 귀족 혈통이었지만 그 가문의 역사는 영광보다 탐욕으로 얼룩져 있었다. 그의 부친은 페르가몬의 아탈로스 왕이 자신의 왕국을 로마에 유증한 뒤 일어난 전쟁에서 엄청나게 많은 금을 받고 폰토스의 미트리다테스 5세에게 프리기아 땅 전체를 넘겼던 인물이었다. 신비에 싸인 그 동방의 땅을 전부 서부 소아시아에 넘겨준 것이다.

"푸블리우스 루틸리우스, 발언하고 싶습니다."

"발언하세요." 루푸스는 이 말을 남기고 완전히 지쳐 자리에 앉았다.

"제가 발언하겠습니다!" 스카우루스 최고참 의원이 화난 듯이 말했다.

"마니우스 아퀼리우스 다음에 하시죠." 루푸스가 부드럽게 말했다.

"푸블리우스 루틸리우스, 마르쿠스 아이밀리우스, 원로원 의원 여러분." 아퀼리우스는 올바른 방식으로 발언을 시작했다. "우리를 이 곤경에서 구해줄 사람은 단 한 명뿐이며 그 사람은 가이우스 마리우스라는 집정관의 의견에 동의합니다. 하지만 존경하는 집정관이 제안하신 해결책은 옳지 않습니다. 알프스 너머 갈리아에 국한된 속주 총독의 임페리움으로 가이우스 마리우스의 발목을 잡아서는 안 됩니다. 무엇보다 전쟁이 그 외의 지역에서 발생한다면 어떻게 될까요? 이탈리아 갈리아나 히스파니아, 심지어 이탈리아 본토로 전쟁이 확산된다면 어떻게 될까요? 지휘권은 자동적으로 관할 지역의 총독이나 그해의 집정관에게 넘어갈 것입니다! 가이우스 마리우스는 원로원 내에 정적이 많습니다. 저는 그의 적들이 개인적인 앙심보다 로마를 더 소중하게 여길지 의문입니다. 퀸투스 세르빌리우스가 나이우스 말리우스와 협력하지 않은 것은, 귀족 혈통의 의원이 로마의 존엄보다 자신의 존엄을 소중히 여길 때 발생하는 전형적인 사태라고 할 수 있죠."

"뭔가 잘못 아셨소, 마니우스 아퀼리우스." 스카우루스가 불쑥 끼어들었다. "퀸투스 세르빌리우스는 자신의 존엄과 로마의 존엄을 동등하게 여겼소!"

"정정해주셔서 감사합니다. 최고참 의원님." 아퀼리우스가 부드럽게 대답하며, 누구도 비꼬는 것이라고는 생각지 못할 만큼 정중한 태도로 고개를 숙였다. "최고참 의원님이 하신 말씀은 지극히 옳습니다. 로마의 존엄과 퀸투스 세르빌리우스의 존엄은 동등합니다! 하지만 그렇다면 어째서 가이우스 마리우스의 존엄은 퀸투스 세르빌리우스의 존엄보다 그토록 낮다고 보시는 것입니까? 비록 그의 조상은 보잘것없지만 그 개인의 존엄은 퀸투스 세르빌리우스와 동등한 수준입니다. 가이우스 마리우스라는 사람은 걸출한 경력을 자랑합니다! 의원 여러분 중에 그가 아르피눔을 첫째로, 로마를 둘째로 여긴다고 생각하시는 분 있습니까? 그가 아르피눔을 로마의 일부, 그 이상의 의미로 받아들인다고 생각하는 분 있습니까? 우리 모두에게는 한때 신진 세력이었던 조상이 있습니다! 심지어 아이네아스도 신진 세력이었습니다! 멀리 떨어진 일리움에서 라티움으로 왔던 그조차도 따지고 보면 그렇습니다! 가이우스 마리우스는 집정관과 법무관을 역임했습니다. 그는 스스로의 힘으로 귀족이 되었으며, 그의 후손들도 결국 귀족으로 살게 될 것입니다."

아퀼리우스의 눈이 흰옷을 입은 사람들을 훑었다. "오늘 이곳에 계신 의원님들 중에 포르키우스 카토 가문이 여럿 보이는군요. 그분들의 조부도 신진 세력이었습니다. 하지만 지금 카이킬리우스 메텔루스 가문이 가이우스 마리우스를 보는 것과 똑같은 시선으로 당시의 코르넬리우스 스키피오 가문이 포르키우스 카토를 봤다는 사실을, 이 의사당의 기둥 말고 누가 또 기억하고 있을까요?"

그는 어깨를 으쓱하고 연단에서 내려왔다. 루푸스처럼 회의장을 가로질러 열려 있는 문 근처로 갔다.

"게르만족과의 싸움에서 최고 지휘권을 행사해야 할 사람은 다른 누구도 아닌 가이우스 마리우스입니다. 전쟁이 어디에서 벌어지든 말입니다! 그러므로 가이우스 마리우스에게 알프스 너머 갈리아에만 국한된 속주 총독의 임페리움을 부여하는 것은 충분하지 않습니다."

그는 원로원을 향해 돌아서서 아주 큰 소리로 말했다. "가이우스 마리우스가 이 자리에 없어 자신의 의견을 피력할 수 없는 것은 누구나 아는 사실입니다. 시간은 달리는 말처럼 빨리 흘러가고 있습니다. 가이우스 마리우스는 집정관이 되어야 합니다. 그것이 그에게 필요한 권력을 부여하는 유일한 방법입니다. 그는 다가오는 집정관 선거에 입후보해야만 합니다. 부재중 후보 말입니다!"

회의장 여기저기서 으르렁거리고 웅성대는 소리가 들렸다. 하지만 아퀼리우스는 말을 이어가며 의원들의 주의를 끌었다. "백인조회는 가장 훌륭한 로마인으로 구성된다는 사실에 반대하는 분은 없으시겠죠? 그렇기 때문에 이에 대한 결정을 백인조회에 맡겨야 한다고 생각합니다. 부재중 선거를 통해 가이우스 마리우스를 집정관으로 선출할 것인지 말입니다! 최고 지휘권은 원로원에서 결정하기에 너무 큰 사안입니다. 평민회나 트리부스회에서 결정하기에도 마찬가집니다. 원로원 의원 여러분, 게르만족과의 전쟁에서 최고 지휘권 문제는 로마인 중에서 가장 중요한 1계급과 2계급의 백인조회 투표로 결정해야 합니다!"

오, 여기 울릭세스가 납셨군! 루푸스는 생각했다. 나라면 절대 이런 생각을 못했을 거야. 그렇게 되도록 내버려두지도 않았을 테고. 하지만 이 사람은 스카우루스 일당의 약점을 정확히 공략했어. 마리우스의 임페리움에 관한 복잡한 문제를 트리부스회로 가져간다면, 혹은 군중이 고함을 지르고 폭동을 일으키려는 분위기 속에서 호민관들이 투표를 진행해야 한다면 절대 답이 나오지 않을 거야! 스카우루스 같은 사람들에게 평민회는 폭도들이 로마를 통치하기 위해 내놓은 변명에 불과해. 하지만 1계급과 2계급 시민은 어떤가? 오, 그들은 완전히 차원이 다른 로마인들이지! 똑똑하군, 똑똑해, 마니우스 아퀼리우스!

처음에는 출마하지도 않은 사람을 집정관으로 뽑자며 들어본 적 없는 제안을 내놓더니, 그다음에는 최고의 로마인들에게 결정을 맡기자고 스카우루스 일당에게 말하다니! 1계급과 2계급으로 구성된 백인조회가 마리우스를 원하지 않는다면, 투표를 통해 다른 두 사람을 집정관으로 뽑으면 되겠지. 만약 백인조회에서 마리우스를 원한다면 마리우스와 다른 한 사람을 집정관으로 뽑으면 되고 말이야. 3계급에게는 아예 투표할 기회조차 오지 않을 것이 분명해! 그러니 배타성도 충족되는 셈이지.

법적으로 가장 걸리는 부분은 부재중 선거라는 단서조항인데, 원로원에서는 절대 허락하지 않을 테지. 그럼 아퀼리우스는 사안을 분명 평민회로 넘길 거야. 벤치에 앉아 즐거운 듯 꼼지락거리는 저 호민관들 좀 보라지! 저들 중에 거부권을 행사하는 사람은 없을 거야. 저들은 부재중 선거에 대한 특별허가 사안을 평민회로 가져가겠지. 평민회에서는 호민관들이 이 사안을 만장일치로 지지하는 것에 현혹되어, 마리우스가 부재중 선거에서 집정관이 되도록 허락하는 특별 법안을 통과시킬 거야. 물론 스카우루스와 메텔루스 일당은 빌리우스 정무직 연령법을 들먹이겠지. 집정관을 역임한 사람이 10년이 지나기 전 다시 집정관으로 선출되는 것을 금지하는 법 말이야. 하지만 그들은 결국 지고 말겠지.

아퀼리우스 저 사람을 잘 지켜보는 게 좋겠어, 루푸스는 의자를 돌려 그를 자세히 살펴보며 생각했다. 놀랍군! 그 오랜 세월 동안 베스타 신녀처럼 얌전하고 유순하게 지내던 사람이 기회가 생기자 갑자기 양의 탈을 쓴 늑대처럼 변신하다니. 마니우스 아퀼리우스, 당신은 늑대야.

아프리카를 정리하는 것은 마리우스뿐만 아니라 술라에게도 즐거운 작업이었다. 그들이 도맡았던 군사 업무는 이제 행정 업무로 바뀌었다. 두 사람은 새로운 아프리카 속주와 두 왕국을 세우는 일에서 큰 만족감을 느꼈다.

가우다 왕자는 누미디아의 왕이 되었다. 그는 보잘것없는 인물이지만, 그의 훌륭한 아들인 히엠프살이 조만간 왕위를 이어받을 것이라고 마리우스는 생각했다. 로마의 우호동맹으로 공식 복귀한 마우레타니아의 보쿠스 왕은 누미디아 서부지역을 선물로 받아 영토가 엄청나게 확장되었다. 예전에는 물루카트 강이 동부 국경선이었지만, 이제 키르타와 루시카데에서 서쪽으로 불과 80킬로미터 떨어진 곳까지 영토가 늘어난 것이다. 누미디아 동부는 대부분 로마의 통치를 받게 되었다. 그래서 마리우스는 자신의 피호민인 기사들과 지주들에게 트리토니스 호수와 타카페 항구는 물론, 여전히 강력한 페니키아의 도시 렙티스 마그나를 포함한 소(小)시르티스의 비옥한 해안지역을 나눠주었다. 하지만 그 지역의 크고 비옥한 섬들은 따로 생각이 있어서 남겨두었다. 그 중에도 특히 메닝크스 섬과 케르키나 섬에 대해서는 아주 구체적인 계획이 있었다.

"나중에 군대를 해산하게 되면 말일세." 마리우스는 술라에게 말했다. "퇴역병사 처리 문제가 대두될 거야. 그들은 전부 최하층민이라서 돌아갈 농토나 직장이 없어. 물론 대부분은 다른 부대로 편입하려고 하겠지만 아닌 사람도 있겠지. 하지만 그들이 가진 장비는 그들 것이 아니라 국가 소유지. 그러니 편입 가능한 부대라고는 최하층민 부대뿐이네. 그런데 스카우루스와 똥돼지가 원로원에서 최하층민 병사들에 대한 지원을 반대하고 있으니 그들의 미래는 아주 어두워. 게르만족을 물리친 후에는 더욱 그렇겠지. 오, 루키우스 코르넬리우스, 그 전쟁에 참전한다면 정말 멋지지 않겠나? 하지만 안타깝게도 그 작자들이 절대 허락하지 않을 거야."

"그렇게만 된다면 무슨 짓이든 다 하겠어요."

"그럴 필요까지야."

"퇴역병사들 이야기를 계속해주시죠." 술라가 재촉했다.

"나는 국가에서 최하층민 병사들에게 이번 전쟁 후에 제공될 전리품보다 더 많은 것을 제공해야 한다고 생각하네. 퇴역병사들이 정착할 수 있는 땅을 줘야 한다는 말일세. 그렇게 해서 적당한 부를 누릴 수 있는 시민이 되도록 돕는 것이지."

"그라쿠스 형제가 도입하려 했던 농지 개혁의 군대판이군요." 술라는 얼굴을 살짝 찡그리며 말했다.

"바로 그거야. 자네는 찬성하지 않나?"

"원로원에서는 분명 반대하고 나설 겁니다."

"나눠주는 땅이 로마의 공유지가 아니라면 원로원의 반대도 훨씬 약해질 거야. 공유지를 무상으로 나눠주자고 말하는 건 자살행위니까. 수

많은 권력가들이 그 땅을 임대하고 있으니 그건 절대 불가능하지. 내 계획은 원로원의 승인을 받아 최하층민 병사들이 이곳 아프리카의 소 (小)시르티스에 있는 케르키나 섬과 메닝크스 섬의 비옥한 땅에 정착하도록 하는 것이네. 원로원에서 반대한다면 인민의 허락을 받아야겠지. 각자에게 100유게룸의 땅을 준다면 그들은 로마를 위해 두 가지 일을 해줄 거야. 첫째로 그들은 향후 아프리카에서 전쟁이 일어날 때 언제든지 소집될 수 있는 예비군 구실을 할 걸세. 둘째로 속주에 로마의 사상, 전통, 언어, 생활방식을 전파하는 역할을 맡게 되겠지."

술라는 이맛살을 찌푸렸다. "잘 모르겠지만, 가이우스 마리우스. 두 번째는 옳지 않은 일 같습니다. 로마의 사상, 전통, 언어, 생활방식은 전부 로마의 것입니다. 그것을 페니키아계 아프리카 지역에 사는 베르베르인과 무어인에게 전파한다는 건, 로마에 대한 배신이라고 생각합니다."

마리우스는 고개를 들어 말했다. "루키우스 코르넬리우스, 자네는 진짜 귀족이군그래! 밑바닥 생활을 했음에도 불구하고 사고방식은 전혀 그렇지 않아." 그는 당장 처리해야 할 업무로 화제를 돌렸다. "자잘한 전리품 품목을 다 정리했나? 금으로 만든 못 하나도 빼먹지 말고 모두 정리해야 돼. 명세서를 다섯 부씩 작성하는 것도 잊지 말도록!"

"가이우스 마리우스, 국고 담당 서기들이란 포도주병의 찌꺼기 같은 놈들이에요." 술라는 서류를 살펴보며 말했다.

"로마뿐 아니라 어디에서든 마찬가지라네, 루키우스 코르넬리우스."

11월의 이두스에 집정관 루푸스의 편지가 우티카에 도착했다. 마리우스는 술라와 함께 루푸스의 편지를 읽곤 했다. 술라는 글을 잘 알았고, 루푸스의 신랄한 문체를 그보다도 더 좋아했다. 하지만 이번 편지는 혼자 있을 때 도착해서 기뻤다. 자기가 먼저 내용을 살펴볼 수 있는 기회였기 때문이었다. 술라가 옆에서 듣고 있으면, 끝도 없이 이어진 구불구불한 글씨를 단어마다 끊어서 더듬더듬 읽느라 시간이 훨씬 많이 걸렸다.

하지만 그는 편지를 얼마 읽지도 않고서 화들짝 놀라더니 떨면서 일어섰다. "유피테르 신이여!" 이 말을 내뱉고는 곧장 술라의 집무실로 달려갔다.

마리우스는 사색이 된 채 두루마리를 휘두르며 뛰어들어갔다. "루키우스 코르넬리우스! 푸블리우스 루틸리우스에게서 편지가 왔네!"

"네? 무슨 내용이죠?"

"로마인 10만 명이 죽었다는군." 마리우스는 이미 확인한 부분에서 중요한 내용을 읽기 시작했다. "사망자 중 8만 명은 군인이네…… 게르만족이 로마군을 전멸시켰어…… 그 멍청한 카이피오가 말리우스의 주둔지로 합류하지 않고…… 북쪽으로 35킬로미터 떨어진 곳에서 꼼짝도 안 했다네…… 섹스투스 카이사르와 세르토리우스는 중상을 입었고…… 군무관 스물넷 중에 세 명만 목숨을 건졌네…… 백인대장은 다 죽었고…… 그나마 살아남은 신병들은 모두 도주했어…… 유산자 마르시족 1개 군단이 전멸해서 그들 부족은 원로원에 항의하고 있네…… 막대한 피해를 입었다며 법정 싸움도 불사하겠다는군…… 삼니움족도 마찬가지로 크게 분노하고 있어……."

"유피테르 신이여!" 술라가 의자에 몸을 털썩 기대며 말했다.

마리우스는 술라에게 들리지 않을 만큼 작은 소리로 잠시 혼자 편지를 읽었다. 그러다가 갑자기 이상한 소리를 냈다. 술라는 마리우스가 발작이라도 일으키는 줄 알고 황급히 자리에서 일어났다. 하지만 그가 책상을 돌아서 나오기도 전에 마리우스는 놀란 이유를 알려주었다.

"내가 집정관이라는데!" 마리우스는 헐떡이며 말을 내뱉었다.

술라는 입을 벌리고 굳어버렸다. "유피테르 신이여!" 달리 할말이 떠오르지 않았다.

마리우스는 루푸스의 편지를 술라에게 큰 소리로 읽어주었다. 이젠 구불구불한 글씨를 단어로 엮느라 더듬거리는 것 따윈 신경쓰지 않았다.

그러다 마침내 인민이 들고일어났네. 마니우스 아퀼리우스가 자리로 돌아오기도 전에 호민관 열 명은 단체로 벤치에서 일어나 문 밖에 있는 로스트라 연단으로 갔어. 로마 시민 절반이 민회장에 모이고 나머지 절반은 포룸 로마눔의 낮은 구역을 가득 채운 듯 보였지. 원로원 의원들도 호민관을 따라나섰어. 스카우루스와 우리의 친구 똥돼지는 뒤집어진 빈 의자 수백 개를 보며 고래고래 고함을 질러댔지.

호민관은 평민회를 소집했고 순식간에 법안 두 개를 내놓았네. 수개월 동안 사돈의 팔촌이 낸 의견까지 수렴해서 작성한 것보다 더 훌륭한 법안이 눈 깜짝할 사이에 만들어질 수 있다는 건 참 놀라운 일이야. 어중이떠중이가 내놓는 의견은 얼마 되지도 않는 좋은 법을 악법으로 바꾸어놓을 뿐이지.

코타의 말에 따르면, 카이피오는 자기 입장의 이야기를 먼저 들려주려고 최대한 빨리 로마로 오고 있다고 해. 하지만 임페리움을 유지하기 위해 신성경계선 바깥에 머물고 대신 아들과 하수인을 도시

내로 들여보낼 거라더군. 그렇게 하면 그의 이야기가 공식적으로 인정받게 될 때까지 임페리움을 유지하며 안전하게 지낼 수 있을 테니까. 카이피오는 자신의 속주 총독 임기를 연장할 수 있다고 생각할 거야. 그렇게 해서 자신의 구린 데가 잊힐 때까지 임페리움을 유지하면서 알프스 너머 갈리아의 총독으로 남을 작정이겠지.

하지만 평민회가 그를 가만두지 않았어! 평민회에서는 거의 만장일치로 카이피오의 임페리움을 박탈하기로 했네. 이제 로마 근교에 도착하면 카이피오는 스케리아 해안의 울릭세스처럼 벌거숭이 꼴이 되고 말 거야. 그리고 두번째 투표의 결과에 따라 선거 관리인인 나는 자네를 차기 집정관 후보로 등록시켰네. 자네가 선거일에 맞춰 로마에 올 수 없는데도 말일세.

"마르스 신과 벨로나 신이 도우신 덕분입니다, 가이우스 마리우스!" 술라가 말했다. "전쟁의 신들이 준 선물이에요."

"마르스? 벨로나? 아니야! 이건 운명의 여신 포르투나의 선물이지. 루키우스 코르넬리우스 자네와 나의 친구 포르투나 말일세!"

그는 계속해서 읽었다.

인민의 결정이기 때문에 나는 따르는 수밖에 없었네.

그런데 평민회 결의안이 나온 직후 나이우스 도미티우스 아헤노바르부스가 갑자기 연단에 나타났어. 그는 부재중 집정관 선거를 허용하는 결의안에 반대 발언을 했다네. 본인이 알프스 너머 갈리아 지역에 로마 속주를 세운 장본인이라 생각하여 책임감을 느낀 모양이야. 어떻게 그 집안 인간들은 하나같이 걸핏하면 화를 내고 교만

하고 성질이 더러운지! 아헤노바르부스는 말 그대로 분노를 토해내는 듯했어. 군중들은 지겨우니 닥치라고 소리쳤지. 하지만 그는 오히려 군중들에게 닥치라고 난리였어! 아헤노바르부스는 그들의 입을 틀어막으려 했지. 하지만 갑자기 머리나 심장에 이상이 생겼는지 연단에서 주저앉더니, 지난주에 잡은 오리처럼 뻣뻣하게 굳어버리더군. 뒤숭숭한 분위기 속에 집회가 끝났고 시민들은 집으로 돌아갔다네. 어쨌든 중요한 일은 해결된 셈이야.

다음날 아침 만장일치로 결의안 두 개가 모두 통과되었어. 이제 남은 것은 선거 진행뿐이었는데, 난 우물쭈물하지 않을 작정이었지. 일단 호민관들에게 공손히 부탁을 했어. 그들은 며칠 만에 새로운 호민관들을 뽑아오더군. 아마도 지휘관들 사이의 다툼 문제도 있고 해서 아주 훌륭한 인물들로 호민관단을 채운 것 같았어. 고인이 된 아헤노바르부스의 장남과, 역시 고인이 된 루키우스 카시우스 롱기누스의 장남도 포함되었네. 젊은 카시우스는 그 집안사람들이 모두 로마 병사를 죽이는 무책임한 인간이 아니라는 걸 보여주기 위해 나선 듯했어. 그러려면 진짜 좋은 모습을 보여줘야만 하겠지만. 루키우스 마르키우스 필리푸스도 호민관으로 뽑혔고, 클라우디우스에서 떨어져 나온 클로디우스 무리 중 한 사람도 당선되었다네. 요즘 그런 인간들이 어찌나 우후죽순 늘고 있는지!

백인조회에서는 어제 투표를 했네. 결과는 처음에 밝힌 것과 같아. 가이우스 마리우스 자네가 1계급의 모든 표와 추가로 필요한 2계급의 표를 얻어 수석 집정관이 되었네. 몇몇 원로원 의원은 어떻게든 자네의 당선을 막아보려 했지. 하지만 자네는 이미 명예의 수호자이자 대과업의 지지자로 너무 잘 알려져 있었어. 무엇보다 자네는 아프리카에서 모든 약속을 지키지 않았나. 투표에 참여한 기사들은, 자네가 3년 만에 집정관으로 다시 선출되는 것이나 부재중 선거를 진행하는 것에 전혀 거리낌이 없었다네.

편지를 읽던 마리우스는 기쁜 표정으로 고개를 들었다. "이거야말로 인민의 뜻이 아니겠나, 루키우스 코르넬리우스? 두 번 집정관을 맡게 되다니, 게다가 난 내가 후보인지도 몰랐어!" 그는 별에 닿으려는 것처럼 팔을 위로 쭉 뻗었다. "예언자 마르타와 함께 로마로 돌아가야겠네. 마르타는 내가 하루 만에 개선식을 마치고 집정관 취임식까지 하는 장면을 직접 보게 될 걸세, 루키우스 코르넬리우스! 방금 결정을 내렸어. 신년 첫날에 개선식을 하겠네."

"그런 다음에는 갈리아로 가겠군요." 게르만족과의 전쟁에 더 관심이 많은 술라가 말했다. "물론 저를 데려가신다면 말입니다."

"술라 자네가 없었다면 난 이 일을 해낼 수 없었을 거야! 퀸투스 세르토리우스도 마찬가지고."

"편지를 마저 읽어주시죠." 술라가 말했다. 마리우스와 진지한 토론을 시작하기 전에 우선 이 놀라운 소식들을 곱씹어볼 시간이 필요했다.

가이우스 마리우스, 다음번에 만날 때 나는 내 사무실의 온갖 장식물을 자네에게 넘겨주고 있을 거야. 솔직히 내가 진심으로 이 상황이 기쁘다고 말할 수 있는 입장이면 좋겠네. 로마를 위해서라도 자네가 게르만족과의 전쟁을 지휘하는 것이 중요하니까. 하지만 이 문제가 조금 더 전통적인 방식으로 해결되었다면 얼마나 좋았을까! 이 일로 인해 늘어난 자네의 적들을 생각하면 온몸이 떨리네. 자네로 인해 로마의 입법절차가 너무 많이 바뀌었어. 살아남기 위해 필요한 변화라는 건 나도 알고 있어. 하지만 그리스인들은 오디세우스에 대해 이런 말을 했다네. 그가 가진 인생의 끈은 너무도 강력해서 그와 마주치는 모든 이들의 인생의 끈을 다 끊어놓고 만다고. 스카우루스 최고참 의원은 속 좁고 편견으로 가득한 똥돼지와는 다른 인간이기 때문에, 나는 그의 마음을 조금 이해하겠어. 그는 로마의 전통적인 통치 방식이 사라지는 것을 안타까워하고 있어. 나도 마찬가지고. 그래, 로마는 지금 스스로를 태우기 위한 장작더미를 쌓아올리느라 바쁘다네. 원로원에서 자네 방식대로 게르만족을 물리치도록 내버려둘 것이라고 믿을 수만 있다면, 이처럼 놀랍고 비정상적이고 비전통적이며 기발한 방법은 전혀 필요하지 않겠지. 하지만 그럼에도 불구하고 나는 씁쓸한 마음을 감출 수 없네.

편지의 결말이 썩 만족스럽지 않아 기쁨이 약간 덜해졌지만, 마리우스의 목소리는 조금도 떨리지 않았다. 또한 술라에게 편지를 끝까지 읽어주고자 하는 그의 의지도 약해지지 않았다.
"내용이 조금 더 있군. 끝까지 읽어주겠네." 그가 말했다.

마치기 전에 덧붙이자면, 자네의 입후보로 몇몇 사람들은 명예와 명성에 위기를 느낀 모양이야. 집정관 선거에 입후보했던 훌륭한 사람들이 결국 모두 사퇴해버렸어. 퀸투스 루타티우스 카툴루스 카이사르도 그중 한 명이었는데, 자네와 함께 집정관을 역임하느니 자기 애완견과 함께 일하겠다고 말했다네. 그 결과 별 볼 일 없는 인물이 차석 집정관으로 당선되었어. 자네의 말에 함부로 반대하고 나설 사람이 아니니 오히려 잘된 일일지도 모르지. 그 사람이 누군지 궁금해 죽을 지경이겠지만 조금만 더 참게나! 한마디로 설명하자면 아주 탐욕스러운 인물인데, 자네도 이미 알고 있을 거라고 생각하네. 그가 누구냐고? 바로 가이우스 플라비우스 핌브리아라네.

술라는 콧방귀를 뀌며 말했다. "오, 저도 아는 사람이에요. 매음굴 같은 로마에서 스릴을 찾는 사람이지요. 개의 뒷다리만큼이나 타락한 인물입니다." 술라는 하얀 치아를 드러냈지만, 얼굴이 흰 편이라 크게 두드러져 보이지는 않았다. "가이우스 마리우스, 그러니까 그자가 뒷다리를 들어 당신에게 오줌을 싸지 않도록 주의해야 합니다."

"그렇다면 재빨리 옆으로 피해야겠지." 마리우스가 비장하게 말했다. 그가 술라에게 손을 내밀자, 술라는 단번에 그 손을 잡았다. "맹세하네, 루키우스 코르넬리우스. 자네와 나는 게르만족을 물리칠 것이야."

11월 말경, 사기가 하늘을 찌르는 아프리카군과 총사령관 마리우스는 우티카에서 푸테올리로 향했다. 바다는 평소보다 잠잠했고, 북풍 셉텐트리오나 북서풍 코루스가 항해를 방해하지도 않았다. 마리우스가 예상했던 그대로였다. 그는 출세의 오르막길에 있었다. 병사들이 그의 편인 것처럼 운명의 여신도 그의 편이었다. 게다가 시리아의 예언자 마르타가 순항을 예언하기도 했다. 마리우스와 함께 지휘선에 탑승한 마르타는 오래된 유골 주머니를 몸에 지니고 다녔는데, 미신을 잘 믿는 선원들은 두려움에 떨며 곁눈질만 할 뿐 유골 주머니를 감히 쳐다보지도 못했다. 가우다 왕은 마르타를 놓아주지 않으려 했다. 그러자 그녀는 왕좌 앞에서 대리석 바닥에 침을 뱉고 왕과 그의 집안에 저주를 퍼붓겠다고 위협했다. 결국 가우다 왕은 그녀를 서둘러 보내줄 수밖에 없었다.

푸테올리에서 마리우스와 술라는 국고를 관리하는 신임 재무관을 만났다. 그는 얼른 전리품 목록을 확인하고 싶어 서두르면서도 공손한 태도를 취했다. 그래서 마리우스와 술라는 즐거운 마음으로 그를 도왔으며, 그들이 정리한 장부는 아주 훌륭했기에 모두가 만족했다. 마리우스의 군대는 카푸아 외곽에 머물렀다. 그 주변에는 루푸스의 계획에 따라 검투사 양성소의 교관에게 훈련받는 신병들이 많았다. 마리우스 군대의 경험 많은 백인대장들도 신병 훈련을 도왔다. 이탈리아는 마른 우물이나 다름없었고, 지금의 아이들이 열일곱 살이 되기 전까지는 상황이 나아질 가능성이 전혀 없었다. 로마 시민 남성은 심지어 최하층민도 바닥이 난 상태였다.

"이탈리아인 최하층민 중에 신병을 모집하자고 하면 원로원에서 가만히 있지 않을 테지." 마리우스가 말했다.

"하지만 달리 방법이 없잖습니까." 술라가 말했다.

"맞는 말일세. 원로원 의원들을 압박한다면 충분히 가능한 일이야. 하지만 지금 이 시점에 그들을 압박하는 것은 나에게도 로마에게도 도움이 되지 않아."

마리우스와 술라는 신년까지 각자 떨어져 지내기로 했다. 술라는 마음껏 도시를 드나들 수 있었지만, 마리우스는 신성경계선을 넘는 순간 속주 총독의 임페리움을 상실하기 때문에 도시 바깥에 머물기로 했다. 그래서 술라는 로마로 갔고, 마리우스는 쿠마이에 있는 자신의 빌라로 향했다.

미세눔 곶은 크라테르 만의 험난한 북쪽 돌출부에 해당했다. 크라테르 만은 선박들이 머물 수 있는 거대하고 안전한 정박지로 푸테올리, 네아폴리스, 헤르쿨라네움, 스타비아이, 수렌툼 등의 항구도시가 나란히 늘어서 있었다. 인간의 기억보다 훨씬 오래된 전설에 따르면, 크라테르 만에는 원래 거대한 화산이 있었는데 그것이 폭발하면서 바닷물이 밀려들었다는 것이다. 그곳의 화산 활동이 그 증거라고들 했다. 갈라진 지표면 사이로 불길이 치솟으면 푸테올리의 검은 밤하늘은 붉게 물들었고, 걸쭉한 흙탕물이 보글보글 끓어올랐으며 샛노란 유황이 곳곳에 쌓여 있었다. 증기 기둥이 갑자기 솟아오를 때면 지표면 틈이 닫히거나 더 넓게 벌어지곤 했다. 그리고 이곳에는 베수비우스 산이 있었다. 해발 수천 미터의 험준한 바위산으로, 한때는 활화산이었다고 했다. 하지만 너무 오랫동안 평화롭게 잠자고 있었기 때문에 그게 언제 이야기인지 아는 사람은 아무도 없었다.

미세눔 곶의 좁은 목 부분 양쪽에는 작은 도시 두 개가 있었고, 그 사이로 신비로운 호수가 몇 개 있었다. 바다 쪽 도시는 쿠마이였고 크라테르 만 쪽 도시는 바이아이였다. 호수는 두 종류로 나뉘었는데, 어떤 곳들은 지극히 맑고 따뜻해서 굴 양식에 적합했고 다른 곳들은 유황 증기가 소용돌이치며 솟아오르는 뜨거운 호수였다. 로마의 해변 휴양지 중에 쿠마이는 가장 고급스러운 지역이었고 바이아이는 상대적으로 개발이 덜 된 상태였다. 최근 열정적인 사람들 대여섯 명이 바이아이에서 굴 양식을 시작하면서 그곳은 상업적 양식장으로 변모하고 있었다. 그들의 지도자는 지독하게 가난한 파트리키 출신의 루키우스 세르기우스였다. 그는 양식으로 생산한 굴을 로마의 미식가들과 식도락가들에게 제공하여 집안을 일으켜세우길 바라고 있었다.

마리우스의 별장은 아이나리아 섬, 판다타리아 섬, 폰티아 섬이 내려다보이는 쿠마이의 높은 해안 절벽 위에 서 있었다. 비탈과 평지로 이루어진 세 개의 섬은 마치 푸르스름한 안개 위로 우뚝 솟은 산봉우리처럼 보였다. 거기에서는 율리아가 남편을 기다리고 있었다.

두 사람이 마지막으로 만난 것은 벌써 2년 6개월 전이었다. 율리아는 이제 곧 스물네 살이었고 마리우스는 쉰두 살이었다. 바다 날씨가 험하고 로마에서 지내는 것이 훨씬 편한 이런 시기에 로마를 버리고 쿠마이에 온 것을 봤을 때, 마리우스는 율리아가 자신을 무척 그리워했다는 사실을 알 수 있었다. 관습상 율리아는 남편을 따라다닐 수 없었고 남편이 공무를 수행할 때는 더욱 그러했다. 공식 초청 없이는 남편이 통치하는 속주나 이탈리아 지역으로 가는 것도 금지되었지만, 부인을 초청하는 건 불미스러운 행위로 간주되었다. 여름철에 로마 귀족의 아내가 바닷가로 갈 경우 남편은 언제든 찾아갈 수 있었으나 아내와 따로 움직여야만 했다. 남편이 로마 바깥의 농장이나 별장에서 며칠 쉰다고 해도 아내를 데려가는 경우는 극히 드물었다.

그렇다고 해서 율리아가 크게 걱정하는 것은 아니었다. 그녀는 일주일에 한 번씩 마리우스에게 편지를 썼고, 마리우스도 비슷한 주기로 답장을 했다. 가십을 싫어하는 두 사람의 편지는 대부분 간결했고 순전히 가족 이야기뿐이었지만 애정과 따뜻함이 넘쳤다. 타지에 부임해 있는 동안 마리우스는 얼마든지 정부를 둘 수 있었지만, 예절 교육을 잘 받은 율리아는 그런 문제를 함부로 캐묻지 않았다. 그것은 남자가 알아서 할 일이지 아내가 신경쓸 일이 아니었다. 어머니 마르키아의 말마따나, 서른 살이나 연상인 남편과 결혼한 것은 율리아에게 오히려 행운이었는지도 몰랐다. 마르키아는 마리우스가 젊은 남자보다 성욕을 잘 억제할 것이며 아내와의 재회를 더욱 반가워할 것이라고 말했다.

하지만 율리아도 만만치 않게 남편을 그리워했다. 남편을 사랑해 서이기도 했지만 무엇보다 그와 함께하는 시간이 즐겁기 때문이었 다. 사실 율리아는 남편을 몹시도 사랑했다. 그녀에게 마리우스는 남 편이자 연인이자 좋은 친구였기에, 떨어져 지내는 시간은 무척 견디기 힘들었다.

마리우스가 예고도 없이 방으로 들어왔을 때, 율리아는 엉거주춤 일 어나려다 무릎이 풀려 다시 의자에 주저앉았다. 그의 키가 이렇게 컸던 가! 갈색으로 그을린 얼굴이 얼마나 멋진가, 얼마나 건강하고 생명력 으로 가득한 모습인가! 마리우스는 전혀 나이를 먹지 않은 듯 보였다. 오히려 그녀의 기억보다 더 젊어진 것 같았다. 그는 멋진 치아를 드러 내며 환한 미소를 지었다. 풍성한 눈썹 아래 어두운 눈동자가 반짝였 다. 그의 큼직하고 잘생긴 두 손이 그녀를 향했다. 하지만 그녀는 꼼짝 도 할 수 없었다. 지금 그는 무슨 생각을 하고 있을까?

마리우스는 다가와서 율리아를 다정하게 일으켜세웠다. 그는 그녀 를 끌어안지도 않고 환한 미소를 지으며 가만히 내려다보기만 했다. 그 러다 두 손으로 율리아의 얼굴을 감싸고 양쪽 눈꺼풀에, 양쪽 볼에, 입 술에 부드럽게 입을 맞추었다. 그녀는 양팔로 그를 안고 그의 어깨에 얼굴을 묻었다.

"오, 가이우스 마리우스. 당신을 보니 정말 기뻐요!"

"아니, 당신보다 내가 훨씬 더 기쁠 거요, 부인." 그는 그녀의 등을 어 루만졌다. 그녀는 그의 떨림을 느낄 수 있었다.

율리아는 고개를 들었다. "키스해줘요, 여보! 제대로 키스해줘요!"

그들의 재회는 두 사람이 예상했던 것보다도 훨씬 더 따뜻한 애정으 로 가득했다. 두 사람은 첫째 아들 마리우스를 지켜보는 기쁨을 나누었고, 둘째 아들의 죽음을 애도하는 시간을 갖기도 했다.

놀랍게도 어린 마리우스는 아주 훌륭하게 자라 있었다. 키가 크고 체격이 단단하고 피부는 흰 편이었다. 아이의 큼직한 회색 눈은 대담하게도 아버지를 평가하고 있는 듯했다. 마리우스가 보기엔 예절 교육을 제대로 시키지 않은 것 같았다. 하지만 이제부터는 달라질 것이다. 이 장난꾸러기 녀석에게, 아버지란 아들이 함부로 지배하고 조종할 사람이 아니라 존경하고 우러러봐야 할 사람임을 알려줄 작정이었다. 자신이 아버지를 존경하고 우러러봤던 것처럼.

둘째 아들의 죽음 말고도 슬픈 소식이 있었다. 마리우스는 이미 장인이 돌아가셨다는 소식을 전해 들었지만, 이번에는 사려 깊은 아내를 통해 자기 아버지의 부고를 접하게 되었다. 마리우스의 부친은 장남이 부재중 선거를 통해 두번째로 집정관에 당선된 직후 눈을 감았다. 갑작스러운 죽음이었기 때문에 고통은 없었다고 했다. 그는 아르피눔에서 아들의 귀환을 얼마나 열렬히 환영할지 친구들에게 자랑하던 중 발작을 일으켜 사망했다.

마리우스는 율리아에게 안겨 울면서 위로를 받았다. 시간이 조금 지나자, 모든 일이 순리에 맞게 벌어졌음을 받아들이게 되었다. 마리우스의 아버지는 7년 전 아내 풀키니아를 먼저 보내고 혼자 외로워했다. 운명의 여신은 그에게 마지막으로 아들의 얼굴을 보여주지는 않았지만, 적어도 아들의 엄청난 출세 소식을 접한 다음에 죽도록 해주었다.

"그렇다면 굳이 아르피눔에 갈 필요가 없겠군." 마리우스는 율리아에게 말했다. "계속 이곳에 머무릅시다, 내 사랑."

"푸블리우스 루틸리우스가 오실 거예요. 새로운 호민관들이 자리를 잡으면 바로 이곳으로 오신다고 했어요. 그 사람들이 까다롭게 굴까봐 걱정인 모양이에요. 아주 약삭빠른 사람도 있다고 하더군요."

"나의 다정하고 사랑스럽고 아름답고 소중한 아내여, 그럼 그가 올 때까지 우리는 피곤한 정치 따위는 잠시 잊고 지냅시다."

술라의 귀환은 판이하게 달랐다. 술라에게는 애초에 마리우스처럼 감출 수 없을 만큼 순수하고 강렬한 기쁨 따위는 없었다. 이유는 알 수 없지만 술라도 마리우스처럼 아프리카 속주에서 지낸 2년 동안 쉽게 성욕을 억제할 수 있었다. 아내에 대한 사랑 때문은 아니었지만 어쨌든 바람을 피우지는 않았다. 지저분했던 과거를 덮어줄 인생의 새 페이지에 오점을 허용할 수는 없었다. 뇌물이나 상관에 대한 배신, 권력에 대한 도전이나 술책, 육체적 쾌락에 대한 암시, 코르넬리우스 가문의 일원으로서 명예와 존엄을 실추시키는 행위는 절대 있어선 안 되었다.

뼛속까지 배우인 술라는 마리우스의 재무관이라는 새로운 배역을 완벽하게 연기했다. 행동, 표정, 말투는 물론 생각까지 역할에 걸맞게 바꾸었다. 지금까지는 워낙 바빴고 어마어마한 과제를 수행하며 큰 만족을 느꼈기 때문에 그 역할에 질릴 틈이 없었다. 술라는 집정관이 되거나 다른 방면에서 이름을 떨치지 않는 한 자신의 이마고를 주문할 수 없었다. 하지만 벨라브룸에 사는 마기우스에게 화려한 받침대를 주문해 자신의 용맹함을 증명해주는 전승기념물, 황금관, 팔레라이와 토르퀘스를 아트리움에 전시할 수는 있으리라. 그는 지난 몇 년간 아프리카에서 지내며 훌륭한 기병까지는 아니지만 훌륭한 병사가 될 수 있음을 증명했다. 그의 아트리움에 전시될 전리품들은 로마 전체에 그 사실을 분명히 보여줄 것이었다.

그럼에도 불구하고, 술라의 과거를 지배했던 모든 것들은 아직 그

자리에 남아 있었다. 술라 또한 그 사실을 잘 알고 있었다. 메트로비오스에 대한 갈증, 난쟁이와 복장 도착자, 늙은 창녀와 이상한 캐릭터 등 기괴한 것에 대한 열망, 남자를 지배하려는 여자에 대한 지독한 혐오, 자신이 위협받을 때면 타인의 목숨마저 빼앗아버리는 잔혹함, 어리석은 행동을 참지 못하는 성격, 스스로를 갉아먹을 만큼 강한 야욕……. 배우 술라의 아프리카 공연은 이제 막을 내렸다. 하지만 휴식 시간은 길지 않을 것이고, 그에게는 앞으로 더 많은 배역이 남아 있었다. 그렇지만……. 로마는 과거의 그가 살았던 무대였다. 그곳에는 폐허와 좌절, 새로운 발견 등 다양한 가능성이 존재했다. 술라는 조심스러운 발걸음으로 로마를 향했다. 자기 내부에서 일어나는 심오한 변화를 감지하면서도, 정말로 바뀐 것은 거의 없음을 인식하고 있었다. 두 얼굴을 가진 배우로 살아가는 사람은 결코 마음이 편할 수 없는 법이다.

마리우스를 기다리는 율리아와 술라를 기다리는 율릴라의 태도는 사뭇 달랐다. 남편을 더 뜨겁게 사랑하는 쪽은 언니 율리아가 아니라 동생 율릴라였다. 율릴라에게 자기 통제나 절제는 사랑이 부족하다는 증거에 불과했다. 율릴라의 생각에 가장 고귀한 사랑이란 정신의 벽을 넘어서고 침략하고 무너뜨려서 이성적 사고를 완전히 마비시키고 전투용 코끼리처럼 사납게 포효하며 주변의 모든 것을 짓밟아야 마땅했다. 그러다보니 율릴라는 안절부절못하며 포도주만 마셔댔고, 하루에도 몇 번씩 옷을 갈아입고 머리를 올렸다 내렸다 옆으로 넘겼다 하는 통에 하인들만 미칠 노릇이었다.

율릴라는 끈끈하고 질척거리는 거미줄로 휘감듯이 술라를 맞이했다. 남편이 아트리움으로 들어서자 그녀는 양팔을 활짝 벌리고 과장된 표정을 지으며 달려들었다. 그가 아내를 쳐다보며 어떤 감정을 느끼기도 전에, 그녀는 팔뚝에 달라붙은 거머리처럼 술라에게 입을 맞추며 축축하게 빨아대고 삼키고 몸부림쳤다. 술라의 사타구니를 더듬으며 음탕한 신음소리를 냈고, 그가 알지도 못하는 하인들이 조소에 찬 눈으로 지켜보는 장소에서 그에게 다리를 휘감아 몸을 밀착시켰다.

술라는 참을 수가 없었다. 그는 율릴라의 팔을 떼어내고 머리를 뒤로 젖혀 입술이 떨어지도록 했다.

"정숙하시오, 부인!" 그가 말했다. "지금 우리 둘만 있는 게 아니잖소!"

율릴라는 얼굴에 침이라도 맞은 것처럼 헉 소리를 냈지만, 덕분에 이성을 되찾고 점잖게 행동할 수 있었다. 그녀는 안타까울 만치 서툰 몸짓으로 남편의 팔짱을 끼고 그를 주랑정원으로 이끌었다. 두 사람은 거실로 갔다. 예전에 니코폴리스가 이용했던 공간이었다.

"이 정도면 둘만 있는 셈이죠?" 율릴라는 톡 쏘듯이 말했다.

하지만 분위기는 이미 엉망이 된 지 오래였다. 술라는 그녀의 입술이나 손길이 자기 기분 따위는 고려하지 않고 은밀한 부위에 마구 닿는 것이 싫었다.

"나중에, 나중에!" 그는 의자 쪽으로 걸어가며 말했다.

불쌍한 율릴라는 마치 세상이 끝난 것처럼 당황하며 겁먹은 표정으로 서 있었다. 그녀는 어느 때보다 아름다웠지만, 너무도 불안하고 부서지기 쉬운 아름다움이었다. 막대처럼 마른 두 팔은, 의상의 선이나 스타일에 민감한 술라가 보기에 최신 유행임이 틀림없는 옷 사이로 삐죽 튀어나와 있었다. 광인처럼 빛나는 큼직한 두 눈은 검푸르고 움푹 꺼진 그늘에 묻혀 있었다.

"도무지 이해가 안 돼요!" 그녀는 그대로 선 채 굳은 상태로 소리쳤다. 탐욕스러운 시선은 사라졌다. 그녀는 고양이의 미소를 바라보는 쥐처럼 넋을 잃고 술라의 표정을 살폈다. 당신은 친구인가요, 아니면 적인가요? 하고 묻듯이.

"율릴라." 술라는 최대한 인내심을 발휘해 말했다. "난 피곤하오. 아직 배에서 내린 지 얼마 되지도 않았소. 하인들도 다 처음 보는 얼굴이오. 게다가 술을 한 모금도 안 마신 상태라, 아무리 부부라도 공개적인 장소에서 해선 안 될 짓이 무엇인지 확실히 알고 있소."

"하지만 난 당신을 사랑해요!" 그녀가 외쳤다.

"물론 나도 당신을 사랑하오. 하지만 선을 지켜야 하지 않겠소." 그의 목소리는 단호했다. 그는 아내와 가정, 원로원 활동에 이르기까지 로마 내에서는 자신의 모든 것이 완벽하기를 원했다.

떨어져 지내는 2년 동안, 율릴라에 대해 생각할 때면 도무지 그녀가 어떤 인격의 사람인지 떠오르지 않았다. 그녀의 생김새와 침대에서의 뜨겁고 격정적인 모습만 떠오를 뿐이었다. 사실 술라는 보통 남자들이 정부를 떠올리듯이 아내를 떠올렸다. 자신의 아내이기도 한 이 어린 여인을 보며, 그는 이 여자에겐 차라리 정부 역할이 어울린다는 결론에 도달하게 되었다. 시간이 날 때 찾아올 수 있고 함께 살 필요는 없으며 친구나 주변 사람에게 소개하지 않아도 되는 정부.

율릴라와 결혼하지 말았어야 했어, 하고 술라는 생각했다. 난 그녀의 눈을 통해 본 내 미래에 눈이 멀었던 거야. 그녀는 운명의 여신으로부터 선택받은 사람에게 운명을 전달하는 매개체 역할을 했을 뿐인데. 사랑 때문에 굶어죽으려 했던 저 바보 같은 여자보다 나에게 더 어울리는 처녀들이 많다는 생각을 미처 하지 못했어. 저 여자의 행동방식은 과도해. 물론 과도함을 싫어하는 건 아니지만 내가 그 대상이 되는 건 싫어. 내 쪽에서 하는 거라면 몰라도! 나는 왜 나를 숨막히게 만들려고 하는 여자들과 얽혀서 인생을 낭비해온 거지?

율릴라의 표정이 바뀌었다. 그녀는 애정이나 정욕이 전혀 담기지 않은 술라의 눈으로부터 시선을 돌렸다. 그렇지! 저 여자는 과연 저것 없이 살 수 있을까? 포도주, 충실하고 믿음직한 포도주……. 율릴라는 술라의 시선엔 조금도 신경쓰지 않는 듯 탁자로 가서 포도주에 물도 타지 않고 잔에 가득 따라서 단숨에 들이켰다. 그러고는 그제야 술라가 생각난 것처럼 질문하는 표정으로 그를 돌아보았다.

"포도주 마실래요, 술라?"

술라는 이맛살을 찌푸렸다. "당장 치우지 못하겠소! 평소에도 그렇게 포도주를 단숨에 들이켠단 말이오?"

"포도주가 필요했어요!" 투정을 부리는 목소리였다. "당신이 너무 쌀쌀맞고 우울하게 행동했잖아요."

그는 한숨을 내쉬었다. "물론 그랬지. 신경 쓰지 마시오, 율릴라. 나도 나아질 테니까. 아니, 당신이 나아져야 할지도 모르겠소. 그래, 그래, 그 포도주 좀 주시오!" 그는 율릴라가 조용히 내민 잔을 낚아채서 포도주를 마셨다. 하지만 벌컥벌컥 마시지도 않았고 단번에 잔을 비우지도 않았다. "당신이 마지막으로 보낸 편지 말인데……. 그나저나 편지 쓰는 걸 안 좋아하는 모양이오?"

율릴라의 눈에서 눈물이 떨어졌다. 하지만 흐느끼지 않는, 소리 없는 울음이었다. "편지 쓰는 건 질색이에요!"

"그건 말 안 해도 알겠소." 그가 건조하게 대꾸했다.

"그래서 뭐 어쨌다는 거예요?" 그녀는 포도주를 한 잔 더 따라서 이번에도 단숨에 들이켰다.

"마지막으로 보낸 편지에서 당신은 우리 아이들 이야기를 안 했소.

아들이랑 딸이 하나씩 있는 거 맞지? 아들 이야기는 아예 꺼내지도 않아서, 나중에 장인어른께 소식을 들었소."

"난 아팠어요." 그녀는 계속 눈물을 흘리며 말했다.

"내 아이들은 안 보여줄 거요?"

"오, 저기에 있어요!" 그녀가 주랑정원 뒤쪽을 거칠게 가리키며 소리쳤다.

술라는 손수건으로 눈물을 훔치며 포도주잔을 채우는 율릴라를 두고 나왔다.

그는 육아실 창문 틈으로 아이들을 처음 보았다. 아이들은 그를 보지 못했다. 나직한 여자 목소리가 들렸지만 목소리의 주인공은 보이지 않았다. 눈에 보이는 것은 그가 창조해낸 작은 아이 둘뿐이었다. 딸아이는 두 살 반쯤 되었을 테고, 그 옆의 아들은…… 그래, 한 살 반쯤 됐겠구나!

여자아이는 매혹적이었다. 술라가 보기에는 세상에서 가장 완벽한 인형 같았다. 붉은빛이 도는 금발 곱슬머리에 피부는 우윳빛과 장밋빛이었다. 통통한 분홍색 양볼에는 보조개가 있었고, 부드러운 적황금색 눈썹 아래 커다랗고 파란 눈동자에는 행복과 웃음과 남동생을 향한 애정이 가득 담겨 있었다.

술라가 처음 만나는 남자아이는 그보다도 훨씬 더 매혹적이었다. 아이는 실오라기 하나 걸치지 않은 채 아장아장 걷고 있었는데, 누나가 옆에서 잔소리하는 것을 보면 자주 그러는 모양이었다. 녀석은 악당처럼 누나에게 꼬박꼬박 말대꾸하며 웃고 있었다. 카이사르를 닮은 아이였다. 길고 잘생긴 얼굴, 숱 많은 금발, 선명한 푸른 눈이 죽은 장인을 빼닮아 있었다.

굳어 있던 술라의 심장이 깨어났다. 느긋하게 기지개를 켜고 하품을 하면서 깨어난 것이 아니었다. 그는 갑자기 세상과 맞닥뜨린 기분에 휩싸였다. 제우스의 이마에서 완전히 자라고 무장까지 갖춘 아테나 여신이 클라리온을 불며 튀어나왔던 것처럼. 그는 문 앞에 무릎을 꿇고 애절한 눈빛으로 아이들에게 양팔을 벌렸다.

"아빠가 왔다." 그가 말했다. "아빠가 집에 왔어."

아이들은 움찔대지도 머뭇거리지도 않고 그의 품으로 뛰어들어, 환희에 찬 그의 얼굴에 키스를 퍼부었다.

쿠마이에 있던 마리우스를 처음 방문한 정무관은 루푸스가 아니었다. 귀환한 영웅 마리우스가 일상에 적응하기도 전에, 집사는 루키우스 마르키우스 필리푸스라는 귀족이 찾아왔다는 말을 전했다. 직접 만난 적도 없고 그의 가문에 대해서만 대충 알고 있는 필리푸스가 왜 찾아왔는지 의아해하며, 마리우스는 그를 서재로 안내하라고 전했다.

필리푸스는 우물쭈물하지 않고 바로 찾아온 이유를 밝혔다. 비교적 온화한 인상이군, 하고 마리우스는 생각했다. 뱃살과 턱살이 두툼하게 늘어졌지만, 로마의 네번째 왕이자 수블리키우스 목교를 만든 앙쿠스 마르키우스의 가문다운 거만함과 자신감이 돋보였다.

"저를 잘 모르실 겁니다, 가이우스 마리우스." 그의 암갈색 눈이 마리우스를 직시하고 있었다. "그래서 그간의 태만을 바로잡기 위해 누구보다도 먼저 이곳으로 달려왔습니다. 당신은 내년 집정관이시고 저는 새로 선출된 호민관이니까 말입니다."

"태만을 바로잡기 위해 왔다니 훌륭하군요." 마리우스는 비꼬는 기색이라곤 없이 미소 지으며 말했다.

"네, 저도 그렇게 생각합니다." 필리푸스는 단조롭게 말했다. 그는 의자에 등을 기대며 다리를 꼬았다. 마리우스는 다리를 꼬는 것은 남자답지 못한 행동이라 여겼다.

"무슨 일로 오셨소, 루키우스 마르키우스?"

"꽤 큰 부탁을 하러 왔습니다." 필리푸스는 고개를 앞으로 내밀었다. 부드럽던 인상이 갑자기 살쾡이처럼 변했다. "저는 재정적 어려움을 겪고 있습니다, 가이우스 마리우스. 그래서 호민관으로 일하면서 당신을 돕는 것이 마땅하다고 생각했습니다. 혹시 통과시키기를 원하는 사소한 법안 같은 것이 있는지 궁금하군요. 혹은 늑대 같은 게르만족을 물리치기 위해 떠나 있는 동안 호민관 중에 충직한 지지자를 한 사람 심어두고 싶을 수도 있겠지요. 멍청한 게르만족들! 그놈들은 로마가 진짜 늑대라는 걸 모르는 모양이죠? 하지만 곧 알게 될 겁니다. 당신이 그들에게 로마의 늑대 같은 습성을 알려줄 테니까요."

마리우스는 필리푸스의 서론을 듣는 동안 빠른 속도로 머리를 굴렸다. 그도 의자에 등을 기댔지만 다리를 꼬지는 않았다. "친애하는 루키우스 마르키우스, 실은 다른 사람들의 눈에 띄지 않게 평민회에서 통과시키고 싶은 법이 있긴 합니다. 입법절차와 관련된 짐을 덜어준다면 나도 기꺼이 당신의 재정적인 짐을 덜어주겠소."

"가이우스 마리우스, 기부금 액수가 커질수록 더욱 조용히 법을 통과시킬 수 있을 겁니다." 필리푸스는 환한 미소를 지으며 말했다.

"훌륭하오! 금액을 불러보시죠." 마리우스가 말했다.

"세상에! 제가 어떻게 그리 무례한 짓을!"

"어서 불러보시오." 마리우스가 재차 말했다.

"50만입니다."

"세스테르티우스?"

"데나리우스로요."

"오, 50만 데나리우스라면 사소한 법 몇 개가 아니라 더 많은 것을 요구해야겠소."

"가이우스 마리우스, 50만 데나리우스를 주신다면 많은 일을 해드릴 겁니다. 호민관 재임 기간만이 아니라 그 이후에도 계속 도움을 드리겠습니다. 약속할 수 있습니다."

"그렇다면 거래를 하겠소."

"참 간단하군요!" 필리푸스는 안도하는 표정을 지으며 말했다. "제가 어떤 일을 해드리면 될까요?"

"나는 토지법이 필요하오." 마리우스가 말했다.

"쉬운 일이 아닙니다!" 필리푸스는 놀란 표정을 지으며 갑자기 자세를 바로잡았다. "대체 무슨 이유로 토지법이 필요한 겁니까? 가이우스 마리우스, 제가 돈이 필요한 건 사실이지만 빚을 갚고 남은 돈으로 여생을 누리려면 우선 목숨을 부지해야 합니다! 원로원에서 몽둥이찜질을 당해 죽기는 싫습니다. 저는 티베리우스 그라쿠스가 아니란 말입니다!"

"토지법의 성격을 가진 법이지만, 그렇게 분란을 일으킬 내용은 아니오." 마리우스는 부드럽게 말했다. "루키우스 마르키우스, 분명히 말하는데 나는 개혁가도 혁명가도 아니오. 가난한 로마인에게 귀한 공유지를 나눠주는 게 아니라 그들을 더욱 효율적으로 활용할 생각이오! 그들을 군에 입대시킨 다음 내가 나눠주는 땅에서 일을 하게 만들 거요. 사람은 짐승이 아니니까, 누구도 공짜로 무언가를 얻어서는 안 됩니다."

"하지만 공유지 말고 나눠줄 땅이 어디 있다는 말씀입니까? 원로원에서 땅을 더 매입하거나 압수한다면 모를까. 허나 그렇게 하려면 돈이 필요합니다." 필리푸스는 여전히 심란한 표정이었다.

"걱정할 건 전혀 없소. 이번에 나눠줄 땅은 이미 로마의 소유니까. 내가 아프리카에 대한 집정관급 총독의 임페리움을 유지하는 한, 적군에게서 압수한 땅의 용도를 결정하는 건 전적으로 내 권한이오. 그 땅을 피호민에게 임대할 수도 있고 경매를 통해 최고가에 넘길 수도 있고 타국의 왕에게 선물할 수도 있어요. 그 결정에 대해 원로원의 승인만 받을 수 있다면 말입니다."

마리우스는 몸을 앞으로 내밀며 말을 이어나갔다. "하지만 메텔루스 누미디쿠스 같은 무리가 내 엉덩이를 물어뜯도록 내버려둘 마음은 추호도 없소. 그러니 늘 해왔던 대로 일을 처리할 생각이오. 다시 말해 법이나 일반적인 관례나 전례를 엄격하게 따를 겁니다. 새해 첫날이 되면, 메텔루스 누미디쿠스가 절대 내 엉덩이를 노릴 수 없도록 집정관급 총독으로서의 임페리움을 깔끔하게 반납할 생각이오.

내가 로마 원로원과 인민의 이름으로 획득한 땅의 처리는 이미 대부분 원로원의 승인을 받은 상태요. 하지만 입 밖에 내고 싶지 않은 사안이 하나 있습니다. 실은 너무 까다로운 문제라 두 단계에 걸쳐서 최종 목표를 달성할 계획이오. 첫 단계는 내년에, 두번째 단계는 이듬해에 실행할 예정이지요.

루키우스 마르키우스, 당신의 역할은 그 첫 단계를 실행하는 것이오. 간단히 설명하자면, 로마가 훌륭한 군대를 유지하려면 최하층민에게 군인이 매력적인 직업이 되어야 합니다. 나라가 위급할 때 애국심에 떠밀려, 혹은 나라가 평온할 때 재미 삼아 군인이 되는 걸로는 부족하오.

약소한 봉급과 승전할 때마다 나눠주는 전리품만 보고 군인이 되려는 사람은 없을 겁니다. 퇴직한 뒤에 정착하거나 되팔 수 있는 땅을 지급한다면 상황은 달라지겠죠. 하지만 이탈리아에 있는 땅을 나눠줄 수는 없는 일이오. 굳이 그래야 할 이유도 없고 말입니다."

"무슨 말씀인지 이제야 감이 잡힙니다, 가이우스 마리우스." 필리푸스는 두툼한 아랫입술을 잘근잘근 씹었다. "흥미롭군요."

"그렇소. 나는 최하층민 병사들이 제대한 후에 정착할 수 있도록 아프리카 소(小)시르티스의 섬 몇 개를 따로 떼어두었소. 게르만족 덕분에 당장 그럴 일은 없겠지만, 병사들이 퇴역하게 되면 반드시 인민의 허락을 받아 메닝크스 섬과 케르키나 섬을 나누어줄 생각이오. 하지만 나를 막으려는 적들이 너무 많소. 그자들은 내 의견이라면 무조건 반대부터 하고 나설 겁니다."

필리푸스는 현자처럼 고개를 주억거렸다. "당신에게 적이 많은 것은 분명한 사실입니다, 가이우스 마리우스."

마리우스는 이 말에 가시가 감춰져 있는지 살펴려는 듯 필리푸스를 한번 쏘아보았다. 그러고서 말을 이어나갔다. "루키우스 마르키우스, 당신의 역할은 평민회에서 향후 추가 투표가 있기 전까지 소(小)시르티스의 섬들을 임대하거나 분배하거나 매각하지 않고 공유지로 묶어두자는 법안을 제기하는 거요. 병사에 대해서는 언급하지 말고 최하층민에 대해서도 언급하지 마시오. 당신이 할 일은 단순히 이 섬들에 탐욕스러운 자들의 손길이 닿지 않게 안전히 묶어두는 것뿐이오. 무엇보다 이 법안의 배후가 나라는 것을 내 적들에게 철저히 숨겨야 하오."

"오, 그 정도는 할 수 있습니다." 필리푸스는 아까보다 쾌활한 목소리로 말했다.

"좋소. 이 법안이 통과되는 날, 내 자금 담당에게 일러 역추적이 불가능한 방식으로 50만 데나리우스를 넘겨주겠소."

필리푸스는 자리에서 일어났다. "당신은 이제 호민관 한 명을 얻었습니다, 가이우스 마리우스." 그는 손을 내밀며 말했다. "게다가 저는 정치 인생이 끝날 때까지 당신 편에 서 있을 겁니다."

"듣던 중 반가운 소리요." 마리우스는 그와 악수하며 말했다. 하지만 필리푸스가 떠나자마자 하인에게 따뜻한 물을 가져오게 하여 손을 깨끗이 씻었다.

"뇌물을 먹었다고 해서 그 사람을 반드시 좋아하란 법은 없으니까." 마리우스는 닷새 뒤 쿠마이에 도착한 루푸스에게 말했다.

루푸스는 체념한 표정을 지으며 말했다. "사실 그자는 약속을 그대로 이행했네. 마치 자신이 직접 생각해낸 것처럼, 별로 대단할 것 없는 토지법 하나를 내놓았어. 워낙 논리적으로 법안 통과를 주장하는 바람에 반대하는 사람이 아무도 없었지. 필리푸스 그 친구, 기분 나쁘긴 하지만 똑똑해. 아프리카 땅 중에 아주 작은 부분은 로마 인민의 미래를 위해 따로 저축해두어야 한다고 말함으로써 애국자로 칭송받았다네. 그는 '저축'이라는 표현을 사용했어! 자네의 정적 중에는 심지어 이것이 자네 심기를 건드리기 위한 법이라고 생각하는 사람도 있었네. 그래서 아무 불만 없이 통과되었지."

"잘됐군." 마리우스는 안도의 한숨을 내쉬었다. "당분간은 누구도 그 섬들을 건드릴 수 없을 테니까. 최하층민 퇴역병사에게 토지를 분배해주겠다고 하기 전에, 그들에게 그만한 가치가 있다는 것을 좀더 증명해야만 해. 벌써 소리가 들리지 않나? 기존 로마 병사에게는 토지를 준

적이 없는데 왜 새로운 병사에게만 특혜를 베푸느냐고 울부짖는 소리 말이네." 그는 어깨를 한번 으쓱했다. "어쨌든, 그건 됐네. 다른 일은 없었나?"

"국가가 아주 위급한 상황일 때는 선거를 거치지 않고 군무관을 추가로 임명할 수 있도록 새 법안을 통과시켰네." 루푸스가 말했다.

"항상 미래를 내다보며 행동하는군! 그래서 군무관을 새로 임명했나?"

"총 스물한 명이라네. 아라우시오에서 죽은 인원과 같은 숫자지."

"누가 뽑혔지?"

"젊은 가이우스 율리우스 카이사르."

"그건 좋은 소식이군! 친척과 관련된 일은 대부분 나쁜 소식인데 말이지. 혹시 가이우스 루시우스를 기억하나? 내 매부의 여동생 그라티디아와 결혼한 사람 말이네."

"어렴풋이 기억하네만. 누만티아에 산다는 사람?"

"그렇다네. 끔찍한 인간이지! 돈은 많지만. 어쨌든 그 사람과 그라티디아 사이에서 난 아들이 올해 스물다섯 살이라고 하더군. 두 사람은 나더러 게르만족과의 전쟁에 자기네 아들을 데려가라고 애걸복걸하고 있어. 아직 그 아들녀석을 만나보지는 않았지만 그렇게 하겠다고 말할 수밖에 없었네. 안 그러면 내 매부인 마르쿠스가 계속 잔소리에 시달릴 테니까."

"자네 친척 이야기가 나와서 말인데, 지금 네르사이의 어머니 댁에 있는 퀸투스 세르토리우스도 체력을 회복한 다음에 자네와 함께 갈리아로 떠날 예정이라네."

"잘됐어! 코타도 금년에 갈리아에 갔었지?"

루푸스는 갑자기 흥분하며 큰 소리로 말했다. "자네에게 묻겠네, 가이우스 마리우스! 전직 법무관 한 명과 평의원 다섯 명으로 구성된 사절단이 카이피오 같은 인간을 설득할 수 있다고 생각하나? 스카우루스와 달마티쿠스와 뚱돼지는 모르겠지만, 나는 코타의 사람 됨됨이를 알고 있네. 코타는 분명 자기 역할에 최선을 다했을 거야."

"카이피오는 이제 돌아왔나?"

"오, 지금 목까지 물이 차 있는데 어떻게든 안 빠지려고 애쓰는 중이지. 하지만 시간이 지날수록 분명 콧구멍만 겨우 내놓고 있는 신세가 될 거야. 그에 대한 여론이 너무 안 좋아서 친구인 원로원 의원들도 돕지 못하는 실정이라네."

"잘됐어! 그자는 툴리아눔 감옥에 넣고 굶겨 죽여야 해." 마리우스가 침통한 표정으로 말했다.

"8만 명의 사망자를 화장하는 데 쓰일 장작을 혼자 힘으로 다 팬 다음에 말이지." 루푸스는 사납게 이를 드러내며 말했다.

"마르시족은 어떻게 됐지? 조금 잠잠해졌나?"

"손해배상 소송 말인가? 당연히 원로원에서는 기각했네만, 덕분에 로마는 우방을 잃었지. 마르시족 군단의 지휘관이었던 퀸투스 포파이디우스 실로가 증언을 위해 로마에 왔는데, 그를 위해서 누가 나섰는지 자네는 짐작도 못할 걸세."

마리우스는 미소를 지었다. "자네 말대로 전혀 모르겠어, 누군가?"

"바로 내 처조카 마르쿠스 리비우스 드루수스라네! 그 아이의 군단은 실로의 군단 바로 옆에서 싸웠던 모양이야. 둘이 교전 이후에 만났다는군. 하지만 그 아이는 카이피오의 사위이기도 해. 카이피오는 자신의 행동과 직접 관련된 이번 사건에 사위가 증인으로 나서서 충격을 먹었지."

"날카로운 이빨을 지닌 강아지군." 마리우스는 법정에서 연설하던 젊은 드루수스를 떠올리며 말했다.

"아라우시오 전투 이후에 사람이 변했어. 철이 들었다고나 할까."

"그렇다면 로마의 미래를 위한 훌륭한 인물이 한 명 더 생긴 셈이군."

"그런 것 같아. 그런데 말이지, 아라우시오 전투의 생존자들은 모두 큰 변화를 겪은 것 같네." 루푸스가 슬프게 말했다. "자네도 알다시피, 헤엄쳐서 로다누스 강을 건넌 병사들을 아직 다 찾지도 못했어. 과연 다 찾을 수 있을지도 미지수야."

"내가 찾아내겠네." 마리우스가 비장한 목소리로 말했다. "그들은 최하층민이고, 다시 말해 나의 책임이기도 해."

"그것이 바로 카이피오의 전략이라네. 그는 나이우스 말리우스와 일명 최하층민 떨거지들에게 책임을 전가하려 애쓰고 있어. 마르시족이나 삼니움족은 최하층민으로 취급받는 데 분노하고 있고, 마르쿠스 리비우스는 공식 석상에서 이번 패배는 최하층민 군대와 아무 상관이 없다고 증언했다네. 그 아이는 훌륭한 웅변가에다 사람들의 시선을 끄는 힘을 가지고 있지."

"카이피오의 사위인데 어떻게 장인을 비난할 수 있단 말인가?" 마리우스는 궁금하다는 듯이 물었다. "카이피오를 가장 많이 욕하는 사람이라 해도 가족끼리 배신하는 모습을 보면 경악하겠어."

"그 아이는 카이피오를 비난하는 게 아니네. 적어도 직접 공격하지는 않아. 정말로 흠잡을 데가 없단 말이지. 카이피오에 대해서는 한마디도 하지 않는다네! 다만 나이우스 말리우스의 최하층민 군대 때문에 패전했다는 카이피오의 주장에 반박할 뿐이지. 하지만 그래서인지 카이피오 2세와 예전만큼 절친해 보이진 않았어. 카이피오 2세는 내 질녀이자 드루수스의 여동생과 혼인한 사이라, 지금 상황이 서로에게 더 불편한 것 같더군."

"지긋지긋할 정도로 서로의 사촌끼리만 결혼하고 새로운 피를 받아들이지 않는 귀족들에게 뭘 기대하겠나?" 마리우스는 질문을 던지며 어깨를 으쓱했다. "어쨌든 그 얘긴 됐어! 다른 소식은?"

"마르시족과 이탈리아 동맹에 관한 소식뿐이네. 로마에 대한 반감이 날로 심해지고 있어. 자네도 알겠지만 벌써 몇 달 동안 신병을 모집하고 있다네. 하지만 이탈리아 동맹들은 협조를 거부해. 재산이 있는 사람 중에는 입대할 연령의 남자가 없다고 하더군. 그러면 최하층민이라도 내놓으라고 했는데, 최하층민도 전혀 없다는 거야!"

"시골에 사는 사람들이잖나. 충분히 가능할 것 같은데." 마리우스가 말했다.

"말도 안 되는 소리지! 소작인, 양치기, 떠돌이 밭일 노동자, 농장 노동자 같은 사람들로 시골이 북적북적하지 않은 적이 있었나? 하지만 이탈리아 동맹들은 최하층민이 없다고 우겨대더군! 어째서냐고 내가 편지로 물었지. 그랬더니 이탈리아에서 그나마 최하층민으로 분류될 수 있는 사람은 전부 빚을 못 갚아서 로마의 노예로 전락했기 때문이라고 했어. 오, 정말 씁쓸한 일이지!" 루푸스는 침통하게 말했다. "이탈리아의 모든 동맹시들이 로마의 태도에 관해 강력하게 항의하는 편지를 원로원으로 보냈네. 로마의 공무원뿐 아니라 권력을 가진 로마 시민에 대해서도 항의했어. 마르시족, 파일리그니족, 피케눔족, 움브리족, 삼니움족, 아풀리족, 루카니족, 에트루스키족, 마루키니족, 베스티니족이 모두 포함되었다네, 가이우스!"

"문제가 있다는 건 오래전부터 알고 있었잖나. 이번 게르만족의 침략 위협이 모두가 단합하는 계기가 되었으면 좋겠어."

"과연 그럴지 모르겠네. 모든 동맹시들이, 로마가 재산이 있는 자기네 시민을 군대에 장기간 묶어놓고서 그들의 농장과 사업이 파산 지경에 이르도록 한다고 말했어. 게다가 로마를 위한 전쟁에서 겨우 살아남는다 해도 고향에 돌아오면 로마인 지주나 로마 시민권을 가진 현지 사업가 때문에 빚쟁이가 된다는군. 다시 말해 그들의 최하층민은 이미 지중해 전역에서 로마의 노예로 일하고 있다는 거네! 특히 농사일을 잘 아는 노예가 필요한 아프리카, 사르디니아, 시칠리아에서 말일세."

이젠 마리우스도 착잡해 보였다. "이 지경까지 되리라고는 생각지도 못했네. 나도 에트루리아에 땅을 많이 가지고 있어. 그중에는 주인이 빚을 못 갚아 압수된 땅도 포함되어 있네. 하지만 어쩌겠나? 내가 사지 않으면 똥돼지나 그의 형인 달마티쿠스 같은 놈들이 다 살 텐데! 나는 외가인 풀키니우스 가문으로부터 에트루리아 땅을 물려받아서 특히 그 지역에 관심이 있다네. 어쨌든 내가 그 지역 대지주라는 건 부인할 수 없는 사실이지."

"자네의 하수인이 땅을 몰수하면서 사람들에게 무슨 짓을 했는지는 자네도 잘 모르겠지."

"그래, 난 전혀 몰라." 마리우스가 불편한 표정을 지으며 말했다. "로마인의 노예가 된 이탈리아인들이 그렇게 많은 줄은 몰랐다네. 대체 로마인을 노예로 만드는 것과 뭐가 다르단 말인가!"

"로마인도 빚을 지면 노예가 되기도 한다네."

"그런 일은 점점 줄어들고 있어, 푸블리우스 루틸리우스!"

"물론 그렇지."

이탈리아 지역

갈리아 트랑스파다나

파두스강

리구리아

갈리아 키스파다나

루비콘강

아르누스강

움브리아

피케눔

에트루리아

삼니움

라티움

캄파니아

아풀리아

루카니아

칼라브리아

브루티움

갈리아 트랑스파다나
갈리아 키스파다나   }
리구리아

갈리아 키스파나
(이탈리아 갈리아)

0   100   200

로마마일

"집정관이 되는 즉시 이탈리아인들의 불만을 직접 처리하겠네." 마리우스는 단호한 목소리로 말했다.

그해 12월에는 이탈리아인들의 불만이라는 먹구름이 짙게 깔려 있었다. 먹구름의 중심은 마르시족과 삼니움족이 이끄는 호전적인 부족들로, 티베리스 강과 리리스 강 유역 골짜기 너머의 고산지역에 살고 있었다. 또한 로마 귀족의 특권을 겨냥한 다른 싸움도 있었는데, 그 발단은 다름 아닌 로마 귀족이었다.

신임 호민관들은 참으로 활발한 움직임을 보였다. 아버지가 무능력한 지휘관으로 손가락질당한다는 데 상처받은 루키우스 카시우스 롱기누스는 평민회에서 놀라운 법안을 내놓았다. 평민회에서 임페리움을 빼앗긴 사람은 원로원 의석도 박탈당한다는 내용이었다. 이는 카이피오를 향한 강력한 선전포고나 마찬가지였다! 카이피오는 현재 상태에서 반역죄 혐의로 재판을 받으면 무죄 석방될 것이 분명했다. 부와 권력을 지닌 그는 1계급과 2계급 기사들을 많이 포섭해두고 있었기 때문이다. 하지만 평민회에서 통과된 법을 통해 의원직을 박탈한다면 상황은 달라질 게 분명했다. 메텔루스 누미디쿠스와 그의 동료들은 저항했지만, 결국 이 법은 통과되었다. 젊은 카시우스는 이제 아버지에 대한 사람들의 증오에서 거리를 둘 수 있게 된 것이다.

때마침 대신관 직과 관련된 폭풍이 몰아치면서 다른 문제들을 모두 덮어버렸다. 그 폭풍에는 우스운 면이 있었는데, 로마인들은 터무니없는 상황을 즐겼기 때문에 그것은 어쩌면 당연한 결과였다. 아헤노바르부스는 마리우스의 부재중 집정관 선거 출마에 반대 발언을 하던 중 연단에서 죽으며 한 가지 과제를 남겼다. 그는 로마의 대신관이었으니,

그의 죽음으로 대신관단에 공석이 하나 생긴 것이었다. 당시 최고신관은 나이가 지긋한 메텔루스 달마티쿠스였고 대신관단에는 스카우루스 원로원 최고참 의원, 푸블리우스 리키니우스 크라수스, 스키피오 나시카가 포함되어 있었다.

신임 대신관은 기존 대신관들의 동의를 얻어 선출되었고, 평민은 평민으로 귀족은 귀족으로 대체되곤 했다. 대신관단과 조점관단의 경우 절반은 평민, 절반은 귀족으로 구성되었다. 신임 대신관은 죽은 대신관과 동일한 가문에서 뽑는 것이 관례였다. 그래서 대신관 직과 조점관 직은 아버지가 아들에게, 삼촌이 조카에게, 혹은 사촌이 다른 사촌에게 넘겨주었다. 그러한 방식으로 가문의 명예와 존엄이 유지될 수 있었다. 따라서 이제 가문의 수장이 된 아헤노바르부스 2세가 아버지의 자리를 이어받아 대신관이 될 차례였다.

하지만 문제가 있었으니, 그 주인공은 바로 스카우루스였다. 새로운 대신관을 뽑기 위해 대신관단이 모였을 때 스카우루스는 죽은 아헤노바르부스의 자리를 그의 아들에게 물려주는 데 반대하는 발언을 했다. 직접적으로 언급하지는 않았지만 스카우루스의 말에는 분명한 이유 하나가 내포되어 있었고, 나머지 열세 대신관들도 그것을 잘 알고 있었다. 죽은 아헤노바르부스는 황소고집에 따지기 좋아하고 화를 잘 내며 호감이 안 가는 사람이었는데, 그의 아들은 아버지보다 더 끔찍한 인간이었던 것이다. 로마 귀족들은 동료 귀족의 별스러운 면에 크게 신경쓰지 않았고 온갖 성격적 결함을 얼마든지 참아주려고 노력하는 편이었다. 다만 그러한 동료에게서 언제든 도망칠 수 있다는 전제하에서 말이다. 하지만 대신관들은 밀접한 관계를 맺고 있었으며 최고신관의 집무실인 레기아의 좁은 공간에서 회의를 진행해야 했다. 게다가 젊은 아헤노바르부스는 겨우 서른세 살이었다. 아버지 아헤노바르부스 때문에 그간 고생했는데 이제 아들에게 시달릴 생각을 하니 끔찍했다. 하지만 다행히도 스카우루스에게는, 젊은 아헤노바르부스에게 대신관 직을 넘기지 말자고 동료 대신관들을 설득할 그럴싸한 이유가 두 가지 있었다.

첫째, 감찰관 마르쿠스 리비우스 드루수스가 죽었을 때 대신관 직은 당시 열아홉 살이던 그의 아들에게 넘어가지 않았다. 대신관이 되기에는 너무 어렸기 때문이었다. 둘째, 그때 대신관이 되지 못한 드루수스는 최근 아버지로부터 물려받은 강경 보수파 노선을 버리고 걱정스러울 정도로 급진적인 모습을 보이고 있었다. 스카우루스는 드루수스에게 아버지의 대신관 직을 되돌려준다면 그가 다시 조상들처럼 전통을 중시하게 될 것이라고 생각했다. 마르쿠스 리비우스 드루수스는 가이우스 그라쿠스의 완강한 적이었음에도 불구하고, 요즘 젊은 드루수스가 포룸 로마눔에서 연설하는 모습을 보면 점점 가이우스 그라쿠스를 닮아가고 있었다! 스카우루스는 아라우시오 전투로 인한 충격 탓이라며 정상참작이 필요하다고 말했다. 그러니 젊은 드루수스에게 아버지의 대신관 직을 되돌려주는 것보다 더 좋은 해결책이 있을까?

달마티쿠스 최고신관을 비롯해 나머지 대신관들 열세 명도, 이것이 아헤노바르부스의 딜레마에서 벗어날 수 있는 탁월한 해결책이라 생각했다. 게다가 아헤노바르부스는 죽기 전에 둘째 아들을 위해 조점관 자리를 마련해둔 상황이어서, 그 가문에서 종교와 관련된 모든 관직을 빼앗는 것도 아니었다.

하지만 젊은 아헤노바르부스는 자신에게 마땅히 주어져야 할 대신관 직이 드루수스에게 넘어간다는 소식을 접하고 격분했다. 다음날 원로원 회의에서 그는 신성모독 혐의로 스카우루스 최고참 의원을 고소하겠다고 말했다. 근거로 제시한 것은 평민의 귀족 입양이었는데, 이 복잡한 절차에 서른 개 쿠리아의 릭토르들은 물론 대신관단의 승인이 필요하다는 주장이었다. 젊은 아헤노바르부스는 스카우루스가 필요한 조건을 모두 갖추지 않았다고 주장했다. 그가 갑자기 까다롭게 신성모독을 물고 늘어지는 진짜 이유를 잘 알고 있었던 원로원 의원들은 별로 놀라지도 않았다. 스카우루스도 마찬가지였다. 그는 자리에서 일어나, 얼굴이 시뻘겋게 달아오른 아헤노바르부스를 깔보듯이 말했다.

"대신관도 아닌 나이우스 도미티우스 자네가, 대신관이자 원로원 최고참 의원인 나 마르쿠스 아이밀리우스를 신성모독으로 고발한다는 말인가?" 얼음장처럼 차가운 목소리였다. "철이 들 때까지 평민회에 가서 새 장난감이나 가지고 놀게나!"

이것으로 일이 일단락된 것처럼 보였다. 아헤노바르부스는 웃음, 야유, "패배자!" 같은 조롱이 빗발치는 가운데 의사당에서 뛰쳐나갔다.

하지만 그는 포기하지 않았다. 그는 평민회로 돌아가서 새 장난감이나 가지고 놀라는 스카우루스의 말을 그대로 실천했다! 이틀 안에 새로운 법안을 내놓았고 그해가 끝나기도 전에 논의를 거쳐 통과시켰다. 이렇게 완성된 도미티우스 신관선출법으로 인해, 앞으로는 기존 대신관들이나 조점관들의 합의로 신임 대신관이나 조점관을 임명할 수 없게 되었다. 대신 특별 트리부스회에서의 선거를 거쳐야만 했고 누구든 후보가 될 수 있었다.

"깜찍하군." 달마티쿠스 최고신관이 스카우루스에게 말했다. "아주 깜찍해!"

하지만 스카우루스는 그저 웃고 또 웃었다. "오, 루키우스 카이킬리우스, 그놈이 우리 대신관들의 꼬리를 아주 멋지게 꼬아놓았소!" 그는 눈물을 훔치며 말했다. "이제 그자가 더 마음에 드는군그래."

"우리 중 한 명이 죽으면 그자가 선거에 입후보할 거요." 달마티쿠스는 침통한 목소리로 말했다.

"그게 뭐 어때서? 자기 힘으로 해낸 일이잖소."

"그 사람이 만약 나라면 어떻게 한단 말이오? 그놈이 최고신관이 될 거요!"

"그렇다면 그것은 우리 모두가 마땅히 받아야 할 벌이 아니겠소!" 스카우루스는 후회하는 기색도 없이 말했다.

"그가 지금은 마르쿠스 유니우스 실라누스를 공격중이라고 들었소." 누미디쿠스가 말했다.

"그렇다더군. 알프스 너머 갈리아에서 불법으로 게르만족과 전쟁을 시작했다는 이유로 말이오." 달마티쿠스가 말했다.

"물론 평민회에서 실라누스를 재판하려고 하겠지만, 반역 혐의는 바로 백인조회로 넘어갈 거요." 스카우루스는 휘파람을 불며 말했다. "아주 대단한 놈이란 말이지! 우리가 그의 아버지 대신 그 녀석을 받아들이지 않은 게 후회될 정도요."

"오, 헛소리 좀 그만하시죠! 이 끔찍한 상황을 한껏 즐기는 것처럼 보이는군요." 누미디쿠스가 말했다.

"그래서는 안 될 이유라도 있소?" 스카우루스는 화들짝 놀란 척하며 말했다. "이곳은 로마란 말입니다, 원로원 의원님들! 이건 로마가 마땅히 지녀야 할 모습이오! 모든 귀족들은 건강한 경쟁 관계여야 한단 말이오!"

"헛소리, 헛소리, 다 헛소리!" 마리우스가 곧 집정관이 된다는 사실에 아직도 분개하고 있는 누미디쿠스가 말했다. "우리가 아는 로마는 죽어가고 있소! 토가 칸디다를 입고 로마에 출두하지도 않은 사람이 3년 만에 집정관으로 다시 뽑히질 않나, 최하층민을 군에 입대시키질 않나, 대신관과 조점관을 선거로 뽑질 않나, 누가 무엇을 통치할지에 대한 원로원 결정을 평민들이 뒤엎질 않나, 원로원에서 로마군에 막대한 돈을 쏟아붓질 않나, 신진 세력과 신출내기들이 실권을 행사하질 않나, 이런 젠장맞을!"

〈3권에 계속〉

로마의 일인자 2
마스터스 오브 로마 1

1판 1쇄 2015년 7월 20일
1판 13쇄 2020년 10월 26일

지은이 콜린 매컬로 | 옮긴이 강선재 신봉아 이은주 홍정인 | 펴낸이 신정민

편집 신정민 신소희 | 디자인 고은이 이주영
마케팅 정민호 김경환 | 홍보 김희숙 김상만 지문희 김현지
저작권 한문숙 김지영 이영은 | 모니터링 서승일 이희연 전혜진
제작 강신은 김동욱 임현식 | 제작처 한영문화사

펴낸곳 (주)교유당
출판등록 2019년 5월 24일 제406-2019-000052호

주소 10881 경기도 파주시 회동길 210
문의전화 031) 955-8891(마케팅), 031) 955-3583(편집)
팩스 031) 955-8855
전자우편 gyoyudang@munhak.com

ISBN 978-89-546-3689-6 04840
        978-89-546-3687-2 (세트)